D1799588

# SCHARIF NADJAFI

## DER EWIGE FREMDE

ERINNERUNGEN EINES IRANERS, DER NACH
DEUTSCHLAND KAM, UM ARZT ZU WERDEN

Bibliografische Information der Deutschen Nationalbibliothek

Die Deutsche Nationalbibliothek verzeichnet diese Publikation
in der Deutschen Nationalbibliografie; detaillierte bibliografische
Daten sind im Internet über http://dnb.d-nb.de abrufbar.

ISBN 978-3-8423-7878-0

Herstellung und Verlag:
Books on Demand GmbH, Norderstedt
Umschlaggestaltung und Layout:
Cyrus Grand, New York
Umschlagbild:
Gemälde „Herzblut" von Scharif Nadjafi

Meinen Kollegen, meinen Freunden
und meinen Lehrern der Chirurgie,
Rudolf Nissen, Martin Allgöwer,
Jörg Vollmar und Hans Willenegger gewidmet.

Meiner Frau Christa
und meinem Sohn Cyrus Christian
danke ich herzlich für die unzähligen Stunden
an Zeitaufwand beim redigieren, formatieren
und scannen des Manuskripts und der Fotos.

*Wer die Vergangenheit nicht kennt, kann die Zukunft nicht meistern.*

Golo Mann

©Ruslan Olinchuk

# Vorwort

Ich war ein aus dem Orient stammender Student, der nach Deutschland kam, um Medizin zu studieren und berichte hier von meinem Leben und meinen Erfahrungen in Deutschland und der Schweiz.

Wie bei jedem Menschen gab es Höhen und Tiefen, Erfolg und Enttäuschungen. Wohl wegen einer gewissen Begabung, Ereignisse jeder Art akzentuiert darzustellen, wurde ich immer wieder ermutigt, meine Erinnerungen von mehr als fünf Jahrzehnten aufzuschreiben.

Ich fühlte mich angesprochen, Ausländer, Immigranten, Asylanten und vor allem die Jugend zu ermutigen, mit Hartnäckigkeit, Ausdauer, Charme und Freundlichkeit, die einmaligen Chancen, die einem in einem demokratischen Land geboten werden, voll zu nutzen.

Diejenigen Jugendlichen, die im Gastland ihrer Eltern geboren wurden und sich mit einem gewissen Recht zugehörig fühlen, sind geradezu verpflichtet, sich vorbildlich zu verhalten. Sie sollten sich um Bildung bemühen um damit nicht nur sich, sondern auch ihren Eltern die Integration zu erleichtern. Einsatz und Durchhaltevermögen sind andererseits Vorbedingung für einen Erfolg. Wo ein Wille ist, da ist auch ein Weg.

Da ich politisch zwar sehr interessiert, aber keiner Partei zugehörig bin, habe ich bewusst, die heutige politische Situation Irans nach dem Machtwechsel vor mehr als dreissig Jahren nicht berücksichtigt. Ich fühle mich nicht ausreichend informiert und daher auch nicht kompetent genug, gute und schlechte Zeiten dieser drei Jahrzehnte aus der Sicht eines im Ausland Lebenden zu kommentieren.

Sorgen macht mir allerdings die derzeitige Situation hinsichtlich Lebensbedingungen der Bevölkerung im Iran. Ich finde das Verhalten der Regierungen der westlichen Länder gegenüber der Bevölkerung Irans betreffend Sanktionen ungerecht. Erst wurde dem Iran und damit seiner Bevölkerung ein grausamer Krieg aufgezwungen, und nun verhängen sie erbarmungslos undifferenziert Sanktionen, die vor allem das Volk treffen. Sie verkaufen für Milliarden Waren an den Iran, mehrfach verteuert, aber drohen den Banken mit Repressalien, wenn sie z. B. für Iraner, die für diese Firmen als Vertreter im Iran tätig sind, ein Girokonto eröffnen würden. Sollte ich unbeabsichtigt einige Ereignisse übertrieben dargestellt oder Personen nicht adäquat gewürdigt haben, entschuldige ich mich hiermit in aller Form.

# 1

# Geburtsort und Kindheit

Geboren bin ich in der kleinen Stadt Feridunkenar im Norden Irans am Kaspischen Meer. Meine Mutter stammte von dort, sie hatte eine grosse Verwandtschaft. Ihr Vater war Bürgermeister von Feridunkenar. Mein Grossvater war ein gross gewachsener Mann, autoritär, aber gerecht und sozial denkend. Er war über die Region hinaus bekannt und wurde sehr geachtet. Die Mehrheit der Bewohner gehörte zum Mittelstand, etwa zwanzig Prozent waren Grossgrundbesitzer, die aber sozial eingestellt waren. Die Menschen waren im Allgemeinen zufrieden, freundlich, hilfsbereit und rücksichtsvoll. Unverschuldete Armut gab es, betraf aber nur Menschen in bestimmten Ausnahmesituationen. Offizielle staatliche Hilfe gab es nicht. Wohlhabende sind oft grosszügig und fürsorglich eingesprungen.

Mein Vater, ein Stadtmensch, hatte zunächst erst hier sein Business aufgebaut, aber dann seine Hauptaktivität in die Provinzgrossstadt Babol verlegt, die etwa 35 km entfernt lag. Zwei Brüder meiner Mutter wurden in das Geschäft meines Vaters in Feridunkenar integriert. Sie hatten vorher in der Hauptsache in Landwirtschaft, Fischerei und Handel gearbeitet. Meine

Grossmutter, eine sehr liebevolle Frau, lebte mit zweien ihrer Söhne, also zwei meiner Onkel, zusammen in einem grossen Haus, das meinem Vater gehörte. Die Verwandtschaft meiner Mutter war recht gross und in der Region bekannt. Mein Vater hat in dieser Region für die Menschen viel Positives bewirkt.

Als Kind faszinierte mich die Sauberkeit des Ortes und die Einfachheit seiner Architektur. Die etwa achtzehn Kilometer entfernt gelegene Stadt Babolsar wurde erst im Laufe der Zeit schön, mit modernen Bauten, grossem und elegantem Hotel, sowie zwölf eleganten Villen, die eine Seite des Flussufers säumten. Sie waren von deutschen Bauingenieuren erbaut und dienten meist als Pensionen, Restaurants und Ferienwohnungen. Ausserdem gab es am Flussrand kurz vor der Einmündung in das Meer ein sogenanntes Teehaus für den Shah Reza und seine Familie.

Feridunkenar am Kaspischen Meer                    Foto: Armin Rahimi

Mein kleiner Geburtsort zeichnete sich vor allem durch seine natürliche Schönheit und Romantik aus. Von Babolsar, von der nicht asphaltierten, aber gut befahrbaren Bundesstrasse kommend, sah man rechts und links Felder und Gärten. Rechts der Autostrasse gab es mehrere Meter hohe Dünen, die mit Unterbrechungen sich die ganze Küste entlang zogen. Direkte Sicht zum Meer war nur aus bestimmter Position möglich. Am Fusse dieser Dünen, vor allem ein paar Kilometer vor dem Ort, gab es kleinere Siedlungen mit einfacheren Häusern. In der Abenddämmerung, wenn man mit dem Auto oder dem Bus unterwegs war, erlebte man besonders im Sommer und Frühling romantische Farbspiele. Die Dünen, natürlicher Schutz gegen Überschwemmungen des Meeres, wurden später bedauerlicherweise eingeebnet. Der Sand wurde an Baufirmen verkauft.

Am Beginn der Ortschaften überquerte man eine Eisenbrücke, die über einen breiten und wasserreichen Fluss von deutschen Ingenieuren gebaut worden war; ein Verdienst des Reza Shah, der alles Deutsche schätzte. Wenn die Brücke passiert war, begann unmittelbar danach die einzige Geschäftsstrasse des Ortes. Rechts und links der Haupt- und Durchgangstrasse waren einheitlich blockartig gebaute Geschäftshäuser. Auf jeder Seite gab es vier Blöcke à zehn Läden in gleicher Grösse, also 80 Läden mit Lagerräumen. Zwischen den einzelnen Blocks gab es einen kleinen Durchgang. Vor den Geschäften gab es eine Art Bürgersteig, durch Orangenbäume begrenzt. Die Bäume dienten auch dazu, Pferde oder Esel anzubinden. Auf der Rückseite dieser Geschäfte gab es Privathäuser, kleinere Geschäfte und engere Strassen. Viele Häuser waren aus Holz und Lehm gebaut. Die interessantere Seite von Feridunkenar war die Fluss/Meerseite. Elektrizität gab es damals noch nicht.

Jeden Abend, bevor es dunkel wurde, kam ein Angestellter des Bürgermeisteramtes und brachte Öllampen, die man an einem Hacken vor jedem Geschäft aufhängte. Der Mann, der wegen eines Hüftgelenkleidens hinkte, trug auf den Schultern rechts und links zwei lange und elastische Stangen, an denen die vielen relativ leichten Aluminiumlampen hingen. Mit jedem Schritt bewegten sich die Stangen und damit auch die Öllämpchen hinauf und hinunter. Diese abendliche Zeremonie, die in gleicher Weise auf beiden Seiten stattfand, war bezaubernd anzusehen. Als Kind versuchte ich möglichst jeden Abend diese Zeremonie zu beobachten.

Da mein Vater verlangte, dass ich mich sowohl vom Flussufer als auch von der Autostrasse fernhielt, versteckte ich mich in einer der

Durchgangsstrassen, so dass mich die Geschäftsleute nicht entdecken konnten. Sie waren alle angehalten, mich vor diesen Gefahren zu bewahren. Ich wollte auf diese bezaubernd romantische Szenerie nicht verzichten. Später als junger Arzt, als ich mit meiner Frau und meinem kleinen Sohn Monaco und Monte Carlo bereiste, erinnerte mich die allabendliche Szene mit der Lichterkette entlang des Strandes an meinen Geburtsort, wobei die damalige Öllampenbeleuchtung romantischer war.

Unser Haus lag am Ende der Hauptstrasse in einer Nebenstrasse, die nicht weit vom Flussufer entfernt war. Nur der Eingangsbereich und das Treppenhaus waren gepflastert. Es war eine grosse Villa mit einem riesigen Garten. Es waren eigentlich zwei Einheiten mit jeweils fünf Schlafzimmern. Im Hof waren auf einer Seite grosse Lagerhäuser, in denen verschiedene Handelswaren deponiert waren. An der Frontseite des Hauses war ein freier Platz, so gross wie ein Fussballplatz. Allerdings war der Boden aus Sand, welcher Unregelmässigkeiten aufwies. Je nach Windverhältnissen war der Weg zum Flussufer und zum Meer teilweise hügelig. Wenn Besucher aus Teheran mit dem Auto kamen, um zum Strand zu fahren, blieben sie im Sand stecken. Manchmal halfen junge Männer die Autos aus dem Sand zu befreien. Das Haus war ausser Privathaus auch Gästehaus für Geschäftsfreunde meines Vaters. Ein Hotel gab es im Ort nicht. Die Geschäftsleute, die mit meinem Vater Handel trieben, durften bei uns wohnen und zwar als Gast. Die Hauptgruppe waren Turkmenen, die aus dem Iranischen Turkmenistan, der Region Gorgan stammten. Sie waren mit der Zeit gute Freunde der Familie geworden. Sie handelten auch mit anderen Kaufleuten der Region, verkauften und kauften neue Waren für Turkmenistan. Meine Mutter war dann immer intensiv mit der Gästebetreuung beschäftigt, hatte allerdings genügend Hilfe. Ausser der Haushaltshilfe waren auch die Frauen der Verwandtschaft sofort vor Ort und halfen tüchtig mit.

Turkmenen waren freundliche und korrekte Menschen. Sie waren Sunniten. Als Minderheit wurden sie oft missverstanden und schlecht behandelt. Sie hatten einen speziellen Lebensstil. Abgesehen von ihrer Bekleidung hatten sie Ähnlichkeit mit Mongolen. Sie sprachen eine Abwandlung der Türkischen Sprache. Mein Vater, der unter anderem russisch und türkisch sprach, konnte sich gut mit den Turkmenen verständigen. Türkisch und Azari wird im iranischen und im russischen Aserbaidschan gesprochen. Aserbaidschan ist nach dem Zusammenbruch der Sowjetunion heute ein unabhängiger Staat (dieser Teil von Aserbaidschan und Teile des Kaspischen Meeres wurden in zwei verlorenen Kriegen zwischen Iran und Russland von Russland annektiert). Gelegentlich kamen auch wichtige Persönlichkeiten der Turkmenen zu Besuch. Ich war immer erfreut, diese Gäste zu sehen, da sie immer viel Geschenke für meine Mutter und spezielle Süssigkeiten für mich mitbrachten. Sie haben meine Mutter, die sie sehr liebenswürdig bediente, vergöttert. Insgesamt waren sie geschäftstüchtig, aber lange misstrauisch bis sie Vertrauen fassen konnten. Ihre Freundschaft und Dankbarkeit schien dann ewig zu währen. Wenn ich Jahre später als Gymnasiast von Teheran nach Babol reiste, um die Familie zu besuchen, traf ich hin und wieder Turkmenen im Büro meines Vaters oder einem meiner Cousins. Wenn sie meinen Namen hörten, umarmten sie mich herzlich und waren immer des Lobes voll über meine Mutter.

Eines Tages brachte mein Vater ein Wandtelefon aus der Stadt Babol nach Hause. Bis dahin gab es im Ort ausser bei den Behörden kein Telefon. Irgendwann sollte es Telefonanschlüsse für die Region geben. Für uns Kinder (ich war damals etwa drei Jahre alt) war es aufregend, dass man durch diesen Kasten mit Menschen weit entfernt reden konnte. Da ich von diesem Apparat überall erzählte, wurde vor allem ein um zweieinhalb Jahre älterer Cousin von mir neugierig. Er schlug vor, gemeinsam festzustellen, was in diesem Kasten versteckt sei. Einmal als mein Vater verreist und meine Mutter irgendwo beschäftigt war, brachten wir es fertig, den für uns schweren Apparat teils ziehend teils hebend nach Draussen zu schaffen. Wir nahmen Steine und schlugen mehrfach auf den Apparat ein. Wir waren sehr erschrocken, als plötzlich viele verschlungene Drähte klingend auseinanderfielen. Aus Angst beschlossen wir, den Apparat und die Drähte an der tiefsten Stelle im Sand zu vergraben. Als mein Vater zurück war, suchte man eines Tages das Telefon, das nicht mehr aufzufinden war. Wer konnte das Telefon entwendet haben? Sollte etwa ich damit zu tun gehabt haben? Auffallend war, dass neuerdings mein Cousin mich täglich, manchmal sogar zweimal am Tag zum Spielen besuchte. Auf der Rückseite der Geschäfte vor den Privathäusern waren Feigenbäume. Mein Cousin kletterte im Sommer fast jeden Tag auf diese Bäume und versorgte uns mit besten, sehr wohlschmeckenden Feigen. Er beschwor mich, uns nicht zu verraten. Mein Vater hatte keine Reaktion gezeigt. Meine Mutter war aber sehr besorgt, weil während ihrer Anwesenheit etwas im Hause abhanden gekommen war und fragte mich, ob ich nicht jemanden ins Haus hätte schleichen sehen. Zu erwähnen ist, dass es damals nicht üblich war, die Haustüre zu verschliessen. Ich habe ihr schliesslich verraten, was wir zwei Buben angestellt hatten. Sie tat mir einfach leid. Mein Onkel holte dann die Einzelteile aus dem Sandhaufen heraus. Als mein Vater davon erfuhr, lachte er nur und, zu mir gewandt, sagte er: „Ich denke, Du willst Arzt werden!" Auch dem Cousin sind keinerlei Vorwürfe gemacht worden, obwohl man wusste, dass er wohl der Rädelsführer gewesen war. Meine Beziehung zum Cousin blieb weiterhin herzlich. Auch später, wenn ich von Babol oder Teheran dorthin reiste, trafen wir uns an den Feigenbäumen auf der Rückseite der Geschäftsstrasse. Mein Cousin ist leider sehr jung an Tuberkulose gestorben, weil es damals im Iran keine adäquate Behandlung gab.

Autor im Alter von etwa 3 Jahren

Die Meerseite des Flussufers war einmalig schön, aber als Wohngebiet etwas unpraktisch. Von der Stadtbrücke bis zur Einmündung des Flusses in das Meer gab es eine mehr als zehn Meter hohe Düne. Die Entfernung zum Strand war ziemlich gross und das Gefälle zur Wasserebene beachtlich. Auf dieser Seite gab es einige Privathäuser, die meist von Fischern und Bootslenkern bewohnt wurden. Von der tiefer liegenden Flussuferseite war das Meer nicht sichtbar. Am Ende der Häuserkette, etwas versetzt, war in einer Villa das Zollamt untergebracht. In der Villa wohnte der Direktor des Zollamtes mit seiner Familie. Die Direktoren waren grundsätzlich keine Einheimischen und sprachen Hochfarsi. Das Zollamt war nur während der Zeit der Warenlieferung und des Austausches mit dem Ausland per Schiff aktiv. Die Handelsbeziehungen mit Russland waren damals sehr intensiv. Vor den Häusern sah man einige Fischernetze, auf hohe Eisenstangen gespannt, um sie in der Sonne zu trocknen. Am schönsten war es in der Abenddämmerung, wenn die Lichter (spezielle Öllampen) angingen und man von der Gegenseite diese romantische Szenerie beobachtete. Da der Weg bis zur Brücke zu weit und nicht asphaltiert war, musste man zu Fuss oder zu Pferde zur anderen Seite der Stadt gelangen. Privatautos und Motorroller gab es nicht. Fahrräder gab es zwar viele, wurden aber nur auf bestimmten Strassen benutzt, da die meisten Strassen dafür nicht geeignet waren, vor allem im Dünengebiet. Die Bewohner der Bergseite hatten in bestimmten Abständen treppenförmige Kanäle zum Flussufer angelegt. Am Flussufer war jeweils ein Holzsteg als Ankerstelle für die Holzboote verschiedener Grösse und Länge vorgesehen. Beiderseits des Ufers war je eine Eisenstange tief im Boden verankert, an dem ein dickes Seil befestigt war. Man stieg in ein kleines Holzboot und konnte sich am Seil entlang zur anderen Seite ziehen. So waren die Familien unabhängig und konnten in die Stadt einkaufen gehen, die Kinder in die Schule bringen und ihre Verwandten auf der Stadtseite des Flusses besuchen. Einige der Bewohner waren mit dem Warentransport über den Fluss beschäftigt und besassen als Pächter meist grosse Transportboote.

Im Sommer sah man jeden Tag Kinder in der Nähe des Bootsankerplatzes schwimmen. Wenn durch zu viel Regen oder aus irgend einem anderen

Grund, die Wassermenge im Fluss zunahm, war es gefährlich, wenn sich Kinder unbeaufsichtigt am Flussufer aufhielten. Es passierte zwar selten etwas, aber wenn einmal etwas passierte, dann waren es meist besonders tragische Unfälle. Ein Mitarbeiter und Vertrauensperson meines Vaters und enger Freund der Familie wohnte auf der Bergseite des Flussufers. Sein erstgeborener Sohn ertrank beim Schwimmen. Jede Hilfe kam zu spät. Mein Vater sorgte dafür, dass diese Familie auf die Stadtseite des Flusses, nicht weit entfernt von uns, umziehen konnte. Mein Vater schenkte der Familie für einen symbolischen Betrag von 10 Tuman (damals etwa 1 Dollar) ein grosses Haus, in dem vorher meine Grossmutter und zwei ihrer Söhne gelebt hatten. Für mich wurde es immer schwieriger, wenn Unfälle passiert waren. Das Betreten von Flussufer und Überquerung der Hauptautostrasse war mir absolut untersagt. Es waren so viele Überwacher am Werke: Geschäftsleute, Hausfrauen, Fischer, Landarbeiter, die mir das Leben schwer machten. Sobald sie mich sahen, schrieen sie meinen Namen. Ich rannte voller Angst wieder zurück nach Hause. Kaum zu glauben, wie oft ich mich stundenlang hinter den Häusern und Geschäften versteckt gehalten habe, um auf eine günstige Gelegenheit zu warten, doch noch zum interessanten Flussufer zu gelangen.

Für ein Kind war das alles so schön; vor allem in der Abenddämmerung und vor Sonnenaufgang. Auch zur Mittagszeit war es herrlich, am Flussufer zu stehen und die Männer zu beobachten, die die notwendige Tagesration Fische für die Familie aus dem Fluss fischten. Die meist jungen Männer nutzten ihre Mittagspause, um aus einem kleinen Holzboot, das Nuh genannt wurde, Netze auszuwerfen, was mit einem rhythmischen Fussschlag auf den Boden des Bootes einherging. Das habe ich sehr gerne beobachtet. Diese zahlreichen Flussfischer haben sich gegenseitig nie gestört. Jeder durfte fischen so viel und so lange er wollte. Genehmigungen und Diplome gab es nicht. Wenn sie viel Glück hatten und mit reicher Beute heimkehrten, verteilten sie die frischen Fische auch in der Nachbarschaft und im Freundeskreis.

Nicht weit vor der Einmündung des Flusses in das Meer und zwar auf der flachen Flussseite, gab es einen kleinen See mit vielen Fischen und verschiedenen Pflanzengattungen. Der See hatte keinerlei Verbindung zum

Fluss oder zum Meer. Wahrscheinlich war eine frühere Verbindung durch Sand zugeschüttet worden. An der früheren Verbindungsstelle war nun eine normale und breite Sandstrasse, die den Weg zum Strand erheblich verkürzte. Ansonsten musste man um den See herumgehen, um zum Strand zu gelangen. Nicht weit vor dieser Stelle waren die letzten Gebäude der Stadt, ein paar grosse Lagerhäuser, die dem Staat gehörten. Das vorletzte Haus war eine grosse Villa mit einem riesig-grossen Hof und Garten sowie einem separaten Haus für den Hausmeister und seine Familie. Rund um den Hof gab es grosse Lagerhäuser für Waren und landwirtschaftliche Maschinen. Im Einsatz habe ich diese Maschinen nie gesehen. Wahrscheinlich waren Ersatzteile nicht zu besorgen gewesen. Diese Villa hatte mein Vater einem russischen Handelsbeauftragten und Kaufmann abgekauft. Das Haus diente als Wochenend- und kurzzeitiges Feriendomizil für unsere Familie und unsere Verwandten, die in der Grossstadt wohnten.

Die Grossfischerei aus dem Meer war zunächst in privater Hand. Die Menschen halfen sich gegenseitig. Grosse, gut markierte Netze wurden mit dem Boot im Meer verankert. Nach einigen Stunden wurden die beiden Enden des riesigen Netzes ans Land gezogen. Es war interessant zu sehen, welche Vielfalt an Fischen sich im Netz fanden. Stör musste beim Fischereiamt wegen des Kaviars abgegeben werden. Später wurde die Fischerei verstaatlicht, die Fischer erhielten Netze und Unterstützung. Für ein Kind war dieser kleine Ort besonders interessant. Hier war immer was los und es wurde nie langweilig. Man musste alles zu Fuss erledigen. Busverbindungen gab es nur zwischen Grossstädten und zur Hauptstadt Teheran. Die Busse hielten an, wenn sie noch Platz hatten und man konnte bis zum nächsten Dorf oder Stadt mitfahren. Wenn ich später als Schüler meine Verwandten in Feridunkenar besuchte, versuchte ich immer der Fischereiarbeit zuzuschauen. Am Ende durfte ich mir immer als Geschenk Fische aussuchen. Wenn die Fischer meinen Namen hörten, kümmerten sie sich ganz besonders herzlich um mich und meine Freunde.

Ein besonderes Ereignis war für mich, wenn ich in Begleitung meiner Grossmutter unsere Verwandten im nächsten Ort (Sorkhorud) besuchte. Meine Grossmutter hinkte nach einem Schenkelhalsbruch, der nie richtig behandelt worden war. Sie und ich mit einigen Geschenken in einem Sack liefen stundenlang etwa zwölf Kilometer bis Sorkhorud. Der Onkel, den wir besuchten und bei dem wir ein paar Tage blieben, war sehr wohlhabend. Er hatte mehrere wunderschöne Pferde. Schon deshalb habe ich seine Kinder beneidet. Kaum waren wir angekommen, da übernahm meine Grossmutter, die sehr gut kochen konnte, das Kommando im Haus. Das Haus war sehr gross und es gab viele Angestellte, Frauen und Männer, die verschiedene Tätigkeiten ausübten. Sie nannten den Onkel Arbab (Herr, Herrscher). Zwei von seinen drei Kindern waren etwas älter als ich. Die Kinder zeigten mir auf der Rückseite des Hauses den Wald und den Berg. Es war eine sehr schöne Landschaft: Sand, Wald, Bäume, Berg mit viel Grün und etwas weiter weg das Meer. Etwa ein Kilometer entfernt von dem Haus sah man im Sand mehrere runde Vertiefungen im Boden, je etwa vier Meter im Durchmesser, aus denen warmer bis heisser flüssiger Schlamm hervorquoll. Die Kinder und ein Begleiter erzählten, dass zu bestimmter Jahreszeit aus Teheran und anderen Städten Menschen mit bestimmten Hautkrankheiten dorthin reisten, um sich mit diesem Schlamm zu behandeln. Es war ein eigenartiger Geruch in dieser Gegend, wahrscheinlich Schwefel?

Etwas weiter weg gab es ein Jagdgebiet. An der Vorderseite des Hauses war ein Garten, welcher durch einen Zaun von der Hauptautostrasse getrennt war. Diese Tage waren für mich eine herrliche Abwechslung. Zudem verwöhnte man mich unbeschreiblich. Für den Rückweg organisierte der Onkel, dass die durchfahrenden Busse uns auch mitnahmen. Wir brachten vielerlei Geschenke mit nach Hause. Gelegentlich wurde ich gemeinsam mit einer etwa eineinhalb Jahre älteren Cousine von einem Onkel und Mitarbeitern mitgenommen, um Felder und Gartenanlagen zu kontrollieren, in denen es Obst und verschiedene Melonenarten gab. Wenn das Obst reif war, wurde es für den Verkauf an die Geschäfte vorbereitet und abtransportiert. Die Männer waren voll beschäftigt. Die Cousine und ich hatten viel interessante Sachen zu sehen und konnten auch die Nachbarfelder beobachten, die meist durch schmale Wasserkanäle miteinander verbunden waren. Die Cousine war hübsch und schlau und trug immer Shorts. Ich hatte immer Lust, sie in den Popo zu kneifen. Aber als schüchterner vierjähriger Knabe habe ich es nie gewagt. Wir sprachen miteinander in Nordiranischem Dialekt, was ich zu Hause nicht durfte, da mein Vater prinzipiell nur Hochfarsi sprach.

In einer Ecke des Feldes war ein kleiner Beobachtungsturm, genannt Nefar, gebaut aus Holz, Laub und Stroh. Das Dach war gedeckt, die Seiten waren aber offen. Integriert war eine Leiter. Man sah rundherum weit weg viele Felder, die durch unterschiedliche Farben von einander zu unterscheiden waren. In jedem Feld gab es ein Nefar. Es diente als Ess- und Mittagsschlafplatz, sowie als Vogelscheuche. Von hier aus hatte man einen weiten und herrlichen Blick über die Felder und Wasserkanäle. Nachdem wir beide alles gesehen und vom Herumgehen müde waren, beschlossen wir, auf den Nefar zu steigen, um zu trinken, zu essen und zu spielen. Nach einer Weile schlug die Cousine vor, wir sollten uns gegenseitig unsere Geschlechtsteile zeigen. Auch in diesem Alter war es tabu, nackt herumzulaufen oder nackt zu schwimmen. Deshalb war es ja so interessant, sich so etwas mal näher anzuschauen, um die Anatomie besser zu verstehen. Wir konnten uns aber nicht einigen, wer als erster die Hose herunterlassen sollte. Schliesslich schlug sie vor, dass wir schrittweise abwechselnd etwas offenbaren sollten. Sie war wirklich sehr schlau. Während ich grosszügig präsentierte, was zu zeigen war, zeigte sie kaum etwas. Es war sehr mühsam, da jeder ihrer Schritte neu verhandelt werden musste. Ich hatte richtig Herzklopfen und wurde rot im Gesicht, hoffte aber, dass sie nach meiner Grosszügigkeit nun auch etwas zeigte. Doch bevor die vollständige „Offenbarung" stattfand, kamen der Onkel und Mitarbeiter, um uns wieder nach Hause mitzunehmen. An meinem roten Gesicht und Schweisstropfen haben sie sicher gemerkt, dass zwischen uns beiden ein ernstes Spielchen im Gange war. Aber an diesem Tage war meine Karriere als Anatom und als Sexualforscher vorerst beendet.

Die Menschen in der Region waren freundlich und halfen sich gegenseitig in Landwirtschaft, Fischerei und Hausbau. Man erledigte viele Probleme unbürokratisch. Steuern zu zahlen war zwar gesetzlich verankert, sie wurden aber nicht regelrecht erhoben. Grossgrundbesitzer waren meist grosszügig und unkompliziert und niemals arrogant. Sie gaben zinslose Darlehen an Landwirte und Fischer. Nachdem verschiedene Banken eröffnet waren, wurden natürlich auch Zinsen auf Kredite erhoben. Man musste Sicherheiten, zumindest aber eine Bürgschaft vorweisen. Der Islam verbietet eigentlich die Zinserhebung. Vereinbarungen zwischen den Menschen waren früher einfacher und humaner. Wenn landwirtschaftliche Produkte wie Reis, Baumwolle und anderes geerntet worden war, gaben die Landwirte wie vereinbart einen Teil der Ernte an die Geldgeber zurück. Diese lagerten die Produkte in den Lagerhäusern und verkauften dann im günstigsten Moment teuer nach Teheran oder sonst wo hin. Sie trugen mit diesem Vorgehen aber auch das Risiko, wenn aus irgend einem Grund die Ernte ein Jahr mal schlechter ausfiel. Diese Methode der Kreditvergabe an Landwirte war im Iran schon vor der Einführung der Kleinkreditvergabe in Bangladesch an Frauen praktiziert worden. Die Landwirte nahmen je nach Grösse ihrer Felder ein bis zwei junge Männer zur Ausbildung und Hilfe auf, die ein bis zwei Jahre, manchmal auch länger, dort arbeiten und wohnen konnten. Nach dieser Zeit konnten sie dann selbstständig ihr eigenes Land bearbeiten. Das Vertrauen untereinander war massgebend. Dass Grossgrundbesitzer besser lebten und sich fast alles leisten konnten, wurde als selbstverständlich akzeptiert. Ohne Grossgrundbesitzer wären Armut und Arbeitslosigkeit viel grösser gewesen. Die kommunistische Tudeh Partei versuchte diese Verhältnisse propagandistisch auszunutzen. In dieser Region allerdings ohne Erfolg, weil die Menschen in der Mehrzahl zufrieden waren. So lange ich zurückdenken kann, gab es damals keine Bettler auf der Strasse. Wenn je ein Bettler auftauchte, war es kein Einheimischer. Die Anzahl von Analphabeten war damals hoch. Schulpflicht gab es nicht. Volksvertreter für das Parlament in Teheran wurden gemeinsam mit Babolsar gewählt. Es ist heute noch so, obwohl Feridunkenar inzwischen als Wirtschaftszentrum der Region gilt.

Eine besondere Aufregung gab es immer dann, wenn die Söhne zum Militär für zwei Jahre rekrutiert wurden. Die jungen Männer hatten grosse Abneigung gegen das Militär. Vor allem die Söhne der Wohlhabenden wollten nicht weg von zu Hause. Da die ärmeren Bauern auf die Hilfe ihrer Söhne angewiesen waren, war der älteste bzw. auch der einzige Sohn vom Militärdienst befreit. Damit war eine annähernd gerechte Lösung gefunden, und grössere Unterschiede zwischen reich und arm vermieden worden.

Eine angesehene Persönlichkeit des Ortes war als Vertrauensperson der Regierung eingesetzt, alles gerecht zu entscheiden. Er entschied nach den sozialen Verhältnissen der Familien und nach Anzahl der Kinder. Taher Khan Bahrami war ein Cousin meiner Mutter. Er war Philosoph und Theologe, ein gross gewachsener Mann, immer bestens angezogen und mit besten Manieren. Sein spezielles Gewand mit Kopfbedeckung (Aba und Ammameh) als Theologe trug er nur bei religiösen Anlässen und zu Hause nur, wenn man ihn als Ratgeber aufsuchte. Die Familie war wohlhabend und lebte in einem grossen Haus mitten in der Stadt. Seine Haustür war immer offen. Die Menschen konnten sich bei Schwierigkeiten jeder Zeit an ihn wenden. Es wurde erzählt, dass er den Koran auswendig kannte und bestens aus dem Arabischen in Farsi übersetzen konnte. Er konnte stundenlang Gedichte berühmter Dichter vortragen und philosophische Überlegungen fantastisch interpretieren. Ich konnte mich auch als Erwachsener immer wieder davon überzeugen, dass Herr Bahrami ein seltenes Exemplar eines intellektuellen Iraners war, ein Gelehrter ohne Beispiel. Alle Personen, die ihn kannten oder kennenlernten, waren beeindruckt von ihm. Nach der Machtübernahme des jungen Shahs wurde er zu dessen Vertrauensperson. Unter der Herrschaft von Reza Shah gab es eine Zwangsverordnung, indem Männer für ein paar Monate unentgeltlich im Strassenbau zu arbeiten hatten und zwar ausserhalb ihres Wohnortes. Ähnlich wie beim Militärdienst, kam Taher Khan Bahrami zum Einsatz und sorgte für Gerechtigkeit, damit die Familien mit Einzelkind keinen Soldaten stellen mussten, weil sie sonst eine wichtige Arbeitskraft verloren hätten. Damals wurden sonst solche und ähnliche Einsätze aus Teheran per Befehl durchgesetzt.

Eines Tages gab es in diesem friedlichen Ort Unruhe und Angst. Die Vorboten des Zweiten Weltkriegs machten sich bemerkbar. Über Städte am Kaspischen Meer flogen ständig fremde Flugzeuge und warfen Informationsblätter mit Erklärungen an die Bevölkerung ab. Es wurde mitgeteilt, dass Russen und Engländer nur als Beschützer und in friedlicher Absicht ins Land kommen wollten. Allerdings trauten die Menschen den Versprechungen nicht und hatten Angst vor Bombardierungen. Diejenigen, die konnten, verliessen den Ort und versuchten weit ausserhalb der Stadt auf dem Lande in einfachen Häusern bei Verwandten oder zur Untermiete unterzukommen. Mein Vater war geschäftlich in Teheran. Meine Mutter packte ein paar notwendige Dinge zusammen, nahm mich bei der Hand und wir gingen zu Fuss mehrere Kilometer weit, weg vom Ort. Eine Haushaltshilfe kam mit und jemand brachte Koffer und sonstige Dinge auf einem Pferd dorthin. Alle empfanden Angst. Da die Situation nicht eskalierte und es einige Wochen ruhig blieb, kehrten wir wieder nach Hause zurück. Man hätte wissen sollen, dass sich auf der anderen Seite des Meeres im Kaukasus die grösste Ölquelle befand und das Nordiranische Küstengebiet ebenfalls über grosse Erdölquellen verfügte und damit Bombardierungen nicht geplant sein konnten.

Teheran konnte man über zwei verschiedene Wege erreichen. Einmal über Shahi (heute Ghajemschahr) und Firouzkuh, was länger dauerte, oder über Amol und das Harazgebirge, eine kurvenreiche Strecke und mit vielen schlecht gebauten Tunneln gefährlicher, aber der kürzere Weg. Die Stadt Amol liegt zwischen Meer und Wald und einem Berg auf der anderen Seite. Das sehr schöne Waldgebiet war besonders als Jagdgebiet beliebt. Die Jäger kamen aus der Region und aus Teheran. Eine der Besonderheiten meines Geburtsorts Feridunkenar ist eine einmalige Art der Wildentenjagd. Zu bestimmter Jahreszeit, zwischen November und März, kommen regelmässig viele Wildenten von weit her, wie z. B. aus Russland. Die riesigen Reisfelder und die vielen Wasserteiche bieten beste Bedingungen für die Wildenten. Die Wildentenjagd ist eine spannungsreiche Zeremonie. Ich selbst habe sie nur einmal als Erwachsener erlebt, als ich zu Besuch bei Verwandten weilte und von den jüngeren Männern aus der Verwandtschaft mitgenommen wurde. Wir fuhren in einer Gruppe mit Mopeds oder kleineren Motorrädern gegen 3:30 morgens zu den wasserreichen Reisfeldern. Ich sass hinter dem Lenker auf dem Motorrad und hielt mich an ihm fest. Frauen waren nicht dabei und durften wahrscheinlich auch nicht mit. Es war etwas mehr als eine Stunde zu fahren. Der Weg zum Ort war abenteuerlich uneben, mit zahlreichen Schlaglöchern. Auf dem kleinen Motorrad als Beifahrer hatte ich manchmal das Gefühl, meine inneren Organe würden aus ihren Verankerungen gerissen. Einige Menschen waren auch zu Fuss unterwegs. Ein Teil des

Weges musste man ohnehin zu Fuss gehen. In jeder Landeinheit gab es eine kleine Hütte aus Lehm und Holz mit Kochgelegenheit. Der Boden war mit einem dicken Teppich bedeckt. In den Ecken waren Matratzen auf dem Boden und dicke grosse Polster oder Kissen an der Wand rund herum. Man konnte recht bequem sitzen. In der Morgendämmerung begann die Zeremonie. Ausserhalb der Hütte war ein kleiner Teich und vor dem Teich sah man ein riesiges langes und sehr breites Netz gespannt. Man setzte mehrere Lockenten aus, die entsprechend trainiert waren. Sie wussten genau, was sie zu tun hatten. Sie flogen in Richtung Reisfelder, wo sich die Masse der Wildenten aufhielten. Mit speziellen Geräuschen, eine Art rhythmischer Gesang, näherten sie sich den Feldern und gingen tief hinunter. Plötzlich stiegen viele Wildenten empor und verfolgten fliegend die Lockenten zum Teich. Auf diese Weise wurden sie in dem sehr grossen Netz gefangen. Als die Aktion erfolgreich beendet war, machten die Lockenten ungeheuren Krach, was kaum auszuhalten war. Auf diese Weise lobten sie sich für die getane Arbeit und wollten belohnt werden, was natürlich sofort geschah. Sie wurden bestens gefüttert.

Vor Sonnenaufgang war die Zeremonie beendet. Man sass dann in der Hütte gemütlich beisammen, trank Tee und unterhielt sich. Süsswasser zum Kochen und Waschen brachte man mit. Die Innereien wurden geputzt und gewaschen und mit Zwiebeln und etwas Zitronensaft gebraten. Es gab Brot oder Reis dazu. Ich vermied diese sicher lecker zubereiteten Speisen, weil ich Angst hatte, das Wasser könnte nicht sauber gewesen sein. Bei allem, was ich nicht essen wollte, entschuldigte ich mich, dass ich eine Allergie dagegen hätte. Sonst wären die Gastgeber beleidigt gewesen. Es war jedenfalls ein besonderes Erlebnis bei der Wildentenjagd dabei gewesen zu sein. Nachdem der Eigenbedarf für die Beteiligten gedeckt war, wurde der Rest, und das war der Grossteil an Enten, nach Teheran und in andere Städte verkauft. Das Fleisch von Wildenten ist zart und schmeckt sehr gut. Die Ortsansässigen bereiten die Enten vor allem mit gemahlenen Walnüssen zu. Dazu gibt es einen speziell zubereiteten Reis. Die kleineren Exemplare der Enten werden mit gerösteten Zwiebeln und der Frucht des Granatapfels in der Pfanne gebraten. Dieses Rezept war eine Spezialität meiner Mutter, die dafür sowohl von der Familie als auch von Gästen immer grosses Lob erntete.

Für den kleinen Ort war es ein besonderes Ereignis, wenn regelmässig grosse russische Schiffe so nahe wie möglich am Strand ankerten. Da kein Hafen vorhanden war, transportierte man die verschiedenen Waren mit grösseren Booten über den Fluss zum Meer und zum Schiff. Über spezielle Treppen vom Boot zum Schiff wurden auf dem Rücken der Männer grosse Säcke in den Laderaum des Schiffes transportiert. Ein paar mal durfte ich mit und wurde von schönen blonden Damen auf dem Schiff verwöhnt.

Für die reibungslose Abwicklung des Vertrages zwischen Iran und Russland war mein Vater zuständig, zumal er Azari und Russisch sprach. Zwei meiner Onkel koordinierten den Warentransport. Nachdem mein Vater seine geschäftliche Tätigkeit ganz in die Stadt Babol und später in die Hauptstadt Teheran verlagert hatte, sind einige grosse Handelsprojekte still gelegt worden.

Vater des Autors mit Geschäftspartner aus Japan

# 2

# Politische Gegebenheiten des Landes

Damit unser Leben im Iran besser verstanden werden kann, sollte die politische Situation im Lande unter den damaligen Machthabern kurz dargestellt werden. In dieser Zeit herrschte die Dynastie Pahlavi unter Reza Shah. Ohne Partei zu sein, muss ich zugeben, dass ich die Lebensgeschichte des Reza Shah höchst interessant finde.

Reza Shah war ein einfacher junger Mann, geboren in einem Dorf im Norden Irans, genannt Alasht in der Provinz Mazandaran, zwischen Shahi und Sawadkuh. Seine Vorfahren, vor allem der Grossvater und sein Vater waren hohes Militär der Provinz Mazandaran am Kaspischen Meer. Sein Vater, Major Abbas Alim Khan Pahlavi starb als sein Sohn Reza vierzig Tage alt war. Seine Mutter, Nush Afarin (ein seltener Name), kümmerte sich als Alleinerziehende um den Sohn. Über diese Frau habe ich weder was gelesen noch ein Foto von ihr gefunden. Im Alter vom vierzehn Jahren ist Reza gemäss Familientradition in die Kosaken-Brigade eingetreten. Er war ein tapferer Soldat. Im Kampf gegen Partisanen, die brutalste räuberische Überfälle unternahmen, Menschen umbrachten und ihrer Habe beraubten, zeichnete sich Reza, inzwischen Reza Khan (der Führer) genannt, durch aussergewöhnlichen Mut bei Kampfeinsätzen aus. Der Geschichtslehrer erzählte uns Schulkindern, dass viele dieser getöteten Rebellen an ihrem Körper die Initialen Reza Khans aufwiesen, die mit deren Blut geschrieben waren. Sehr bald machte er in der Armee Karriere. Man muss wissen, dass unter der Kadjar-Dynastie (1794-1925) das Land wirtschaftlich und gesellschaftlich nicht in bester Verfassung war. Der Kadjar-Shah und seine Verwandten vergnügten sich im In- und Ausland. Die Schulden des Landes wurden durch Anleihen kontinuierlich grösser. Dem einfachen Volk ging es zunehmend schlechter. Durch zwei Kriege, die Iran gegen Russland führte und beide verloren hatte, mussten etliche Landesanteile, wie Aserbaidschan, Usbekistan, Teile vom Kaspischen Meer mit Erdölgebieten vom Kaukasus und Kasachstan an Russland abgetreten werden. Unzufriedene Menschen aus allen Teilen Irans organisierten einen Aufstand gegen den damaligen Shah Mohammed Ali. Er floh und fand Asyl in der russischen Botschaft. Von dort aus brachte man ihn nach Russland. Sein Sohn Ahmad Shah wurde im Alter von zwölf Jahren zum Shah ernannt. Ein Onkel von ihm galt als Kronprinz Irans. 1911 versuchte Mohammed Ali Shah mit Hilfe Russlands die Macht zurückzugewinnen, obwohl sein Sohn Ahmad Shah, zwar sehr jung, aber als Nachfolger etabliert war. Dieser Eroberungsversuch wurde vom Volke niedergeschlagen.

Die Kadjar-Dynastie hat sowohl mit Russland als auch mit England Verträge unterschrieben, die ohne Ausnahme zum Nachteil Irans abgeschlossen waren. Jahrhundertelang versuchten auch die Franzosen (Napoleon Bonaparte), Engländer und Russen Zugangsrechte nach Indien und Verträge zur Gewinnung von Bodenschätzen durchzusetzen. Das Verhalten dieser Länder war in der Tat unfair. Nur die Deutschen, die zunehmend an Macht gewannen, verhielten sich fair und haben zur Modernisierung des Landes entscheidend beigetragen.

Schliesslich erhielt der Engländer Reuter 1901 vom Kadjar-Shah die Genehmigung zur Bohrung und zur Gewinnung von Bodenschätzen. Der Vertrag war für Iran so ungünstig, dass das Parlament diese Genehmigung bald annullierte. Im gleichen Jahr hatte der Engländer William Knox-Darci die Genehmigung erhalten, im ganzem Land, ausser in fünf Provinzen, nach Öl zu bohren und Pipelines zu errichten. Im Vertrag wurden nur sechzehn Prozent des Gewinns Iran zugesprochen. Dieser Vertrag war auf sechzig Jahre angelegt.

Iran hatte zudem noch alle Verluste zu tragen, die durch Sabotage oder sonstige Ursachen entstanden, die von dem sechzehn Prozent-Anteil abgezogen wurden. Bereits 1908 wurde Erdöl in Masdsched Soleyman gewonnen und ein Jahr später, 1909, wurde Erdöl exportiert. Im ersten Weltkrieg wurde der gesamte Ölbedarf der Englischen Flotte mit iranischem Öl gedeckt. Zwischen 1919 und 1930 bekam Iran von der Ölfirma die lächerliche Summe von 9 Millionen Pfund Sterling. Trotzdem versuchte England durch Bestechung des Machthabers den ungerecht abgeschlossenen Vertrag zu verlängern. 1956 hatte England 56 Prozent vom sogenannten BP-Öl als Eigentum erworben. Das erklärt sehr wohl, warum die liberalen Kräfte im Land und die Intellektuellen sich für eine Nationalisierung des Iranischen Öls einsetzten. Inzwischen versuchte neben Russland und England auch Deutschland an Einfluss zu gewinnen. Zahlreiche Experten, Fachkräfte und Spezialisten kamen in das Land und leisteten hervorragende Arbeit. Alle Versuche Russlands und Englands, den Anteil der Deutschen im Iran auf ein Minimum zu reduzieren, wurden von der damaligen Shah-Regierung unterbunden.

Unter der Regentschaft des letzten Kadjar-Shah Ahmad nahmen Korruption, Schulden Armut und Pleiten und damit die Abhängigkeit vom Ausland weiterhin zu. Der Vizekönig und Onkel vom Ahmad Shah, der viel älter war, war nicht in der Lage, eine vernünftige Staatsführung durchzusetzen. Namhafte und einflussreiche Persönlichkeiten wurden als Regierungschef bestellt und wieder abgesetzt. Fast alle diese Herrschaften waren in irgendeiner Weise abhängig vom Ausland und haben für das Volk nichts Positives geleistet. Der Shah setzte die Tradition seiner Väter mit ständigen Vergnügungsreisen nach Europa fort. Die katastrophale Situation der Wirtschaft, der Bildung, des Gesundheitswesens und die damit einhergehende Unzufriedenheit der Menschen, wurde ignoriert. Die Voraussetzung zur Etablierung einer Linkspartei mit Unterstützung von Russland war günstig. So konstituierte sich die kommunistische Tudeh Partei und war bei der Parlamentswahl mit mehreren Abgeordneten im Parlament vertreten. Die Tudeh Partei hat jahrzehntelang bei dem Durcheinander im Lande nur polarisiert. Reza Khan, inzwischen ein Offizier im hohen Rang war die Rettung.

Er war geschickt und pflegte damals noch gute Kontakte zu religiösen Führern des Landes. Offenbar wurde er auf Vorschlag eines englischen Generals zum obersten Chef der Kosaken-Armee ernannt. Kosaken waren die stärkste Armee-Einheit des Landes. Er wurde sehr mächtig und war gefürchtet. Shah Ahmad ernannte einen Zeitungsverleger, Saied Ziah Tabatabai, der redegewandt und ein erfahrener Politiker war, zum Regierungschef. Es stellte sich heraus, dass auch Said Ziah unter Einfluss von England stand. Sein Hauptgegner war Reza Khan, der seinen Unmut zum Ausdruck brachte. Als 1921 der damalige Kriegsminister unter Said Ziah zurücktrat, wurde Reza Khan, der inzwischen sehr mächtig war, trotz Rivalitäten zwischen ihm und Ziah zum Kriegsminister ernannt. Damit herrschte er über die gesamte Armee des Landes. Die stärkste Partei im Parlament Tadjadod unterstützte ihn. Da der Ministerpräsident keine nennenswerten Erfolge aufweisen konnte, wurde er unter Druck von England und der Mehrheit des Parlaments abgesetzt und Reza Khan zum Regierungschef ernannt. Ahmad Shah war nicht so begeistert und teilte dem Parlament mit, dass sein Vertrauen zu Reza Khan massiv gestört sei, da er ständig versuche, den Shah und die Kadjar Dynastie zu verunglimpfen. Er würde allerdings die Ernennung unterschreiben, da er den Willen des Volkes durch das Votum der Parlamentarier respektiere. Nun wurde Reza Khan noch mächtiger und vielleicht auch hemmungsloser. Er propagierte, die Dynastie abzuschaffen um eine Republik Iran zu etablieren. Als der Journalist Mirzadeh Eshghi in einem Artikel diese Idee als lächerlich und absurd bezeichnete, fand man einen Tag später seine Leiche. Daraufhin verlangte Ahmad Shah (Kadjar) vom Parlament ein Misstrauensvotum gegen den Regierungschef Reza Khan einzubringen. Reza Khan trat von sich aus zurück und verliess die Hauptstadt Teheran. Er hielt sich 40 km von Teheran entfernt auf und wartete auf die vereinbarte Reaktion seiner Armeefreunde und seiner Anhänger.

Das Land war in dieser Zeit ohne Regierung und es herrschte Chaos. Mit grosser Mehrheit beschloss das Parlament, Reza Khan zu bitten, sein Amt und seine Regierung wieder aufzunehmen. Zwölf Politiker, darunter auch Dr. Mossadegh wurden beauftragt, Reza Khan zu überzeugen. Offenbar war alles zwischen ihm und seinen Anhängern vereinbart gewesen. Reza Khan wurde noch mächtiger und setzte seine Agitationen gegen Ahmad Shah und seine Dynastie fort. Ahmad Shah, inzwischen ein junger gut aussehender Mann, hielt sich wieder mal in Europa auf. Reza Khan und die Republikaner setzten den Vizekönig und Thronfolger, den Onkel von Ahmad Shah, unter Druck. Er müsse von seinem Amt als Vertreter des Ahmad Shah zurücktreten. Reza Khan teilte dem Parlament mit, dass er Ahmad Shah wiederholt gebeten habe, in den Iran zurückzukehren, er habe aber keine Begeisterung gezeigt, da er sein Heimatland nicht liebe und sich lieber in Europa vergnügen möchte. Reza Khan bereitete seinen Weg ins höchste Amt des Staates geschickt und bedacht vor. Er heiratete, soweit bekannt, viermal, und immer Damen aus einflussreichen Familien des Landes. Er hatte offiziell elf Kinder von diesen vier Frauen.

England versuchte weiterhin seinen Einfluss im Iran auszubauen. Dafür unterstützten sie Reza Khan uneingeschränkt. Mit unglaublichem Geschick und mit Hilfe seiner Anhänger im Parlament sowie in der Armee, beschloss das Parlament, die Dynastie Kadjar zu annullieren und Reza Khan zum neuen Shah zu ernennen. Es war ein Putsch. Ahmad Shah wurde mitgeteilt, er solle nicht mehr in den Iran zurückkehren und gleich in Europa bleiben. Bravo!

Es wurde die Dynastie Pahlavi konstituiert und kurze Zeit später wurden die Zeremonien zur Krönung des Shahs vorgenommen. Reza Shah regierte autoritär. Er duldete keine Kritik und keine Gegnerschaft. Sehr bald wurde er der reichste Mann Irans, indem er viele Grossgrundbesitzer enteignete. Wenn immer möglich wurde alles zu Eigentum von Pahlavi erklärt (Amlake Pahlavi). Auch die religiösen Führer, die im allgemeinen wohlhabend waren, verloren ihr Eigentum an den Shah.

Das Auslandsvermögen von Reza Shah wurde innerhalb weniger Jahre auf mehrere Milliarden Dollar geschätzt. Ob das stimmte, weiss ich allerdings nicht. Abgesehen von einigen unschönen Verhaltensweisen und Handlungen, war Reza Shah ein fähiger Mann mit enormer Durchsetzungskraft. Er hat während seiner Regenschaft viel für das Land geleistet. Reza Shah war, abgesehen von einer gewissen Abhängigkeit von England, ein Deutschland-Narr. Er hatte grosses Vertrauen zu deutscher Technologie und deutschem Wissen. Viele bis heute noch funktionierende Einrichtungen und Technologien im Iran wurden von deutschen Fachkräften und Ingenieuren eingerichtet. Andererseits war Reza Shah aber sehr misstrauisch und überprüfte gerne alles eigenhändig. Jedes einzelne Projekt wurde von ihm persönlich kontrolliert. Er war immer am Ort des Geschehens.

Seine Leistungen während seiner Regentschaft im Iran sind enorm. Grosszügigerweise sollte man Persönlichkeiten mit ähnlichen Leistungen und Fähigkeiten persönliche Bereicherung verzeihen. Ganz anders wird meine Beurteilung ausfallen, wenn willkürlich Menschenleben geopfert werden.

Über Reza Shah wurden viele interessante Anekdoten erzählt. Ob sie sich wirklich so zugetragen haben, entzieht sich meiner Kenntnis. Er soll häufig unerkannt im Publikum aufgetaucht sein und die Menschen beobachtet sowie ihre Gespräche belauscht haben. Da und dort schaltete er sich ein und beschimpfte diese, wenn sie negative Äusserungen machten oder schlecht handelten. Einmal bei einem Besuch einer Offiziersgarnison soll er in der Küche erschienen sein um festzustellen, was für Essen vorbereitet wird. Der Koch, der gerade in einem riesigen Messingtopf eine Suppe umrührte, erklärte ihm, um was für eine Suppe es sich handelte. Reza Shah wollte wissen, ob in der Gemüsesuppe auch Fleisch sei. Als der Koch verneinte, wollte der Shah wissen, was das für ein Objekt sei, das er ständig hin und her bewege. Man entfernte das Objekt. Es handelte sich um eine weich gekochte Maus, die der Koch in Gegenwart des Shahs essen musste. Dichtung oder Wahrheit?

Als die Eisenbahn von Teheran nach Norden im Bau war, mussten etwa drei Stunden von Teheran entfernt vor der Stadt Firuzkuh im Weresk-Gebirge zwei Berge überbrückt werden. Der deutsche Ingenieur wollte mit einer Eisenbrücke zwei Berge miteinander verbinden. Die Berge waren sehr hoch, das Tal dazwischen enorm tief und breit, eine Herausforderung für den Ingenieur und für die Technik. Reza Shah war skeptisch, ob eine Eisenbahnbrücke dieser Dimension die Bahn mit Menschen und Waren tolerieren kann. Er verlangte, dass nach der Fertigstellung der Ingenieur mit seiner Familie unter dieser Brücke stehen musste, während der erste Zug die Brücke passierte. Diese Bedingung wurde vom deutschen Ingenieur akzeptiert. In Anwesenheit des Shahs fuhren die Züge über die Eisenbahnbrücke und nichts geschah. Der Ingenieur und seine Familie winkten den Passagieren zu und Reza Shah war begeistert. Die Eisenbahnbrücke funktioniert als einzige Bahnverbindung zum Kaspischen Meer heute noch.

Weresk Eisenbahnbrücke                                    Foto: ninara

Soweit bekannt, hat Reza Shah eine einzige Auslandsreise unternommen und zwar in die Türkei. Er besuchte Kamal Atatürk, den er bewunderte und als grossartigen Staatsmann schätzte. Die Leistungen Atatürks in seinem Lande, Modernisierung des Landes, Verbesserung der Frauenrechte, Einrichtung von Universitäten, Hochschulen, Wissenschaftsförderung, Belebung der Wirtschaft und viele andere Aktivitäten beeindruckten Reza Shah sehr.

Hier eine Anekdote über Reza Shah, welche mir mein klinischer Lehrer Professor Rudolf Nissen bei einem Besuch bei ihm zu Hause erzählte. Nissen war zu der Zeit Ordinarius für Chirurgie an der Universität Istanbul. Eines Tages brachte man in seine Klinik einen Begleiter des Shahs, einen Offizier von hohem Rang, mit einer Asymmetrie einer Gesichtshälfte. Es handelte sich um eine Luxation (Ausrenkung) des Kiefergelenks entstanden nach einer Ohrfeige durch den Shah. Die Luxation wurde sofort behoben. Reza Shah, dem diese Angelegenheit im Ausland etwas peinlich war, war beruhigt und lernte Prof. Nissen kennen. Er lud ihn in den Iran in seinen Palast in Shemiran ein.

Offenbar hatte Atatürk dem Shah empfohlen, den Einfluss religiöser Führer so weit wie möglich zu reduzieren. In der Tat wurde seine Beziehung mit religiösen Persönlichkeiten des Landes zunehmend schlechter. Eine der grössten Fehler des Reza Shah und seines Nachfolgers, seines Sohnes Mohammed Reza Shah bestand darin, dass sie nicht dafür gesorgt haben, dass in diesem Islamischen Land einige religiöse Persönlichkeiten und Gelehrte in der Regierung vertreten waren, um sie damit in Entscheidungen der Regierung und des Parlaments mit einzubeziehen. Das war sehr unklug, da diese Personen ihre Unzufriedenheit und Proteste gegen Ungerechtigkeit und diskriminierende internationale Entscheidungen nur bei den Freitagsgebeten in den Moscheen zum Ausdruck bringen konnten. Selbst das war mit erheblichen Risiken und Repressalien durch den Geheimdienst verbunden.

Sehr bald begann Reza Shah, das islamische Symbol Hedjab (Kopftuch, Chador und Burka) zu verbieten. 1935 begleiteten ihn seine erste Frau und seine Töchter ohne Kopftuch bei einer Veranstaltung einer Hochschule. Auch viele Damen der Gesellschaft, die eingeladen waren, erschienen ohne Hedjab. Das war eine Demonstration der Macht. Was Atatürk in einem Islamischen Land wie die Türkei fertig gebracht hatte, sollte doch auch im

Iran möglich sein. Eines Tages wurde der Befehl erteilt, im ganzen Land auf der Strasse und anderswo den Frauen den Chador wegzunehmen. Als kleines Kind habe ich in Babol erlebt, wie Polizeibeamte versuchten, meiner Mutter den Chador vom Leibe zu reissen. Meine Mutter wehrte sich vehement und hielt beide Ränder des Chadors mit ihrer Händen und Zähnen fest. Ich versuchte meiner Mutter zu helfen, indem mit meinen beschuhten Füssen gegen das Schienbein des Polizisten trat. Wir gewannen den Kampf und waren ganz stolz.

Ein Problem bestand darin, dass viele Frauen unter dem Chador nicht adäquat angezogen waren. Unter dem Schutz des Chador musste man sich nicht umziehen wenn man das Haus verliess. Eine ähnliche Funktion hat heute der lange Mantel im Iran, der in verschiedenen Farben und auch hübschem Design zu haben ist. Die jungen Damen ziehen den Mantel meist über eine Jeanshose, kombiniert mit einem eleganten Kopftuch und schicken Schuhen. Der Fantasie sind kaum Grenzen gesetzt. Frauen in kleineren Ortschaften und Dörfern trugen damals meist eine Kopfbedeckung und den Chador wie einen langen Rock um die Hüfte gebunden. So kleidete sich auch meine Mutter als wir in der Kleinstadt lebten, obwohl wir immer viel Besuch hatten. Mit der Zeit hat man die Zwangsverordnungen gelockert und es den Familien überlassen, wie sich die Frauen kleiden wollten.

Die weiteren Jahre der Regentschaft des Reza Shah waren charakterisiert durch eine diktatorische Führung. Der wirtschaftliche Einfluss Deutschlands nahm erheblich zu. Der Shah sympathisierte mit Hitler-Deutschland. Alle Versuche der Alliierten, Iran als Durchgangsland nach Indien und über das Kaspische Meer zu der erdölreichen Region des Kaukasus zu benutzen, schlugen fehl. Natürlich wollten die Alliierten im Lande Truppen stationieren. Obwohl Iran im Zweiten Weltkrieg sich als neutral erklärt hatte, sind 1941 die Alliierten – Russen, Engländer und Amerikaner – von verschiedenen Seiten in den Iran einmarschiert und stationierten ihre Truppen im Norden (Russen), Süden (Engländer) in Teheran und einigen anderen Grossstädten (Amerikaner), dass heisst, Iran war besetzt und dreigeteilt. Reza Shah verlor damit seine Autorität. Die deutsche Armee hatte es nicht geschafft, rechtzeitig den Iran zu erreichen. Kurz darauf musste Reza Shah zurücktreten. Er kündigte an, dass die Entwicklung und Modernisierung des Landes es erfordere, die Geschicke des Landes in jüngere Hände zu legen. Sein Sohn Mohammed Reza wurde sein Nachfolger und vom Parlament zum neuen Shah ernannt.

Reza Shah beobachtet einen spontanen Ausbruch von Erdöl in Schahabad in der Region Kermanschah

Reza Shah wurde 1941 erst auf die Insel Mauritius und von dort später nach Südafrika in Verbannung geschickt. Er wollte zwar lieber nach Kanada, was aber von England abgelehnt wurde. Er war ausserhalb Irans sehr unglücklich und starb schliesslich 1944 in Südafrika. Sein Leichnam wurde erst in Ägypten und viel später nach Teheran in ein Mausoleum transferiert. Offenbar existiert das Mausoleum heute nicht mehr. Es ist das traurige Schicksal von Menschen, die zwar viel Positives für ihr Land geleistet haben, aber durch undemokratisches Verhalten Gegnern einen Grund geben, mit Potentaten abzurechnen. Ob das auch in diesem Falle gerechtfertigt war, überlasse ich der Beurteilung des Lesers.

Immer wenn Reza Shah in den Nordiran reiste, war er praktisch den ganzen Tag unterwegs. Die Autostrassen von Teheran nach Babol sind bergig, weitgehend nicht asphaltiert und schlecht befahrbar. An manchen Ortschaften wurde ein kurzer Halt eingelegt. Die Schulkinder mussten in Schuluniform auf beiden Seiten der Hauptstrassen Parade stehen. So eine interessante Szene habe ich als etwa dreijähriger in Feridunkenar, meinem Geburtsort, erlebt. An einem heissen Tag wurde bekannt, dass Reza Shah auf dem Weg nach Babol vorhatte, in Feridunkenar Halt zu machen. Die Autokolonne von Reza Shah sollte vor der Mittagszeit bei uns ankommen. Für Kinder war der Tag deshalb schulfrei. Eine Oberschule gab es am Ort nicht. Alle Schüler und Schülerinnen mussten in sauberer Schuluniform und sauberen Schuhen mit Flaggen in der Hand erscheinen. In Begleitung der Schulleitung reihten sie sich in der Hauptstrasse vor den Geschäften auf. Es wurden verschiedene Gruppen formiert für beide Seiten der Strasse.

Ich hatte mich wie üblich an einer günstigen Stelle zwischen den Geschäftshäusern versteckt, um die für mich einmalige Zeremonie zu beobachten. Vor allem war es wichtig, den gefürchteten Reza Shah, live zu erleben. Andere Kinder und auch Erwachsene, vor allem viel Frauen im Chador warteten etwas versteckt ebenfalls auf den Shah. Ich habe die Schulkinder beneidet, wollte ich doch auch so gern mit den Kindern in der Reihe stehen, um Reza Shah noch näher zu erleben. Im Normalfall stieg Reza Shah aus, begrüsste die Kinder, sprach kurz mit dem Bürgermeister und eventuell noch mit dem Schulleiter. Die Verantwortung für das Gelingen der Zeremonie lag voll in den Händen des Bürgermeisters, also meines Grossvaters. Er machte immer wieder in gewissen Abständen Kontrolle, lief auf und ab, betrachtete die Kinder, sprach mit dem Schulleiter oder der Leiterin. Es durfte nichts schief gehen.

Die Ankunft Reza Shahs verzögerte sich immer wieder. Die Kinder standen stundenlang in der Sonne ohne genügend Flüssigkeit. Ein paar kleinere Kinder wurden ohnmächtig. Sie wurden von den Eltern abgeholt. Der Bürgermeister war wütend und kontrollierte erneut alle Kinder, sprach mit den besorgten Eltern und Schulleitern. Er schimpfte mit den Zuschauern, sie sollten Wasser bringen. Es wurde immer später. Meine Mitbeobachter waren inzwischen grösstenteils weggegangen. Als erneut die Mitteilung kam, dass es nochmals eine Verzögerung gäbe, erschien der Bürgermeister und befahl den Kindern, unverzüglich nach Hause zu gehen. Die meisten Eltern standen in der Nähe und reagierten prompt und waren dankbar. Etwa eine halbe Stunde später kam die Autokolonne im Ort an. Die kleine Stadt war inzwischen weitgehend leergefegt. Aus Angst haben die Geschäftsleute ihre Geschäfte geschlossen, waren aber zum Teil noch im Laden und beobachteten durch die Fenster, was nun geschehen würde. Niemand erschien zur Begrüssung des Shahs. Aus einem mittleren Wagen stieg der mächtige Reza Shah aus. Er schaute zur Brücke, betrachtete die aus Sand, Kies und Staub bestehende Hauptstrasse und liess den Bürgermeister kommen. Er war sofort da, weil er auf der linken Strassenseite nicht weit von den Geschäften entfernt wohnte. Nun standen sich zwei Männer von gleicher Statur und ähnlichem Charakter gegenüber. Reza Shah kannte kein Pardon. Der Bürgermeister begrüsste ihn und die Generäle, warf noch nickend einen Blick zur Autokolonne, in denen die Begleiter, auch Damen, sassen und gab seine Erklärung ab. Reza Shah wurde wütend und beschimpfte ihn. Ich hatte grosse Angst und die Zuschauer bedeckten aus Angst mit beiden Händen ihre Augen. Der Bürgermeister musste sich der Länge nach hinlegen. Eigenhändig schlug ihn der Shah mit einer Peitsche mehrfach hart auf den Rücken und die Schultern. Man liess ihn auf dem Boden liegen und die Kolonne fuhr in Richtung Babolsar und Babol weiter. Man berichtete, dass er aus Wut in Babolsar nicht ausgestiegen sei, obwohl diese als seine Lieblingsstadt galt, modern mit eleganten Hotels und Villen. Die armen Schulkinder dort hatten ebenfalls seit Stunden auf ihn gewartet. Die Menschen haben nur geschimpft und Flüche ausgestossen, obwohl sie Angst hatten und eigentlich vorsichtig sein mussten. Junge Männer trugen den Bürgermeister nach Hause und die älteren Frauen der Familie wurden sofort aktiv. Im Ort gab es kein Krankenhaus und auch keinen Arzt. Die Wunden wurden mit speziellen Salben und Blättern bedeckt und gegen Schmerzen gab es Tropfen und Kräutertee. Die Haustür war wie üblich immer offen. Ständig kamen Verwandte, Freunde, Einwohner der Stadt, Eltern der Kinder und Staatsbeamte. Jeder brachte ein Geschenk mit, sprachen Trost aus und lobten den Bürgermeister, dass er die einzig richtige und verantwortungsvolle Entscheidung getroffen hatte. Jeder hatte einen Behandlungsvorschlag parat. Die meisten empfahlen dem Bürgermeister gegen Schmerzen und zur schnellen Genesung Opium zu rauchen. Ob er diese Ratschläge befolgt hat, weiss ich allerdings nicht.

Ein paar Tage später wurde mein Grossvater richtig krank. Man brachte ihn mit einer Leihlimousine nach Babol, wo es sowohl ein Stadtkrankenhaus als auch ein paar niedergelassene Ärzte gab. Der Bürgermeister war weit über die Region hinaus bekannt und als Mann mit starker Durchsetzungskraft beliebt. Die Wunden wurden inspiziert und verbunden und eine Lungenentzündung diagnostiziert. Mit den damals vorhandenen Medikamenten wurde er notdürftig versorgt und kam schliesslich wieder nach Hause. Ob er selbst zurückgetreten ist oder vom Staat abgesetzt wurde, weiss ich leider nicht. Männer ähnlicher Statur und ähnlich autoritären Charakters wie Reza Shah gab es in der Region viele, schliesslich stammte Reza Shah ja auch aus dieser Gegend. Dem Bürgermeister, meinem Grossvater, gab man wegen seiner Fähigkeiten den Spitznamen Ahmad-Khan und sehr oft auch Ahmad-Shah. Mein Grossvater ist schliesslich an den Folgen der Lungenentzündung gestorben.

# 3

# Schuljahre

Wir waren nun nach Babol, der Provinzgrossstadt, umgezogen. Es handelte sich um eine Industriestadt mit vielerlei Aktivitäten im Handel. Die Stadt war insofern von besonderer Bedeutung, weil es einen Shah-Palast etwas ausserhalb der Stadt gab. Die Familie von Shah Reza stammte aus einem kleinen Dorf dieser Provinz. Er liebte die Region und kam regelmässig zwei bis dreimal im Jahr und besonders in der Neujahrszeit zu Besuch. Er empfing im Palast engste Verwandte, Persönlichkeiten aus der Wirtschaft, sowie religiöse Führer. Einfaches Volk hatte keinen Zugang zum Palast. Der Palast war sehr gross und von einer hohen Mauer umschlossen. Von Aussen konnte man nur hoch gewachsene Bäume sehen.

Die Palastmauer wurde von Soldaten bewacht, besonders dann, wenn der Shah und seine Familie ihre Ferien dort verbrachten. Geleitet wurde der Palast von einem Direktor, der mit seiner Familie innerhalb des Palastes in einer dafür gebauten Villa wohnte. Wir Kinder wollten immer sehr gern den Palast von Innen sehen. Man erzählte so viele Geschichten darüber, dass wir Kinder immer etwas Angst hatten, wenn wir uns auf der langen schönen Allee, die zum Palast führte, aufhielten. Als Schüler mussten wir in sauberer Schuluniform vor der Palaststrasse Parade stehen, wenn der Shah angekündigt war. Reza Shah kam immer etwas später als angekündigt. Manchmal wurde es dunkel bis wir alle wieder zu Hause waren. Wir kamen alle zu Fuss, da es nur vereinzelt Privatautos gab und für städtische Busse kein Budget vorhanden war. Unterwegs nach Hause durften wir nicht über den Shah reden, da die Erwachsenen uns Angst machten, dass die Mauern hellhörig seien und der Shah erfahren würde was wir über den Shah äusserten. Den Kindern ist allerdings nie etwas geschehen. Das Paradestehen wiederholte sich jedes Jahr einmal. Die Absicht, des Shahs Reza Khan zu überprüfen, ob die Gouverneure und Bürgermeister treue Untertanen waren, kostete immer viel Zeit auf dem Weg von Teheran nach Nordpersien. Wenn er mal auf einen widerborstigen Bürgermeister traf, dann glaubte er mit einigen Peitschenschlägen ihn zur Räson bringen zu können. Wenn Reza Shah mit dem Spezialzug nach Shahi (heute Ghajemshahr genannt) und von dort mit dem Auto nach Babol kam, war er pünktlich und wir Schulkinder mussten nicht sehr lange Parade stehen. Wer weiss schon, was für Gefühle den Shah bewegten, wenn er in den Teil Irans reiste aus dem er stammte.

Nun wieder zurück zu meinem neuen Zuhause in Babol. Die gesamte Familie väterlicherseits wohnte in dieser Stadt. Trotzdem war ein grosser Unterschied zwischen beiden Ortschaften. Inzwischen wurde die Familie grösser und grösser. In weiteren Jahren kamen Schwestern und Brüder hinzu. Wohlhabende Männer konnten es sich leisten, gleichzeitig eine zweite oder dritte und sogar eine vierte Ehe einzugehen. Nach dem Islamischen Gesetz sind Mehrehen erlaubt. Je weiter entfernt die parallele Familie wohnte, desto einfacher war es, dass die erste Ehefrau (Momtaz Khanum) nichts davon erfuhr. Vor allem in kleineren Städten und Dörfern waren die Ehefrauen, die meist keine besondere Ausbildung hatten, mit der Familie und Kindererziehung beschäftigt. Ohne Ehemann oder ein Mitglied der Familie durften sie nicht reisen. Wenn einmal per Zufall oder durch Indiskretion doch etwas heraus kam, dann konnte das durchaus tragische Konsequenzen haben. Im allgemeinen haben die Frauen und die Familie diese Angelegenheit toleriert, da sie ja häufig keine andere Alternative hatten und sich mit der Situation abfinden mussten. Indiskretionen kamen vorwiegend von befreundeten Männern, vor allem wenn sie selbst keine saubere Weste hatten. Es ist ganz eigenartig, dass die Männer ihren Seitensprung oder gar eine neue Beziehung selten bei sich behielten und es ihren Freunden oft mit allen Einzelheiten erzählten. Aus Angeberei?

Nicht selten wurden die Zweit- und Mehrehen vertraglich für eine bestimmte Zeit vereinbart, genannt Sigheh. Sie konnte verlängert oder in eine gesetzliche Ehe umgewandelt werden. Diese im Islam verankerte Verordnung hat erhebliche gesellschaftliche und psychologische Nachteile für die Frau, aber auch für die Kinder. Wenn Kinder kamen, wurde in der Regel die Sigheh-Ehe in eine gesetzliche Ehe umgewandelt. Der Vertrag konnte für jede beliebige Dauer festgelegt werden. Der Mann konnte ohne besondere Erklärung den Vertrag annullieren. Die Frau konnte eine Entschädigung vom Mann erwarten, zumindest aber das Geld für die Fahrkarte, damit sie wieder zu ihren Eltern zurückfahren konnte. Ist das nicht herrlich? Wie praktisch für den polygamen Mann! In einer Zeit massiven Frauenüberschusses, wenn die Männer im Krieg gefallen waren und wirtschaftliche Rezession herrschte, mag ja diese von der Religion legitimierte Massnahme sinnvoll gewesen sein. Je gebildeter die Frauen wurden, desto energischer haben sie sich mit Recht dagegen gewehrt. Vor der Iranischen Revolution bis in die frühen siebziger Jahre, da viele Frauen berufstätig und von einem Ehemann unabhängig existieren konnten, nahm der prozentuale Anteil der Sigheh-Ehen rapide ab. Nach der Revolution, vor allem nach dem Iran-Irakischen Golfkrieg, wurde diese Bestimmung wieder aktualisiert und von den religiösen Führern dem Volke empfohlen.

Die Mehrehe ist im Islam an bestimmte Bedingungen gebunden. Der Mann muss in der Lage sein, die Ehefrauen und die Kinder gleich und gerecht zu behandeln. Sehr oft wurde die zweite, dritte oder vierte Ehe mit Genehmigung der Momtaz Khanom (erste Ehefrau) eingegangen. Krankheitsbedingte Probleme in der Familie erleichterten oft die Entscheidung. Reza Shah z. B. hatte zahlreiche Kinder von vier Frauen, die aus politischen Beweggründen gewählt wurden. Sein Sohn Mohammed Reza Shah wurde massiv unter Druck gesetzt, eine zweite Ehe einzugehen, da seine Kaiserin Soraya nicht schwanger wurde. Er brauchte einen männlichen Thronfolger. Soraya war mit dem Vorschlag einer Zweitehe nicht einverstanden, weshalb schliesslich die Scheidung ausgesprochen wurde. Viele wohlhabende und selbstbewusste Männer brachten es fertig, ihre verschiedenen Familien sogar in einer Stadt, aber in verschiedenen Häusern zu unterhalten. Von Ausnahmen abgesehen, war die Beziehung zwischen den Ehefrauen meist freundschaftlich. Deren Kinder haben mehrheitlich beste brüder- und schwesterliche Beziehungen gehabt. Die Persönlichkeit des Ehemannes spielte dabei natürlich eine entscheidende Rolle.

Mein neues Zuhause in der Grossstadt Babol unterschied sich sehr von meinem Geburtsort. Obwohl weniger als vierzig Kilometer voneinander entfernt, waren die Unterschiede gewaltig. Ich war nun Schüler und hatte gewisse Pflichten. Die gesamte Familie väterlicherseits lebte in Babol. Eine für damalige Verhältnisse moderne Stadt mit Elektrizität, Radio, vielen Schulen, einer Oberschule, einem Sportverein, einem Stadtkrankenhaus, einem Kino (Eigentümer war ein Russe), einigen niedergelassenen Ärzten (darunter zwei sehr gute russische Ärzte, z. B. der erfolgreiche Chirurg Dr. Babaioff). In der Stadtmitte war ein grosser Platz, genannt Istga (Haltestelle) mit vielen Geschäften rund herum, dem Kino, einer Apotheke und mehreren Reisebüros, sowie riesigen Garagen für Busse, Lastwagen und Personenwagen. Busse und PKWs waren für den Transport der Menschen in die Hauptstadt Teheran und in andere Städte des Landes bestimmt.

Auf der einen Seite des Platzes war das Elektrizitätswerk der Stadt lokalisiert. Parallel dazu in der gegenüberliegenden Strasse waren zehn bis fünfzehn Droschken parkiert. In der Stadt gab es weder Taxis noch Limousinen, sondern nur die Droschken „Doroschke" genannt. In dieser Stadt erledigten die Menschen ihre Einkäufe, Verwaltungsarbeiten, Bank- und Schulbesuche praktisch alles nur zu Fuss. Nur Hausbesuche bei Kranken oder um Kranke zum Doktor zu bringen, erfolgten mit einer Droschke. Man musste in solch einem Fall jemanden zum „Istga" schicken, der dann mit der Droschke zurückkam, um die Personen abzuholen. Auch die Wohlhabenden besassen noch kein Auto. Erst ein paar Jahre später legten sich einige reiche Kaufleute und Grossgrundbesitzer Privatautos zu.

Ein besonderes Ereignis vor der Einschulung der Knaben war die Zeremonie der Bescheidung. Solche Eingriffe wurden ausschliesslich im Hause der Familie, aber nicht von Medizinern, sondern von Personen ausgeübt, die einem handwerklichen Beruf nachgingen. In der Hauptstadt Teheran hingegen haben meist wohlhabende Familien damals schon die Dienste von Chirurgen beansprucht.

Ich war etwa fünf Jahre alt und wurde bereits seit Monaten durch die Familie auf diesen Eingriff psychologisch vorbereitet, indem vor allem meine Mutter gerne erwähnte, wie harmlos und schmerzfrei solch ein Eingriff sei. Es würde nur ein paar Minuten dauern, aber anschliessend würde gross gefeiert mit der Verwandtschaft und vielen Kindern aus der Nachbarschaft. Man bekäme viele Geschenke und natürlich auch Süssigkeiten. In unserer Region war ein Handwerker, Hadji Ali (Haj Ali ) als freundlicher und sehr geschickter Beschneider bekannt. Dieser wurde aufgeboten und erschien am fest gelegten Tag mit einer kleinen Tasche. Ich und besonders auch meine Mutter waren recht aufgeregt. Er war wirklich sehr nett und brachte mir eine spezielle Schokolade mit. Später war mir klar, dass dies wohl eine Art Anästhesie ersetzen sollte. Im Wohnzimmer sassen unsere Verwandten, die sich bei Tee, Kuchen, Süssspeisen und lustigen Erzählungen vergnügten. Mein Vater verhielt sich sehr ruhig und war eher fröhlich. Dies alles bevor ich armes Opfer die Schärfe des Messers zu spüren bekam. In einer Ecke des Wohnzimmers hatten zwei Musikanten, ein Geiger und ein Trommler, Platz genommen. Es war offensichtlich, auch diese sollten eine Anästhesie ersetzen.

Die Werkzeuge von Haj Ali durfte ich natürlich nicht sehen. In welcher Lage Haj Ali den Eingriff bei mir vornahm – es dauerte nur ein paar Minuten –, kann ich mich nicht mehr erinnern. Ich erinnere mich nur noch an die leckere Schokolade im Mund. Als er sein Messer (?) ansetzte, fingen die Musikanten an zu spielen und die anwesenden Verwandten klatschten und sangen gemeinsam ganz laut. Als es anfing etwas weh zu tun, wollte ich unbedingt sehen, was mir die brennenden Schmerzen verursachte. Haj Ali verwendete zur Blutstillung ein schwarzes Pulver, das verbranntes Opium aus der Opiumpfeife war. Nachdem mir ein Handtuch um die Lenden gebunden worden war, durften die Nachbarskinder zum Fest erscheinen. Es war dann alles so vergnüglich, dass die Schmerzen bald vergessen waren. Da heute in Europa und in den USA die Beschneidung bereits im Säuglingsalter in der Klinik oder von Rabbinern vorgenommen wird, kann ich die Methode von Haj Ali meinen Kollegen nur bedingt empfehlen.

In den ersten drei Jahren besuchte ich eine Knabenschule, die freundlich und human geführt wurde. Dies wahrscheinlich, weil die Schule einige Lehrerinnen (ohne Hedjab) beschäftigte, die jung, gutaussehend und freundlich waren. Meine Klassenlehrerin war sehr schön, immer schick angezogen und hatte immer ein wunderbares Lächeln. Wenn sie uns was erzählte, ging sie entlang der Schulbänke, die rechts und links des Raumes angeordnet waren hinauf und hinunter. Immer wenn sie zurückging, schauten die Lausbuben auf ihren hübsch geformten Popo und flüsterten irgend etwas Freches. Da dies zum täglichen Programm gehörte, war unsere Konzentration auf den Lehrstoff nicht allzu gross. Eines Tages haben die ein oder zwei Jahre älteren Knaben versucht, mich unter Druck zu setzen, der Lehrerin in den Po zu kneifen oder zumindest den Po zu berühren, wenn sie bei mir entlangkäme. Damit ich diese Kerle zufrieden stellen konnte, versuchte ich einmal ganz vorsichtig meine Hand in Richtung Po zu bewegen, ohne sie anzutasten. Ich hatte nicht gemerkt, dass an der Ecke meiner Schulbank ein Nagel etwas hervorstand. Gerade als ich meine Hand hob, um ihren Po zu berühren, drehte sich die Lehrerin um, um einen Schüler etwas zu fragen. Ich erschrak und zog meine Hand so rasch zurück, dass ich mich dabei an dem vorstehenden Nagel verletzte und die kleine Wunde anfing zu bluten. Es war überhaupt nicht schlimm, aber daraus wurde eine Tragödie. Die Lehrerin brachte mich zum Büro des Direktors, umarmte mich und tröstete mich freundlich. Im Büro des Direktors wurde die kleine Wunde desinfiziert und man rief meinen Vater zum Direktor. Die Blutung hatte längst aufgehört und wurde mit einem kleinen Pflaster versorgt. Mein Vater meinte, dass alles halb so schlimm sei und bedankte sich bei der Lehrerin, die er dem Namen nach kannte und liess Grüsse an ihre Familie ausrichten. Tetanusprophylaxe war zwar schon bekannt, wurde aber nur selten praktiziert. Mir war die Angelegenheit sehr peinlich und ich hatte Angst, dass die Lehrerin erfährt, wie das Ganze zustande gekommen war. Bald wurde die Lehrerin in eine Mädchenschule versetzt und an ihrer Stelle wurde ein starker Mann mit einem dicken Schnurrbart angestellt.

Wir Kinder haben bald gemerkt, dass er nicht sehr qualifiziert war und auch keine pädagogischen Fähigkeiten besass. Er lachte uns immer aus, selbst wenn die Kinder seine Fragen richtig beantwortet hatten. Meine Schulleistungen wurden immer schlechter. Etwa sechs Wochen vor der Prüfung beschloss ich, nicht mehr in die Schule zu gehen. Morgens nahm ich meine Schulmappe und versuchte die Stadt und Umgebung kennenzulernen. Dabei vermied ich Regionen, die mir bekannt waren oder wo meine Verwandten wohnten. Am zweiten Tag meiner geografischen Erkundigungen traf ich ein Mädchen, das wie ich die Schule schwänzte. Zusammen haben wir fast vier Wochen die Schule versäumt, ohne dass die Schule eine Reaktion gezeigt hätte. Als wir eines Tages am Flussufer spazieren gingen, wurde ich von einem Onkel erwischt. Damit war das Abenteuer beendet und ich bin dieses Jahr sitzen geblieben. Ich musste deshalb die Schule wechseln.

Die Schulen waren insgesamt langweilig, wurden streng geführt. Mädchen hatten ihre eigene Schule. Die grossen Jungs durften sich nicht in der Nähe der Mädchenschulen aufhalten. Wohl durfte man seine Schwester oder auch eine Cousine aus der Schule abholen. Wenn die Familie in der Stadt bekannt war, kannten die Menschen auch die Kinder dieser Familie. Der Direktor meiner neuen Schule war ein zierliches Individuum, ständig nervös, gnadenlos streng und in der Stadt und Region gefürchtet. Da er keinen Pardon kannte, war er vor allem bei den Männern sehr beliebt. Sie sprachen ihm das Recht zu, ihre Söhne autoritär zu erziehen.

In mancher Familie gehörte Schimpfen und Schlagen von Kindern zur Tagesordnung. Bei kleinstem Fehlverhalten oder bei Auseinandersetzungen zwischen Schülern, oder auch wenn man zu spät kam, wurde der Direktor aktiv. Zuhören konnte der Mann leider nicht. In der Schule gab es ein Wasserbecken etwa 10 x 3 Meter gross. Der Schulhausmeister musste mehrere kahle Äste eines Granatapfelbaumes vorbereiten und ins Wasser legen. Der Schüler, egal aus welchem Grund verurteilt, musste sich auf den Boden legen, Schuhe und Socken ausziehen, beide Beine mit den Händen bei den Knien zusammenhalten, wobei der Hausmeister noch Hilfe leistete. Der Direktor nahm den Stock aus dem Wasser und schlug kräftig einige Male auf die nackten Fusssohlen des Schülers. Manche Schüler haben aus Angst in die Hose gemacht.

Später als ich in der Gefässchirurgie tätig war und sehr oft den berühmten Ratschow-Test zur Feststellung der Beindurchblutung durchführte, erinnerte ich mich immer an diese Grausamkeit des Schuldirektors. Allerdings muss ich zugeben, dass die Schule sonst gut geführt und beste Lehrer dort tätig waren. Wir Kinder erzählten zu Hause nichts von den Bestrafungen, da es uns peinlich war.

Die Primarschule hatte sechs Klassenstufen, die Schüler waren zwischen sieben und dreizehn Jahre alt. Diese Schule war ideal gelegen und zwar in der Mitte der Hauptgeschäftsstrasse. Sehr viel früher war die Schule eine Moschee mit Hof und einstöckigen Wohnungen für die jungen Theologen gewesen.

Die Büros meines Vaters lagen in der Nachbarschaft der Schule, nur etwa zehn Meter entfernt. Fast alle meine Cousinen väterlicherseits waren Lehrerinnen oder Schuldirektorinnen. Sie empfahlen alle diese Schule, ohne zu wissen, dass der Direktor so erbarmungslos war. Mein Vater sah den Direktor fast täglich. Offenbar hatte mich der Direktor gelobt, dass ich sehr brav und diszipliniert sei. Ein Freund und Nachbar, der ein Jahr älter als ich war, war ein rebellischer Junge. Er ärgerte ständig andere Kinder, indem er ihnen Sachen wegnahm und sie dauernd hänselte. Er war eigentlich ein herzensguter Junge und ein echter Kumpel, aber in der Schule war er gehasst und gefürchtet. Der Direktor, der mit seinem Vater befreundet war, versprach der Familie, den Sohn richtig zu erziehen. Ein paarmal in der Woche provozierte der Junge Unruhe und bekam die Härte des Direktors zu spüren, nämlich Schlagen in der bereits erwähnten Ratschowschen Lagerung. Er wurde so oft auf diese Weise in Gegenwart der Schulkinder bestraft, dass er fast schmerzunempfindlich wurde. Eines Tages wurde ich Opfer meiner Freundschaft und Sympathie mit diesem Freund, der zwar ungezogen und rebellisch war, aber seine Familie und Freunde liebte. In der Klasse sass er neben mir, in der Pause war ich eine Art Schutzschild für ihn. Wenn die Pause vorbei war, läutete die Schulglocke. Die Schüler hatten pünktlich in ihrer Klasse zu sein. Der Direktor stand jedesmal auf der Treppe vor seinem Büro und kontrollierte den Ablauf.

Eines Tages riss mein unruhiger Freund einem Jungen einen Tennisball aus der Hand und warf den Ball auf das Dach der einstöckigen Toilettenanlage. Der Junge konnte sich nicht verteidigen und gab auf. Mein Kamerad wollte, dass ich ihm helfe, auf das Dach zu klettern, um sich den Ball zu holen. Meine Bedenken, dass der Direktor uns erwischen würde, ignorierte er. Die Pause war längst vorbei. Ich half ihm über meine zusammengehaltenen Hände und dann über meine Schulter auf das Dach zu gelangen, um so den Ball zu erreichen. Schuhe und unsere Schulbücher auf dem Boden, dazu eine Totenstille auf dem Schulhof. Plötzlich erschien der Schuldirektor. Ich begann zu zittern und habe einen Moment lang überlegt, den Freund im Stich zu lassen, der aber unbeeindruckt weitermachte. Gott sei Dank, hatte er endlich den Ball in der Hand. Der Direktor beschimpfte ihn und rief nach dem Hausmeister, ihm die im Wasser vorbereiteten Stöcke zu bringen. Äste vom Granatapfelbaum sollen besonders starke Schmerzen verursachen. Noch auf dem Schulhof wurde er bestraft. Der Direktor wandte sich dann an mich und meinte, dass ich als Mittäter ebenfalls bestraft werden müsse. Zitternd am ganzen Körper bekam ich nur vier sanfte Schläge auf die nackten Fusssohlen. Es tat dennoch weh und ich hatte Tränen in den Augen auf dem Weg zurück in die Klasse. Ich habe allerdings meine Mittäterschaft nie bedauert, weil mein Freund ein fabelhafter Kamerad war, wenn man ihn brauchte.

Wir Kinder spielten gerne auf den Strassen und grösseren freien Plätzen vor den Häusern mit herumliegenden Steinen Fussball. Grössere Wiesenplätze, die als Spielplatz genutzt werden konnten, gab es in der Stadt nur vereinzelt. Mit Steinen Fussball zu Spielen, bedeutete immer eine beträchtliche Beschädigung der Schuhe. Um diese Ausgaben für Schuhe zu reduzieren, hat man kleinere Bälle gekauft, die ein Transportproblem darstellten, da Schulmappen damals nicht üblich waren. Mein Vater, der immer sehr gut angezogen war und zahlreiche Schuhe und Stiefel besass, verlangte von mir, so lange ich meine Schuhe durch Fussballspielen mit Steinen kaputt machte, seine abgelegten Schuhe aufzutragen. Es waren zwar schicke Schuhen von guter Qualität, aber auch für meine eher grossen Füsse zu gross. Ich stopfte daher in die Schuhspitzen alte Socken. Dennoch war es schwierig, damit mit Steinen zu spielen. Mein Hauptproblem aber war, dass die Kinder in der Schule sich ständig über mich lustig machten. Das war schlimm für mich. Mein rebellischer Freund und Nachbar brachte mir ein Paar von seinen Schuhen. Morgens wechselte ich meine Schuhe vor seiner Haustür und lies meine zu grossen Schuhe bei ihm im Hause. Am Abend erfolgte der Austausch vor der Haustür. Damit hörten die Hänseleien der Mitschüler auf und ich war meinem Freund sehr dankbar. Er hat leider die Schule frühzeitig verlassen und lebte danach in Teheran und wurde später Autohändler. Zu der Zeit als ich die Oberschule in Teheran besuchte, sahen wir uns hin und wieder. Er fragte dauernd, ob er was für mich tun könne.

Nun noch einen Satz mehr über den Direktor. Als ich viel später als Arzt von Europa kommend die Verwandtschaft in Babol besuchte, war der Direktor längst pensioniert. Er besuchte regelmässig Geschäftsleute in der Stadt, die er gut kannte. Als ich mich einmal im Büro meines Vaters aufhielt, hatte der Direktor gehört, dass ich da sei, kam vorbei und umarmte mich herzlich, sodass ich vor lauter Rührung Tränen in den Augen hatte. Der alte Schuldirektor freute sich, dass er nach so vielen Jahren einen erfolgreichen Schüler aus seiner Primarschule begrüssen konnte.

Der Vollständigkeit halber muss ich noch etwas mehr von meinem Vater und der väterlichen Verwandtschaft erzählen. Mein Grossvater väterlicherseits, den wir Kinder nicht erlebt haben, war relativ jung in Nadjaf verstorben. Er war nach Nadjaf (heilige Stadt der Muslime im Irak) als Theologielehrer berufen worden. Nach seinem Tod war seine Frau, meine Grossmutter, eine religiöse Führerin, mit ihren sechs Kindern (drei Mädchen, drei Jungen) in den Iran zurückgekehrt und hatte sich im Norden Irans in der Stadt Babol niedergelassen, weil dort Verwandte von ihr lebten. Daher stammt auch unser Familienname, den die Familie nach der Rückkehr aus Nadjaf vom Einwohneramt zugeteilt bekam. Die drei Söhne wurden erfolgreiche Kaufleute. Die Mädchen heirateten später. Mein Vater war ein gross gewachsener Mann mit grünen Augen und dunkelbraunen Haaren, die er sehr bald verlor. Er war ein Musikliebhaber und beherrschte das orientalische Instrument Tar. Keiner von seinen sieben Kindern hat sich je besonders für Musik interessiert.

Wenn er geschäftlich in den Südiran reiste, wo viele Engländer lebten, wurde er oft für einen Europäer gehalten. Er war ein erfolgreicher Kaufmann und hatte Handelsbeziehungen auch mit Deutschland und Japan. Er trug immer Massanzüge und sehr gute Schuhe, die ich, wie schon erwähnt, als Schüler auftragen musste. Er war bekannt dafür, auch immer elegante Herrenhüte in verschiedenen Farben passend zum Anzug getragen zu haben. Ich war allerdings froh, dass ich nicht auch seine Hüte auftragen musste. Vor allem junge Männer haben ihn respektvoll „John Wayne Irans" genannt, bei den Kaufleuten aber war er als „Churchill" bekannt.

Bis ins hohe Alter besuchte er regelmässig eine persische Fitness-Arena, genannt Zurkhaneh (Haus der Kraft) und zeigte jungen Männern was Beherrschung und Erfahrung in dieser Art Nationalsport bedeuten konnte. Er konnte schlimmste Auseinandersetzungen zwischen Kaufleuten erfolgreich schlichten und wurde als oberster Kontrollchef bei den Parlamentswahlen eingesetzt. Die jungen Männer in der Verwandtschaft waren mehrheitlich politisch links orientiert. Zwei von ihnen waren sogar Mitglied der Tudeh Partei und gehörten in der Region zu den Führern. Sie beeinflussten Schwestern, Cousinen und andere Damen der Familie mit ihren didaktisch sehr gut vorgebrachten Argumenten. Die Frauen zeigten Sympathie, aber keine der Frauen wurde je Mitglied dieser Partei.

Die Region des Kaspischen Meeres war Einflussgebiet der Russen. Nach der Invasion der Alliierten gab es sehr viel russisches Militär und Militärfahrzeuge in Babol. Sie okkupierten grosse und schöne Gebäude, die von deutschen Ingenieuren seinerzeit als Verwaltungsgebäude für die Militärverwaltung und für Mannschaften gebaut worden waren. Als sie wieder abzogen, waren Gebäude und Einrichtungen ruiniert. Da mein Vater als Fremdsprache ausser Arabisch und Türkisch, auch Russisch sprach, entstanden freundschaftliche Beziehungen zwischen ihm und russischen Offizieren, die ihn ein- bis zweimal in der Woche im Büro besuchten, um gemeinsam Tee zu trinken. Man unterhielt sich auch über politische Fragen des Landes und der Welt. In dieser Region war die Tudeh Partei sehr aktiv. Es gab dauernd Demonstrationen gegen die Machthaber und andere Parteien. Die Tudeh Partei hatte überall bewaffnete Posten aufgestellt. Vor allem mussten sogenannte Kapitalisten mit Repressalien rechnen. Kaufleute, die im Baumwollgeschäft tätig waren, mussten sich rechtzeitig bei der Fabrikdirektion anmelden, damit die Arbeit der Reihe nach erledigt werden konnte. Obwohl der Ingenieur und Fabrikdirektor der Ehemann einer Cousine war, hat mein Vater nie versucht, bevorzugt behandelt zu werden. Terminarbeit war für die Kaufleute sehr entscheidend. Die Kaufleute in der Stadt und in der Region waren entweder miteinander verwandt oder befreundet. Sie nahmen aufeinander Rücksicht. Das Hauptproblem war die Schikane der Wachposten der Tudeh Partei. In dieser Situation besorgte sich mein Vater eine Leninmütze, Stiefel und einen langen braunen Ledermantel. Wenn er unterwegs oder vor dem Fabriktor angehalten wurde, stieg er aus und begrüsste die Uniformierten mit Genosse und stellte sich vor. Dabei erwähnte er je nach Situation auch, dass er der Onkel eines der regionalen Parteiführer sei. Damit konnte er problemlos seinen Arbeiten nachgehen. Abends, wenn er von seinen Unternehmungen zurückkam, war es meine Aufgabe, ihn von seinen engen Stiefeln zu befreien.

Es war eine schlimme Zeit für die Bevölkerung als die Tudeh Partei überall aktiv war. Vor allem junge Menschen versuchten in gutem Glauben damit für Gerechtigkeit und besseren Lebensstandard für die Bauern und Benachteiligten der Gesellschaft einzutreten. Unter diesen Linken gab es relativ viel Lehrer und Akademiker. Für verschiedene Gruppen und Berufe wurden Syndikate errichtet. Sie waren gut organisiert, haben aber viel Unruhe in die Region gebracht. Das habe ich einmal sehr nah erlebt, als die Tudeh Partei für eine Demonstration mehrere hundert Bauern aus den Dörfern zusammengetrommelt hatten. Mit Stöcken in der Hand marschierten sie durch eine Hauptstrasse und die Demonstrationsführer gaben abwechselnd Parolen gegen die herrschende Klasse und gegen die Shah-Dynastie aus. Plötzlich formierte sich auf der anderen Seite der Strasse eine Gegendemonstration von etwa fünfzig bis sechzig Männern, die von einem Shah-Anhänger, einem pensionierten Major, angeführt wurde. Sein zwölfjähriger Sohn war mit ihm in der vordersten Reihe. Vater und Sohn hatten je eine Pistole in der Hand. Plötzlich gab der Ex-Major zwei Schüsse in die Luft ab. Daraufhin löste sich die Bauern-Demonstration auf und die Demonstranten flohen und gingen in ihre Dörfer zurück.

Eine Zeitlang herrschte Anarchie, nicht nur in dieser Region. Die Regierungstreuen haben zunächst untätig diese Unruhen toleriert. Ministerpräsidenten wurden ständig ausgewechselt. Viele junge Tudeh-Anhänger wurden schliesslich verhaftet oder verfolgt, darunter auch ein Cousin von mir. Die Tudeh Partei blieb nach wie vor im ganzen Land aktiv. Über die politischen Zusammenhänge kann ich nicht mehr sagen, da ich die Hintergründe dieser mit viel Illusionen verbundenen Bewegung nicht genau kannte. Zudem gibt es genügend Literatur darüber. Soweit ich mitbekommen hatte, wurde die Tudeh Partei nach der Etablierung des Geheimdienstes SAWAK weitgehend lahm gelegt. Nach der iranischen Revolution haben die neuen Machthaber einige Ideen und Erfahrungen der damals führenden noch lebenden Tudeh Parteimitglieder übernommen. Die Tudeh Partei, die den Islam eher ablehnte, wurde gemeinsam mit anderen Parteien verboten. Der Untergang der Tudeh Partei wurde schlussendlich durch Gorbatschows Reformversuche in der UdSSR besiegelt.

Die Stadt war sonst friedlich. Wie in jeder Grossstadt gab es auch hier einige Schlitzohren, Diebe, Messerstecher und Verrückte. Ein Mann beschäftigte mich besonders, weshalb ich ihn fast jeden Tag besuchte. Er lebte in einer Ruine am Rande der Stadt, nicht weit vom Haus meines Grossonkels entfernt. Dieser verrückte, aber gutmütige Kerl liebte eine Teekanne, weshalb er „Teekanne" genannt wurde. Er umarmte liebevoll eine Teekanne, küsste diese und sang dabei mit einer fürchterlichen Stimme. Dabei geriet er gelegentlich in einen Trance-Zustand, in welchem er schreckliche Dinge tat. So hatte er sich eines Tages beide Ohren abgeschnitten. Ich brachte ihm immer wieder Essen und Kleider, war aber nicht in der Lage seine kranke Psyche zu beeinflussen. Irgendwann schnitt er ausser Fingern und Zehen auch andere Körperteile ab. Eines Tages fand man ihn an seinem Schlafplatz verblutet. Noch lange Zeit später erzählte man sich Anekdoten über „Teekanne". Für mich war dies die erste Erfahrung mit einem psychisch Kranken.

Ich vermisste in dieser Grossstadt die Herzlichkeit der Menschen, die ich in meiner kleinen Geburtsstadt kennengelernt hatte. Auch in dieser Stadt begegnete man interessanten Männern und Frauen. Familien, die es sich leisten konnten, schickten ihre Kinder in die Hauptstadt Teheran für eine bessere Schulbildung, damit sie später studieren konnten. Zu der Zeit gab es in vier weiteren Grossstädten auch eine Universität: in Maschhad, Täbris, Schiraz und Isfahan. In einer Grossstadt war das Unterhalten von mehreren Ehefrauen einfacher. Ob es funktionierte lag an der Persönlichkeit des Ehemannes. Obwohl gesellschaftlich akzeptiert, wurde sehr gerne über die Probleme solcher Konstellationen geklatscht. Eine Geschichte beeindruckte mich besonders, weshalb ich sie hier kurz erzählen möchte.

Ein enger Freund meines Vaters und entfernter Verwandter (wir Kinder sagten Onkel), wurde von meinem Vater „Agha Dash" genannt, was „ehrenwerter Bruder" heisst. Er besass ein grosses Grundstück, um dessen Hof halbmondförmig mehrere einstöckige Appartements durch ein Treppenhaus miteinander verbunden waren. Am Ende dieser Reihe gab es ein grosses Wohnhaus. Er hatte zunächst vier Ehefrauen mit jeweils mehreren Kindern, die sich in erster Linie um die Erziehung und Versorgung der eigenen Kinder kümmerten. Dennoch lebte man wie in einer grossen Familie. Das Anwesen würde ich heute vielleicht mit einer grossen Ranch vergleichen. Zu dem Anwesen gehörte natürlich auch Personal: Männer und Frauen.

Ich fand das ganz aufregend, wieviele Menschen dort ein und aus gingen. Sie waren ausnahmslos gut angezogen: Männer mit Aktenmappen, Kinder mit Schulmappen. Als ich mich mal wieder diesem interessanten Anwesen näherte, kam dieser Onkel aus dem Haus um in die Stadt zu gehen. Er war sehr gross, gut angezogen, eine imposante Erscheinung. Er erkannte mich, begrüsste mich und sagte, ich solle ins Haus gehen und mich von den Tanten verwöhnen lassen. Ich bedankte mich, hatte aber Hemmungen, einfach in das Haus zu gehen, obwohl ich gerne gesehen hätte, wie sie dort lebten.

Eines Tages war ich sehr früh am Morgen zur Frühstückszeit vor dem Haus. Ein Dienstbote brachte viel frisches Brot ins Haus und liess dabei das Eingangstor offen. Ich schaute ganz vorsichtig in den Hof hinein, betrachtete die einstöckigen Apartments auf der linken Seite des Hofes und fasste Mut, hinein zu gehen. Ein Fenster des ersten Hauses war halboffen. Ich konnte beobachten, wie ein paar Kinder um einen Samowar sitzend frühstückten. Die Mama bediente ihre Kinder. Sie hatten mich nicht bemerkt. Dann ging ich zum zweiten Haus und stand wieder vor der Fenster. Die Szenerie war hier ähnlich. Am dritten Haus wurde ich von einem der erwachsenen Söhne der Grossfamilie erwischt. Auch er schick angezogen mit gut geputzten Schuhen, die er am Eingang des Zimmers auszog, erkannte mich sofort, begrüsste mich und nahm mich gleich in das Zimmer mit zum Frühstück. Seine Mutter war eine Verwandte von uns. Es war gemütlich und nett. Wir sassen um den Samowar auf einem weissen grossen Tuch auf dem Teppich, worauf frisches Brot, Marmelade, Käse und Honig sowie Teller, Tassen und Besteck lag. In meiner Familie erzählte man sich, dass der Onkel jeden Abend bei der Familie einer der vier Frauen den Abend verbringt und dort übernachtet. Das Bettzeug von ihm wurde jeden Morgen schön zusammengelegt und von der jeweiligen Ehefrau persönlich vor die Tür der nächsten Ehefrau gelegt.

Einige Jahre später waren ein paar Jungen aus dieser Familie in meiner Klasse. Wir wussten im allgemeinen nicht, welche der Kinder zu welcher Mutter gehörten. Es war unwichtig. Wichtig war nur, dass sie Kinder des Mannes waren, der in der Region sehr geachtet wurde. Seine Intelligenz, seine Grosszügigkeit und seine Fähigkeit, so eine grosse Familie so erfolgreich zu führen, wurde bewundert. Als Landwirt mit viel Land war er ein wichtiger Arbeitgeber. Seine Kinder, sofern sie schon in die Schule gingen, haben am Wochenende und in ihrer Freizeit im Nachbardorf, das praktisch ihm gehörte, immer mitarbeiten müssen. Er baute eine Schule, eine Moschee und ein Kinderkrankenhaus in diesem Dorf und beteiligte sich an vielen Hilfsprojekten. Er hatte 25 oder sogar 27 Kinder, Mädchen und Jungen, die alle auffallend gut aussahen. Die Mädchen waren daher – schön und reich – eine gute Partie und wurden später an Ärzte und Ingenieure verheiratet. Wenn ich mich recht erinnere, studierten sieben Söhne in den USA oder Europa oder wurden z. B. zur Facharztausbildung ins Ausland geschickt. Ein Sohn hatte in Genf doktoriert, ein zweiter

Sohn wurde in Genf Facharzt für Orthopädie. Die anderen wurden Wirtschaftsfachmann, Lehrer oder Kaufmann.

Der Vater, Agha Dash, war eine Zeitlang Mitglied des Stadtrates und für Finanzen zuständig. Mein Vater leitete damals das Gremium im Stadtrat und berichtete einmal, dass bei einer Sitzung über den Fehlbetrag von 50'000 Tuman (damals etwa 10'000 Dollar) in der Stadtkasse diskutiert wurde. Mein Vater wandte sich an Agha Dash, ob er sich erklären könne, wo das Geld geblieben sei. Agha Dash antwortete, dass sein Sohn X, der in den USA seine Facharztausbildung absolvierte, in finanzielle Nöte geraten sei und er hätte ihm sehr schnell Geld überweisen müssen, das er zur Zeit nicht flüssig gehabt hätte. Schliesslich hätte er enorme Summen für die Zukunft des Landes ausgegeben und seine Kinder seien auch Kinder des Landes. Man lachte und das Gremium setzte die Arbeit fort. Da Agha Dash so viel für die Stadt und Region geleistet und sehr viel Geld gespendet hatte, erschienen 50'000 Tuman kaum der Rede wert zu sein.

Später erfuhr ich, dass dieser Onkel noch weitere Ehen eingegangen war und weitere Kinder zeugte. Als ich einmal von Europa kommend zu Besuch in Babol war, sah ich ihn – über neunzig Jahre alt – am Steuer eines Jeeps. Ich begrüsste ihn und war erstaunt über seinen klaren Kopf, dass er durch meinen Vater sogar über meinen Werdegang Bescheid wusste. Es war eine kurze aber umso herzlichere Begegnung. Ich habe diesen Mann immer verehrt, seines Fleisses, seiner Grosszügigkeit und seines sozialen Engagements wegen. Er soll 100 oder sogar 102 Jahre alt geworden sein.

Das Fazit der Geschichte ist, ein einfacher Mann, kein Intellektueller, führte ein Reich, autoritär, diszipliniert, liebevoll und am Ende sehr erfolgreich. Dieses Reich war ohne Mauer, die Türen standen offen und die Menschen in diesem Reich waren freundlich und liebevoll. Neben der grossartigen Leistung eines Mannes, müssen die Aufgaben der Ehefrauen in der Familie zur Erziehung der Kinder und Zusammenhalt in der Familie besonders hervorgehoben werden. Dass ein Zusammenleben mehrerer Ehefrauen und ihrer Angehörigen, so vielen Kindern unterschiedlichen Alters mit unterschiedlichen Bedürfnissen, Wünschen und Problemen, Dienstpersonal und deren Angehörige funktionierte, ist Verdienst der Frauen.

Dazu kamen auch noch gesellschaftliche Aufgaben. Die Bedingungen des Islams für die Mehrehe korrekt und perfekt zu erfüllen, ist keine leichte Aufgabe. Es gab natürlich auch andere, traurige Geschichten, die oft mit Scheidung endete. Leidtragende waren die Kinder.

Das Klima im Norden Irans, der Region des Kaspischen Meeres war durchwegs mild. Ausser in zwei bis drei Sommermonaten regnete es dort relativ häufig. Deshalb war diese Region unglaublich grün und schön. In der Umgebung gab es dichte Wälder mit vielen Tieren, in früher Zeit auch Raubtieren. In meiner Schulzeit war die gesamte Küstenregion Malariagebiet. Viele Kinder litten unter Malaria und waren schlecht oder gar nicht behandelt. Damals gab es allerdings ausser Chinin keine wirksamen Mitteln zur Malariabehandlung. DDT war zwar schon im Jahre 1874 hergestellt worden, aber erst 1937 wurde seine hochinsektizide Wirkung von Prof. Paul Müller erkannt, den ich als Arzt in Basel noch kennenlernen durfte. Auch mich hatte es erwischt. Ich vergesse nicht, dass ich mich jeden dritten Tag, meist abends mit Fieber und Schüttelfrost hinlegen musste und kaum in der Lage war, Schularbeiten zu erledigen. Die Ärzte in der Stadt zeigten sich nicht gerade interessiert. Mit irgend welchen Säften und Saridon-Tabletten (die ungünstig für die Nierenfunktion waren) beruhigten sie die Familie. Zu Schüttelfrost kam häufig auch Brechreiz und Erbrechen. Nach ein paar Jahren Leiden wurde ich durch ein Rezept eines Arztes, der bei uns zu Besuch war, für immer von der Qual dieser fürchterlichen Krankheit befreit.

Mein Vater und mein Onkel hatten aus Anlass eines Feiertags einige Freunde aus der Region eingeladen, die einen befreundeten Arzt aus Teheran mitbrachten. Diese Einladung dauerte den ganzen Tag, d. h. von Mittag bis zum späten Abend. Ich hatte mit einem meiner Cousins die Bedienung der Gäste zu übernehmen. Als mein Vater mich den Gästen vorstellte, sagte er dem Internisten aus Teheran, dass ich an Malaria litte, aber die Ärzte mir nicht helfen konnten. Man hat damals diese Krankheit überhaupt nicht ernst genommen mit der Vorstellung, sie gehöre zur Region und würde sich auch wieder verabschieden. Da die Apotheke in Babol nicht in der Lage war, die vom Internisten rezeptierte Arznei herzustellen, fuhr mein Vater zwei Tage später mit mir nach Teheran. Ich erhielt eine weisslich-milchige Flüssigkeit, die ich täglich einnehmen musste. Nach einer Woche hatte ich keine Beschwerden mehr. Wie lange ich diese Arznei einnehmen musste, habe ich nicht mehr in Erinnerung. Ich habe auch nicht erfahren, um was es sich bei diesem „Supermittel" gehandelt hat. Jedenfalls hab ich jedem Malariakind, das mir über den Weg lief, die Adresse des Dr. Bahar (übersetzt „Dr. Frühling") gegeben.

Wenn er gelegentlich bei uns zu Besuch war, erzählte er mir jedesmal über interessante Krankheitsbilder. So hörte ich z. B. das erste Mal von der Raynaudschen Krankheit. Er erzählte von einer jungen Dame, die seit Jahren an Schmerzen, Gefühllosigkeit und Kribbeln in beiden Händen litt, vor allem bei Kälte. Sie hatte verschiedene Ärzte ohne Erfolg konsultiert. Er habe mit einer kurzen Untersuchung und einem Test sofort die Diagnose gestellt und sie medikamentös erfolgreich behandelt. Er erklärte mir, dass es sich um Arterienverschlüsse der Hand und Finger handelte. Als ich später als Gefässchirurg häufig mit diesen Kranken zu tun hatte und sie auch operativ behandelte, musste ich stets an meinen Dr. Bahar denken.

Aber da fällt mir ein, dass ich über die Persische Gastfreundschaft berichten wollte. An dem Tag, als ich Dr. Bahar kennenlernte, waren Männer aus verschiedenen Gesellschaftsschichten bei uns zu Gast. Diese Art Einladungen fanden mehrmals im Jahr bei uns statt. Die Frauen der Familie waren im Hintergrund für die Zubereitung der Speisen zuständig. Neben den Frauen der Familie führte eine Afrikanerin als Köchin Regie. Bei solchen Einladungen werden im ganzen Land, vor allem aber im Norden Irans übertrieben viele Speisen serviert. Es werden vier bis sechs Speisen unterschiedlichster Art angeboten. Dazu kommen noch zahlreiche Beilagen. Iranische Speisen sind als besonders geschmackvoll bekannt. Dazu gibt es fast immer Reis.

Nun noch ein Wort zu der „schwarzen Köchin"aus dem Hause meines Onkels. Wohlhabende Iraner reisten, um ihre Religiosität zu bekunden in den Irak, um in den Heiligen Städten Kerbalah und Nadjaf am Grabe des Imam Hosian (8. Imam) zu beten. In früherer Zeit konnte man dort auch Sklaven kaufen. Es handelte sich meist um Schwarzafrikanerinnen, die froh waren, in einer wohlhabenden Familie unterzukommen. Der Kauf einer Sklavin galt als Befreiung und daher als Wohltätigkeit. So hatte der Vater dieses Onkels, Schwager meines Vaters, eine dunkelhäutige junge Frau auf dem Sklavenmarkt gekauft und in den Iran nach Babol gebracht. Juristisch gab es keine Probleme. Diese Frau war die einzige Afrikanerin in dieser Stadt und der Region und damit eine Sensation! Sie war in unserer Familie voll integriert, fühlte sich wohl und war sehr beliebt. Sie hatte nie den Wunsch geäussert, in ihr Ursprungsland zurückzukehren. Die Menschen haben sich schnell an sie gewöhnt. Sie war eine richtige Dame geworden, sehr zurückhaltend. Leider wollte niemand eine Schwarze zur Frau nehmen. Als Moslemfrau betete sie täglich viermal und fastete wie die anderen Frauen in der Fastenzeit. Sie hat alle Kinder des Onkels grossgezogen und wurde vor allem von meinem Vater als intelligente Dame sehr geschätzt. Wir Kinder merkten das sehr wohl und haben sie ebenfalls gut leiden mögen. Im hohem Alter starb sie im Kreise unserer Familie.

Obwohl mein Grossvater Theologe war und die Grossmutter sowie ihre Töchter sehr religiös waren, wurden wir Kinder völlig frei und demokratisch erzogen. Die Eltern haben von uns Kindern nie verlangt, täglich zu beten, in der Fastenzeit (Ramadan) zu fasten oder regelmässig Predigten in der Moschee anzuhören. Es war uns frei gestellt, selbst zu entscheiden, ob wir religiöse Auflagen akzeptieren und umsetzen wollten. Es wurde von unserer Grossmutter väterlicherseits, einer überzeugten Muslimin, die wie ihr verstorbener Ehemann, eine Lehrerin der Islamischen Lehre war, wiederholt betont, dass wir alle Religionen respektieren müssen. Im Hause unserer Familie wie auch in vielen anderen Familien waren gerahmte Bilder von Jesus und Maria sowie von Moses aufgehängt. Von den Islamischen Imamen kannte ich nur das Bild vom Schwiegersohn des Propheten Mohammed Imam Ali.

Offenbar ist es im Islam nicht erlaubt, ein Bild vom Propheten Mohammed zu karikieren. Unsere Grossmutter sagte uns immer wieder, dass im Islam Jesus nach dem Propheten Mohammed den zweiten Platz in der Prophetenreihe einnimmt. Als Gott oder Gottes Sohn wird Jesus jedoch nicht gesehen. Die Frauen verehren vor allem die Mutter Maria, weshalb viele Mädchen Mariam (Maria) heissen. Für Muslime ist Moses auch ein wichtiger Prophet. Leider wissen das die Wenigsten. Aus Unwissen entstehen Konflikte, die völlig unnötig sind. Nur über die Bahai-Religion wollte sich im Iran niemand positiv äussern.

Ich hatte als Schulkind einige Zeit im Hause meines Onkels, (älterer Bruder meines Vaters) gelebt. Insgesamt sechs Häuser unterschiedlicher Grösse und Gartenanlagen waren miteinander verbunden. Je zwei Häuser waren von Onkeln und zwei von zwei Tanten und ihren Familien bewohnt. Sie waren mit einer Tür im Hof, die fast immer offen stand, miteinander verbunden. Im grossen Garten dieser Häuser gab es viele Obstbäume: Orangen-, Mandarinen- und Grapefruitbäume, darunter auch ein riesiger Feigenbaum, der mein Lieblingsbaum war. Der Onkel war ebenfalls ein erfolgreicher Kaufmann, ausschliesslich regional tätig. Er war ein unglaublich grosszügiger Mensch. Neffen und Nichten lebten in seinem Haus und gingen in die Schule. Sie waren dort zu Hause auch dann, wenn sie schon berufstätig aber noch nicht verheiratet waren. Zu Mahlzeiten versammelten sich oft zwanzig und mehr Personen um das Sofreh, ein grosses Tuch, das auf den Teppich gelegt wird. Darauf werden die Speisen, Teller und Besteck verteilt. Wenn der Onkel zum Mittagessen nach Hause kam, brachte er oft ohne Vorwarnung Gäste zum Essen mit. Das war fast täglich der Fall. Er wurde dann mit den Gästen im Nebenhaus bewirtet, wo es einen grossen Esstisch gab. Seine Frau kalkulierte immer im voraus solche Gäste mit ein, sodass immer alle satt werden konnten.

Mein Onkel spendierte häufig Geld für bedürftige Familien. Zu Iranischer Neujahrszeit war in seinem Hause viel los. Viele Verwandte und Freunde kamen zur Gratulation. Jede Person, Mann, Frau oder Kind bekamen Geldmünzen aus Silber, welche von der Nationalbank als Sonderausgabe für das Neue Jahr herausgegeben wurde. Zudem wurden sie mit allerlei Süssigkeiten verwöhnt. Dazu wurde fast immer Tee gereicht. In einer Ecke des Wohnzimmers hing ein weisser Kittel. Die grossen Taschen dieses Kittels waren voll von Silbermünzen. Er nahm jedesmal aus diesen Taschen die Münzen heraus und schenkte wie üblich je eins den Besuchern. Kinder bekamen je nach Alter auch zwei oder drei davon. Zwischendurch, als niemand im Raum war, kam ich einmal in Versuchung die Taschen ein wenig zu erleichtern. Die Taschen wurden eigenartigerweise immer nachgefüllt, weshalb ich überzeugt war, dass keiner bemerken würde, wenn ich einige Münzen entwenden würde, was ich tat. Es blieb bei diesem einmaligen Fehltritt als Kleptomane. Ich wollte bei den anderen Kindern angeben, dass ich viel mehr Münzen als alle anderen erhalten hätte.

Interessant war, dass unmittelbar in der Nachbarschaft dieser sechs Häuser das Jüdische Viertel begann. Die lange Mauer des letzten Hauses, indem eine Tante mit ihrer Familie lebte, war gemeinsame Mauer zum ersten Haus einer Jüdischen Familie. Damals wohnten relativ viel Juden in dieser Stadt und speziell in diesem Viertel. Sie waren durchwegs Geschäftsleute. Einige verkauften ausschliesslich alkoholische Getränke, die damals zwar von der Religion untersagt, aber vom Gesetzgeber nicht verboten waren. Die Juden in unserer Nachbarschaft waren liebe Menschen, fleissig und diszipliniert. Da sie in ihrem Viertel isoliert lebten und mit Moslemfamilien keine engeren Kontakte pflegten, hatten sie immer den Wunsch, nach Israel auszuwandern. Eines Tages ging dieser Wunsch in Erfüllung, was ich und meine Familie sehr bedauerte. Einige Iranische Juden haben in Israel unglaubliche Karrieren gemacht. Bis zum heutigen Tage sind darunter namhafte Persönlichkeiten, wie der Staatspräsident, der Ministerpräsident, der Armeechef und weitere. Schade, dass ihre Beziehung zu Ihrem Geburtsland durch Religion und Politik so gestört ist.

Schräg gegenüber vom Haus des Onkels war ein grosses Publikumsbad für Frauen. Abends war das Bad meistens von vielen Frauen der Gesellschaft besucht. Die Eingangstür zum Treppenhaus war praktisch immer offen. Wenn man die Treppe herunter kam, war zum grossen, runden Innenraum nochmals eine Tür. Diese war meist halb offen und ein paar Lausbuben, wie ich auch, haben gelegentlich als Zuschauer auf der Treppe sitzend, die vordere Arena ins Visier genommen. Diese lag etwas tief, in der Mitte war ein Wasserbecken. Eine Etage höher waren rund herum einige Räume mit Duschen. Hier haben sich die Damen stundenlang aufgehalten und immer wieder gewaschen und geduscht. Der Raum entsprach dem heute bekannten Türkischen Bad Hammam und war warm und sehr angenehm. Die, die es nicht eilig hatten, haben dort sogar ein Nickerchen gemacht. Wenn die Damen fertig waren, kamen sie in den Vorraum, sassen am Beckenrand und unterhielten sich. Die Raumtemperatur war auch hier angenehm warm. Einige Frauen waren nackt, andere hatten ein Handtuch um die Hüfte. Der Zutritt für Männer und Jungen war verboten. Kleinkinder durften bei der Mutter bleiben. Damit wir Jungs nicht entdeckt werden konnten, haben wir uns in einen Chador gehüllt als wären wir Mädchen. So sassen wir ganz brav auf der Eingangstreppe und beobachteten die Szenerie in der Arena. Das war für uns Kino, Theater und Musical! Wenn wir entdeckt wurden, kam eine dicke Bademeisterin schimpfend auf uns zu, und wir suchten schnell das Weite. Es war sonst ein bisschen langweilig für uns Kinder. Die Möglichkeiten, die heutzutage Kinder vor und während der Schulzeit haben, gab es für uns nicht. Fussballspielen war Gymnasiasten vorbehalten, aber Volleyball war möglich. Später als ich in der fünften Klasse war, kam Pingpong hinzu, das nur in Schulen während des Sportunterrichts geboten wurde. Also mussten sich die Kinder immer was einfallen lassen.

Für Moslems gibt es einen Trauermonat im Jahr: Muharram. An einem bestimmten Tag besuchte man Moscheen und Gebetshäuser um etwas zu opfern. Meist brachte man Kerzen mit, bzw. kaufte die Kerzen von Leuten, die vor der Moschee sassen. Das heisst, es gab etliche Leute, die Kerzen verkaufen wollen. Wenn man die Kerzen anzündete, wünschte man sich etwas oder man bedankte sich bei Gott, weil ein Wunsch in Erfüllung gegangen war. Dieser Brauch wird immer noch, vor allem aber in kleineren Orten, praktiziert. Wir, eine Gruppe von Kindern, haben uns zusammengetan und hatten in einer Ecke vor einem Gebetshaus im mittleren Anteil der Strasse einen Stand aufgebaut, um eine Variation von Kerzen in unterschiedlicher Preislage zu verkaufen. Ein zwei Jahre älterer Junge, der eine gute Stimme hatte, las Suren (Kapitel) aus dem Koran (heiliges Buch) vor. Er konnte allerdings das Arabische nicht auf Persisch übersetzen. Dennoch haben wir mehr verkauft als die anderen, weil der Junge die arabischen Verse mit herrlicher Stimme in rhytmischem Klang vorlas, besser als jeder Muezzin auf einem Minarett. Man konnte nicht an uns vorbeigehen. Auf jeden Fall waren wir den ganzen Tag bis spät in die

Nacht beschäftigt, hatten viel Spass und verdienten Geld mit der Hoffnung anderer auf Erfüllung ihrer Wünsche.

Mein Vater war inzwischen eine Partnerschaft mit seinem Schwager eingegangen. Sie hatten eine Firma in der Hauptstadt Teheran eröffnet und ihr Exportgeschäft intensiviert. In Teheran kauften Vater und sein Kompagnon ein vierstöckiges Doppelhaus mit je sechs Zimmern. Die Mauer im Garten wurde entfernt und damit die Verbindung zur anderen Haushälfte hergestellt. Das Haus stand in einer guten Gegend: nicht weit vom Shah-Palast und in der Nähe der Offiziersschule und der Königsgarde. Das konnte sowohl ein Vorteil, aber auch ein Nachteil sein, solche Nachbarn in der Nähe zu haben. Abwechselnd war mal mein Vater und mal der Onkel je drei Monate in Teheran und führte das Geschäft. Wir hatten eine Haushälterin und einen Koch in diesem Haus.

Der Autor als Gymnasiast

# 4

# Oberschule in Teheran

Nachdem ich die Primarschule abgeschlossen hatte, zog ich für das Gymnasium nach Teheran um. Meine Geschwister und die Kinder vom Onkel, mit Ausnahme einer Cousine, waren meist noch zu klein und daher noch in der Primarschule. Ich erinnere mich, als ich von Nordiran nach Teheran kam, wurde ich zunächst von den Jungs der Nachbarschaft immer ausgelacht und beschimpft. Der Grund war, dass die Teheranis ein spezielles Hoch-Farsi sprachen und ich einen Nordpersischen Akzent hatte. Manchmal waren diese Auseinandersetzungen unerträglich. Ich kämpfte allein gegen mehrere gleichaltrige Jungs. Einmal wurde die Situation sehr kritisch. Drei Jungs gingen auf mich los. Ich bekam ein paar Schläge ab, bevor ich mich wehren konnte. Da ich während dieser Zeit Bodybuilding betrieb, hatte ich genügend Kraft, um mich mit ein paar Faustschlägen gegen diese drei Kerle durchzusetzen. Am Tag darauf kam die ganze Gruppe zu mir, hat sich entschuldigt und wir wurden beste Freunde.

Das Gymnasium, welches ich besuchte, war eine der drei besten Oberschulen in Teheran. Glücklicherweise war die Schule nur etwa einen Kilometer von unserem Haus entfernt. Die Schule war ehemals ein Herrschaftshaus, gebaut unter der Kadjar-Dynastie, ein zweistöckiges Gebäude mit vielen grossen Räumen. In der Mitte gab es einen mehr als 200 m² grossen Empfangsraum. In so einem Raum empfing in früherer Zeit der Grossgrundbesitzer seine Untertanen. Er sass in der Mitte auf weichen Kissen und rund herum auf dem Perserteppich sassen die anderen. Bei Tee und Süssigkeiten wurden die Anliegen dem Gutsherrn vorgetragen und Lösungen diskutiert. Die Schule benutzte diesen Raum als Bibliothek und für Abschlussprüfungen. Es gab einen vorderen und hinteren Hof, an der Seite rechts und links einstöckige Reihenhäuser mit zahlreichen Räumen sowie an der Seite ein zusätzlicher Garten. Dadurch gab es ausreichend Klassenräume und auch für Sport wie Volleyball und Basketball war Platz. Im vorderen Hof gab es ein rundes Schwimmbad, allerdings nicht so modern wie heute. Dieses riesige Wasserbecken wurde nicht zum Schwimmen sondern als Wasserreservoir für die Bewässerung der Gartenanlagen genutzt. In der Oberschule musste man sich für eine Fremdsprache, Englisch, Französich oder Italienisch entscheiden. Die ersten drei Jahre verliefen friedlich und normal.

Wir hatten einen sehr netten und klugen Physiklehrer, der der Bahai-Religion angehörte. Ich war in Physik relativ schwach und immer wenn ich vor der schwarzen Tafel mit viel Mühe physikalische Zusammenhänge zu erklären versuchte, schaute er mich mit väterlichem Lächeln an und empfahl mir als Denkhilfe, täglich ein Glas Ovomaltine zu trinken. Die Klassenkameraden hatten natürlich ihren Spass damit. Ein Gymnasiast, der ein Jahr vor dem Abitur stand, war ein guter Sportler im Radsport und war zeitweilig der beste Marathonläufer im Lande. Er wurde auserwählt, einen Wettkampf im Geländelauf für Teilnehmer aller grösseren Oberschulen in Teheran zu organisieren. Auch von unserer Schule wurden Oberschüler ausgesucht, an dem Rennen teilzunehmen. Eine Strecke von 10 Kilometern durch bergiges Land war zu laufen. Das Ende war im grössten Stadion Teherans vorgesehen, wo auch die Preisverteilung stattfinden sollte. Unterwegs gab es immer wieder kilometerlang durchgezogene Mauern, die verschiedene Felder voneinander trennten. Darüber zu springen war kein

Problem, wodurch man dann die Strecke von zehn Kilometern fast halbieren konnte. Ich bin als „Marathonläufer" brav die ganze Strecke gelaufen und kam im Stadion an mit der Vorstellung, dass ich zeitlich recht gut dran sein musste. Das Stadion war ganz leer. Ich rannte noch eine Runde im Stadion und konnte nicht glauben, dass ich als erster das Stadion erreicht haben sollte. Schliesslich sah ich einen Stadionarbeiter und fragte ihn ganz vorsichtig, wo sich denn die ganze Mannschaft befände. Er schaute auf meine total zerfetzten Laufschuhe und fragte, wo ich herkäme. Der Wettkampf und die Preisverleihung sei schon längst vorbei. Erst am nächsten Tag in der Schule, kam es heraus, dass die Kameraden über die Mauer gesprungen und damit den Weg entscheidend abgekürzt hatten. Das war meine erste und letzteTeilnahme an einem solchen Wettkampf.

Die Hauptstadt Teheran war damals eine schöne Stadt. Der Iran hatte 18 Millionen Einwohner, Teheran davon etwa 1,6 bis 1,8 Millionen. Wer in dieser Zeit in Teheran erlebt hat, wird sicher bestätigen, dass Teheran nicht nur schön, sondern auch eine der sichersten Hauptstädte der Welt war. Piloten und Flugpersonal ausländischer Fluggesellschaften, die ich später in Europa kennen gelernt habe, bestätigten mir das und sagten, dass damals Teheran ihre Lieblingsdestination gewesen sei. Im Norden (Region Shemiran) ist die Stadt gebirgig und hat mildes Klima. Hier waren auch einige Paläste des Shahs und seiner Familie. Auch viele Wohlhabende hatten ein Sommerhaus in Shemiran und in den umgebenden Bergen. In den Sommermonaten war vor allem am Wochenende Shemiran voll von Besuchern aus der Stadt und auch aus anderen Städten. Es war herrlich, die schönen, aber ziemlich steilen Strassen hinauf und hinunter zu gehen, viele Bekannte und Freunde zu treffen und saubere Luft ohne Abgase zu atmen. Entlang diesen Strassen hatten verschiedene Händler ihren Stand. Der eine verkaufte frische Wallnüsse, die er ständig mit Salzwasser begoss. Ein anderer röstete Mais auf heisser Holzkohle, oder es gab am Spiess gebratene Leber oder Fleisch (Kebab). Am Speiseeisstand sammelten sich vor allem Kinder.

Der Süden Teherans ist landschaftlich flach. Hier lebten die weniger Betuchten. Die Region war weniger gut entwickelt. Die Häuser waren nicht so modern, aber die Mieten waren bezahlbar. Hier gab es auch den

Hauptbahnhof Teherans. Wenige hundert Meter vor dem Bahnhof gab es eine Statue vom Reza Shah mit erhobenem Arm, der langen Hauptstrasse zugewandt, die bis zur anderen Seite bis nach Shemiran durchging. Im Volk hiess es, dass Reza Shah das Volk ermahne, sich nicht zu beeilen, die Züge würden warten und auch morgen fahre wieder ein Zug.

In Teheran gab es zu dieser Zeit sehr viele Privatautos. Schönste amerikanische Autos, wie Cadillac, Plymouth, Pontiac, Dodge, aber auch Rolls-Royce und Mercedes in jeder Strasse. Busverbindungen zur Stadtmitte und eigentlich zu jede Ecke der Stadt waren sehr gut ausgebaut. Es gab für jede Linie genügend Busse, nur in der „rush hour" gab es Gedränge, da jeder schnell heim wollte. Damals gab es in Teheran drei berühmte Strassen: Istanbul, Lalehzar und Naderi. Alle Kinos, Theater, Bistros, Restaurants, schönste und teuerste Geschäfte waren hier lokalisiert. Wurstwarengeschäfte wurden ausschliesslich von Armeniern oder Asuren (christlicher Religion) geführt, die sehr schmackhafte Wurstprodukte herstellten. Moslems assen keine Wurst, Kalbas genannt, da sie fürchteten, dass jede Art Wurst aus Schweinefleisch hergestellt sei. Zudem waren die Hersteller keine Moslems. Wenn ich am Wochenende mit ein paar Freunden ins Kino ging, holten wir uns immer ein Kalbas-Sandwich mit leckeren Wurstscheiben, Salzgurke, Tomaten und Senf darauf. Meist hatte man danach keinen Appetit mehr auf das Abendessen zu Hause, das aufbewahrt worden war. Wenn die Familie in Teheran weilte, gab es immer Ärger, wenn man wieder Kalbas gegessen hatte. Es wurde verlangt, am Waschbecken dreimal hintereinander den Mund ordentlich zu waschen und dreimal die Zähne zu putzen. Damit war man angeblich wieder sauber und gesellschaftsfähig. Meine Freunde hatten ähnliche Prozeduren zu Hause über sich ergehen lassen müssen. Da uns aber das Kalbas-Sandwich so fantastisch schmeckte, haben wir diese harmlose Strafe immer in Kauf genommen.

Interessant war, dass ab sieben Uhr abends diese Strassen voll waren von Menschen. Die Boulevardstrasse war relativ breit, sodass beiderseits noch Autos parken konnten. Es war wie in einer Automobilausstellung, da alle Automarken hier präsent waren. Wohlhabende hatten natürlich einen Chauffeur. Beiderseits auf den Bürgersteigen flanierten die Menschen gemütlich hin und her. Man traf Freunde, Verwandte, Lehrer, Abgeordnete usw. Man konnte beinahe jeden, den man suchte, am Abend hier treffen. Damen waren meist in Begleitung der Familie oder des Ehemannes. Kopftuch oder Frauen im Hedjab sah man nur vereinzelt. Die Damen waren meist nach neuester Pariser Mode gekleidet. Man konnte hier schönste Waren aller Weltmarken finden und kaufen. Auf der Rückseite dieser Geschäftsstrasse gab es Passagen mit Spezialgeschäften: Schneiderateliers, Friseursalons, Restaurants, Bistros, Obst- und Fischläden und vor allem Nightclubs, die damals erlaubt waren. In der Ecke der Istanbulstrasse war die Deutsche Botschaft, die sich heute noch am gleichen Ort befindet.

Die Kinos hatten einen Hinterhofanteil, da es im Sommer wegen der grossen Hitze nur im Freien auszuhalten war. Hier hat man alles erfahren: Wer geheiratet hat, wer inzwischen verstorben war, wer Vater geworden, welcher Freund oder Verwandte ins Ausland zum Studium oder sonst wohin gereist ist und welche politische Bewegungen sich im Hintergrund entwickelten. Hier wurde Handel getrieben, Beziehungen angeknüpft, Verabredungen und Einladungen ausgesprochen bis zu Eheversprechungen. Man hatte das Gefühl, dass zumindest diese Menschen, die sich jeden Abend in diesen Strassen aufhielten, glücklich waren. In dieser Periode war das Land relativ friedlich und die Menschen waren einigermassen zufrieden. Da das Land sehr gross und mit achtzehn Millionen Menschen nicht übervölkert war, hatte man in diesem Land ein angenehmes Leben.

Speziell die Jugend hatte es in der Hauptstadt sehr gut gehabt. Wir konnten uns überall frei aufhalten, keinerlei Überwachung, keine Bestrafung wenn man einem Mädchen, das man kannte, guten Tag sagte und die Hand gab. Solange wir unter achtzehn Jahre alt waren, gab es mit Mädchen, die man bei Verwandten, Freunden oder bei Schulversammlungen kennenlernte, keine Beziehungen, die über eine platonische Liebe hinausgingen. Sex war tabu. Wenn man ein Mädchen mochte, konnte man das nur in der Fantasie ausleben, da sich beide über die Konsequenzen im Klaren waren. Jungfräulichkeit war die einzige Chance eines Mädchens je heiraten zu können. Ein Mädchen im Pubertätsalter zu schwängern, bedeutete immer, das Mädchen heiraten zu müssen. Träume waren dann ausgeräumt. Angehörige und die Religion tolerierten keine andere Entscheidung.

Die Oberschulzeit von sechs Jahren in dieser schönen Stadt war fantastisch. In den heissen Sommermonaten konnte man sich in den Kellerräumen, die meist als Wohneinheit eingerichtet war, aufhalten. Für die Abschlussprüfungen waren diese ruhigster und schönster Platz zum Lernen. Die vierte Etage unseres Hauses war fast zur Hälfte als offene aber gedeckte Terrasse gestaltet. Im Sommer war es in Teheran sehr heiss. Die meisten Menschen haben auf ihrer Dachterrasse geschlafen; je nach gesellschaftlicher Stellung entweder direkt auf einer Matratze, die nur auf einem Teppich lag oder auf einem Bett. Da wir ein Doppelhaus hatten, gab es in jeder Ecke eine solche Terrasse. Jedes Bett hatte ein Moskitonetz. Damit war man vor Mücken in der Nacht sicher. Unser Doppelhaus war mit vier Stockwerken das höchste Gebäude in dieser Gegend. Die meisten anderen Häuser waren zwei-, vereinzelt auch dreistöckig. Viele Häuser rund herum hatten solche Terrassen, die im Sommer zum Schlafen benutzt wurden. Von unserer Höhe konnten wir die Dächer der Nachbarhäuser ins Visier nehmen. Gelegentlich war es wie eine interessante Kinounterhaltung. An sich wurde aber auf die Privatsphäre der Menschen in der Nachbarschaft Rücksicht genommen. Morgens relativ früh wurde man vom ersten Strassenhändler, der lauthals seine frischen Waren anpries, geweckt. Es waren romantische und unvergessliche Sommernächte auf der Dachterrasse.

Wir jungen Gymnasiasten erlebten herrliche Zeiten in dieser schönen Grossstadt. Dies galt für jeden von uns unabhängig von den Vermögensverhältnissen der Eltern. In unserer und in den Nachbarstrassen sowie Gassen gab es einige gleichalterige Jungs. Obwohl wir unterschiedliche Schulen besuchten, hatten wir in der Freizeit und an den Wochenenden viel gemeinsam unternommen. Es gab natürlich genauso viel etwa gleichaltrige Mädchen in der Nachbarschaft. Obwohl damals die Gesellschaft viel toleranter war verglichen mit den heutigen Verhältnissen, sind Mädchen nur in Begleitung von Familienmitgliedern ausgegangen. Es sei denn, man war verlobt. Jeder von uns hatte eine dieser jungen Damen für sich auserwählt. Die Jungs nahmen in den meisten Fällen Rücksicht auf die

Vorlieben untereinander und respektierten sie. Es waren fast ausnahmslos platonische Liebesbeziehungen. Ernsthafte Verliebtheit kam zwar auch vor, aber in unserer Nachbarschaft habe ich keinen Fall erlebt, in dem so eine Verliebtheit zu einer Bindung für immer, d. h. zur Ehe geführt hätte.

Bevor in Teheran die Wasserleitungen unterirdisch verlegt wurden, gab es in den Strassen und Gassen in der Mitte einen offener Kanal mit fliessendem Wasser. Jede Woche wurde einmal um Mitternacht von einer bestimmten Wasserquelle Wasser freigegeben. Es floss durch diese Kanäle zu den Häusern. Jedes Haus hatte unterirdisch einen grossen Wassertank als Wasserreservoir. Wir Jungs sassen in den Sommernächten schon ab zehn Uhr abends vor einem Haus rechts und links des Kanals, die Füsse im Wasser und hatten viel Spass miteinander. Dabei haben wir gerne über die von uns angebeteten Mädchen gesprochen. Mit sechzehn Jahren war meine erste Liebe eine Nachbarin aus dem direkt gegenüber liegenden Haus. Sie lebte in einem zweistöckigen mittelgrossen Haus mit einem kleinen Garten. Die Familie bestand aus sechs Personen: dem Ehepaar mit zwei Mädchen, dreizehn und zwanzig Jahre alt, einer alten Grossmutter, die offenbar bettlägerig war und einem Schwager, der Bruder vom Hausherrn. Nach einiger Zeit hatten wir bemerkt, dass der nette und sehr höfliche Bruder des Hausherrn meist betrunken nach Hause kam. Er war in der Tat ein Trinker, aber dennoch ein angenehmer Typ. Die zwanzigjährige war eine wunderschöne Frau: gross, langbeinig, sehr schöne grosse dunkle Augen, ein Gesicht, das allein beim Anschauen die Hände jeden Kunstmalers zum Zittern gebracht hätten. Wäre sie damals einem Modemacher wie Karl Lagerfeld begegnet, so wäre sie sicher ein Topmodel geworden. Ausserdem war sie eine richtige Dame, nie arrogant und immer sehr liebenswürdig. Die zwanzigjährige hatte das Abitur bestanden und sollte nun für die Ehe vorbereitet werden. Die ganze Familie war freundlich und kontaktfreudig. Als sie unsere Nachbarn wurden, klingelten sie bei uns manchmal, wenn im Haushalt etwas fehlte und sie Hilfe brauchten oder etwas ausleihen wollten. Verständlich, dass ich mich immer bemühte, behilflich zu sein, besonders wenn die Schöne an der Tür klingvelte. So hatten wir sehr schnell eine freundschaftliche Beziehung aufgebaut. Ich war in der Tat in dieses schöne

Mädchen verknallt. Leider blieb diese Schöne für mich unerreichbar. Sie schien mich auch zu mögen, denn sie erschien öfter bei uns. Obwohl ich sehr verliebt war, konnte ich ihr dies in keiner Weise offenbaren. Sie und auch ich wussten sehr wohl, dass sie bald an einen erwachsenen Mann verheiratet würde. Wir hatten in dem grossen Haus extra ein Bügelzimmer. Sie war so begeistert darüber, dass sie gefragt hatte, ob sie zum Bügeln zu uns kommen dürfe. Am Wochenende, feiertags und in der Ferienzeit, wenn ich entweder mit meinem Vater oder mit dem Onkel alleine war, sass ich stundenlang in ihrer Nähe während sie die ganze Wäsche ihrer Familie bügelte. Wir haben uns immer fantastisch unterhalten, auch über Ehe und Liebe. Sie hatte längst gemerkt, dass ich mich ihretwegen so viel zu Hause aufhielt. Ich schlief schlecht in der Nacht und stand morgens sehr früh auf in der Hoffnung, dass sie wieder mit irgendeinem Wunsch bei uns erscheine. Unsere Haushälterin hatte längst gemerkt, dass sich die Schöne in meiner Gegenwart sehr wohl fühlte. Sie machte ständig entsprechende aber keine bösartigen Bemerkungen. Meine Freunde hatten sich schon beschwert, dass ich mich so rar gemacht hätte, gaben aber dieser Liebe keine Chance. Es war eine eigenartige Situation und ich war mit der Zeit völlig verzweifelt. Vor allem hatte ich Angst vor dem Tag, an dem sie mir mitteilen würde, dass sie bald heiraten würde. Inzwischen lebte auch mein Vater überwiegend in Teheran und es entstand eine enge freundschaftliche Beziehung zwischen ihm und der Nachbarsfamilie. Er stellte fest, dass sich die Schöne relativ häufig bei uns aufhielt. Er konnte sich ebenfalls sehr gut mit ihr unterhalten und ich hatte den Eindruck, dass auch er diese junge Dame bezaubernd fand und ihrem Charme verfallen war.

Eines Tages starb ihre Grossmutter. Im Haus dieser Familie fand die Trauerfeier statt. Freunde und Verwandte, aber auch mein Vater, waren eingeladen. Ich wurde gebeten, mit der Schönen und ihrer jüngeren Schwester die Bedienung der Gäste zu übernehmen. Mein Vater hatte mich und die Schöne ständig im Visier. Als wir wieder zu Hause waren eröffnete mein Vater ein Gespräch mit mir. Er hätte bemerkt, dass die Schöne und ich offensichtlich etwas für einander empfänden. Das fände er sehr schön, aber ich sollte nicht vergessen, dass ihre Familie mich mag und grösstes

Vertrauen zu mir hätte. Es dürfe mir kein Fehler unterlaufen und es müsse bei der Illusion bleiben, denn bevor ich wach würde, wäre sie verheiratet und ginge ihren Weg. Verliebt sein sei nicht verboten, aber für meine Zukunft sei anderes vorgesehen. Machmal stand ich im dritten oder vierten Stock unseres Hauses und schaute sehnsüchtig durch die Fenster ins gegenüber liegende Nachbarhaus in der Hoffnung, die Schöne sich im Raum bewegend oder sogar am Fenster stehend zu sehen. Es war eine harte Zeit für mich. Ich verhielt mich ihr gegenüber weiterhin so wie immer.

Vier Monate später erfuhr ich von ihr, dass Ihre Familie wegziehen würde, da sie ein Haus gekauft hatten. Am Abend vor dem endgültigen Umzug kam sie vorbei. Es war ein herrlich warmer Abend. Wir sassen im Garten auf der Treppe und haben uns wie immer sehr nett unterhalten. Sie sagte, sie würde mich vermissen und ich sollte sie immer besuchen kommen. Bis zu diesem Moment hatte ich immer Zweifel gehabt, ob sie mich eher wie einen Bruder liebe. Plötzlich umarmte sie mich und küsste mich auf den Mund wie eine Liebende. Das war mein erster und einziger Körperkontakt mit der Schönen. Wir hatten noch ein paar mal miteinander telefoniert. Dabei teilte sie mir mit, dass seit Monaten verschiedene Kandidaten bei den Eltern um ihre Hand angehalten hätten. Die Eltern setzten sie ziemlich unter Druck. Sie mochte aber nicht diktiert bekommen, wen sie zu heiraten hätte. Etwa zwei Monate später rief ihr Onkel an, ob er vorbei kommen dürfe, um die paar Gegenstände, die bei uns untergestellt waren, abzuholen. Bei diesem Besuch erzählte er mir, dass die Schöne vor vierzehn Tagen geheiratet hätte. Einzelheiten wollte ich nicht wissen. Von ihr und ihrer Familie habe ich nie wieder etwas gehört.

Alle Häuser hatten einen Garten und auf zwei oder drei Seiten eine Mauer. Da wir ein Doppelhaus hatten, gab es zwei Haustüren, eine, die zur grossen Strasse und eine, die in eine Sackgasse führte. Am Ende der Sackgasse gab es zwei Häuser. Das Haus rechts von uns war eine sehr schöne Villa, welche mit unserem Haus eine gemeinsame Mauer hatte. In dieser Villa wohnte eine ältere Dame ganz allein. Sie und ihre Familie gehörten zur religiösen Minderheit der Bahai. Die Dame war gebildet und sehr vornehm. Sie war etwas behindert und brauchte einen Stock zum Laufen. Gelegentlich kam sie an ihre Haustür und unterhielt sie sich mal mit mir, mal mit meinem Vater, mit dem sie sich sehr gut verstand. Mein Vater fand sie intelligent und hoch gebildet. Wenn sie einmal das Haus verliess, dann in Begleitung ihres Sohnes. Dieser war Jurist in hoher Position bei der Zolldirektion. Er war ein gut aussehender, gross gewachsener Mann, blond wie seine Mutter. Damals hatte die religiöse Minderheit keinerlei Probleme, in höchste staatliche Positionen aufzusteigen. Sogar der Leibarzt des jungen Shah war Bahai und von höchstem militärischen Rang.

Eines Tages brachte er seinen einzigen Sohn zu seiner Mutter. Der Junge war etwa ein Jahr jünger als ich, gross von Statur aber nicht sehr gut erzogen. Er sollte nun bei seiner Grossmutter wohnen, da seine Mutter sich scheiden liess. Sein Vater wollte wieder heiraten und auch die Mutter hat wieder geheiratet. Der Junge war bei der Grossmutter sehr willkommen und sie blühte richtig auf. Es gefiel ihr, dass wir uns schnell anfreundeten. Am Anfang war es nicht so einfach, gemeinsam etwas zu unternehmen. Er war zwar nett, aber zu wild und hemmungslos. Ich war eher schüchtern und passte sehr auf, ja keinen Fehler zu machen oder gar jemanden zu beleidigen. Seine Grossmutter stellte mich ständig als Vorbild hin. Die Grossmutter und der Junge liebten sich so sehr, dass man richtig neidisch werden konnte. Der Junge versuchte mit einem bemerkenswerten Charme alles bei der Grossmutter durchzusetzen. Er hatte aber offensichtlich keine gute Beziehung zu seinem Vater. Er litt sehr darunter, dass die Ehe der Eltern auseinandergegangen war. Da beide Eltern relativ schnell sich wieder verheirateten, war anzunehmen, dass Mann und Frau sich jeweils in einen anderen verliebt hatten.

Mit der Zeit hat dieser Junge meist wie ein jüngerer Bruder auf mich gehört. Er verlangte aber von mir hundertprozentige Solidarität. Auch wenn er mal einen Fehler gemacht hatte, erwartete er, dass ich ihn nicht im Stich liess. Mit den anderen Jungs der Strasse und auch mit Mitschülern konnte er keine freundschaftliche Beziehung aufbauen. Misstrauisch vertraute er niemandem. Auch mich hat er erst getestet bevor er mir vertraute. Er hat mir aber nie erzählt, warum seine Eltern auseinandergegangen waren. Er meinte, seine Mutter sei gestorben. Auch die Grossmutter hat nie von seiner

Mutter gesprochen oder ihren Namen erwähnt. Eines Tages wurde der Jurist und Vater meines Freundes in oberster Position der Zollverwaltung in den Süden am Persischen Golf versetzt. Mit ein paar Koffern und vielen neuen Anzügen (Smoking, weisse, braune, schwarze und blaue Anzüge) für verschiedene Anlässe reiste er ab. Offenbar gab es dort viele gesellschaftliche Verpflichtungen in dieser Position. Es handelte sich um die zolltechnische Betreuung mehrerer Hafenstädte mit strategischer und ökonomischer Bedeutung. Über diese Häfen wurden viel Waren ins Land importiert, aber auch geschmuggelt. Wer in so einer Position dort tätig war und es ein Jahr in diesem heissem Klima aushalten konnte, kam als reicher Mann nach Teheran zurück. So war es offenbar auch bei dem Vater meines Freundes. Er wohnte zwar mit der neuen Frau im reichen Norden der Stadt, liess aber als vorsichtiger und misstrauischer Jurist Dokumente und einige persönliche Dinge im Hause der Mutter. Die Beziehung der alten Dame zur neuen Schwiegertochter war nicht besonders gut.

An einem Wochenende lud mich mein junger Freund zu einem Bummel in die Stadt ein. Er würde alles bezahlen. Wir besuchten verschiedene Vergnügungsstätten, die speziell für Jugendliche bestimmt waren. Diese wurden ausschliesslich von Kindern reicher Eltern besucht, schliesslich war der Eintrittspreis relativ hoch. Wir haben tollste Dinge unternommen und sind am Abend ins Kino gegangen. Für mich war es auch eine Chance, durch diese Art des Zeitvertreibs die Trennung von meiner Schönen langsam zu vergessen. Da diese Art Vergnügen sich wiederholte, stellte sich die Frage, woher er plötzlich so viel Geld hatte. Bei der Grossmutter durften wir über unsere Ausflüge kein Wort verlieren. Das Ganze wurde noch fragwürdiger, als er von mir verlangte, teure Gegenstände, wie Kamera, Brille, Lederportemonnaie usw., ihm in zeitlichen Abständen als Geschenk und zwar in Gegenwart seiner Grossmutter zu überreichen. Es war ja höchst unglaubwürdig, dass ich als Schüler von meinem Taschengeld einem zwei Jahre jüngeren Freund solche Geschenke machen könnte. Das verlangte er von mir, ohne zu überdenken, dass ich damit das Vertrauen seiner Grossmutter und auch seines Vaters aufs Spiel setzte. Als ich schliesslich diesem Freund erklärte, dass ich solche Spiele nicht mehr mitmachen würde, verriet er mir, wie er zu so viel Geld gekommen sei. Einzelheiten wollte er nicht preisgeben, erzählte aber, dass sein Vater aus Südiran einen grossen Koffer gefüllt mit Geldscheinen mitgebracht habe. Er hätte es fertig gebracht, das Schloss aufzubekommen. Und aus dieser Quelle stamme das Geld. Wieviel und wie oft er Geld entnommen hatte, hat er nicht verraten.

Unterdessen musste ich unsere gemeinsamen Unternehmungen weitgehend reduzieren, da meine anderen Freunde sich beklagten, dass ich sie vernachlässigte und nur noch mit dem reichen Freund etwas unternehme. Zudem waren inzwischen mein drei Jahre jüngerer Bruder, eine gleichaltrige Cousine und deren um vier Jahre jüngerer Bruder (Kinder vom Schwager meines Vaters und sein Partner) nach Teheran gekommen, um hier das Gymnasium abzuschliessen. Es war eine sehr schwierige Situation für mich, da ich nun weniger Zeit hatte für diesen Freund. Ich war bis zum Schluss nicht sicher, ob sein Vater die fehlende Geldsumme aus dem Koffer bemerkt hatte. Einige Wochen später starb plötzlich die alte Dame. Das Haus wurde verkauft. Mein Freund zog wieder zu Vater und Stiefmutter, wo inzwischen ein Schwesterchen angekommen war. Wir haben uns gelegentlich im Kino getroffen und immer sehr gefreut, uns wieder zu sehen. Meist waren die Eltern dabei. Er machte keinen glücklichen Eindruck. Unsere Beziehung hatte ihr Ende gefunden, als ich zum Studium nach Deutschland ging.

# 5

# Sommerferien am Kaspischen Meer

Sommerferien dauerten drei Monate. In Teheran war es dann sehr heiss, meist 40 bis 45 Grad Hitze. Etwa sechs Wochen davon verbrachte ich in Babol. Von hier besuchte ich meine Verwandten in meinem Geburtsort und wurde von denen stark verwöhnt. Mit einigen Freunden haben wir uns oft am Strand des Kaspischen Meeres aufgehalten. Am schönsten war es in Babolsar, etwa 25 Kilometer von Babol entfernt. Die Reise von Teheran dorthin dauerte fast den ganzen Tag, obwohl die Distanz nur etwa 170 km betrug. Sowohl eine Busreise als auch eine Bahnreise dauerten lange wegen gebirgiger Landschaft, zum Teil nicht asphaltierter Strassen und gefährlicher Tunnel. Man kann sich nicht vorstellen, dass so ein reiches Land auch unter dem jungen Shah nicht in der Lage war, eine Art Autobahn von der Hauptstadt zum Kaspischen Meer zu bauen. Damals konnte man noch mit der Bahn bis zur Stadt Shahi fahren, wenn dies auch länger dauerte als eine Autofahrt. Es war auf jeden Fall kurzweiliger. Die Abteile waren damals noch sauber und vor allem waren die Toiletten ordentlich geputzt. Heute ist diese Bahn eher für Tiertransporte geeignet.

Einmal reiste ich mit meiner fast gleichaltrigen, sehr attraktiven Cousine (mit Vornamen Siba = Schönheit) mit der Bahn nach Shahi und von dort mit dem Auto nach Babol. In unserem Erste Klasse-Abteil waren noch zwei Herren und ein Kind als Mitreisende. Sie fuhren nach Sari, der Provinzhauptstadt. Die Menschen aus Sari sprachen einen Dialekt mit speziellem Akzent. Wir verstanden diesen Dialekt ziemlich gut, aber manche Sätze waren so lustig, dass man lachen musste. Einer der beiden Herren war sehr dick, fast rund und machte ständig lustige Bemerkungen über alles Mögliche: Bahn, Ökonomie, Politik, Menschen im Zug und so weiter. Als wir eingestiegen waren, hatten wir uns auf hochpersisch vorgestellt und uns als echte Teheranis ausgegeben. Ich hatte nur Angst, dass der Dicke durch unsere Namen hellhörig wird, da man meinen Vater und meinen Onkel in der Stadt Sari gut kannte. Das Hauptproblem war, dass wir seinen Dialekt sehr gut verstanden, aber beide keinerlei Reaktionen zeigten, dass wir verstanden. Es wäre einfacher gewesen, uns von vornherein richtig vorzustellen und mit ihm, wenn er wollte, auch Dialekt zu sprechen. Nun war es passiert und wir beide mussten den ganzen Tag von Teheran bis Shahi diesen komischen Kerl erdulden. Immer wenn er sich über uns lustig machen wollte, hat er zu seinem Freund gewandt seine bissigen Bemerkungen in Dialekt zum Ausdruck gebracht. Zum Teil waren seine Bemerkungen lustig, aber nicht immer angenehm.

Ich war erstaunt, dass meine Cousine bis zum Schluss sich unglaublich diszipliniert verhalten hat, obwohl dessen Bemerkungen zum Teil recht peinlich waren, sodass ich mich gegenüber meiner Cousine schämte. Er benutzte für uns bekannte Namen aus Liebesgeschichten, in denen eine Leili in einen Majnun verliebt ist. Er zitierte aus dieser Geschichte verschiedene Anekdoten. Wenn der Kerl gewusst hätte, dass wir alles, was er von sich gab, verstanden haben! Wir mochten uns sehr und waren auch ein bisschen verliebt ineinander, aber es musste platonisch bleiben. Manchmal musste ich sie auch vor einigen draufgängerischen jungen Männern beschützen. Mir war schliesslich die Situation so peinlich, dass ich mit entsprechenden Augenbewegungen versuchte, meine Cousine zu fragen, ob wir uns verraten sollten. Sie war tapfer und bedeutete mir NEIN.

Einen Speisewagen gab es im Zug nicht. Es wurde in der Kabine serviert. Wir konnten nur zeitweise zur Abwechslung im Gang stehen oder herumgehen. Dabei beschlossen wir, das Spielchen fortzusetzen und alle seine bissige Bemerkungen zu überhören. Als wir allerdings in Shahi ausstiegen, habe ich ihm beim Verabschieden ins Ohr geflüstert, – und zwar in nordpersischem Dialekt – dass es zwar sehr amüsant gewesen sei, was er alles über uns gesagt hätte, aber etwas mehr Zurückhaltung wäre durchaus angebracht gewesen. Er war völlig perplex!

Wie bereits erwähnt, war Babolsar eine schöne moderne Stadt mit Palasthotel, sehr schönen Gästevillen, Pensionen, Bistros und einer sehr schönen Flussuferpromenade. Es kamen viele Feriengäste in diese Stadt, vor allem aus Teheran. Die Entfernung von Babol war etwa 25 Kilometer. Inzwischen stand das sogenannte „Teehaus" am Flussrand kurz vor der Einmündung ins Meer zum Verkauf und die Firma meines Vaters kaufte das Haus, vor allem weil kostbare Holzbalken in diesem Bau reichlich verwendet worden waren. Wir Kinder haben gehofft, dass diese Villa renoviert und für die Familie erhalten bleibt. Das war leider nicht möglich, da das Haus fast zur Hälfte im Wasser eingesunken war. Deshalb war es ziemlich preiswert erworben worden und wurde abgerissen. Die riesigen Balken, soweit sie nicht in der Nacht von Liebhabern solcher geklaut wurden, transportierte man in meinen Geburtsort, wo es eine Strandvilla mit vielen Lagerhäusern gab.

Die Luftwaffe hatte ein riesiges Camp auf einer Seite des Flussufers. Neben einstöckigen Häusern hat man im Sommer riesige stabile Zelte aufgestellt, die sehr komfortabel möbliert waren. Die Luftwaffenoffiziere durften ihre Familien im Camp unterbringen. Für die Luftwaffe hatte der Shah sehr viele Vergünstigungen erwirkt. Sie hatten alle Arten von Sportmöglichkeiten vor Ort. Ein Freund und Nachbar in Teheran, dessen Bruder Major der Luftwaffe war, machte mal dort Ferien. Einen Abend war ich mit meinem um drei Jahre jüngeren Bruder im Camp zum Essen eingeladen. Es war ein gemütlicher und sehr schöner Abend. Riesige Esstische in verschiedenen Grössen waren sehr geschmackvoll gedeckt worden. Das Essen war hervorragend, zubereitet von besten Köchinnen und Köchen. Trennung zwischen Männern und Frauen gab es nicht. Ich hatte das Gefühl, dass die Luftwaffenoffiziere wie Gott in Frankreich lebten. Wir haben dann bei uns zu Hause in Babol eine Gegeneinladung für den Freund und seine Familie gegeben. Wir kannten sie alle aus unserer Nachbarschaft in Teheran.

Bei aller Freiheit, die man hatte, gab es Menschen, die rücksichtslos Manches übertrieben. Die Menschen in diesen Ortschaften waren zwar tolerant, aber die Mehrheit war recht religiös. Ihre Frauen gingen mit Kleidern wie einem Schlafanzug ins Wasser zum Schwimmen. Dem gegenüber zeigten sich viele moderne Damen aus der Hauptstadt Teherans durchaus in zweiteiligen Badeanzügen, den Vorläufern der Bikinis. In irgend einer Ecke weiter weg vom Strand zum Sandberg hin, lagen die Damen sogar nackt in der Sonne. Als ich damals diese und ähnliche Übertreibungen in diesem Islamischen Land sah, machte ich mir so meine Gedanken, dass sich allmählich Veränderungen in den Sitten breit machten, die mit der Zeit negative Konsequenzen haben dürften. Das Hauptproblem war, dass solche extremen Veränderungen oft zu entsprechend extremen Gegenreaktionen führen. Wir haben erlebt, was schlussendlich daraus resultierte. Selbstverständlich habe ich zwischendurch meine Verwandten in meinem Geburtsort besucht. Sie haben mich immer wieder mit Herzlichkeit und vielerlei Geschenken verwöhnt.

Der junge Shah Mohammed Reza hatte seit der Machtübernahme einige Ideen seines Vaters versucht umzusetzen. Er beauftragte 1955 seinen Ministerpräsidenten zu veranlassen, dass junge Söhne von Landwirten vor allem aus der Küstenregion des Kaspischen Meeres (Hauptlandwirtschaftsgebiet) zur Ausbildung nach Deutschland geschickt werden. Sie sollten Neues zur Modernisierung der Landwirtschaft erlernen, um es bei sich umzusetzen. Diese jungen Menschen, die selten aus ihrem Dorf herauskamen, wurden nach kurzer Vorbereitung nach Deutschland, einige Bauernsöhne auch nach Japan geschickt. Zu den Glücklichen gehörte auch der Sohn eines unserer Angestellten, der inzwischen zum Freund der Familie avanciert war. Als der Wunsch des Shahs beim Ministerpräsidenten ankam, wurde das nicht gleich publik gemacht. Mein Vater erfuhr von diesem Vorhaben von einem Verwandten, der Parlamentsabgeordneter und aus Babol war. Daraufhin setzte sich mein Vater dafür ein, dass der inzwischen verheiratete, aber untätig zu Hause rumsitzende Sohn seines treuesten Mitarbeiters angemeldet und auch angenommen wurde. Der Shah verabschiedete diese Gruppe der Bauernsöhne persönlich. Die jungen Männer, erhielten in zwei Jahren eine praktische Ausbildung in Landwirtschaft, Tierhaltung und Forstwirtschaft und lernten nebenbei bei den Familien auch Deutsch. Zwei der jungen Männer sollen in Deutschland geblieben, geheiratet haben und Teppichhändler geworden sein. Ein oder zwei Männer brachten ihre deutschen Frauen mit in den Iran. Diejenigen, die zurückkamen, wurden fürstlich beschenkt. Sie bekamen sehr viel Land und Unterstützung, um das Gelernte aus Deutschland oder Japan auch im Iran umzusetzen. Leider war das nie kontrolliert worden. Diejenigen, die sich mit Tierhaltung beschäftigten, mussten zwar hart arbeiten, wurden aber vermögend. Die ganz Schlauen darunter aber warteten in Ruhe ab, bis das ihnen zugesprochene Land als Bauland deklariert wurde, da es sich zur landwirtschaftlichen Nutzung als ungeeignet erwiesen hatte. Dadurch entstanden in dieser Region auf beiden Seiten der Hauptstrasse nach Babolsar mehrere Ortschaften mit zum Teil wunderschönen Villen, die billig und auf Raten verkauft wurden. Hier sollen Schwestern vom Shah zur Belebung der Küstenregion als Sommerferienort für Teheraner investiert haben.

Nach der Iranischen Revolution erreichten Grundstücks- und Villenpreise astronomische Höhen. Was einmal pro Quadratmeter 5 Euro Wert war, wird heute für 300'000 Tuman = 300 bis 500 Euro verkauft. Die erwähnten Bauernsöhne sind heute echte Tuman-Milliardäre. Ich erzähle mit gewissem Stolz, dass unsere früheren Angestellten heute als Milliardäre im Iran leben. Sie leisten sich inzwischen, ihre Kinder in teuersten Schweizer Internaten lernen zu lassen. Warum auch nicht, so ist eben das Leben. Allerdings bleibt es bedauerlich, dass das primäre Ziel, die Landwirtschaft zu modernisieren und damit zur Verbesserung des Lebensstandards der Landwirte beizutragen, leider nicht erreicht wurde.

# 6
# Regentschaft von Mohammed Reza Pahlavi

Der Aufenthalt im Internat war für den Kronprinzen streng und langweilig. Reza Shah gab dem Institut genaue Anweisungen. Ohne Leibwächter durfte sein Sohn an keinen öffentlichen Veranstaltungen teilnehmen. Mit europäischer Erziehung und guten Französischkenntnissen kehrte er im Alter von siebzehn Jahren, 1936 in den Iran zurück. Der Kronprinz wurde für seine späteren Aufgaben militärisch in der Offiziersschule vorbereitet. Fünf Jahre später, nach dem Einmarsch britischer und sowjetischer Truppen in den Iran, setzten die Alliierten den Vater ab und hoben den Kronprinzen auf den Pfauenthron. Der junge Shah war in erster Ehe mit der Schwester von König Farouk von Ägypten, Fawzieh verheiratet. Aus dieser Ehe stammt die Tochter Schahnaz. Die Ehe hat nicht lange gehalten. Es kam zur Scheidung. Während der ersten Jahre seiner Herrschaft versuchte der Shah – noch galt er als Hoffnungsträger – das Land demokratisch zu führen. Er war als gut aussehender und netter Mann zunächst recht beliebt. Es bestand auch ein gutes Einvernehmen mit den religiösen Führern des Landes. Im Gegensatz zu seinem Vater bekundete er ehrenvolle Achtung gegenüber den religiösen Gelehrten.

Der junge Shah Mohammed Reza beim Empfang von religiösen Führern im Garten des Palastes in Babol. Anwesend sind zwei Verwandte von uns, der Parlamentsabgeordnete Abbas Eslami und ein Cousin meines Vaters, Hodjatolislam Hodjatti (erster von rechts)

Der Einfluss der Engländer und Amerikaner im Lande nahm zu. Die Abhängigkeit des Shahs von diesen wurde grösser. Die Macht des Militärs nahm zu. Da der Einfluss der Sowjetunion zugunsten von USA und England abnahm, versuchten die Russen über die Tudeh Partei wieder an Einfluss zu gewinnen. Es gab viel Unruhe und die Unzufriedenheit der Menschen stieg. Man erlebte eine Rückkehr zur Diktatur. Der grösste Fehler des Shahs war, dass er allmählich sowohl die Meinung der religiösen Führer, als auch die der Nationalisten, die meist zur intellektuellen Elite des Landes gehörten, bei seinen Entscheidungen nicht mehr berücksichtigte.

Das Hauptproblem war das Iranische Erdöl. Die Verträge waren so miserabel, dass das Land immer weniger von seinen Erdölschätzen profitierte. Der Shah ist leider nie auf die Idee gekommen, einen Ayatollah oder einen Mullah als Minister für Religion und religiöse Toleranz ins Kabinett zu berufen. Eines Tages wurden zum ersten mal zwei Theologen, also Mullahs, von einer Provinzstadt ins Parlament gewählt: Safahi und

Saied Djawadi. Beide waren zufälligerweise Freunde meines Vaters, mit denen ich persönlich gelegentlich Kontakt hatte. Mit Herrn Saied Djawadi war die Beziehung besonders herzlich. Mein Vater verlangte, wenn er selbst abwesend war, dass ich Mullah Djawadi hin und wieder einen Höflichkeitsbesuch abstattete. Beide Herren wohnten im Süden Teherans, wo es viele alte, schöne und grosse Häuser gab. Saied Djawadi war von üppiger Statur, umgänglich, fröhlich und sehr witzig. Ihm zuzuhören war immer ein Vergnügen. Er kannte zu jedem Thema, aber auch zu ernsten politischen Sachfragen Witze, machte auch bissige Bemerkungen, die einen nachdenklich stimmten. Als ich ihn eines schönen Tages in seinem Haus besuchte, wollte er gerade zum Einkaufen gehen. Er begrüsste mich wie immer mit fröhlichem Gesicht herzlich und fragte, ob ich ihn beim Einkaufen begleiten wolle, denn er hätte heute den Einkaufsdienst übernommen, da die Frauen Wichtigeres vorhätten. Der Mullah in seinem auffälligen Gewand mit Kopfbedeckung (Aba und Ammameh) bot einen imposanten Anblick. Er und ich gingen neben dem Esel, auf dem er geritten wäre, wäre ich nicht dazu gekommen.

Dieser Mullah ritt normalerweise auf seinem Esel durch die ganze Stadt Teheran und benutzte keine Fahrzeuge. Er ritt mit dem Esel auch ins Parlament. Das war auch damals noch eine Sensation. Er erzählte mir, dass der Shah ihn und Herrn Safahi einmal im Palast empfangen habe, weil er auf die beiden Neulinge im Parlament neugierig war. Er erschien auch damals mit seinem Esel vor dem Marmorpalast. Das war dann doch eine amüsante Begebenheit für den Shah und die anderen Anwesenden. Herr Safahi war motorisiert. Bei dem ersten Gespräch versuchte der Shah mit Charme freundlich klarzustellen, dass man als Parlamentarier nicht mit einem Esel im Parlament erscheint. Der Shah wollte beiden je ein Auto schenken. Aber Mullah Saied Djawadi entgegnete mit seinem berühmten Lächeln dem Shah: „Majestät, seien Sie unbesorgt. Seit Jahren leistet mir mein Esel gute Dienste, kostet kaum Geld, ist genügsam und unfallsicher. Darüber hinaus leistet mein Esel einen unverzichtbaren Dienst zur Verkehrsregelung, in dem die Autolenker rücksichtsvoll und diszipliniert fahren müssen, wenn wir auftauchen.„ Das Geschenk des Shahs hat er nicht angenommen.

Vor dem Lebensmittelgeschäft angekommen, war draussen auf einem grossen weissen Tuch eine Menge frischer Auberginen gelagert. Mullah Djawadi band den Esel an einen Baum und setzte sich mit gekreuzten Beinen (Türkensattel) auf den Boden. Er breitete sein Gewand aus und packte etwa vierzig Auberginen darauf, brachte sie so zur Kasse und bezahlte. Dann schüttete er diese in den Sattel vom Esel. Er kaufte noch einige andere Lebensmittel, wurde zwischendurch von Menschen aufgehalten, die ihn begrüssten und Wünsche äusserten. Wir gingen dann zu Fuss wieder mit dem Esel nach Hause. Unterwegs haben wir uns über Vieles unterhalten. Ich genoss es sehr, mit ihm zu diskutieren. Er war sehr hilfsbereit und ich habe gelegentlich seine Hilfe auch in Anspruch genommen. Leider hat er frühzeitig sein Mandat zur Verfügung gestellt, weil er überzeugt war, dass er bei dem Durcheinander und unübersichtlichen politischen Gruppierungen im Parlament nichts bewirken könne. 1949 heiratete der Shah Soraya Esfandiary. Die Mutter war Deutsche, der Vater ein Diplomat vom Stamme der Bachtiary. Leider konnte Soraya dem Shah nicht den gewünschten Thronfolger schenken. Soraya war eine sehr schöne Frau und treue Gefährtin des Shahs über mehrere Jahre der Unruhe im Lande.

Ich bin fest davon überzeugt, dass Iran ohne Ölvorkommen heute besser dran wäre. Wegen des Öls haben Amerika und England versucht, Einfluss im Lande zu gewinnen. Neben führenden Theologen wie Ayatollah Kaschani haben vor allem Nationalisten, an der Spitze Dr. Mohammad Mossadegh, ein in der Schweiz ausgebildeter Jurist, für eine Nationalisierung des Erdöls gekämpft. Mossadegh hatte bereits unter Reza Shah als Politiker und dann als Minister eine grosse Rolle gespielt. 1944 leistete er grössten Widerstand gegen die Sowjetunion, die eine Konzession für Erdöl im Norden Irans haben wollten.

Als Vater der Widerstandsbewegung gegen den Einfluss ausländischer Mächte muss man Ayatollah Kaschani bezeichnen. Kaschani wurde wegen seines kompromisslosen Widerstands gegen England und Amerika aus dem Lande verwiesen. Er war ein charismatischer Führer, der Massen bewegen konnte wie kein anderer im Lande. In Abwesenheit wurde er zum Abgeordneten der Stadt Teheran ins Parlament gewählt und wurde später sogar Parlamentspräsident. Er unterstützte Mossadegh unermüdlich und organisierte sogar einen Volksaufstand gegen den Shah, damit Mossadegh Ministerpräsident werden und uneingeschränkte Vollmacht erhalten könne. Mossadegh betonte immer wieder, dass das Problem von Iran sei, dass ausländische Mächte das Land auszubeuten versuchten. Dies hatte schon mit dem Einmarsch der Griechen unter Alexander begonnen. Mossadegh und seine Freunde begründeten eine Partei, genannt Djebhe Melli (Nationale Einheit). Sie gewannen relativ schnell viele Anhänger, vor allem bei jungen Menschen und Studenten. Mossadegh setzte sich an die Spitze der Bewegung, die Erdöl nationalisieren wollte. 1951 im Alter vom siebzig Jahren wurde er vom Parlament mit Mehrheit für das Amt des Ministerpräsidenten gewählt. Damit hat das Parlament den Shah vor vollendete Tatsachen gestellt. In der Regel wurde der Kabinettschef vom Shah nominiert und dann vom Parlament bestätigt. Nach 24 Stunden trat er allerdings wieder zurück. Er beanspruchte gleichzeitig das Amt des Armeechefs, das bis dahin dem Shah vorbehalten war, sowie Vollmacht über die Gesetzgebung ohne das Parlament einschalten zu müssen. Der Shah wollte auf keinen Fall seine Position als Oberbefehlshaber der Armee abgeben. Wiederum kam Kaschani zu Hilfe und erreichte, dass Mossadegh zurückkam, nachdem fast alle seine Wünsche erfüllt wurden. Leider hat Mossadegh sich Kaschani gegenüber nicht fair verhalten. Er wollte sogar, dass Kaschani sich von der Politik fernhalte. Damit hatte er seinen eigenen Untergang herbeigeführt. Bei aller Sympathie für Mossadegh, er war nicht zu durchschauen. Ich habe nie verstanden, warum er dem jungen Shah nicht klar machen konnte, dass der Shah repräsentieren sollte, während das Regieren einem Ministerpräsidenten zu obliegen hatte. Hier haben auch die Amerikaner einen entscheidenden Fehler gemacht, was viele alte Senatoren der USA heute ehrlich zugeben. Gemeinsam wären sie stark gewesen. Getrennt und als Gegenspieler mussten sie zu Verlierern werden.

Als Ministerpräsident blieb Mossadegh in seinem Haus und empfing Minister und auch ausländische Diplomaten mal mit dem Stock in der Hand, mal im Bett. Mossadegh mit einer Wolldecke im Bett wurde immer wieder veräppelt. Manchmal soll er Diplomaten im Pyjama empfangen haben.

Eines Tages lehnte er es ab, zur Berichterstattung in den gegenüberliegenden Palast beim Shah zu erscheinen. Er meinte, wenn der Shah was von ihm wissen wolle, dann sollte er ihn besuchen, schliesslich sei er ein alter Mann.

Obwohl die Amerikaner der Meinung waren, dass Mossadegh und seine Partei am besten in der Lage wären, die Tudeh Partei unter Kontrolle zu halten, haben sie wegen seiner Unnachgiebigkeit für einen neuen Erdölvertrag beschlossen, Mossadegh fallen zu lassen. Offenbar hatte Soraya ein gutes Verhältnis zu Mossadegh, besuchte ihn und versuchte eine Kooperation mit dem Shah zu erreichen, was ihr leider nicht gelang. Mossadegh war nicht nur ein überzeugter Nationalist, sondern auch ein wenig stur. Ich habe den Eindruck gewonnen, dass Machthaber durch ihre Sturheit, andere Ansichten nicht gelten zu lassen, sie aber auch nicht überprüfen zu wollen, häufig Probleme heraufbeschwören. Es kam nichts Sinnvolles zustande und die Unterdrücker gewannen die Oberhand. Der Shah empfing meist heimlich namhafte amerikanische und englische Politiker. Inzwischen hatte er unter Druck von England und gegen den Willen der Bevölkerung, Bahrain, das zu Iran gehörte, grosszügig an die Emirate verschenkt. Gut für den Golfstaat Bahrain.

Von Amerika wurde ein weltweiter Ölboykott ausgesprochen. Iran konnte sein Erdöl nicht mehr verkaufen. Obwohl die Ostblockstaaten sich an dieses Verbot nicht halten wollten, hat Mossadegh leider mit diesen Ländern keinen Vertrag abgeschlossen. Die Wirtschaft wurde damit lahmgelegt. Vor allem die Kaufleute im Bazar wurden unzufrieden. Hier machte der Shah wieder einen Fehler, wahrscheinlich unter Druck von England und Amerika. Es kam zu einem Putsch gegen Mossadegh, der offensichtlich von langer Hand vorbereitet worden war. Colonel Nasiri, Chef der königlichen Garde, erschien in der Nacht mit zwei Panzern und einigen Offizieren vor dem Tor des Mossadegh-Hauses und wollte ein Schreiben vom Shah an Mossadegh überreichen. Ein Major und Offiziere, die das Haus bewachten, hatten sofort Verdacht geschöpft, dass Mossadegh verhaftet werden sollte. Es war höchst merkwürdig, auf diese Weise ein Schreiben vom Shah an seinen Ministerpräsidenten zu überreichen. Der Colonel und die begleitenden Offiziere wurden daher verhaftet und die Panzer beschlagnahmt. Da dieser

Plan fehlgeschlagen war, flog der Shah mit Soraya nach Rom. Ich vergesse nicht, dass am nächsten Morgen über das Radio vom fehlgeschlagenen Putsch des Shahs berichtet wurde und dass er das Land verlassen habe. Man diskutierte, das Kaiserreich in eine Republik umzuwandeln. Der Aussenminister Dr. Fatemi hielt am Abend in der Hauptnachrichtenzeit eine sehr scharfe Rede gegen den Shah und die Familie Pahlavi, die in der Zeitung publiziert wurde. Als ich mit meiner Familie diese Rede hörte, hielt ich das für ein sehr ungeschicktes Vorgehen von Dr. Fatemi, da es ja offensichtlich war, dass dieser Putsch von langer Hand vorbereitet worden und ein Nachspiel zu erwarten war. Die Organisatoren im Hintergrund waren zu mächtig. Offenbar wollte der Shah in Rom in der Residenz der Iranischen Botschaft Unterschlupf finden. Er hatte sogar einen Schlüssel dafür. Die Italienische Regierung warnte ihn, dort hinzugehen. Man hatte für ihn eine andere Unterkunft vorgesehen. Der Shah wollte aber unbedingt in die Botschaftsresidenz. Der Schlüssel passte nicht mehr. Als er klingelte, erschien ein hoher Offizier an der Tür und sprach ihn mit „Herr Pahlavi" an und teilte ihm mit, dass er keinen Zutritt mehr zu diesem Haus hätte und er sich eine Unterkunft in einem Hotel suchen solle. Die Botschaft hatte natürlich die Weisung vom Aussenministerium in Teheran erhalten. Als sich alles wieder zu Gunsten des Shahs veränderte, waren die Tage des Aussenministers und Militärattachés gezählt. Ein Militärattaché, der Befehle auszuführen hat, sollte dafür wirklich nicht bestraft werden.

# 7

# Der Shah und die
# sogenannte Weisse Revolution

Es war eine unruhige Zeit und das Land war politisch instabil. Die Parteien demonstrierten ständig und bekämpften sich ganz hemmungslos. Die Aggressivität der Menschen, vor allem der jungen Schüler und Studenten war unbeschreiblich hoch. Demonstrationen waren an der Tagesordnung. Die Anhänger einzelner Parteien lieferten sich untereinander und auch mit den Ordnungshütern fürchterliche Kämpfe mit zahlreichen Verletzungen und Verhaftungen. Einige Studenten, die bereits im Geheimdienstregister standen, hatten sehr lange Zeit mit Repressalien zu rechnen gehabt. In der Schule gingen beste Freunde aufeinander los wegen politischer Meinungsunterschiede. Einige hatten Messer oder Instrumente in der Tasche um den Gegner, auch wenn es sich um einen Freund handelte, zu verletzen. Erinnern Sie sich an meine Darstellung des riesigen runden Schwimmbades im Hof meiner Oberschule? An manchen Tagen, wenn während der Pause die Auseinandersetzungen zwischen den Gymnasiasten los ging, landete der eine oder andere Schüler in diesem Becken, nicht selten mit Verletzungen am Körper.

Die Tudeh Partei hat in der Zeit durch ständige Demonstrationen gegen die Shahregierung für mehr Instabilität gesorgt. Mossadegh hatte angeordnet, wer demonstrieren möchte, kann das weit ausserhalb der Stadt auf einem dafür ausgesuchten Platz tun und dort seine Ansichten zum Ausdruck bringen. Die Idee ist insofern logisch, da man den Geschäftsablauf nicht stört, Sachschäden vermeidet und Menschenleben nicht gefährdet.

Inzwischen, während sich der Shah und Soraya in Rom langweilten und offenbar kein Geld zum Ausgeben hatten, wurde der amerikanische CIA im Iran aktiv. Die Beteiligten, darunter CIA-Chef Dulles, Kim Roosevelt, Botschafter in Teheran, Agenten und auch des Shahs Zwillingsschwester Ashraf, vom Ausland aus. General Zahedi und Sohn, sowie Armeeführer von Teheran, haben den Plan verwirklicht. Sie hatten sehr viele Dollar unter den Armen Süd-Teherans und auch unter Schlägertypen verteilt. Auch Soldaten wurde viel Geld gegeben. Ich sah mit eigenen Augen auf der Strasse, die zum Palast und Haus Mossadeghs führte, einige Lastwagen voll von Menschen, die mit Gewehren in der Hand in die Luft ballerten und schrieen „Es lebe der Shah! Tod dem Mossadegh!" Mit Hilfe der königlichen Garde hatte General Zahedi und seine Anhänger alle Radio- und Fernsehstationen unter Kontrolle gebracht. Das Haus von Mossadeghs Sohn wurde nicht nur geplündert, sondern sogar niedergerissen. Dazu noch ganz gezielt viele andere Häuser. Mossadegh wurde abgesetzt und General Zahedi übernahm das Amt des Regierungschefs.

Der Shah kam wieder zurück und rüstete das Militär auf. Man nannte es die Weisse Revolution. Dazu kam der gefürchtete Geheimdienst SAWAK, der mit Hilfe von CIA und MOSSAD von Israel etabliert wurde. Unter Zahedi und General Bachtiar begann die Zeit der Verhaftungen, Attentate, Morde und anderer Gräueltaten. Das dies alles mit Wissen des Shahs geschah, kann man sich nicht vorstellen. Es wurde viel darüber spekuliert. Die Tudeh Partei war inzwischen verboten und Ayatollah Kashani, der erst ins Exil geschickt worden war, wurde aber dann als er zurück ins Land durfte, ins Gefängnis geworfen. Er starb sehr krank im Alter von achtzig

Jahren. Mossadegh hatte sich gestellt, nachdem er ein paar Tage irgendwo versteckt gelebt hatte. Er und einige seiner Minister kamen ins Gefängnis und wurden vom Militärgericht verurteilt.

Wie bei jeder Revolution waren auch in diesem Falle Fehlentscheidungen unvermeidlich. Im Hintergrund nahm der Einfluss von Ayatollah Khomeini bei der Bevölkerung und religiösen Führern zu. Wir Gymnasiasten haben damals von Khomeinis Opposition kaum etwas erfahren. Aber wir realisierten, dass der Shah zwar wieder fest im Sattel sass, aber weder er noch seine Familie merkten, dass die Menschen zunehmend unzufrieden waren und sehr bald sich wieder Unmut gegen die Dynastie regen würde.

Ich hatte inzwischen mein Abitur bestanden und weil mein Vater Deutsches und Deutschland schätzte, lernte ich Deutsch, um an einem Sprachexamen im Kultusministerium teilzunehmen. Spätere Ereignisse im Iran habe ich als Student in Deutschland verfolgen können.

Als Schüler dachte ich ganz naiv, dass alle Persönlichkeiten, die Macht und Würde verkörperten und in höchsten Positionen Land und Menschen regierten, alles kluge Menschen sind, die auch wissen, was Erbarmen bedeutet. Inzwischen habe ich gelernt, dass dies leider nur in Ausnahmen der Fall ist. Wie andere Menschen auch, lernen nur die Wenigsten aus ihren Erfahrungen und eigenen Fehlern. Sie wiederholen sogar ihre Fehler und bringen sich und andere in Schwierigkeiten. Kaiser und Könige machen diesbezüglich leider keine Ausnahme.

In einem Fernsehinterview erzählte ein Besitzer eines Lebensmittelladens, dass die Khomeinis ihre Einkäufe nicht gleich bezahlen konnten. Es musste immer angeschrieben werden. Erst Ende des Monats oder auch später wurden die Schulden beglichen. So lebte eine führende Persönlichkeit der Schiitischen Religion im Iran! Als Ayatollah Khomeini aktiv gegen den Shah und dessen Regierung opponierte, wurde er in die Türkei ins Exil geschickt. Die Shah-Berater hatten offenbar von ihm verlangt, Ayatollah Khomeini zu eliminieren. Das lehnte der Shah aber ab. Alle Bemühungen der Bevölkerung für seine Rückkehr wurden ignoriert. Da aber die Türkische Regierung einen Religionsführer nicht als Gefangenen haben wollte, wurde schliesslich als Exilort Nadjaf im Irak gewählt. Man hat sehr oft an den Shah geschrieben und ihn gebeten, Ayatollah Khomeini in den Iran zurückzuholen. Die Machthaber hatten nicht verstanden, dass Khomeini im Ausland und gerade in der Pilgerstadt Nadjaf eine grössere Gefahr für den Shah und seinen Thron werden könnte.

Der älteste Sohn Khomeinis, der ohne Grund ins Gefängnis geworfen war, wurde freigelassen, damit er seinen Vater ins Exil begleiten konnte. Er starb aber ganz plötzlich, relativ jung; über den Grund wird nur spekuliert. Wenn man Oppositionelle fürchtet, dann muss man sie um sich scharen. Sie könnten zu Freunden werden.

# 8

# Abitur und Deutsch-Examen

Irgendwann waren die schönen Ferientage vorbei und ich musste wieder zurück in die Schule nach Teheran. Wenn das Wetter etwas erträglicher wurde, kam die Familie auch für etwas längere Zeit nach Teheran. Wir wohnten nicht weit von den vier Shah-Palästen entfernt. Die vier Paläste befanden sich in den vier Ecken eines Platzes. In der Umgebung, entlang der langen Palastmauern und in den Seitenstrassen gab es wunderschöne Bäume, und dicht bepflanzte Blumenbeete. Die Bürgersteige beiderseits lagen etwas höher als sonst zur normalen Strasse. Parallel zu einer Baumreihe lief fliessendes Wasser in einem kleinen Bächlein. Besonders am Spätnachmittag und am Abend war es in dieser Gegend sehr angenehm und frisch.

Sehr oft ging ich mit meiner Büchern dorthin, sass unter einem Baum, zog Schuhe und Socken aus, damit die Füsse im Wasser baumeln konnten. Es war herrlich, hier zu sitzen und zu lernen und gleichzeitig prominente Leute zu beobachten, die in die Paläste hinein oder herausfuhren. Vor jedem Palast postierte ein Soldat der königlichen Garde. Die grossen

Eisentore waren am Tage immer offen. Man konnte langsam vorbeigehen und einen Blick in die Gärten der Paläste werfen. Manchmal stand ich ein paar Sekunden, nur zwei bis drei Meter entfernt vor dem Tor neben dem Wachposten mit Blick in den Garten des Palastes ohne von den Soldaten oder Offizieren verscheucht zu werden.

Ich war Sprecher der Schule, sowohl für die Pausen-Unterhaltung als auch für die Organisation von Schulfesten zuständig. Zum Direktor und den Lehrern hatte ich eine recht gute Beziehung unterhalten können. In der Pause haben wir per Lautsprecher lustige Geschichten aus dem Alltag der Schule gebracht, die von den Schülern immer mit Begeisterung aufgenommen wurden. Zum Neujahrsfest der Schule waren auch die Eltern eingeladen. Wir hatten ein Schulorchester und eine Theatergruppe, die Stücke bekannter europäischer Autoren aufführte. Ich hatte während der Oberschulzeit Theaterkurse absolviert und wollte eigentlich Schauspieler werden. Mein Vater aber gab mir zu verstehen, dass er für meine Ausbildung als Schauspieler kein Geld ausgeben würde, da der Beruf eines Schauspielers im Iran nicht geschätzt sei.

In unserer Klasse gab es einen Schüler, der politisch sehr interessiert war. Sein Vater war Parlamentsabgeordneter, sein Onkel Parlamentspräsident und engster Freund von General Zahedi. Als unter Mossadegh General Zahedi und sein Sohn Ardeshir (später Schwiegersohn vom Shah und Aussenminister) untergetaucht waren und gesucht wurden, lebte Ardeshir Zahedi im Hause dieses Mitschülers. Er erzählte, dass immer, wenn Polizei oder der Geheimdienst auftauchte, Ardeshir über eine niedrige Mauer zum Nachbarhaus geflohen sei. Nach dem Putsch vom Shah mit Hilfe Amerikas gegen Mossadegh wurde General Zahedi Ministerpräsident. Dieser Schüler, ein Angeber, gebärdete sich zunehmend arrogant, so dass die Lehrer, die meist linken oder nationalistischen Gruppen angehörten, sich vor ihm in Acht nahmen.

Für die Abiturprüfung war den Schülern im grossen Salon und einem Nebenzimmer über die gesamte Dauer der Prüfung ein fester nummerierter Platz zugeteilt. Ich war mit besagtem Mitschüler und neun weiteren Schülern in dem Nebenzimmer untergebracht. Jener Mitschüler versuchte immer abzuschreiben. Manchmal stand er auf und nahm die Unterlagen von zwei Schülern, die die Besten in der Klasse waren, gab sie anderen Schülern in diesem Raum zum Abschreiben. Die zwei Lehrer, die zum Überwachen da waren, unternahmen nichts, offensichtlich aus Angst vor diesem Sprössling eines Mächtigen im Staate. An einem anderen Tag waren zwei andere Lehrer als Überwacher uns zugeteilt, die früher im Kultusministerium hohe Posten bekleidet hatten und keine Angst, auch nicht vor der SAWAK, (iranischer Geheimdienst) hatten. Als besagter Schüler wieder provozierte und auch mein fast fertig beantwortetes Formular wegnahm, verliessen die beiden Lehrer das Zimmer und kamen mit dem Schuldirektor wieder. Sie nahmen uns elf Schülern die Prüfungsarbeiten ab, schrieben ein Protokoll, das alle drei unterschrieben. Alle elf Schüler wurden von der Fortsetzung des Examens ausgeschlossen. Es war eine Katastrophe für uns. Besagter renitenter Schüler drohte ständig und brachte Briefe von Ministern und anderen namhaften Personen. Ardeshir Zahedi intervenierte schliesslich. Es kamen zwei Gruppen von Gutachtern, die unsere Prüfungsarbeiten zu beurteilen hatten. Danach musste eine Kommission im Ministerium ein Urteil sprechen.

Inzwischen gingen sechs Monate ins Land ohne das ein Resultat bekannt gegeben wurde. Wir bemühten uns nun um den an sich schuldigen Mitschüler, weil wir seinen Versprechungen glaubten, dass bald zu unseren Gunsten entschieden würde. Eines Tages wurde ich zum Schuldirektor gerufen. Die zwei Lehrer waren auch anwesend. Sie bedauerten, dass ich schuldlos soviel Ärger hätte. Der Direktor empfahl mir, mich für die in drei Monaten stattfindende nächste Abiturprüfung in einer anderen Schule anzumelden. Bevor ein Urteil gesprochen sei, hätte ich dann schon alles hinter mir. Es war aber nicht so einfach, so spät noch in einer Schule aufgenommen zu werden. Er teilte mir aber mit, dass er mit dem Direktor einer Schule (nicht weit von der jetzigen Schule entfernt) telefonisch gesprochen hätte, der früher in meiner Schule als Lehrer für Naturwissenschaften tätig gewesen war und mich noch gut kannte. Er hätte, als mein Name fiel, gesagt, ich könne sofort morgen kommen. Während meine anderen Schulkameraden weiter kämpften, habe ich mich in der neuen Schule schnell eingewöhnt.

Deutschunterricht in einer Privatschule setzte ich nebenbei fort. Nach einem Monat sagte mir der neue Direktor, dass die Lehrer mit meiner Leistung sehr zufrieden seien. Ich sei bester Schüler in der Klasse.

Die Abiturprüfung ging für mich problemlos vonstatten. Ich hatte als Bester die Abiturprüfung bestanden. Der Direktor gratulierte mir und freute sich, dass er mir hatte helfen können. Auch der Direktor und die zwei mitschuldigen Lehrer der vorherigen Schule riefen mich an um zu gratulieren. Ich wollte zum Studium nach Deutschland. Um günstig Devisen für Deutschland zu erhalten (damals bezahlte man für eine Deutsche Mark zwei Tuman), musste man (um Deutsche Mark eins zu eins zu erhalten) eine Sprachprüfung absolvieren. Drei Monate nach dem Abitur fanden die Sprachprüfungen für verschiedene Sprachen statt. Die Deutschprüfung wurde in einer Historischen Schule in Teheran abgenommen. An einem Tag hatte man Aufsatz, Übersetzungen aus dem Deutschen ins Persische und umgekehrt, sowie ein Diktat geschrieben. Einige Tage später war die mündliche Prüfung.

Und schon hatte ich wieder Ärger! Man durfte nach dem Läuten, das den Schluss der Prüfung bedeutete, nicht weiter schreiben. Als es klingelte, hatte ich meinen letzten Satz im Aufsatz noch nicht beendet. Ich schrieb daher den Satz zu Ende. Der Überwacher lehnte deswegen ab, meine Unterlagen entgegenzunehmen. Da ich der Meinung war, dass ich ohnehin diese Prüfung nicht bestehen würde, war es mir irgendwie egal. Die anderen Teilnehmer in diesem Raum haben dem Überwacher aber massiv Vorwürfe gemacht, woraufhin er dann doch meinen Aufsatz akzeptierte.

Die mündliche Prüfung war dann wirklich vergnüglich. Es war ein regnerischer Tag. Wir Teilnehmer standen im langen Korridor dieser Schule und wurden in bestimmten Abständen zur Prüfung gerufen. Ich überlegte mir, ob ich diese mündliche Prüfung irgendwie beeinflussen könne. Plötzlich kam mir in den Sinn, dass der Regen eventuell ein Thema sein könnte. Ich habe im Buch das Kapitel über das Wetter aufgeschlagen und nervös und mit Herzklopfen versucht, mir die Sätze einzuprägen. Auf diesem Korridor herrschte eine unheimliche Atmosphäre bei soviel aufgeregten Examenskandidaten.

Irgendwann war ich dran. Meinen Regenmantel, schön zusammengelegt auf dem linken Arm, den Regenschirm und meine Tasche in der rechten Hand, bin ich in das Zimmer gegangen und sagte aus Angst ganz laut: „Guten Tag!" An einem Schreibtisch sassen zwei Herren, ein Deutscher und ein Iraner. Sie sprachen Deutsch miteinander. Auf dem Tisch lagen zwei Bücher. Nach meinem Gruss sagte der Deutsche auch ziemlich laut „Guten Tag! Wie geht es Ihnen? Bitte nehmen Sie Platz." Indem ich demonstrativ meinen Regenmantel hochhob, um ihn irgendwo unterzubringen, antwortete ich mit „Sehr gut, Danke." Nun wurde ich tatsächlich nach meinem Regenmantel gefragt. „Was ist das?" „Das ist ein Regenmantel." Der Iraner fragte auf Deutsch, wofür ich einen Regenmantel hätte. Ich antwortete, indem ich auf das Fenster zeigte, „weil es regnet." Die nächste Frage war über meinen Regenschirm und warum ich nach Deutschland möchte. Da war ich gut vorbereitet, weil ich die entsprechenden Sätze so oft geübt hatte. Die beiden Herren haben sich angeschaut und sich mit einem angenehmen Lächeln zugenickt. Der Deutsche hat mir dann ein Buch aufgeschlagen, ich sollte lesen und übersetzen. Kaum zu glauben, aber es ging wieder um das Wetter. Ich musste danach Verben deklinieren, was kein Problem für mich war. Die Prüfer verabschiedeten mich schliesslich und ich hatte den Eindruck, endlich einmal Glück gehabt zu haben. Ich wusste natürlich noch nicht, ob meine schriftliche Prüfung ausreichend Punkte gebracht hatte. Irgendwann erfuhr ich, dass ich von den dreihundert Teilnehmern einer von neunzehn Personen war, der diese Prüfung bestanden hatte. Hurra, manchmal passieren doch Wunder!

# 9

# Brandkatastrophe

Es kam zu unvorhergesehenen Ereignissen, die meine Abreise fraglich machten. In einem abgelegenen Viertel von Teheran gab es einige private und staatliche Lagerhallen. In den staatlichen Hallen war sehr viel Tabak für die staatliche Zigarettenfabrik gelagert. Unmittelbar in der Nachbarhallen war Baumwolle in riesigen Baumwollballen vorübergehend zwischengelagert, bevor sie nach Hamburg exportiert werden sollten. Zwei Drittel dieser gehörten der Firma meines Vaters. Sein Schwager und Partner hielt sich geschäftlich gerade in Hamburg auf. Eines Abends wurden die Tabaklager in Brand gesetzt. Die Wucht des Feuers hat alle Nachbarlager erreicht und bis die Feuerwehr vor Ort war, waren Tabak und Baumwolle weitgehend verbrannt. Auch einige Häuser in der Nachbarschaft der Lager waren betroffen. Die Feuerwehr war schlecht ausgerüstet und arbeitete nicht effektiv. Es war eine fürchterliche Katastrophe, so dass sogar der Regierungschef und einige Minister vor Ort erschienen. Der Schwager und Partner meines Vaters sah die Bilder der Katastrophe in einer Zeitung in Hamburg. Eine Versicherung hatte man wegen der nur kurzfristigen

Zwischenlagerung nicht abgeschlossen. Es hatte sich herausgestellt, dass einige wichtige Amtsinhaber über längere Zeit Waren hatten verschwinden lassen. Da das Ausmass dieser Gaunerei die kritische Grenze überschritten hatte und eine Inspektion angekündigt war, hatten die Verantwortlichen Tabula Rasa gemacht. Damit waren zwar die Gauner gerettet, aber viele Menschen und Firmen waren ruiniert.

Für unsere Familie und damit auch für mich war eine harte Zeit angebrochen. Dies ist allerdings nur ein Beispiel von Vorkommnissen, das zu beklagen war. Die Zeit danach war vor allem für meinen Vater und meinen Onkel sehr hart. Da die Baumwollballen fest gepresst gebunden waren, sind sie nicht vollständig verkohlt. Das, was erhalten geblieben war, war allerdings nicht mehr weiss. Von schwarz, braun, hellbraun bis gelblich. Es wurden Frauen und Männer engagiert, die die unterschiedlich verfärbte Baumwolle nach Farbe zu trennen hatten. Exportieren konnte man die Baumwolle nicht mehr. Aber es gab Kleinunternehmern die diese verfärbte Baumwolle anderweitig verwenden wollten. Meine Sorge war, dass mein Vater vielleicht nicht mehr in der Lage sein könnte, mein Studium in Deutschland zu finanzieren.

Abschiedsfoto für die Familie vor der Abreise nach Europa

# 10

# Abreise nach Europa
# und Ankunft in Deutschland

Zum Glück gab mir mein Vater grünes Licht für die Vorbereitungen zur Abreise nach Deutschland. Das Abiturzeugnis, ein Curriculum und der Antrag für die Zulassung zum Studium wurden übersetzt, amtlich beglaubigt und weggeschickt. Mit dem Passamt gab es jedoch Probleme. Bei der Sicherheitskontrolle durch den Geheimdienst wurden meine Akten mit jemandem gleichen Namens verwechselt.

Obwohl Vorname, Geburtstag und Geburtsort nicht übereinstimmten, wollte man nicht einlenken. Geklärt wurde das schliesslich mit Hilfe von Beziehungen. Ohne Beziehungen wäre es nicht einfach zu lösen gewesen.

Bis meine Koffer für die Abreise gepackt waren, vergingen sechs Monate. In den frühen Morgenstunden eines sonnigen Frühlingstages stieg ich gemeinsam mit einer ganzen Reihe von Studenten in einen Reisebus, der uns nach Erzurum in die Türkei bringen sollte. Die gesamte Familie und einige Verwandte waren zum Abschied zur Busstation gekommen.

Das Abschiednehmen empfand ich eher als einen traurigen Moment. Wir Abiturienten, im Alter von neunzehn oder zwanzig Jahren, gehörten damals fast zu den Pionieren, die nach dem zweiten Weltkrieg zum Studium ins Ausland gingen. Entsprechende Beziehungen zu Frankreich hatten bereits vor dem Krieg Tradition gehabt. Manche von uns Schülern kannten nur ihren Geburtsort und die Hauptstadt Teheran. In damaliger Zeit war es eine Sensation, wenn Kinder wohlhabender Familien aus welchem Grund auch immer, Europa oder Amerika besuchen konnten. Damals gab es noch kein Fernsehen im Iran. Die Verbindung zur Aussenwelt fand nur über den Kurzwellensender der BBC statt.

Unterwegs überholte ein Taxi den Bus und gab Zeichen den Bus anzuhalten. Aus dem Taxi stiegen zwei Personen. Eine sehr schöne, junge, langbeinige Frau in einem Hosenanzug und ein Mann mittleren Alters, der etwas nachlässig angezogen war. Er war nicht ihr Mann. Es stellte sich heraus, dass die junge Dame, eine Sängerin aus Griechenland, mit ihrem Mann, einem griechischen Musiker in einem bekannten Teheraner Restaurant für musikalische Auftritte engagiert waren. Sie waren bereits dreimal je zwei Monate in Teheran aufgetreten. Nach einer ehelichen Auseinandersetzung packte die Dame ihren Koffer und wollte über die Türkei zurück nach Griechenland. Der Begleiter war ein Geschäftsmann, der interessiert war, das Ehepaar länger in Teheran zu verpflichten. Sie stiegen in unseren Bus ein und da der Platz neben mir frei war, setzte sie sich zu mir. Ich bot ihr den Sitz am Fenster an, wofür sie sich höflich bedankte. Sie sprach nur etwas Persisch aber gut Englisch. Auf dieser Fahrt bis zur türkischen Grenze hatten wir Gelegenheit auch einige Städte unseres Landes kennen zu lernen. Immer wenn der Reisebus zur Pause anhielt, wurden wir von zahlreichen Bettlern belästigt. Meine schöne Sitznachbarin war entsetzt über die Bettler und über den Schmutz im ganzen Land. Sie war entsetzt über ein reiches Land mit soviel bettelnden Kindern und dass Menschen so im Dreck leben. Obwohl ich mich für mein Land schämte, war ich froh mein Englisch mit einer Europäerin zu üben, die in der Tat belesen zu sein schien. Bis zur türkischen Grenze und von dort bis zur Stadt Erzurum, wo wir Anschluss zur Bahn hatten, waren drei Tage vergangen. Die Fahrt durch gebirgige Strassen war eher langweilig.

Drum war ich froh mich mit der interessanten Reisebegleiterin unterhalten zu können. Die Mitreisenden machten bei jeder Gelegenheit Bemerkungen, wie, ich solle mich auf keinen Fall verlieben. Davon war gar keine Rede, aber ich war stolz, die Sympathie der Europäerin gewonnen zu haben.

Als wir schliesslich in Erzurum ankamen und in das einzige Hotel am Orte einzogen, hörten wir durch die Begleitperson der schönen Dame, dass der Ehemann der Dame mit einem Taxi bereits unterwegs sei und in der Nacht ankommen würde. Am nächsten Tag haben wir den Musiker kennen gelernt: einen sympathischen, gut aussehenden Mann. Er bedankte sich, dass ich seine Frau unterwegs gut unterhalten habe und lud mich in ein Restaurant am Orte zum Essen ein. Dabei erfuhr ich, dass die Dame drei Semester Architektur und Kunst studiert hatte. Sie hatten sich verliebt und heirateten. Und da sie schon immer gut singen konnte, wurde sie die Partnerin ihres Mannes und trat mit ihm auf. Nach einer herzlichen Umarmung und besten Wünschen für mein Studium trennten sich unsere Wege in Erzurum. Ich freute mich für dieses sympathische Künstlerpaar, dass sie sich wieder versöhnt hatten. Ob sie je wieder nach Teheran gekommen sind, ist mir nicht bekannt. Auf der Weiterreise bis München musste ich mir noch Einiges von den Studenten anhören, die ihren Spass an der Begebenheit hatten.

An der Rezeption des sehr einfachen Hotels erlebte ich eine unangenehme Überraschung. Nachdem ich mit türkischen Geldscheinen bezahlt hatte, die ich in Teheran in einer Wechselstube erhalten hatte, beschimpfte mich der Hotelchef auf türkisch und drohte mir. Ich hatte nicht verstanden, was er an den Geldscheinen mit dem Bildnis Atatürks beanstandete. Zum Glück war auch ein türkischer Major bei ihm zu Gast. Dieser konnte Englisch und versuchte den Hotelchef zu beruhigen. Der Geldschein hatte einen Riss, der gerade den Kopf Atatürks betraf und mit einem Klebestreifen geflickt war. Der Hotelchef sah darin eine Ehrverletzung seines verehrten Landesvaters und Nationalhelden. Ich war beeindruckt, wie sehr die Türken offensichtlich ihren Kamal Atatürk verehrten.

In Erzurum stiegen wir in den Zug in Richtung Istanbul. Die Wagons waren voll besetzt und wir fanden daher nur Einzelplätze bis unterwegs einige Reisende ausstiegen. Wir haben dann jeweils die Sitze belegt, damit wir schliesslich in zwei Abteilen zusammen sein und es uns zum Schlafen bequem machen konnten. Es war eine lange Fahrt bis Istanbul. In der Studentengruppe gab es ein paar echte Künstler und Sänger. Schliesslich spielten die Studenten auf ihren mitgebrachten Musikinstrumenten schöne persische Lieder und wir sangen mit Ihnen. Um unsere Kabinen sammelten sich türkische Reisende, die mitsangen und grossen Spass hatten. Plötzlich fingen die Türken an, ihre Lieder zu singen. Bis Mitternacht wurde gesungen und die Stimmung war grossartig. Nächsten Mittag kamen wir in Istanbul an. Wir waren begeistert von der Sauberkeit und romantischen Schönheit dieser Stadt.

Wir hatten vor, zweieinhalb Tage in Istanbul zu bleiben. Die grossen Koffer wurden nahe des Stadtzentrums zur Gepäckaufbewahrung gegeben. Uns fiel auf, wie gut dieser Laden organisiert und korrekt geführt wurde bei relativ tiefen Gebühren. So eine Einrichtung gab es im Iran nicht. Von hier erhielten wir auch die Adresse eines preiswerten und guten Hotels. Das Hotel war einwandfrei, sauber und modern und nicht vergleichbar mit den Hotels, die wir unterwegs erlebt hatten. Ich hatte zum ersten Mal das Gefühl, in Europa angekommen zu sein. Die Mischung von Orient und Okzident, die einmalige Lage der Stadt und die Freundlichkeit der Menschen begeisterte mich sehr. Diese Stadt ist wirklich eine Reise wert. Natürlich hat die Natur zur Schönheit dieser Stadt entscheidend beigetragen. Die Entwicklung der Stadt zu einer europäischen Metropole unter Bewahrung orientalischer Architektur und Sitten, ist ein Beweis von Intelligenz und gesellschaftlicher Reife der Menschen, die in diesem Land gelebt haben und noch leben.

In diesen drei Tagen haben wir viel gesehen und erlebt. Am Mittag des zweiten Tages hielten wir ein Taxi an. Der Fahrer war ein junger Mann Anfang zwanzig. Er sollte uns die Sehenswürdigkeiten der Stadt zeigen. Wir waren noch zwölf Personen. Vier unserer Gruppe hatten Verwandte in Istanbul, die sich um sie kümmerten. Der Taxifahrer organisierte sofort noch einen Taxi-Kollegen. Die beiden waren nett, lustig und unbekümmert. Über den Preis wollten sie nicht verhandeln. Sie stopften je sechs von uns in ein Taxi, obwohl das nicht erlaubt war. In jeder Gruppe hatten wir ein oder zwei Studenten, die

Azari bzw. Türkisch konnten, womit es in beiden Taxis Übersetzer gab. Unser Fahrer liess schöne türkische Musik laufen und erzählte ununterbrochen von der Stadt, seiner Geschichte und auch lustige Anekdoten über die Menschen in Istanbul. Wir hatten ausser bestem Sightseeing auch viel Spass mit dem lustigen Burschen. Wie er in dieser belebten Stadt gefahren ist, war einmalig und teilweise recht abenteuerlich. Wenn es Stauungen gab, dann benutzte er einfach den Bürgersteig und fuhr auch durch ganz schmale Gassen. War etwas im Wege, stieg er schnell aus und entfernte das Hindernis. Die Gassen waren häufig so eng, dass man das Gefühl hatte, kaum einen Zentimeter von der Hauswand entfernt zu fahren. Er war allemal ein talentierter Fahrer. Im Abendverkehr wurde seine Fahrweise noch aufregender. Plötzlich hatten wir den Eindruck, dass unser Fahrer Selbstgespräche führte. Es stellte sich aber heraus, dass er inzwischen einen Freund in den Kofferraum hat einsteigen lassen, was wir irgendwie nicht mitbekommen hatten, mit dem er offenbar ein lustiges Gespräch führte. Schliesslich brachte er uns etwas ausserhalb der Stadt in ein einfaches, aber sehr originelles türkisches Restaurant, am Wasser gelegen. Wir durften alle in die Küche, unter die Topfdeckel schauen und sogar etwas vom Essen probieren bevor wir bestellten. Das ist ein üblicher Brauch in einem Familienbetrieb in der Türkei. Für wenig Geld haben wir sehr gut gegessen und viel Spass miteinander gehabt. Es war ein schöner Abschluss und ein toller Abschied vom Istanbul. Beide Fahrer wollten auf keinen Fall Geld von uns Studenten annehmen. Nach orientalischer Methode hat aber dann einer von uns ihnen Geld in die Tasche gesteckt. Die beiden Taxifahrer waren nicht etwa die Besitzer der Taxis, sondern lediglich Angestellte. Für uns war das wieder ein Beweis der Liebenswürdigkeit der Menschen in diesem Lande.

Am nächsten Morgen holten wir unser Gepäck ab und fuhren zum Bahnhof. Vorher kauften wir aber noch ein paar Kilo von fantastischen Orangen, die nicht nur gut rochen sondern auch sehr gut schmeckten. Die mehrtägige Zugfahrt durch die Türkei, durch Jugoslawien mit etwa fünf Stunden Aufenthalt in Belgrad und dann durch die schöne Landschaft in Österreich waren für uns höchst beeindruckend. Wir haben uns auf der mehr als dreitägigen Fahrt mit Erzählungen, Spielen und Sprachlektionen beschäftigt, haben aber auch viel Blödsinn getrieben. Hoch interessant blieb es, durch die verschiedenen Länder zu fahren und so viele unterschiedliche Menschen aus so verschiedenen Nationen ein- und aussteigen zu sehen. Ich reise heute noch sehr gerne mit der Bahn.

Je näher wir München kamen, desto trauriger wurde die Stimmung unter den Studenten. Denn in München trennten sich unsere Wege. So war für meinen Freund und zwei andere Studenten München Endstation. Einige mussten in München umsteigen, um ihre Züge nach verschiedenen Orten Deutschlands zu erreichen. Wir waren erstaunt, wie freundlich wir Fremde von den Beamten behandelt wurden. Es wurde gerade etwas dunkel als wir am Abend in München ankamen. Da ich alleine nach Freiburg im Breisgau musste, sollte ich im gleichen Zug bis Stuttgart fahren und erst dann umsteigen. Ich hatte angeblich in München genügend Zeit um mich von meinem Freund und den anderen Kameraden zu verabschieden. Mit einem Taschenlexikon in der Hand stieg ich mit den anderen aus. Die Verabschiedungszeremonie mit den Kameraden zog sich etwas länger hin und plötzlich setzte sich mein Zug in Bewegung, in dem mein Koffer, eine grosse Tasche und zwei Wolldecken waren (die noch heute in meinem Besitz sind.) Es stellte sich heraus, dass meine Information die Weiterfahrt meines Zuges betreffend nicht richtig war. Als der Zug anfuhr, versuchte ich, dem Zug hinterher zu rennen, allerdings ohne Erfolg. Die Leute schauten zu und lachten. Ich war aber betrübt, dass ich schon am ersten Tag in Deutschland durch Unaufmerksamkeit einen Fehler gemacht hatte, der sicher Konsequenzen nach sich ziehen würde.

Nun hatte ich zum ersten Mal ein sprachliches Problem. Ganz aufgeregt hielt ich einen Bahnbeamten an und versuchte ihn mit meinem unvollständigen Deutsch mit Hilfe des Lexikons klar zu machen, wohin ich hätte reisen sollen und dass ich meinen riesengrossen Koffer, eine grosse Tasche, einen Wintermantel und zwei spezielle Wolldecken in einem Abteil des eben abgefahrenen Zuges zurückgelassen hatte. Ein zweiter Beamter kam dazu und ich war beruhigt, da die Herren mich offensichtlich verstanden hatten. Man teilte mir mit, dass meine Sachen in Ulm aus dem Zug genommen werden. Ich sollte auf dem nächsten Bahnsteig in etwa eineinhalb Stunden den Zug nach Ulm nehmen. Nach Freiburg könne ich aber erst am nächsten Morgen gegen acht Uhr von Ulm abfahren. Irgendwie hatte ich sofort Vertrauen zu beiden Beamten. Sie machten mir so ein kompetenten Eindruck, dass ich Ihnen glaubte, mein Gepäck zurück zu erhalten. Nun hatte ich genügend Zeit, mich von den anderen Studenten zu verabschieden.

Die eineinhalb Stunden gingen schnell vorbei. Der Zug nach Ulm war ziemlich voll. Auf der Suche nach einem Sitzplatz öffnete ich die Tür zu einer Kabine mit zugezogenen Vorhängen. Die Kabine war voll von jungen Mädchen, die als Teil einer grossen Gruppe mit Ihren Lehrerinnen sich auf einer Schulreise nach Paris befanden. Als ich die Tür öffnete, riefen die jungen Damen: „Nur herein spaziert!" Ich als schüchterner Junge mit so viel Mädchen in einer Kabine! Wer weiss, wo ich schliesslich gelandet wäre? Ich rettete mich hinaus und versuchte mein Glück in der Nachbarkabine. Auch hier voll von Schülerinnen, die mich hineinziehen wollten. Ich schnellte im Rückwärtsgang hinaus. Nun stand ich im Gang und erholte mich von der Aufregung. Ich wagte nicht mehr, andere Abteile zu öffnen. Ich blieb mutlos in einer Ecke des Ganges bis wir in Ulm ankamen. Als ich ausstieg, standen einige Mädchen am Fenster lachend mir bye bye winkend.

In einer Ecke vor dem Eingang der kleinen Bahnhofshalle sah ich meinen Koffer und die anderen Sachen. Heute wäre so etwas undenkbar, ohne spezielle Aufsicht Eigentum von Menschen für ein paar Stunden in einer Ecke des Bahnhofs stehen zu lassen. War das nicht eine fantastische Zeit! Was ist daraus geworden? Heute kann man nicht einmal einen kleinen Regenschirm irgendwo stehen lassen, ohne dass er innerhalb weniger Minuten entwendet wäre. Sehr schade, dass junge Menschen heute das nicht mehr erleben können, was damals noch selbstverständlich schien.

Es war keine angenehme Nacht in der Bahnhofshalle in Ulm. Jede einzelne Minute kam mir wie eine Ewigkeit vor. Damals war der Hauptbahnhof von Ulm sehr einfach. Ausser dem Fahrkartenschalter und ein oder zwei Geschäften und einer Bäckerei/Konditorei gab es nichts Interessantes. Der Bäckerladen hatte um zehn Uhr abends geschlossen und am nächsten Morgen erst um sieben Uhr wieder geöffnet. Nicht einmal

Sitzbänke gab es in der Halle. Ulm war damals noch keine Universitätsstadt. Aber Bundeswehr war hier stark vertreten. Indem ich die ganze Nacht auf meinem Koffer sass und zwischendurch auch ein kurzes Nickerchen machte, ahnte ich noch nicht, dass mich mein Schicksal später wieder in diese Stadt bringen würde. Um den Zug nach Freiburg nicht zu verpassen, lief ich zwischen jedem kurzen Nickerchen in der Bahnhofshalle umher. Erst nach sechs Uhr früh wurde es wieder lebendig in der Bahnhofshalle. Ich wurde wieder wach als gegen sieben Uhr der Bäckerladen aufmachte und der Geruch von frischen Backwaren sich in der Halle ausbreitete. Ich holte mir mein erstes frisches deutsches Brötchen.

Unterwegs nach Freiburg versuchte ich trotz Müdigkeit die schöne Landschaft in mich aufzunehmen. Es war alles ganz anders als ich es gewöhnt war, es war alles grün, weit und breit keine Wüste zu sehen. Viele Jahre später, als ich längst in der Schweiz lebte und einen persischen Verwandten aus Frankfurt abholte, fragte mich dieser: „Und wo fängt bei Euch die Wüste an?"

Der Zug kam mittags in Freiburg an. Ich hatte eine Adresse vom Sohn einer Nachbarsfamilie aus Teheran, der einige Jahre als Teppichhändler in Freiburg lebte. Sein Bruder war ein Schulkamerad von mir. Ich stieg in ein Taxi und sagte zum Fahrer: „Brombacherstrasse". Der Fahrer merkte sofort, dass er es mit einem Ausländer zu tun hatte und sagte zu mir: „in Deutschland sagt man immer BITTE." Ich sagte daraufhin „DANKE!" Er fragte: „Italiener?" Ich antwortete: „Nein, Student."

Da ich so wenig Deutsch konnte, war mehr Konversation kaum möglich. Der Taxifahrer meinte aber, dass ich es noch lernen würde. Er setzte mich samt Gepäck vor der Haustür meines persischen Bekannten ab, der dort als Untermieter wohnte. Mit seiner Hilfe hoffte ich ein Studentenzimmer zu finden. Ganz vorsichtig betätigte ich die Haustürklingel. Eine freundliche Dame machte die Tür auf und begrüsste mich. Sie war informiert, dass ich irgendwann hier ankommen würde. Ich sollte in der Wohnung auf Alex warten. Offenbar hatte Ismail zum Zeichen der Integration seinen Vornamen in „Alex" geändert. Ich fand das gut. Sie bot mir Tee und Kuchen an. Wiederum aus Schüchternheit und weil ich nicht stören wollte, dankte

ich der Dame und sagte: „Bitte draussen warten". Ihr Zureden hatte keinen
Erfolg. Diese verdammte Schüchternheit, hatte mir in meinem bisherigen
Dasein nur Ärger bereitet. Ich wagte nicht einmal in dem kleinen Garten
des Hauses auf Alex zu warten. Deshalb blieb ich vor dem Garteneingang
auf dem Bürgersteig und setzte mich auf meinen Koffer, meine anderen
Sachen um mich herum. Ein paar Häuser weiter, an der Ecke der Kreuzung,
war eine Bäckerei/Konditorei. Ich hatte Hunger und merkte, dass es unklug
gewesen war, Tee und Kuchen der netten Wirtin abzulehnen. Drum ging
ich in den Laden, liess vertrauensvoll meine Sachen stehen und betrachtete
die vielen leckeren Kuchen. Die Dame hinter der Theke wollte gern mit mir
plaudern. Ich verstand zwar, was Sie wissen wollte, hatte aber Mühe mit ihr
ein Gespräch zu führen. Ich zeigte mit dem Finger auf ein Stück Kuchen
und fragte: „Wie heisst das?" Sie antwortete: „Buttercreme". Ich kaufte
eins. Sie offerierte mir, hinten in der Stube, wo es Tisch und Stühle zum
Sitzen gab, Platz zu nehmen. Ich hatte aber mein Gepäck auf der Strasse vor
dem Haus und sie hatte gemerkt, dass ich dauernd durch die Fenster nach
draussen schaute. Während ich bezahlte, fragte sie noch einmal, wo ich
herkäme und was ich hier mache. Ich sagte lediglich: „Iran" und „Student."
Als ich merkte, dass sie wohl mit „Iran" nichts anfangen konnte, sagte ich
„Persien". „Oh, interessant" sagte sie. Beim Verlassen des Ladens sagte die
Dame noch: „Passen Sie auf, dass die Mädchen Sie auch studieren lassen".
Ich ging zu meinem Gepäck zurück. Auf meinem riesigen Koffer sitzend,
war ich irgendwann eingeschlafen. Als ich wieder aufwachte, standen
zahlreiche Kinder, Jungs und Mädchen mit einem Ball in der Hand oder
mit Rollschuhen um mich herum. Offenbar hatten sie so einen komischen
Fremdling mit einem Schnurrbart noch nie gesehen. Die Hauswirtin
meines Bekannten kam aus dem Haus und verscheuchte die Kinder. Ein
grösserer Junge und ein Mädchen kamen zurück und fragten, ob Sie helfen
könnten. Es war grossartig, wie diese Kinder nach dem Zweiten Weltkrieg
hilfsbereit waren. Gleich gute Erfahrungen habe ich ein paar Wochen später
mit meinen gleichaltrigen Kommilitonen und anderen Studenten gemacht.

Mit Mühe habe ich den beiden Kindern zu erklären versucht, dass ich
Student sei und hier auf meinen Freund Alex warte. In diesem Moment

erschienen zwei junge Herren, Alex und sein Freund, Medizinstudent im dritten Semester. Beide waren Bahai. Die Familie des Studenten war nach Freiburg immigriert, da zu damaliger Zeit Bahai im Iran Schwierigkeiten haben konnten. Später wohnte ich sogar mit dieser Familie auf der gleichen Etage eines mehrstöckigen Hauses. Es waren sehr angenehme Landsleute. Alex und sein Freund hatten vorgeschlagen, zunächst ein paar Tage ins Studentenheim zu ziehen, bis ich über die Studenten-Zimmerhilfe eine geeignete Unterkunft gefunden hätte. Im Studentenheim war ich der einzige Ausländer. Es war eine tolle Atmosphäre in diesem Studentenheim. Für mich war es auch eine sehr gute Gelegenheit, Deutsch zu trainieren. Die Studenten kamen aus verschiedenen Städten Deutschlands, studierten in verschiedenen Semestern und unterschiedlichsten Fächern. Ich hatte wirklich Glück. Sie kümmerten sich fantastisch um mich und halfen bei der Suche für eine Unterkunft und bei der Immatrikulation. Mit einigen dieser Studenten, die nicht Medizin studierten, bestanden über viele Jahre freundschaftliche Beziehungen.

In einem Grossraum waren an verschiedenen Ecken Betten und ein Tisch aufgestellt. Ich beobachtete jeden Einzelnen, wie sie sich wuschen, wie sie assen und wie sie sich bei Diskussionen verhielten, und versuchte so von ihnen zu lernen. Das, was ich nicht so angenehm fand, war die Tatsache, dass die Kerle ganz nackt zum Duschen gingen und dann auch so im Zimmer herumliefen.

Abends haben wir zusammen gegessen. Da musste ich feststellen, dass einige Studenten offensichtlich Proviant von zu Hause erhielten, wie eingemachte Gurken, Wurstwaren und anderes. Obwohl ich mich mit den anderen nur mit Mühe unterhalten konnte, wünschte ich, dass die Zimmersucherei etwas länger dauern würde. Jeden Tag nach dem Frühstück gingen einige mit dem Fahrrad, andere mit der Strassenbahn zur Uni, um Adressen für Zimmer zu erhalten. Ein geeignetes und preiswertes Zimmer zu finden, war nicht einfach. Ein Hauptproblem war die Mitbenutzung des Badezimmers. Es war nach dem Zweiten Weltkrieg und viele Häuser und Wohnungen waren noch nicht renoviert. Nach einer Woche erfolgloser Suche, entschied ich mich, für damalige Verhältnisse ein sehr teures Zimmer für 70 Mark zu mieten. Ausser der Nähe zur Medizinischen Fakultät, wies es keine Besonderheiten auf. Der Durchschnittspreis eines Zimmers für Studenten lag bei 35 bis 40 DM.

Die Immatrikulation erfolgte problemlos. Bis zu Semesterbeginn waren noch ein paar Tage Zeit und so hatte ich Gelegenheit, ein bisschen die Stadt und die Medizinische Fakultät kennenzulernen.

Medizinstudent im ersten Semester

# 11

# Studentenzeit

Inzwischen hatte ich einige Landsleute kennengelernt, die verschiedene Fachrichtungen studierten. Die meisten studierten Medizin. Ärzte in in Facharztausbildung oder kurz vor dem Staatsexamen gaben mir Mut und die Gewissheit, dass mit Eifer und Ausdauer das Ziel erreicht werden kann. Neugierig war ich auf einen bestimmten Medizinstudenten, dessen Photo mit glatt rasiertem Kopf ich in einem Teheraner Journal gesehen hatte. Es hiess, dass dieser gut aussehende junge Iraner von den Mädchen Freiburgs so belästigt wurde, dass er sich zur Abwehr den Kopf total zur Glatze rasiert hatte. Sehr bald begegnete ich diesem Medizinstudenten, der in der Tat ohne Haare auf dem Kopf fast immer mit einem Fahrrad unterwegs war. Er war ein gut aussehender Mann, äusserst liebenswürdig. Wir haben uns angefreundet. Ich habe es sehr bedauert, als er die Universität wechselte und von Freiburg wegzog. Er wurde ein erfolgreicher Urologe, heiratete und blieb in Deutschland, in Berlin.

Der erste Tag des Sommersemesters nahte. Ich stand relativ früh auf. meinen schönen Schnurrbart zurechtzustutzen dauerte schon fast eine halbe

Stunde. Ich zog einen meiner Meinung nach sehr eleganten handgestrickten gelben V-Pullover an, auf dem mit schwarzer Wolle IRAN stand. Hochglanzgeputzte Schuhe waren eine Selbstverständlichkeit. Ich hatte sechs Massanzüge aus englischem Wollstoff sowie einen Wintermantel anfertigen lassen von einem bekannten Teheraner Schneider, der meist Filmschauspieler bediente. Meine naive Vorstellung, dass ein Student der medizinischen Fakultät gepflegt, möglichst mit Krawatte und Aktentasche zur Vorlesung zu erscheinen hätte, hat sich sehr schnell als Fantasievorstellung entpuppt. Für entsprechende Kleidung war meist nicht genügend Geld vorhanden. Deutschland, elf Jahre nach dem Zweiten Weltkrieg war mit unglaublichen Eifer und Entschlossenheit dabei, sein total zerstörtes Land wieder aufzubauen. Meine Kommilitonen waren in der Mehrheit Kinder des Mittelstandes. Etwa zehn Prozent der Studentenschaft stammte aus wohlhabenden Familien und vor allem aus Arztfamilien. Einige Jungs und auch vereinzelt Mädchen waren ziemlich abenteuerlich angezogen und trugen Sandalen.

Meine allererste Vorlesung war in Anatomie. Ich war rechtzeitig da und war etwas aufgeregt, weil ich nicht sicher war, ob ich sprachlich der Vorlesung folgen könne. Ich suchte mir in der ersten Reihe einen Platz. Der Saal wurde voll. Zum Teil sassen Studenten auch beiderseits auf den seitlichen Treppen. Zwei Studenten hatten sogar einen kleinen Holzstuhl an ihrem Hintern festgebunden. Die waren damit in der Lage, sich in jeder freien Ecke niederzulassen. Der Professor erschien mit einem Assistenten im Saal. Er marschierte hin und her und erzählte über den Aufbau von Gelenken. Gleichzeitig wurden entsprechende Darstellungen an die Wand projiziert. Abgesehen davon, dass der Professor nicht sehr deutlich und eher schnell sprach, hatte ich ausser einzelnen Vokabeln kaum etwas verstanden. In der Pause lernte ich einige Landsleute kennen, die meist schon im dritten oder vierten Semester waren.

Nachmittags sass ich meist in der Unibibliothek oder besuchte den Stadtpark mit einem Lexikon und einem Anatomiekompendium, dem „Voss-Herlingen" in meiner Tasche. Das Büchlein galt als die Anatomie-Bibel für Studenten. Ich sprach gelegentlich Spaziergänger an, damit ein Gespräch zustande kam. Wenn ich einmal einen Studenten traf, egal welcher

Fachrichtung, liess ich ihn nicht mehr los. Ich hatte dann so viele Fragen und diese gleichaltrigen jungen Männer gaben sich viel Mühe, mir alles zu erklären. Aufgrund dieser Hartnäckigkeit lernte ich enorm viel in kurzer Zeit. Auch in den Vorlesungen fand ich relativ schnell Gesprächspartner. Aus diesen Begegnungen entstand oft echte Freundschaft.

Als ich eines Tages Alex besuchte, erzählte er mir, dass die Iranischen Studenten über mich sprachen. Ich hätte fast jeden Tag einen anderen schicken Anzug und Schuhe an, sei sehr fleissig und hätte inzwischen schon viele Freunde. Alex warnte mich aber, ich sollte mich auf keinen Fall mit Mädchen abgeben, was ich ohnehin vermied. Nach zwei Monaten habe ich in den Vorlesungen schon viel mehr verstanden. Es reichte zwar noch nicht, um die Texte in den Büchern besser zu verstehen. Meine Wirtin meinte, ich müsste unbedingt eine feste Freundin haben, damit ich besser Deutsch lerne. Davor hatte ich aber Angst, da ich meine Zeit und meine Gedanken auf Sprache und das Fach Medizin konzentrieren wollte.

Ein Hauptproblem war, dass unsere Landsleute untereinander in ihrer Muttersprache Farsi kommunizierten. Eine Fremdsprache lernt man in einem Land, wenn man für eine Weile seine Muttersprache beiseite lässt. Wenn man im Traum anfängt, in der Fremdsprache Gespräche zu führen, dann hat man es geschafft. Drei Wochen vor Semesterende bewarb ich mich schriftlich bei einigen Krankenhäusern um einen Praktikumsplatz. Ich wollte gern im Grenzgebiet der Schweiz arbeiten, damit ich die Schweiz kennenlernen konnte. Jeder Medizinstudent musste vor dem Physikum (erste Prüfung der theoretischen Fächer) drei Monate in einem Krankenhaus ein Praktikum ableisten. Ich war der Meinung, dass es für meine Deutschkenntnisse sicher gut wäre, in diesen drei Monaten Sommerferien Freiburg den Rücken zu kehren. Hocherfreut erhielt ich vom städtischen Krankenhaus Lörrach an der Schweizer Grenze eine Zusage. Meine Freiburger Unterkunft hatte ich rechtzeitig gekündigt. Die Dame, bei der ich zur Untermiete wohnte, beabsichtigte ohnehin bald nach Stuttgart umzuziehen.

Das Lörracher Krankenhaus war relativ neu, tipptopp sauber und gut organisiert. Die Oberin und einige Krankenschwestern waren Nonnen. Sie waren ausserordentlich nett zu mir. Damals gab es noch kein Personalhaus, weshalb man mich in einem Zimmer in einer Bäckerei in der Hauptstrasse, die vor dem Krieg „Adolf Hitler Strasse" hiess, untergebracht hatte. Das Oberhaupt der Familie war eine ältere sehr gewichtige Dame, die mit ihrer verwitweten Tochter, einem Hausmädchen und einem Bäckermeister das Haus und die Bäckerei führte. Sie waren alle sehr nett und wir hatten viel Spass miteinander, vor allem dann, wenn ich manche Worte nicht richtig aussprechen konnte. Die deutsche Sprache ist in der Tat keine einfache Sprache, aber der Alemannische Dialekt komplizierte es zusätzlich.

Das Krankenhaus war nicht weit entfernt. Jeden Morgen stand ich um fünf Uhr auf, um den Abteilungsschwestern beim Bettenmachen, Neubeziehen und sonstigen Arbeiten auf der Abteilung zu helfen. Dazu gehörten auch Einreibungen von Rücken und Brust mit Eucalyptussalbe, sowie die Vorbereitung der Inhalationsgeräte für Patienten mit Lungenerkrankungen. Diese Arbeiten waren keine Verpflichtung, sondern fakultativ. Anschliessend durfte ich im Speisesaal des Hauses im Dachgeschoss mit Blick über die Dächer der Stadt und Sicht auf die Schweizer Alpen mein Frühstück einnehmen.

Praktikum mit Christopher Meinck und Fritz Hieber, Stadtkrankenhaus Lörrach 1956

Mit Christopher Meinck und seiner Freundin und Kollegin, Frl. Rohr in Freiburg

Beide Chefärzte, der Inneren Medizin und der Chirurgie, waren bekannt als sehr gute Fachleute. Mein Stationsarzt, ein erfahrener und geschickter Internist war eine Persönlichkeit. Obwohl sein linker Oberarm amputiert war (offenbar eine Kriegsverletzung), erledigte er die technischen Eingriffe mit dem rechten Arm so sicher und so geschickt, dass wir mit zwei Armen gesegnet, nur so staunten. Von ihm habe ich viel gelernt. Die Ärzte und das Personal hatten unbeschreiblich viel Geduld mit mir und gaben sich enorm Mühe, mir sowohl sprachlich als auch medizinisch viel beizubringen. Eine Woche später kamen zwei weitere Studenten hinzu, die aus der Region stammten. Die zwei blonden Deutschen und der Exote aus dem Iran mischten ohne Zweifel die etwas eintönige Atmosphäre des Hauses auf.

Fritz stammte aus der nächsten Ortschaft Hauingen. Auf dem Berg dieses Ortes gab es eine alte Burg, die man von weitem sehen konnte. Und so wurde er „Fritz vom Königreich Hauingen" genannt. Fritz studierte an der Uni Mainz im zweiten Semester. Auch ich war im zweiten Semester. Sein Einsatz begann morgens immer um 7 Uhr 30. Christopher hatte schon drei Semester studiert und zwar in Freiburg. Seine Familie (Vater

Arzt, Mutter Dichterin aus berühmter Familie) lebte in Grenzach, wo der Vater in der Firma Hofmann La Roche arbeitete. Die beiden Kommilitonen waren sehr unterschiedlich und hatten eine ganz verschiedene Erziehung genossen. Christopher, der in Berlin geboren und dort seine Schulzeit verbracht hatte, sprach ein solides Hochdeutsch. Während er ein Charmeur war, präsentierte sich Fritz eher als etwas gehemmt, war aber nicht schüchtern wie ich. Ich hatte Glück und war dankbar, den beiden begegnet zu sein. Was ich in den paar Monaten da erlebt habe, hat danach mein ganzes Leben mitbestimmt.

Eines Tages begegnete ich auf der Hauptstrasse einem Jurastudenten aus dem Rheinland, den ich im Studentenheim kennengelernt hatte. Er war ein intelligenter, fröhlicher und humorvoller junger Mann. Morgens beim Duschen sang er lauthals. Seine Stimme war so fürchterlich, dass die anderen Studenten keinen Wecker mehr zu stellen brauchten. Er erzählte mir, das er als Bauhilfsarbeiter in Basel gegenüber dem Badischen Bahnhof (Neubau Ciba-Geigy) arbeitete, damit er genügend Geld für das Studium sparen konnte.

Fast alle Studentinnen und Studenten arbeiteten während der Ferien. Ich war beeindruckt von der Haltung dieser jungen Deutschen nach dem Krieg. Es gab damals kein Bafög und nur Wenige erhielten ein Stipendium. Es entstand eine herzliche Freundschaft und wir trafen uns sehr oft abends und sonntags in der Stadt oder in Basel. In Zentrum von Lörrach gab es an der Stelle, wo heute das Kaufhaus Karstadt steht, das Hotel Hirschen mit einem Kasino. Das Zentrum Lörrachs war damals schön, romantisch und nicht so kommerzialisiert wie heute. Die Strassenbahn fuhr vom Zentrum bis zur Schweizer Grenze. Inzwischen hatte ich eine Grenzkarte und durfte ohne Visum nach Basel. Wir sind von der Grenze bis zum Zentrum gelaufen.

Wenn er unterwegs das Bedürfnis hatte, seine Blase zu entleeren, war er der Meinung, wenn man dies in einem Luxushotel erledigen kann, brauchte man keine Strassenecke. Das Hotel Hirschen war dafür gut geeignet. Auch wenn wir gemeinsam eine Kleinigkeit essen wollten, war dieses Luxushotel gerade gut genug. Wir haben allerdings immer das Einfachste und Preiswerteste von der Speisekarte ausgesucht.

Alle vierzehn Tage zog er mich mit ins Kasino. Für 10 DM haben wir gemeinsam gespielt. Wenn das Geld alle war, verliessen wir das Kasino blitzartig. Ich hatte nie etwas gewonnen. Er aber gewann häufig und wenn eine Summe von 80 DM erreicht war, holte er das Geld, verliess den Raum ganz langsam und stolz mit beiden Händen in den Hosentaschen. Ich musste ihm folgen. Damals waren 80 DM für uns Studenten viel Geld. Er war einzigartig und ist sicher ein erfolgreicher Jurist geworden.

Die Arbeit im Krankenhaus war nicht schwer. Obwohl ich als Anfänger kaum Ahnung von Medizin hatte, durfte ich bei der Visite dabei sein. Der bereits erwähnte erfahrene Stationsoberarzt gab sich viel Mühe, mir alles zu erklären. Ich stellte fest, dass ich in kurzer Zeit sprachlich merkliche Fortschritte gemacht hatte. Natürlich arbeitete ich in meinem Zimmer häufig bis Mitternacht. Ein Brockhauslexikon und ein Anatomie-Kompendium waren meine ständigen Begleiter. Am Anfang waren alle Seiten voller fremder Vokabeln. Es war zeitweise frustrierend so wenig vom Text zu verstehen. Ich lernte aber sehr rasch, dass „Kopf hoch und nicht aufgeben" wichtig war.

Samstagnachmittags, gelegentlich auch sonntags verabredete ich mich mit Fritz in Hauingen. Wir spazierten entlang der Wiese (ein Fluss) und lernten gemeinsam Anatomie. Bevor die Industrie hier konzentriert wurde und es auch noch keine Autobahn gab, war es sehr schön, entlang des Kanals spazieren zu gehen. Fritz wollte mir einen Gefallen tun und verbrachte deshalb seine Freizeit mit mir um zu lernen. Er war ein fröhlicher Mensch, tanzte und feierte gern. Man erzählte, dass er einmal nach einem Fest seine Schulkameraden nach Hause einlud. Die Eltern schliefen längst. Die Gruppe hatte so viel getrunken, dass sie alle in irgend einer Ecke des Wohnzimmers einschliefen. Am nächsten Morgen, als seine Mutter das Wohnzimmer betrat, konnte sie nur mit Mühe die Jungs wach bekommen. Sie servierte ihnen ein Frühstück mit starkem Kaffee, damit die Jungs wieder nach Hause finden konnten. Bei einem Dorffest tanzte Fritz meist mit Damen, die viel älter waren als er selbst.

Eines Tages passierte etwas Komisches. Nach Arbeitsschluss vom Krankenhaus gingen wir immer durch die Hauptstrasse, schauten in die

Schaufenster und unterhielten uns. An zwei oder mehr Tagen, hatte ich den Eindruck, dass ein junger Mann uns folgte. Fritz kannte diesen Mann und wenn er an uns vorbei ging, begrüssten sie sich kurz. Als sich diese Zufälle noch ein paar mal wiederholten, wurde ich misstrauisch. Ich fragte Fritz, wieso dieser immer zur gleichen Zeit diese Strasse entlang ginge und sein Tempo dem unseren anpasste. Nun musste er Farbe bekennen. Er rief den Mann zu uns und stellte ihn mir als einen Friseur vor, der in einem Friseurgeschäft in der Hauptstrasse arbeitete. In vierzehn Tagen sei er Teilnehmer an einer Friseurmeisterschaft. Er wollte mich als Modell haben. Die Meisterschaft fand ausgerechnet in Freiburg in der Stadthalle statt. Man würde gemeinsam mit anderen Friseusen und Friseuren der Stadt mit einem Bus nach Freiburg fahren. Es gäbe ein Honorar von 80 DM und er, Fritz, sei eingeladen, mit dabei zu sein und das Abschlussfest mitzumachen.

Ich war nicht so begeistert, ausgerechnet in Freiburg! Fürchtete vor allem von meinen Landsleuten entdeckt zu werden. Man versprach mir, dass niemand, ausser Fachleuten aus Baden-Württemberg Zutritt zur Veranstaltung hätten. Ich wollte mir den Vorschlag überlegen und am nächsten Tag Bescheid geben. Später am Abend traf ich meinen Freund W. und erzählte ihm die Geschichte. Er redete mir zu, mitzumachen. Am nächsten Tag erzählte mir Fritz, dass er fest mit mir rechnet, da er in das Mädchen, das als Kosmetikerin im Friseurgeschäft arbeitete, verliebt sei. Nun war es klar, dass ich mitmachen musste.

Am besagten Tag sind wir sehr früh alle gemeinsam mit einem Sonderbus nach Freiburg gefahren. In der Stadthalle waren viele Fachleute aus Süddeutschland. Der grosse Saal war schön mit Blumen geschmückt. Es waren eine Reihe langer Tische aufgestellt. Die Herrenmodelle waren auf einer Seite platziert und die Damen gegenüber auf der anderen Seite. Die Friseure mussten in bestimmter Zeit ihr Werk beendet haben. Eine Dame mir genau gegenüber war besonders schön. Es dauerte sehr lange bis die Experten zur Beurteilung kamen. Wir sassen insgesamt vier bis fünf Stunden an unserem Platz. Ich hatte richtig Hemmungen, mich mit der Nachbarin gegenüber zu unterhalten. Wenn ich heute darüber nachdenke, finde ich es ziemlich unmöglich, wie ich mich verhalten hatte. Ich war eben zu schüchtern!

Schliesslich war es soweit. Die Gutachter haben die Leistung meines Meisters mit einem Diplom ausgezeichnet. Fritz war die ganze Zeit am Stand der Gruppe, wo die junge Kosmetikerin beschäftigt war, damit sein Interesse an dieser Dame bekundend. Zum Abschlussessen war die Gruppe der Lörracher beisammen. Chef und Chefin meines Friseurmeisters kümmerten sich sehr liebenswürdig um mich. Die junge Kosmetikerin sass zwischen Fritz und mir und war sehr vergnügt, dass alles so gut und erfolgreich über die Bühne gegangen war. Sie bombardierte mich mit unglaublichen Fragen, die ich nur zum Teil beantworten konnte. Fritz kam mir immer zu Hilfe. Auf der Rückfahrt nach Lörrach hatte ich den Eindruck, dass Fritz unzufrieden und traurig war. Er erzählte mir lediglich, dass die Verabredung mit der jungen Dame nicht geklappt hätte.

Ein paar Tage später wurde ich von einer Schwester der Chirurgie angesprochen, dass meine Freundin hospitalisiert sei und am Blinddarm operiert worden sei. Ich war völlig überrascht und erwiderte, dass ich keine Freundin hätte. Daraufhin meinte die Schwester, ich solle sie besuchen. Sie sei in mich verknallt und rede die ganze Zeit von mir. Ich war völlig überrascht und wurde etwas unruhig. Ich sagte der Schwester, dass diese mit Fritz befreundet und ich ihr nur einmal begegnet sei. Ich suchte Fritz auf und erzählte ihm, dass seine Kosmetikerin im Krankenhaus liege und wünschte, von uns besucht zu werden. Ich sagte bewusst „uns". Fritz war zwar erstaunt, dass sie schon operiert war, meinte aber, dass sie wohl eher an mir interessiert sei. Ich schlug vor, sie gemeinsam mit einem Strauss Blumen zu besuchen. Ich versicherte Fritz, dass ich ihr zu verstehen geben würde, dass ich in Freiburg eine feste Freundin hätte. Ich wollte auf keinen Fall meinen Freund Fritz enttäuschen. Erstaunlich, wozu junge Damen fähig sind, wenn sie ein Ziel verfolgen. Ob der Blinddarm überhaupt entzündet war, weiss ich nicht einmal.

Meine Wirtsleute in Lörrach hatten inzwischen ein weiteres Zimmer an einen Theologiestudenten vermietet. Er kam aus dem Saarland, 28 Jahre alt, evangelisch und wollte vor seinem Abschlussexamen ein Jahr in Basel studieren. Er war nett aber undurchschaubar. Jeden Abend, wenn ich beim Lernen war, klopfte er an meine Zimmertür und hielt lange theologische und philosophische Reden. Er mahnte mich, Geldgier, Selbstsucht und vor allem, das weibliche Geschlecht zu meiden. Insgesamt war er auf Mediziner nicht gut zu sprechen. Sie seien alle geldgierig. Eines Tages machte er die Tür auf und zitierte ganz laut ein Wort Jesu: „Was hülfe es dem Menschen, wenn er die ganze Welt gewönne und nähme doch Schaden an seiner Seele?" Das habe ich nie vergessen.

Ich hatte den Eindruck, dass er von Frauen nicht viel hielt. Daher war ich höchst erstaunt, als er eines Tages Besuch von einer jungen Dame erhielt, die mit ihrem Bruder aus dem Saarland gekommen war. Er stellte die Dame als seine Freundin vor. Da sie ein paar Tage in Lörrach bleiben wollten, wurden sie im Nachbarhaus untergebracht. Sie war eine interessante, charmante und gebildete junge Dame. Nach der Vorstellung hatte ich ihn aus Spass gefragt, ob sie die einzige Freundin sei. „Natürlich" meinte er wütend, und wieso ich das frage. Dass er keinen Spass versteht, war offensichtlich. Zwei Tage später wollte die Freundin mit ihrem Bruder nach Basel die Stadt besichtigen und dann ins Kino gehen. Sie hatten mich eingeladen mitzugehen. Der Theologe wollte nicht mitgehen. Obwohl ich ihr mitteilte, dass ich für die Schweiz noch kein Visum hätte, da man eine Grenzkarte erst nach sechs Monaten Aufenthalt in Süddeutschland beantragen konnte, bestand sie dennoch darauf, sie zu begleiten. Sie würde an der Grenze alles regeln. Sie ahnte nicht, wie gesetzestreu und unnachgiebig Schweizer Zollbeamte sein können. Der Theologe war ohnehin dagegen, so etwas zu probieren. Wir fuhren gemeinsam mit der Strassenbahn bis zur Grenze. Da die Schweizer keine Ausnahme machten, musste ich wieder umkehren.

Zum Duschen musste ich ins öffentliche Badehaus der Stadt, das im Keller des Gerichtsgebäudes untergebracht war. Einmal am Wochenende war das Bad geschlossen. Da die Bäckerfamilie am Wochenende verreist war, hatte ich trotz Warnung des Zimmernachbarn in der häuslichen Badewanne, die selten benutzt wurde, geduscht. Anschliessend habe ich die Wanne schön sauber gemacht, sodass man überhaupt keinen Verdacht schöpfen konnte. Anfang der Woche stellte ich fest, dass die Stimmung bei der Familie, die mir gegenüber immer recht herzlich war, plötzlich kühl wurde. Von der

Praktikantin erfuhr ich, dass mein Zimmernachbar, der Theologiestudent, mich bei der Familie verpfiffen hatte.

Mit Christopher entwickelte sich eine innige Freundschaft. Er muss zu Hause viel von mir erzählt haben, sodass die Familie mich unbedingt kennen lernen wollte. Schon bei der ersten Begegnung fühlte ich mich sehr wohl bei dieser Familie. Christopher hatte noch zwei Brüder. Der ältere, Malte, studierte Jura, der jüngere, Peter, Elektrotechnik. Der Senior, ein Diplomatensohn, Doktor der Medizin, war eine sehr liebenswürdige Persönlichkeit, ein Aristokrat. Seine Mutter war Engländerin, sein Vater Deutscher. Die Frau des Doktors, Ilse, stammte aus einer bekannten Familie Deutschlands, war eine sehr intelligente, gebildete Lady, die unter anderem Lyrik schrieb, die in kleinen Büchern veröffentlicht wurden. Durch diese Familie hat sich mein Leben total verändert. Der Doktor hatte sein Abitur in Basel absolviert. Zu seinen Schulfreunden gehörten der Komponist Paul Sacher und Dr. Hans Scholer, inzwischen Chefarzt der Medizinischen Klinik in Liestal, Kanton Baselland, sowie Dr. Wolff, Rechtsanwalt in Basel. Diese Herren habe ich bei Einladungen in Grenzach bei Familie Meinck kennengelernt.

Durch Empfehlung von Paul Sacher (verheiratet mit der Roche-Erbin), war die Familie seinerzeit aus Luckenwalde (DDR), wo Doktor Meinck eine Praxis als Allgemeinarzt geführt hatte, nach Grenzach gekommen und der Doktor bekam eine Stelle bei der Firma Hoffmann-La Roche in Grenzach. Das kleine Städtchen Grenzach mit damals etwa 6000 Einwohnern, wurde für mich zur zweiten Heimat. Selten haben in so einem Städtchen in Deutschland so viele Chemiker, Pharmazeuten, Physiker und Ärzte gelebt und gearbeitet wie in Grenzach. Erklärt war das durch die Niederlassungen wichtiger Schweizer Firmen, wie Hoffmann-La Roche und Ciba, sowie eine für den Standort zunehmend an Bedeutung gewinnende Firma Walter Wetzel. Christopher lud mich eimal zu einem Abschlussball vom Tennisclub der Region ein. Hier habe ich wichtige Grenzacher Persönlichkeiten kennen gelernt. Seit der Zeit besteht die Freundschaft mit der Familie Wetzel, vor allem aber mit Uli Wetzel, dem heutigen Inhaber der Firma Wetzel, und seiner Frau Monika, bis zum heutigen Tag unsere engsten Freunde.

Nun wurde es wieder Zeit, nach Freiburg zurückzukehren. Gemeinsam mit Christopher mieteten wir uns in Freiburg-West bei einem jungen Ehepaar ein, die in einem Neubau wohnten. Wir hatten je ein Zimmer, aber ein gemeinsames Bad. Die Wirtsleute hatten einen etwa zweijährigen kleinen Sohn. In einer Ecke unserer Etage hatte der Hausherr einen speziellenTisch mit allerlei Werkzeug platziert. Seine Freizeit nutzte der Mann hier, um für seinen geliebten Sohn Eisenbahnmodelle und anderes Spielzeug herzustellen. Das konnte recht lästig sein, weil er oft bis Mitternacht vor unseren Zimmern hämmerte. Das Wintersemester war in jeder Hinsicht interessanter.

Es war mir nicht nur eine grosse Freude, inzwischen nachts in Deutsch zu träumen, sondern ich kapierte inzwischen auch die Zusammenhänge bei den Vorlesungen. Vor allem die Vorlesungen der Physiologie begeisterte uns Studenten. Wenn Prof. Fleckenstein in seiner Vorlesung Themen in bestem Bühnendeutsch behandelte, die mal zum Nobelpreis geführt hatten, waren wir hellauf begeistert. Ich fand es allerdings traurig, dass einige Wissenschaftler den Nobelpreis für Arbeiten bekamen, die andere Forscher glücklos aufgegeben hatten. Sie hatten das Thema wieder aufgegriffen und dann damit grossen Erfolg. Fleckenstein selbst hatte viel über den Calcium-Stoffwechsel geforscht und hatte wohl gehofft, eines Tages auch diese hohe Auszeichnung zu erhalten.

Über Weihnachten/Neujahr gab es einige Tage Ferien. Ausländische Studenten wurden am Heiligen Abend häufig von deutschen Familien eingeladen. Ich war über Weihnachten/Neujahr in Grenzach bei Christophers Familie. Mein erstes Weihnachtsfest bei einer deutschen Familie war sehr interessant. Ein wunderschöner Tannenbaum war mit vielen Kerzen und glänzenden Kugeln geschmückt. Auf dem Boden rund um den Baum fanden sich viele mit farbigem Papier und Bändchen sorgfältig eingepackte Geschenke. Weihnachtsmusik gaben dem Fest eine spezielle Note von Freundschaft und Liebe. Ich wurde nachdenklich, da ich die üblichen Ausgrenzungen gegenüber anderen Religionen unverständlich fand. Müsste nicht jeder Moslem den Geburtstag von Jesus und Moses ebenfalls feiern und deren Todestage in Trauer gedenken? Denn sowohl Moses wie auch Jesus werden von Moslems als ihre Propheten anerkannt und geehrt. Das ist offensichtlich in der christlichen Religion nicht bekannt, sollte aber erwähnt werden, da Kinder dann früh lernen könnten, dass andere Religionen gar nicht so unterschiedlich sind und damit auch anderen Religionen Respekt gebührt. Könnte man damit religiöse Konflikte aus der Welt schaffen?

Diese Tage bei der Familie meines Freundes waren in jeder Hinsicht lehrreich. Abgesehen davon, dass ich lernte, wie man sich in Europa in der Gesellschaft zu bewegen hat, lernte ich aus dem grossen Bekanntenkreis der Familie interessante Menschen kennen, mit denen mich schliesslich Freundschaft verband und noch verbindet.

Meine ersten Erfahrungen mit alkoholischen Getränken machte ich dann am Silvesterabend. Die ältere Tochter der mit Christophers Familie eng befreundeten Familie Dietsche (später Frau Wetzel) hatte Geburtstag. Christopher und ich waren dort eingeladen neben vielen anderen Jungs und Mädchen. Die Familie Dietsche war sehr grosszügig. Ich wurde auch hier sehr herzlich aufgenommen. Bei dieser Geburtstagsfeier waren alle vergnügt und hatten viel Spass bei Musik und Tanz. Der grosse Wohnraum war offen mit einem Nebenzimmer verbunden. Hier gab es Getränke und Essen auf einem Tisch und man konnte gemütlich sitzen und sich bedienen. Die Mädchen versuchten, mich auf die Tanzfläche zu locken, aber ich konnte damals noch nicht tanzen und entschuldigte mich, teils auch aus Schüchternheit mich von meinem Platz zu erheben. Da ich erklärt hatte, dass ich keinen Alkohol trinke und noch nie Alkohol getrunken hätte, wurde zusätzlich Orangen- und Apfelsaft organisiert. Ich sass ganz still und bequem im Nebenzimmer und beobachtete die Tanzenden. Nachdem ich mich eine Zeitlang an Nüssen und Käseschnittchen erfreut hatte und meinen Orangensaft trank, hielt ich Ausschau nach anderem Essbaren. In der Mitte des runden Tisches gab es eine grosse Glasschale, in der in einer Flüssigkeit viel Obst, wie Pfirsiche, Birnen, Kirschen usw. zu sehen waren. Die Tanzenden kamen zwischendurch herein und nahmen etwas von der Flüssigkeit zum Trinken. Ich langweilte mich ein bisschen und immer, wenn ich mich unbeobachtet Käsestückchen, um mir einzelne Obststückchen herauszufischen. Das Obst schmeckte zwar leicht bitter, aber das störte mich nicht.

Nach einer gewissen Zeit bekam ich einen heissen Kopf, mein Gesicht wurde rot, war plötzlich putzmunter, gesprächig, wollte mit jeder tanzen, und noch schlimmer, jedes Mädchen küssen. Man wunderte sich sehr, was mit mir geschehen war, bis jemand feststellte, dass die Früchte aus der Bowle weitgehend abhanden gekommen waren. Nun war es klar, dass ich ungewollt einen zünftigen Schwips hatte durch die Aufnahme besonders hoher Alkoholkonzentration in den Früchten. Unangenehm wurde es für mich erst, als ich nach einer gewissen Zeit Kopfschmerzen bekam und mich unwohl fühlte. Von da an wusste ich, dass ich keinen Alkohol vertrage und habe mich bei Einladungen entsprechend entschuldigt.

Die Stadt Freiburg war im Krieg stark bombardiert worden und viele wichtige Gebäude in der Stadtmitte waren vollständig zerstört. An manchen Stellen mussten wir über Schutt und Baumaterial gehen um zur anderen Strassenseite zu gelangen. Verglichen mit anderen Grossstädten Deutschlands, die dem Boden gleich gemacht worden waren, war Freiburg noch gut weggekommen. Offenbar hatten riesige Ballons mit Schweizer Flagge, die während des Krieges entlang der Grenze auf Schweizer Seite aufgestellt waren, den Fliegern der Alliierten gezeigt, dass sie sich der neutralen Schweiz näherten, was sie zu respektieren hatten. Man vermutete, dass dieser Teil Süddeutschlands davon profitiert hatte.

Das vorklinische Studium bis zum Physikum war zum Teil wenig spannend. Spezielle Kurse mit praktischen Übungen waren eine interessante Abwechslung. Inzwischen hatte ich unter den Kommilitonen gute Freunde gewonnen, Deutsche und Landsleute. Unter den Studenten waren damals, wenn ich mich recht erinnere, nur zwei oder drei, die ein eigenes Auto hatten. Ein Student aus Zürich fuhr ein MG-Cabriolet. Er war etwas älter als der Durchschnitt der Studenten. Nach Aussehen nicht unbedingt ein Frauentyp, als Kollege und Mensch unglaublich charmant und liebenswürdig. Die schönsten Mädchen der vorklinischen Semester gaben sich grösste Mühe, ihn kennen zu lernen. Vor allem wollten sie wohl in dem schicken Auto herumkutschiert werden. Er war so nett, dass er jeder diesen Gefallen tun wollte. Er kam am Wochenende, an dem er immer nach Zürich fuhr, meist erst sehr spät weg, da die Damen ihn nicht in Ruhe liessen.

Ein eigenes Auto zu besitzen, war zu dieser Zeit eine Sensation. Ein VW kostete damals etwa 5000 DM. Aber wer hätte sich das leisten und auch noch den Unterhalt des Autos bestreiten können? Ich hatte Kommilitonen, die mit 100 DM im Monat auskommen mussten. Gelegentliche Fresspakete von zu Hause waren da eine willkommene Zugabe, damit sie einmal im Monat ins Kino gehen konnten. Alle haben während der Ferien gearbeitet. Einige gut situierte Studenten hatten immerhin einen Motorroller, eine Vespa. Im allgemeinen benutzte man Bus und Strassenbahn und natürlich auch das Fahrrad, sofern man eines hatte. Viele von uns Iranern erhielten von zu Hause das drei- bis vierfache an Geld pro Monat, konnten aber damit trotzdem kein feudales Studentenleben führen. Als eines Tages drei meiner Landsleute mit dem eigenem Auto zu den Vorlesungen erschienen, war das eine Sensation (VW, Opel und sogar ein Karmann-Ghia).

Mit Freund Feri Farzanehfar und seinem eigenen Auto

Unter den fünf Anatomieprofessoren und Dozenten war der Stellvertreter des Chefs ein Österreicher. Er fuhr ein schweres Motorrad mit starken PS und trug einen speziellen Kopfschutz und Brille. Er war starker Raucher. Auf einem Tisch in seinem Arbeitszimmer lagen fast alle gängigen Zigarettenmarken. Wenn man zu ihm ging, bot er den Studenten Zigaretten an. Nichtraucher, wie ich, hatten Mühe, die Zigarette abzulehnen. Er erzählte gerne, dass sein Vater uralt geworden sei, obwohl er täglich fünfzig Zigaretten geraucht hätte. Eines Tages bestellte er mich zu sich und sagte mir, dass er im Namen des Instituts ein Kompliment aussprechen möchte. Ich wäre durch mein „immer-gut-angezogen-sein" in den Vorlesungen aufgefallen und wäre daher ein gutes Beispiel für die Studenten, die ich damit wohl beeinflusst hätte, etwas mehr auf ihre Kleidung zu achten. Ausserdem fände er es sehr nobel, dass ich Anzüge meinen deutschen Kommilitonen geschenkt hätte. Offenbar hatte sich meine Aktion herumgesprochen, da ein Beschenkter, der ein Semester vor mir sein Physikum bestanden hatte und in der Anatomie als Doktorand arbeitete, nun mit guter Kleidung aufgefallen war. Er hatte von mir einen schicken und etwas auffälligen Anzug und zusätzlich noch eine Jacke erhalten. Er zog sie abwechselnd an und erschien immer gut angezogen im Institut. Vor allem die Damen waren beeindruckt. Er hatte für mich so viel Propaganda gemacht, sodass es publik wurde. Viele Jahre später erfuhr ich, dass der Professor kurz nach seiner Pensionierung an Lungenkarzinom gestorben sei. Das Rauchen hatte ihm offensichtlich doch kein Glück gebracht.

Der Vollständigkeit halber muss ich noch erwähnen, dass meine Landsleute durchwegs nicht nur gut angezogen, sondern auch sehr gute und erfolgreiche Studenten waren. Damals, in den fünfziger und sechziger Jahren war gut angezogen sein, Krawatte und sauber geputzte Schuhe eher selbstverständlich. Heute hat sich das nicht zum Vorteil verändert. Als Joschka Fischer, später recht erfolgreicher Aussenminister Deutschlands, im Hessischen Parlament und später im Bundestag mit Turnschuhen und sportlicher Bekleidung erschien, fanden wir, noch jung, dieses Auftreten in keiner Weise nachahmenswert. Heute ist es allerdings noch schlimmer. Hosen, die im Schritt fast bis zu den Knien reichen und immer so aussehen, als trüge man eine Windel darunter, sind in der Tat ein unerträglicher Anblick.

Inzwischen hatten Christopher, seine Freundin und sein Schulfreund Klaus Tornow das Physikum bestanden. Sie hatten ein Semester noch in Freiburg studiert. Christopher wollte zwei Semester im Ausland studieren und wählte deshalb die Universität Innsbruck in Österreich. Wir sahen uns in den Semesterferien wenn er für acht bis zehn Tage nach Grenzach kam. Ich war nun im fünften Semester und sehr beschäftigt, da ich mich für das Physikum (Examen der theoretischen Fächer nach etwa der Hälfte der Studienzeit) vorbereitete. Ausgerechnet in dieser stressigen Zeit musste ich mit unerwarteten und besonders traurigen Begebenheiten zurechtkommen.

Aus heiterem Himmel bekam ich tetanieforme Muskelkrämpfe, die eine Zeitlang meine Aktivitäten beeinträchtigte. In der Medizinischen Poliklinik wurde ich gut betreut. Obwohl Teste der Nebenschilddrüse in Ordnung waren, wurde ich doch mit AT 10 behandelt, immerhin mit einem Teilerfolg. Die Muskelkrämpfe und einige andere Symptome nahmen allmählich ab und verschwanden schliesslich ganz. Ganz schrecklich war allerdings die telefonische Mitteilung aus Grenzach, dass mein Freund Christopher ganz plötzlich an einer toxischen Pneumonie (Lungenentzündung) in Innsbruck gestorben war. Seine Eltern fuhren nach Innsbruck, um Einzelheiten zu erfahren. Ich habe tagelang nur geweint. Er war für mich wie ein Bruder gewesen. Aus Verzweiflung schrieb ich einen langen Brief an meine Eltern, die schon lange über meine grosse Freundschaft zu Christopher und dessen Familie bestens im Bilde waren. Einige meine engsten Verwandten haben die Familie bei einem Deutschlandbesuch später kennengelernt. Mein Vater rief mich an und versuchte mich zu trösten.

Es hatte sich herausgestellt, dass Christopher mit einer Studentin und zwei Studenten in einem Haus wohnte. Alle drei Studenten waren an Pneumonie erkrankt. Christopher betreute und pflegte sie, bis sie wieder gesund waren. Kurz danach wurde er selbst so krank, dass er in der Uniklinik Innsbruck stationär aufgenommen werden musste. Es war gerade am Wochenende. Die jüngsten Ärzte hatten Dienst und die Information bei der Übergabe zwischen Nacht- und Tagesdienst hatte komplett versagt. Irgendwann in der Nacht wurde sein Zustand kritisch und die entscheidende Hilfe kam nicht rechtzeitig. Der Klinikchef leitete eine Untersuchung ein.

Dabei wurden Behandlungsfehler und auch Versäumnisse allgemeiner Art festgestellt. Der zuständige Arzt wurde aus der Klinik entlassen.

Die Beerdigung fand in Grenzach unter grosser Anteilnahme der Bevölkerung statt. Es war eine schreckliche Zeit für mich. Einige Wochen später habe ich das Physikum absolvieren müssen. Ich habe es einigermassen gut überstanden. Bei Christophers Familie wurde ich wie ein dritter Sohn aufgenommen. Von da ab war ich nicht nur in den Ferien sondern auch zu besonderen Anlässen in Grenzach. Hier hatte ich ein Zuhause gefunden, wo ich nicht nur meine Erfolge feiern, sondern auch meine Sorgen und Probleme abladen konnte. Ich bekam Trost, Ratschläge und Hilfe.

Nun begannen die klinischen Semester, die in jeder Hinsicht spannend und interessant waren. Die Vorlesungen begeisterten, allerdings abhängig davon, welcher Professor sie hielt. Kennenlernen von Untersuchungsmethoden und praktische Übungen machten das Studium sehr abwechslungsreich. Irgendwie nahm man alles etwas leichter und die früheren Stress-Situationen durch das gleichzeitige Erlernen einer Fremdsprache waren vorüber. Ich brauche auch heute noch immer ein Hintergrundgeräusch um mich auf den zu lesenden Text konzentrieren zu können. Das scheint nicht so ungewöhnlich zu sein, da ich eine Reihe von Chirurgen kenne, die im Operationsaal mit Hintergrundmusik konzentrierter und sorgfältiger operierten.

Inzwischen hatte ich ein Zimmer bei einem jungen Ehepaar gemietet, das ein kleines etwa ein Jahr altes Mädchen hatte. Ich war entzückt von diesem Kind, denn ich erlebte alle ihre Entwicklungsschritte mit. Das Ehepaar war sehr nett und sie gaben mir nie das Gefühl, nur Untermieter zu sein. Unserer Wohnung gegenüber lebte die persische Familie Saffar, deren ältester Sohn mir ja am ersten Tag meines Eintreffens in Freiburg gemeinsam mit Alex bei der Zimmersuche und der Immatrikulation so behilflich war. Drei Söhne der Familie haben Medizin studiert. Der Vater, ein sehr angenehmer Mann, ist leider zu jung verstorben.

Eigenartigerweise, immer wenn ich Besuch hatte, klingelte es an der Wohnungstür und jemand von dieser persischen Familie brachte mir fantastisch schmeckende Iranische Spezialitäten, die an heimatliche Gerüche und besondere Gerichte unserer Mütter erinnerte. Meine Gäste waren immer begeistert. Es war immer so viel, dass wir alle davon satt wurden. Wie konnten sie ahnen, dass ich zum Mittagessen Gäste erwartete? Jedenfalls nachträglich ewiger Dank für so viel liebenswürdige Zuvorkommenheit an diese Familie, wo auch immer sie sich heute befinden möge. Freunde reden heute noch von den Köstlichkeiten, wenn ich per Zufall dem einen oder anderen nach so vielen Jahren wieder begegne.

Auf meinem Schreibtisch hatte ich ein grosses Radio und einen Plattenspieler. Fernsehen gab es schon in schwarz-weiss. Aber damals hatte in meiner Umgebung niemand einen Fernseher. Ich lernte gerne für mein Studium, wenn Bundestagsdebatten im Radio übertragen wurden. Wenn irgendwie machbar, blieb ich zu Hause und verfolgte die gesamten Bundestagsdebatten und lernte dabei.

Als Student vor dem Staatsexamen

Mich begeisterten viele Politiker, wie Adenauer, Ollenhauer, Fritz Erler, Strauss, Wehner, Brandt, Weizsäcker und vor allem Helmut Schmidt. Es waren faszinierende Persönlichkeiten, die durch ihre Sachlichkeit und Rhetorik Menschen begeistern konnten. Sehr gern hörte ich auch den ersten Präsidenten Deutschlands, Professor Theodor Heuss. Er hatte eine spezielle Rhetorik, Dinge durch einfache und kurze Sätze prägnant darzustellen. Ich erinnere mich an: „Der Mensch ist nicht gut, er ist auch nicht schlecht, der Mensch ist eben ein Mensch." Diese Einfachheit der Sprache, etwas zum Ausdruck zu bringen, das die Zuhörer ohne Mühe verstehen können, ist eine Begabung, die ich bei vielen Politikern der Gegenwart vermisse. Die heutigen Bundestagsdebatten sind so langweilig, dass es sich eigentlich nicht mehr lohnt, sie zu verfolgen. Ich tue es aber trotzdem.

# 12

# Die Geschichte meiner Doktorarbeit

Inzwischen war ich im zweiten Klinischen Semester. Da man zu dieser Zeit immer wieder von neuen Entwicklungen und Fortschritten in der Neurochirurgie lesen konnte, hatte ich beschlossen, auf jeden Fall eine Doktorarbeit in der Neurochirurgie zu machen. Prof. Riechert war Direktor der Klinik für Neurochirurgie in Freiburg. Er war international bekannt und anerkannt. Mit Prof. Mundinger, einer ausserordentlich netten Persönlichkeit, hatten Riechert und er die Stereotaktischen Operationen entwickelt.

Ich versuchte über die Sekretärin von Prof. Riechert einen Termin beim Professor zu bekommen. Die Sekretärin von Riechert war eine sehr strenge Dame, kein Lächeln und wahrscheinlich eher geeignet, ein Kloster zu leiten. Drei Monate lang suchte ich fast jeden Tag nach Vorlesungsschluss die Dame auf, um sie zu bitten, mir einen Termin für eine kurze Unterredung mit dem Professor zu organisieren.

Als erstes erklärte sie, dass der Herr Professor keine Doktoranden akzeptiere, ich müsste bei den Oberärzten mein Glück versuchen. Als ich aber hartnäckig blieb, sagte sie schliesslich, ich solle ein anderes mal wieder kommen. An manchen Tagen verschwand sie in irgend einem Zimmer, wenn sie mich im Korridor kommen sah. Aus dieser Erfahrung heraus, hatte ich über Jahre Angst vor jeder Chefsekretärin, die ich noch nicht kannte. Wenn ich mich für eine Stelle vorstellen musste, hatte ich daher immer Herzklopfen aus Angst wieder einer so strengen Sekretärin zu begegnen. Ich musste aber durchhalten, weil ich unbedingt mit dem Professor reden wollte. Natürlich musste ich damit rechnen, dass er mich abweisen könnte, weil er keine Zeit für einen Studenten hatte. Ich kam aber immer wieder, drei Monate lang.

Eines Tages stand ich mit meiner Aktenmappe im Korridor schräg gegenüber Prof. Riecherts Zimmer. Vor diesem Zimmer befand sich ein junges Ehepaar aus Athen. Der Ehemann auf einem Stuhl sitzend, weil er offenbar teilgelähmt war, machte eigenartige Drehbewegungen mit dem Körper. Beim Versuch, sich mit Hilfe seiner Frau vom Stuhl zu erheben, kippte er seitlich und fiel um. Ich liess sofort meine Aktenmappe fallen und hob ihn hoch um ihn ins Zimmer des Professors zu tragen. In diesem Moment ging die Tür auf und der Professor stand in der Tür und sah sich die Szene an. Plötzlich kam auch die Sekretärin heraus und sagte ganz aufgeregt zum Professor: „Das ist der Medizinstudent, der so hartnäckig wegen einer Doktorarbeit zu Ihnen möchte."

Ich habe den Patienten auf dem Untersuchungstisch vom Professor platziert und beim Verlassen des Raumes sagte mir der Professor, dass ich draussen auf ihn warten solle. Damit war der Knoten geplatzt. Prof. Riechert war sehr nett. Wir haben uns etwa eine halbe Stunde über das Studium, private Dinge und etwaige Zukunftspläne unterhalten. Er fragte mich, ob ich Interesse hätte, mich mit der Schmerzchirurgie zu beschäftigen und vor allem Chordotomiefälle (Durchtrennung der Schmerzbahnen am Rückenmark) zusammenzustellen. Er müsse in ein paar Monaten auf dem Neurochirurgenkongress in Washington, DC ein Hauptreferat darüber halten. Ich war natürlich einverstanden und bedankte mich für das Gespräch und auch dafür, dass er mich als Doktorand akzeptiert hatte. Er stellte mich seinem Stellvertreter, Herrn Prof. Umbach vor. Auch er hatte mir jede Hilfe zugesichert. Dabei lernte ich die anderen Sekretärinnen kennen. Sie waren alle sehr liebenswürdig und hilfsbereit.

Mit Prof. Umbach entstand mit der Zeit eine enge freundschaftliche Beziehung. Er kümmerte sich wie ein Vater um mich, auch nach dem Staatsexamen. Einige Kommilitonen waren Doktoranden von verschiedenen Oberärzten. Als Doktorand vom Chef wurde ich privilegiert behandelt und hatte Zugang zu allen Stellen innerhalb der Klinik. Möglicherweise hatte meine Fremdartigkeit und meine orientalische Höflichkeit gegenüber Vorgesetzten und Personal geholfen, sehr rasch mit allen in der Klinik freundschaftliche Beziehungen zu entwickeln. Sogar die Chefsekretärin hat ihr Verhalten mir gegenüber revidiert und behandelte mich freundlich mit einem Lächeln im Gesicht. Als ich ein paar Monate später in der Klinik bekannt war und dort als Famulus (Praktikant) arbeitete, sagte ich zu ihr: „Madame, wenn Sie lachen, sehen Sie viel jünger und hübscher aus. Und das meine ich ernst." Sie lachte endlich richtig und sagte: „Wir sind froh, dass wir Sie bei uns in der Klinik haben."

Inzwischen hatte mich Prof. Umbach bei sich zu Hause eingeladen. Ich lernte seine Frau und Kinder kennen. Die Beziehung war so gut, dass ich ziemlich häufig die Familie Samstags besuchte. Gelegentlich half ich dem Professor beim Autowaschen. Irgendwann wurde meine Doktorarbeit fertig und der Chef und andere Hauptakteure der Klinik waren mit meiner Leistung zufrieden. Ein paar Jahre später wurde Prof. Umbach Chefarzt am Krankenhaus Siegen und bald danach wurde er als Ordinarius für Neurochirurgie an die Universität in Berlin berufen. Er wollte, dass ich bei ihm arbeite um Facharzt für Neurochirurgie zu werden und eine Universitätskarriere verfolge. Inzwischen hatte ich mich aber in Allgemeinchirurgie als Fach verliebt. Ich bat ihn, einem Iranischen Freund von mir (S. Panahi) die Chance zu geben und ihn auszubilden. Er war zwar enttäuscht, dass ich mich anders entschieden hatte, war aber bereit, meinem Freund diese Ausbildung zu ermöglichen. Mein Freund wurde ein guter Neurochirurg und ist heute Professor für Neurochirurgie an der Universität Täbris im Iran. Es ist offenbar mein Schicksal, meine besten Freunde früh zu verlieren. Prof. Umbach ist relativ jung in Berlin gestorben. Durch eine Fischgrätenverletzung der Speiseröhre erlag er schliesslich einer darauf zurückgeführten Mediastinitis (eitrige Entzündung des

Thoraxmittelfeldes). Die richtige Diagnose war unglücklicherweise zu spät gestellt worden.

Die Freiburger Universitätsklinik hatte damals einige hervorragende Professoren, die Weltruhm genossen. Ludwig Heilmeyer, Internist und Hämatologe war der Prominenteste von ihnen. Er leitete nicht nur die Medizinische Klinik in Freiburg sondern war unter anderem auch beratender Arzt der Königin Elisabeth II. von England und deren Mutter und auch des Königs von Saudi-Arabien. Viele prominente Persönlichkeiten und Ordensträger kamen zur Behandlung nach Freiburg.

In der Stadt wurde gerade das Colombi-Hotel in Betrieb genommen, aber das Hotel machte Defizit. Man diskutierte verschiedene Lösungsmodelle. Plötzlich geschah ein Wunder. König Saud von Arabien mit einer ganzen Reihe von Familienmitgliedern und seines Hofstaates, Prinzen, Minister und Leibwächter wurden zur Untersuchung und Behandlung bei Heilmeyer angemeldet. Sie wohnten mehrere Monate im Colombi-Hotel. Um chirurgische Probleme kümmerte sich Prof. Hermann Krauss (ein Sauerbruch Schüler). Man kann sich nicht vorstellen, was in dieser Stadt los war. Eine ganze Reihe von speziellen überdimensionierten Taxis kamen aus Zürich und standen in dieser Zeit der Königsfamilie zur Verfügung. Arabisch sprechende Studenten wurden engagiert als Dolmetscher. Das Hotel Colombi war mit dem Besuch dieser Herrschaften finanziell gerettet. Sicher hat auch die Klinik, die Stadt und die Wirtschaft von diesem Besuch profitiert.

Studenten waren Begleiter der jungen Prinzen, die gesund waren und sich vergnügen wollten. Es war gerade Karnevalszeit. Jeden Abend fanden mehrere Bälle statt. Neben den staatlichen Institutionen veranstaltete auch jede Fakultät der Universität eigene Bälle. Die beste und interessanteste Veranstaltung war wie jedes Jahr der Medizinerball. Dieser fand zu dieser Zeit in zwei ineinander gehenden Kinos (Casino und Astoria) statt, die in der Hauptstrasse Freiburgs lokalisiert waren. Das beste Tanzorchester, die interessantesten Kostüme und die schönsten Damen gab es dort. In jenem Jahr gab es auf dem Medizinerball in sofern eine besondere Situation, als wir Studenten zwar den Vorteil hatten, mit den Damen Deutsch sprechen zu können, aber die Saudischen Prinzen und deren Begleiter hatten genügend

Geld, um die Damen grosszügig zu Getränken und zum Essen einzuladen. Vermittler versuchten, die schönen Damen an den Tisch der Prinzen und Scheiche zu holen. Es kam zu einem Wettkampf, wer mehr schöne Damen auf die Tanzfläche zu locken vermag. Ich besorgte mir einen Stuhl und stellte ihn an die Durchgangsstelle zwischen dem Kino Casino und Astoria. Ich sass auf der Lehne des Stuhles mit beiden Füssen auf dem Sitzplatz. Da abwechselnd mal im Casino und mal im Astoria Musik gespielt wurde, ging man durch diesen Gang von einer zur anderen Seite des Salons zum Tanzen. Das bedeutete, dass jede und jeder bei mir vorbei gehen musste. Ich besorgte mir einen Spazierstock, polsterte den Bogen des Stockes mit einem weichen Tuch und angelte damit mir die Damen ganz sanft am Hals, die mit den Prinzen an mir vorbei gehen wollten. Ich zog sie an mich heran und küsste sie und gab sie wieder frei. In den meisten Fällen liessen die Prinzen die Dame los und versuchten ihr Glück bei anderen Damen. Damit sicherte ich mir und meinen Freunden einige der weiblichen Schönheiten. Ich denke, wir gewannen den Wettkampf an diesem Abend. Die arabischen Studenten sympathisierten mit uns nur ganz diskret, damit sie ihren Übersetzerjob nicht verlören. Solche Festlichkeiten waren eine angenehme Abwechslung für uns Studenten, denn wir hatten viel Spass dabei.

# 13

# Professor Heilmeyers Vorlesung

Professor Heilmeyer, Direktor der Medizinischen Klinik und mit ihm die anderen Klinikdirektoren hatten in dieser Zeit dagegen viel Stress. Heilmeyer war ein stolzer Mann, konnte aber herzhaft lachen, wenn die Situation es erlaubte. Im Gegensatz zum Chirurgen Prof. Krauss, war er bei Studentenfesten anwesend. Hin und wieder vergab er Preise an Teilnehmer wenn man Quizfragen schnell und richtig beantwortet hatte. Ansonsten kam man natürlich nicht so einfach an ihn heran. Dies führte zu Fehlbeurteilungen, dass er arrogant sei. Solche Persönlichkeiten mit ihrem enormen Fachwissen und ihren Beziehungen mit höchsten Amts- und Würdenträgern der Welt, sind gezwungen, sich auch abzuschirmen. Dafür haben sie Sekretärinnen mit speziellen Fähigkeiten, wie ich es im Falle Prof. Riecherts erlebt hatte. Ich erinnere mich an zwei spezielle Begegnungen mit Prof. Heilmeyer, die ich nie vergessen werde. Hier erst die angenehme Geschichte.

In der Vorlesung stellte Heilmeyer Patienten vor, die mit dem Bett in den Hörsaal gebracht wurden, während er über Gott und die Welt erzählte. Er war ein guter Redner, konnte begeistern und war manchmal auch lustig. Der

Vorlesungsassistent rief bei jeder Vorlesung drei bis vier Studenten herunter. Diese hatten die Anamnese aufzunehmen und die Kranken zu untersuchen. Danach wurde man befragt. Heilmeyer bestand darauf, die Untersuchung vom Brustkorb mit Hilfe eines speziellen Instrumentes vorzunehmen. Ein Hämmerchen und ein winkelig gebogenes Plättchen, genannt Plessimeter war anzuwenden. Die Studenten durften zumindest im Lernstadium nicht nur mit Fingern auf den Thorax der Patienten klopfen, um Herz- und Lungengrenzen festzustellen und eventuelle Lungenaffektionen zu lokalisieren. Jeder Student musste solch ein Instrument besitzen. Er selbst hatte seine Instrumente aus Elfenbein in der Kitteltasche und setzte sie jeweils demonstrativ ein. Es war ein besonderer Tag für Heilmeyer und uns Studenten, denn in der Vorlesung waren als Gäste der Leibarzt der Königin Elisabeth, der Leibarzt vom König von Saudi-Arabien, der Leibarzt der Holländischen Königin und noch ein Leibarzt aus einem asiatischen Land anwesend. Heilmeyer war natürlich sehr stolz und stellte uns Studenten die Herren in besonderer Weise einzeln vor. Wir begrüssten die Herren mit dem üblichen Klopfen auf die Tische. Ausgerechnet an diesem Tag war ich einer der drei oder vier Studenten, die zum Professor nach unten gerufen wurden. Es handelte sich um eine Pflichtaufgabe, die jeder Student über sich ergehen lassen musste. Bewaffnet mit Plessimeter und Hämmerchen mussten wir nacheinander einer Patientin, die im Bett lag, den Brustkorb perkutieren. Mit farbigen Filzstiften musste das Herz und die Ausdehnung der Lungen angezeichnet werden. Ich war als letzter dran, nachdem die anderen ihren Befund angezeichnet hatten. Der Vorlesungsassistent, ein erfahrener Mitarbeiter des Professors, kontrollierte uns ganz wachsam. Der Professor erzählte ohne Unterbrechung weiter und wartete bis wir mit unserem Anzeichnen fertig wurden. Ich habe ganz so, wie ich es im Praktikum gelernt hatte, meine flache Hand auf die linke und dann auf die rechte Brustseite der Dame gelegt, um die Herzaktionen zu spüren. Dabei grinste die Patientin ganz bedeutungsvoll. Auf der rechten Seite spürte ich eigenartige Schlagbewegungen ohne zu wissen, ob diese von besonderer Bedeutung waren. Ich perkutierte mit meinen altmodischen Instrumenten und malte das Herz und die Lungengrenzen (auch auf der Rückseite) mit rotem Filzstift an. Als ich schrittweise mit der Anzeichnung beschäftigt war, fingen die Studenten ganz laut zu lachen an, als wären sie im Englischen Parlament. Es gab eine Unruhe im Hörsaal und Prof. Heilmeyer wusste zunächst nicht, weshalb die Studenten so herzhaft lachten. Er drehte sich um und merkte den Grund. Da sein Mitarbeiter ebenfalls lachte, fing auch der Professor an zu lachen und mit ihm auch die hohen Gäste. Ich merkte, dass die Kerle mich auslachten und wurde nervös. Rot im Gesicht, bedeckt mit Schweisstropfen führte ich meine Skizzierung zu Ende. Ich kann nur sagen, dass ich den Professor nie habe so herzhaft lachen erlebt. Immer wenn er sich die verschiedenen Skizzierungen ansah und dann auch noch meine rot skizzierten Herz- und Lungengrenzen, die nicht wie normal, sondern das Herz fast auf der rechten Seite des Brustkorbs angezeichnet war, lachte er auch und der ganze Hörsaal tobte. Die Patientin, die nichts sagen durfte, lachte ebenfalls, aber drückte meine Hand ganz fest, als wolle sie mir Trost spenden. Heilmeyer packte mich am Arm und brachte mich nach vorne. In der ersten Reihe sassen ja die Gäste und Oberärzte. Er versuchte, die Studenten zu beruhigen, jedoch ohne Erfolg. Inzwischen war ich so nass geschwitzt als hätte ich unter einer Dusche gestanden. Mein Taschentuch war dafür zu klein. Der Assistent gab mir immer wieder Papiertücher in die Hand und lachte dabei, aber ganz nett mit Kopfnicken und Handzeichen, dass ich mich nicht aufregen solle. Für die Anwesenden im Saal war diese Vorlesung sicher amüsant aber für mich fürchterlich. Ich muss zugeben, dass die Skizzierungen auf der vorderen Brustseite der Patientin auf freiem Busen mit verschiedenen Filzstiftfarben bemalt, ganz fürchterlich aussah. Aber musste man mich deshalb so auslachen? Plötzlich liess Prof. Heilmeyer ein Thoraxbild an die Wand projizieren. Eine Friedhofsstille herrschte plötzlich im Hörsaal innerhalb von Sekunden. Jeder sah, dass es sich bei der Patientin um einen sogenannten Situs inversus handelte, wobei das Herz auf der rechten Seite liegt. Heilmeyer sprach dann über die Anamnese und die Probleme, die die Patientin deshalb hatte. Dabei betonte er immer wieder, dass die Studenten mit den Instrumenten arbeiten müssten, bis sie sich genügend Erfahrung angeeignet hätten. Ich stand die ganze Zeit still neben ihm und trocknete meine Schweisstropfen von der Stirn. Plötzlich holte Heilmeyer aus seiner Kitteltasche ein schönes Plessimeter und ein Hämmerchen aus Elfenbein, auf dem sein Name – L. Heilmeyer – eingraviert war und schenkte mir diese als Auszeichnung und Entschädigung für diese extrem belastende Situation.

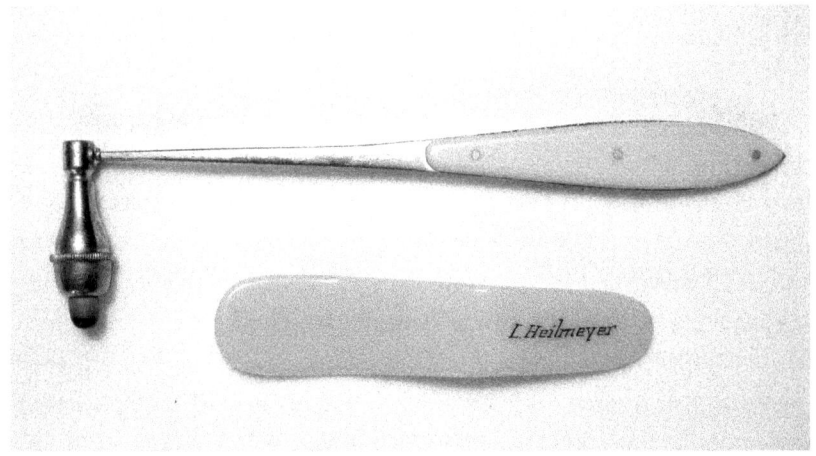

Hämmerchen und Plessimeter, ein Geschenk von Prof. Ludwig Heilmeyer

Noch war es sehr still im Hörsaal, bis die Studenten anfingen, wie wild zu klatschen und auf die Tische zu klopfen. Ein Gast äusserte sich dann, dass dies die interessanteste Vorlesung gewesen sei, die er je erleben durfte. Ich armer Kerl hatte aber viel Herzklopfen zu ertragen gehabt! Die zweite Begegnung mit Prof. Heilmeyer war ein Jahr später bei einer Stationsvisite. Er war gerade von einer Asienreise zurückgekehrt, auf der er auch den Iran besucht hatte. Bei dem Besuch der Teheraner Universität hätte man ihm gesagt, dass Iraner, die in Deutschland zu Ärzten ausgebildet worden seien, keinen guten Ruf im Lande hätten. Wenn Ärzte gleich nach dem Staatsexamen ohne praktische Erfahrung in den Iran zurückgingen, wäre ein Wissensmangel auffällig. Kamen sie jedoch als Fachärzte aus Deutschland, waren sie dagegen sehr erfolgreich und beliebt. Iraner, die in Amerika ausgebildet waren, hielten gut zusammen und versuchten die

Kollegen, die in Deutschland ausgebildet waren, zu diskreditieren. Das Land war inzwischen total amerikanisiert und alles was aus Amerika kam, galt als Bestes. Dabei hatten viele dieser Ärzte entweder im Iran oder in Europa, namentlich in Deutschland, Medizin studiert und sind erst dann nach Amerika zur Facharztausbildung gegangen. Jedenfalls war Heilmeyer ziemlich enttäuscht und warnte Iranische Studenten, nicht ohne klinische Erfahrungen ins Heimatland zurückzugehen. Alle seine Oberärzte oder Abteilungsleiter wurden orientiert.

Ausgerechnet zu dieser Zeit war ich im Staatsexamen. Ich hatte mir gewünscht, von Heilmeyer geprüft zu werden in der Hoffnung, dass er sich an mich erinnert. Leider war er an diesem Termin wieder im Ausland. Unsere Gruppe von vier Studenten wurden von einem seiner Stellvertreter geprüft. Eigentlich war der Professor freundlich und höflich. Bei der Begrüssung sagte er, dass er für mich als Iraner etwas mehr Zeit aufwenden müsse, weshalb ich erst am nächsten Tag kommen sollte. Die drei deutschen Kommilitonen wurden noch am gleichen Tag geprüft. Meine Kameraden fanden diese Entscheidung unfair. Sie haben offenbar am Ende der Prüfung dem Professor ihre Unzufriedenheit darüber mitgeteilt. Das waren Kommilitonen mit Zivilcourage.

Am nächsten Tag wurde ich fast drei Stunden geprüft. Zeitweise lief er durch den Garten von Klinik zu Klinik hin und her und ich ihm immer auf den Versen wie ein Hund seinem Herrn und versuchte seine Fragen zu beantworten. Als wir am Bett des Patienten, der von mir untersucht werden sollte, ankamen, fragte er mich, ob ich vom Stationsarzt Hilfe bekommen hätte, was ich verneinte. Manchmal hatte ich das Gefühl, dass er überhaupt nicht zuhörte, was ich antwortete. Wir wurden gelegentlich von seinen Mitarbeitern unterbrochen, wenn diese eine Frage hatten. Die Mitteilung Heilmeyers über die schlechte Presse junger Iranischer Ärzte mit deutscher Ausbildung, erwähnte er auch mir gegenüber. Daraufhin reagierte ich etwas sauer, was nicht klug war. Ich sagte zu ihm: „Herr Professor, glauben Sie ja nicht, dass ich anschliessend Direktor einer Uniklinik in Teheran werde. Das Land ist total amerikanisiert und die Iraner glauben einfach, das alles, was aus Amerika kommt, eben besser sei. Man solle nicht alles glauben, vor allem wenn Ärzte über ihre Kollegen urteilen. Überzeugen konnte ich ihn offenbar nicht. Die Prüfung habe ich bestanden, war aber mit der Note nicht zufrieden. In diesem Moment hatte ich mir geschworen, sollte ich je die Ehre haben, Studierende zu unterrichten und sie im Examen zu prüfen, immer bestens vorbereitet zu sein, sie gerecht, fair und korrekt zu behandeln ohne sie zu diskriminieren, was mir später, Gott sei Dank, auch gelungen ist.

Wie bereits erwähnt, befand sich Freiburg einige Monate in einem Ausnahmezustand. Prof. Hermann Krauss war Direktor der Chirurgischen Klinik. In Berlin war Krauss einer der Oberärzte Sauerbruchs gewesen. Er war im Gegensatz zu Heilmeyer sehr ernst. Bei Veranstaltungen mit dem König war er fast immer mit Heilmeyer anwesend, aber ich hatte das Gefühl, dass er die Angelegenheit nicht so hoch bewertete wie Heilmeyer. Krauss war relativ streng, immer ernst, zumindest zu uns Studenten, aber immer korrekt. Fritz Kümmerle war damals sein Stellvertreter. Er war ein gross gewachsener, sportlicher, gut aussehender Mann, Typ Arnold Schwarzenegger und ein sehr geschickter Chirurg. Er möge mir verzeihen, wenn ich hier behaupte, dass ich Kümmerle nie lachend erlebt habe. Wir Studenten hatten den Eindruck, dass er alles sehr ernst nahm. Ganz anderes haben sich da die anderen Häuptlinge der Klinik verhalten. Zuletzt erlebte ich Prof. Kümmerle in Basel, ich weiss nicht mehr genau ob er zur Abdankung von meinem Chef und Lehrer Prof. Nissen im Auftrag der Deutschen Gesellschaft für Chirurgie nach Basel kam. An dem Tag habe ich meine Beurteilung über ihn revidiert, da er Frau Prof. Dorothea Liebermann begrüsste und ihr Komplimente machte wegen ihrer wissenschaftlichen Arbeiten über den Oesophagus, Hiatuskanal etc. Er war sehr charmant und lachte ganz vergnügt bei der Unterhaltung. Da lernte ich, dass das Verhalten von Menschen ausserhalb ihrer Arbeitsstelle, vor allem von Chirurgen ausserhalb von Klinik und Operationsaal, ganz anders sein kann als sonst in Kliniksituationen. Man sollte Menschen erst dann beurteilen, wenn man sie in verschiedenen Situationen erlebt hat. Insgesamt war das Verhalten von Professoren uns Studenten gegenüber sehr reserviert. Ganz anders war die Situation in der Schweiz, wo diese Beziehung entspannt, freundlich und ohne Allüren als normal galt und gilt.

Die saudische Königsfamilie zog nach einiger Zeit in ein Hotel in den Schwarzwald und die Stadt atmete wieder freier. Das Colombi-Hotel war finanziell gerettet, arabische Studenten hatten eine Zeitlang genügend Geld zum Ausgeben und die Stadt Freiburg war dann in der Lage, einige Strassen zu sanieren. Zwischendurch habe ich in den Ferien ein paar Monate auf der Chirurgie des Krankenhauses in Lahr im Schwarzwald gearbeitet. Auffällig war, dass der Chefchirurg kurz vor seiner Pensionierung, aber auch die zwei Oberärzte ein wenig lustlos schienen. Sie wollten sich bald selbstständig machen, bevor ein neuer Chef sie verabschieden könnte.

Beim Mittagessen mit den Ärzten gab es immer interessante Gespräche. Zu der Zeit lief gerade der Film „La Dolce Vita" im Kino. Darüber wurde dauernd diskutiert. Eines Tages teilte der Chefarzt mit, dass für eine freie Assistentenstelle ein Amerikaner, der zur Zeit in Deutschland lebe, sich gemeldet hätte. Er hätte ein paar Jahre chirurgische Erfahrung, weshalb er ihn angestellt habe. Nächste Woche würde er anfangen. Eine Woche später stellte sich der Kollege in der Verwaltung vor. Die ganze Klinik war plötzlich in heller Aufregung, weil es sich um einen Schwarzen handelte. Gewiss war es eine ungewöhnliche Situation für das Personal und für die Patienten. Da er wenig Deutsch konnte, benötigte er Toleranz und Hilfe. Aber von Seiten der Kollegen kam diese Hilfe nicht. Ich erfuhr später, dass man diesen Kollegen gerade mal fünf Monate toleriert hatte. Mit der Ausrede des bevorstehenden Chefwechsels hat man ihn verabschiedet. Damals spielte Hautfarbe, Religion und Herkunft eine wesentlichere Rolle als Qualifikation. Mit dieser Einstellung wurde sehr lange vielen Menschen Unrecht getan. Als Martin Luther King in seiner historischen Rede „I had a dream", davon träumte, dass es eines Tages solch primitives Verhalten nicht mehr geben würde, hat sich kaum einer vorstellen können, dass eines Tages ein Afroamerikaner Präsident der USA und mächtigster Mann der Welt würde, auch wenn das fast fünfzig Jahre gedauert hat.

Einmal haben wir Iranischen Studenten im grossen Festsaal des Kolpinghauses in Freiburg einen Iranischen Abend veranstaltet. Aus Dankbarkeit für die freundliche Akzeptanz luden wir unsere deutschen Freunde, Wirtsleute, Klinikärzte und Universitätsangestellte zu einem gemütlichen Beisammensein mit Dinner ein. Ich war der Organisator dieser Veranstaltung. Ein Orchester spielte Iranische Musik, wir führten eine Komödie als Kurzspiel auf und rezitierten aus dem „West-östlichen Divan" von Goethe, worin es um den Iranischen Dichter Hafiz ging. Letzteres war wohl der Höhepunkt der Veranstaltung.

Als Künstler auf der Bühne (Iranischer Abend)

Ein Jahr später haben wir in der Stadthalle Freiburg eine ähnliche Veranstaltung durchgeführt. Wir wollten damit unsere Dankbarkeit zum Ausdruck bringen, was auch hier gut gelang.

Während meiner klinischen Semester habe ich mich um ein paar Landsleute, die noch in der Vorklinik studierten, gekümmert, sie für Testate und Examen vorbereitet. Aus allen wurden gute Ärzte. Freiburg wurde mit der Zeit immer interessanter und schöner. Inzwischen studierten etwa 25'000 Studenten an der Universität und mehrere Tausend an Fach- und Spezialschulen. Die Universität war eine der besten und der bekanntesten Deutschlands und die Stadt Freiburg gewann auch ökonomisch den dritthöchsten Rang in Deutschland. Sommer wie Winter hatte man Freiburg den wunderschönen Schwarzwald, der innerhalb einer halben Stunde zu erreichen war. Ein traumhaftes Land, nämlich die Schweiz, konnte in 40 Minuten erreicht werden. Die Autobahn in die Schweiz wurde inzwischen fertiggestellt und viele Studenten jobbten dort während der Ferien.

Mein Freund, der Jurastudent W., der am Geigy-Bau gearbeitet hatte, stürzte kurz vor Beendigung seiner Tätigkeit aus dem vierten Stockwerk des Gebäudes. Er hat, Gott sei Dank, den Unfall überlebt, aber eine Becken- und Wirbelsäulenverletzung davongetragen. Dank seiner jugendlichen Vitalität und der guten Arbeit der Spezialisten an den Universitätskliniken Basel und Freiburg, hat er sich bald weitgehend erholt und konnte sein Studium fortsetzen. Nach zwei Semestern wechselte er wieder die Universität und so habe ich ihn leider aus den Augen verloren.

Ein Jahr vor dem Staatsexamen erfuhr ich ganz unerwartet, dass meine Wirtsleute sich trennen wollten. Ein Jahr vorher hatten die Eheleute mit ihrer kleinen Tochter noch in Harmonie gelebt. Sie hatten inzwischen in der Nachbarschaft ein kinderloses Ehepaar kennengelernt, mit denen sie viel Zeit verbrachten. Der Ehemann der Nachbarin unterhielt offenbar nebenbei eine Maitresse, obwohl seine junge Frau interessant und sehr sexy war. Der Ehemann meiner Wirtin wiederum hatte sich in diese sexy Nachbarin verliebt und pflegte offenbar eine Beziehung, die zunächst unbemerkt blieb.

Beide Ehepaare gingen schliesslich auseinander. Meine Wirtin zog mit dem Töchterchen nach Hamburg, ihrer Heimatstadt. Ihr Ehemann mit der neuen Geliebten lebte dann in seiner Heimatstadt irgendwo in Norddeutschland. Für mich war das alles schrecklich und unvorstellbar. Was aus diesen Leuten geworden ist, weiss ich nicht. Ich zog dann in ein Mansardenzimmer im fünften Stock eines Hochhauses etwas ausserhalb der Stadt. Meine Nachbarin war eine junge Sekretärin, die mich in keiner Weise störte. Per Zufall hatte ich Gelegenheit, für weniger als eintausend Mark einen Fiat Topolino Cabrio zu kaufen. Nach etwa neun Monaten verkaufte ich das Auto für fast zweitausend Mark. Die Reparaturkosten waren mir zu viel geworden. Ich kaufte mir danach eine gebrauchte Isetta, sehr günstig und war dadurch vor allem wegen der häufigen Besuche in Grenzach mobil und unabhängig. Die Isetta war ein Zweisitzer, sehr sparsam im Verbrauch, einfach fantastisch. Ein Nachteil war der fehlende Motor an der Frontseite. Mein Vater schrieb mir einen Brief, dass er besorgt sei, dass ich im Stehen ein Auto lenke und das Auto vorne keinen Motor hätte. Offenbar hatte ein Iranischer Freund meinen Eltern über meine Isetta übertriebene Dinge geschrieben. In der Tat ging die Tür nach vorne und links auf und beim Aussteigen musste man stehen und dann erst aussteigen. Mein Vater schlug vor, mir das Geld für ein anständiges Auto zu schenken. Den Vorschlag habe ich dankend angenommen und wollte das Geld gelegentlich abrufen. Am Ende meines Studiums, bevor ich Freiburg verliess, verkaufte ich die Isetta günstig an einen Kommilitonen, der mit mir in der Gruppe Examen gemacht hatte.

Die meisten meiner Landsleute haben ihr Studium erfolgreich abgeschlossen. Der Eine oder Andere hat hier in Deutschland geheiratet. Sie blieben für immer in Freiburg. Einige Mediziner, die besonders an Amerika interessiert waren und wussten, dass dort Ausländer, sofern sie weisser Hautfarbe waren, nicht diskriminiert wurden, sind zur Facharztausbildung nach Amerika ausgewandert. Sie machten fantastische Karrieren und erreichten höchste Positionen an den Universitäten in den USA. Vereinzelt gingen unsere Landsleute nach der Facharztausbildung in Deutschland zurück in den Iran, um wieder in der Heimat zu leben und zu arbeiten. Sie sind heute die reichsten Ärzte im Iran. Ein paar Studenten haben das Studium aufgegeben, wurden entweder Teppichhändler oder bekamen durch Beziehungen in der Heimat gut bezahlte Positionen. Ein paar von den Ärzten verdienten zusätzlich als Teppichhändler. Sie bekamen von uns den Titel Dr. med. et Dr. tepp. Diejenigen, die sich in Europa wohl fühlten, blieben da und machten hier Karriere. Ich bin glücklich mit einigen dieser Freunde noch in Kontakt zu sein, vor allem mit denen, die noch in Freiburg leben. Beeindruckt hat mich die Geschichte eines Freundes, der auch zum

Medizinstudium nach Freiburg kam. Nachdem er einige Jahre verbummelt hatte, kam eines Tages sein Onkel aus Teheran zu Besuch. Er empfahl ihm, in den Iran zurückzukehren, da er hier es zu nichts gebracht hätte. Er würde ihm helfen, im Iran eine geeignete Anstellung zu finden. Im Iran herrsche jetzt der Petrodollar, man müsse sich nur bücken und ihn aufheben. Am nächsten Morgen sah man den Neffen seinen alten VW-Käfer voll packen. Plötzlich erschien seine Freundin und fragte ganz aufgeregt, was er mache und was passiert sei. Er erklärte, dass er in der Nacht beschlossen habe, in den Iran zurückzukehren. Daraufhin fragte die Freundin, was mit ihr dann geschehen solle. Er bot ihr an, sie mitzunehmen. Daraufhin fuhr sie nach Hause, packte ihre Sachen in einen Koffer und stieg in den VW. Dieser Freund erhielt mit Hilfe seines Onkels eine Anstellung bei einer deutschen Firma und wurde sehr erfolgreich. Auch sie arbeitete bei der deutschen Firma. Sie haben geheiratet, haben zwei Kinder, die wiederum in Freiburg studiert haben. Der Sohn hat 2010 seine Facharztausbildung abgeschlossen. Mein Freund hatte damals sehr schnell die richtige Entscheidung getroffen. Das finde ich grossartig!

Bevor ich mit der Erzählung fortfahre, muss ich wohl doch über bestimmte Erfahrungen berichten, die ich zunächst ausklammern wollte. Und zwar träumte ich vor ein paar Tagen, mich inmitten meiner Freunde zu befinden, und in dieser Runde war die Mutter von Christopher, die auch für mich wie eine Mutter war, anwesend. Man sagte mir, dass ich in meinem Bericht über die schönsten Jahre meines Lebens, nämlich die Studentenzeit in Freiburg, meine Erfahrungen und Beziehungen mit den Damen nicht ausklammern könne. Ich verteidigte mich und wachte voller Aufregung auf. Als ich am nächsten Tag die Geschichte meiner Frau erzählte, meinte sie, dass das natürlich dazu gehöre. Ich wäre in dieser Zeit sicher kein unschuldiger islamischer Prediger in Freiburg gewesen. Zudem sei bei Moslems Vielweiberei erlaubt. Ich wollte nichts darüber schreiben, weil man naturgemäss zur Übertreibungen neigt und Erlebnisse immer einseitig dargestellt werden. Schauen wir mal, was dabei herauskommt.

Selbstverständlich kann man nicht in einer Universitätsstadt wie Freiburg studieren ohne Bekanntschaften mit Damen gemacht zu haben. In dieser

Stadt studierten die schönsten Frauen Deutschlands. In der Buchholzschule, einer Spezialschule für Medizinisch Technische Assistentinnen (MTA) gab es besonders viele junge Schönheiten. Es gab noch weitere ähnliche Institutionen in dieser Stadt. Wir Studenten wetteiferten um die Schönsten. Meine persönlichen Beziehungen mit jungen Damen waren zahlreich aber nie ernst. Selten stand sexuelles Interesse im Vordergrund. Viele Mädchen wollten einfach nur geheiratet werden. Sie verliebten sich schnell und man musste Angst haben, mitgeteilt zu bekommen, dass Nachwuchs unterwegs sei. Einige meiner Kommilitonen waren bereits während des Studiums verheiratet. Ein Kommilitone aus der Französischen Schweiz ging abends und am Wochenende mit seinem Kind im Kinderwagen spazieren. Ein anderer Kommilitone hatte beim Einkaufen seinen Sohn auf seinem Fahrrad mit. Solche Beispiele waren für mich in diesem Alter mitten im Studium furchterregend. Gelegentlich musste die eine oder andere Freundin, die man gerade kennen gelernt hatte, wieder nach Hause, um in der Nähe der Familie weiterzustudieren. Eine Zeitlang hatte man durch Postkarten oder Telefon noch Kontakt und dann brach plötzlich die Verbindung ab. Gelegentlich kamen sie auch noch mal nach Freiburg, aber dann nicht selten mit einem Freund und schon schwanger.

Das alles ging nicht immer ohne Herzeleid und Kummer ab. In zwei Fällen endeten meine Entdeckungen von jungen Schönheiten als Ehefrau von Landsleuten. Aus Eitelkeit versuchte man schon mal ein besonders hübsches und interessantes junges Mädchen, auch wenn sie schon in festen Händen war, ihrem Auserwählten auszuspannen. Ich muss zugeben, dass mir bei solchen Versuchen nicht immer Erfolg beschieden war.

In der Hauptgeschäftstrasse in Freiburg existierte damals in der Kelleretage eines Gebäudes ein Tanzlokal, das sich Römischer Kaiser nannte. Hier haben verschiedene erstklassige Orchester, meist aus Südamerika, gastiert. Am Samstag- und Sonntagnachmittag wurde zum Tanze aufgespielt, wobei man Kaffee und Kuchen und alkoholfreie Getränke relativ preiswert haben konnte, was sich auch Studenten leisten konnten. Uns gefiel nicht nur die schöne Atmosphäre und die fantastische Musik, sondern die Gelegenheit, hier die schönsten Mädchen der Stadt zu treffen. Mit ein paar

Freunden versuchten wir, soweit möglich, jedes Wochenende dieses Lokal zu besuchen. Uns fiel auf, dass um einen reservierten Tisch immer eine Gruppe junger Männer und hübscher junger Damen sassen, die besonders vergnügt schienen. Ich hatte mich in eins dieser jungen Mädchen verguckt, welches jedesmal, wenn sie auf der Tanzfläche erschien, alle anderen in den Schatten stellte. Alle Blicke folgten ihr. Langbeinig, immer sehr geschmackvoll angezogen, war sie einfach etwas Besonderes. Diese aparte junge Dame tanzte abwechselnd mit einem jungen Mann, etwa ein Jahr jünger als ich und einem Mann mittleren Alters, der offenbar ein reicher Unternehmer war. Obwohl auch andere reizvolle Mädchen an diesem Tisch sassen, wollte jeder mal mit ihr tanzen. Jedesmal wenn es jemand versuchte, entschuldigte sie sich. Meine Freunde, die auch gern mit ihr tanzen wollten, aus Angst einen Korb zu bekommen, sich aber nicht trauten, ermutigten mich, es zu versuchen. So mutig war ich aber auch nicht. Sie hatte schon längst bemerkt, dass wir an ihr interessiert waren. Von einem jungen Ehepaar an unserem Tisch erfuhren wir, dass sie Kosmetikerin war, in Freiburg arbeitete und wegen ihrer Ähnlichkeit mit Tina Onassis Tina genannt wurde. Sie sei aber grösser und hübscher als Tina Onassis, sagte die Dame an unserem Tisch. Sie sei mit dem blassen jungen Mann fest befreundet, der Sohn eines Freiburger Multimillionärs sei. Der kräftige Mann am Tisch, der immer wieder mit ihr tanze, sei mit der Familie des jungen Mannes befreundet, aber ebenfalls an dieser Dame interessiert, allerdings 25 Jahre älter als sie. Obwohl er sehr reich sei, hätte er keine echte Chance sie zu gewinnen. Ihr Freund, der Junge, möchte sie heiraten, sie aber möchte noch nicht. Er sei längere Zeit krank gewesen, aber sehr nett. Dann meinte sie ganz charmant zu mir: „Möchten Sie nicht einmal mit ihr tanzen? Fordern Sie sie doch mal auf." Daraufhin meinte ich, dass ich wohl möchte, sie aber bisher nur mit ihrem Freund und dem Mann an ihrem Tisch getanzt hätte. Sie hatte wohl gemerkt, dass ich vom Charme und der besonderen Schönheit dieser jungen Dame fasziniert war. Aber ich wollte nicht wie die anderen Kandidaten einen Korb bekommen.

Nun passierte ein kleines Wunder. Unsere Dame am Tisch entschuldigte sich und verschwand in Richtung Waschraum. Wir merkten, dass auch

Tina in diese Richtung unterwegs war. Als unsere Dame an unseren Tisch zurückkam, flüsterte sie mir ins Ohr, sie hätte sich im Waschraum mit Tina unterhalten, und ihr gesagt, dass ich für sie entbrannt sei. Sie hätte sofort gewusst, dass ich gemeint war, weil ihr schon paar Mal in diesem Lokal aufgefallen war, dass meine Augen sie nicht losliessen. Sie wäre bereit, mit mir zu tanzen. Nachdem die Freunde am Tisch alles mitbekommen hatten und mich ermunterten, blieb mir gar nichts anderes übrig als mein Glück zu versuchen. Mit zitternden Beinen erschien ich an ihrem Tisch und bat sie um einen Tanz. Einer der fünf Musikanten kannte mich gut, da er mit einer Bekannten von mir befreundet war. Er wusste, dass ich nur Rumba und Blues gut tanzen konnte. In Richtung der Tanzfläche gab ich ihm ein Zeichen. Das Orchester spielte einen wunderschönen Blues und wir tanzten miteinander. Sie wusste, dass ich Medizin studierte und kurz vor dem Staatsexamen stand. Dann fragte sie mich, ob ich schüchtern sei, was ich bejahte. Ich sagte ihr, dass ich nur hierher käme, um sie zu sehen. Da lachte sie ganz charmant und während sie ihr Halstuch um die Schulter legte, sagte sie, dass sie das nicht glaube. Ausserdem würden Männer sowas immer sagen. Ich begleitete sie zu ihrem Tisch und bedankte mich auch bei der Gruppe, was offenbar Eindruck machte. Bedankt habe ich mich auch bei dem Ehepaar an unserem Tisch. Es ist erstaunlich, was sich Frauen alles erzählen, wenn sie sich im Waschraum begegnen. Unter dem Motto, das Eisen zu schmieden so lange es heiss ist, beschloss ich ihr persönlich Blumen zu bringen. Über die Ehefrau eines engsten Freundes, die effektiver arbeitete als die CIA, erfuhr ich ihre Adresse. Sie wohnte bei einer älteren Dame im Hause am Stadtrand vom Freiburg. Ich besorgte zwei Tage später einen wunderschönen Strauss Blumen und brachte ihn zu ihr nach Hause. Ganz frech, aber mit Herzklopfen wie ein Verliebter, klingelte ich an der Haustür. Eine ältere sehr freundliche Dame öffnete die Tür. Tina war nicht zu Hause. Sie nahm den Strauss entgegen und bedankte sich. Ich fragte sie, ob ich Tina mal anrufen dürfe. Da sagte sie ganz spontan: „Sie sind sicher der Mediziner, den Tina kennengelernt hat. Sie hat von Ihnen geschwärmt, obwohl sie einen Freund hat, der ihr einen Heiratsantrag gemacht habe. Indem sie mir die Telefonnummer aufschrieb, sagte sie: „Rufen Sie ruhig an, sie wird sich sicher freuen aber machen Sie ihr ja keinen Heiratsantrag, es würde sonst alles durcheinander bringen. Sie verriet dann, dass sie am nächsten Tag Nachmittag frei habe und meist zu Hause bliebe. Ich bedankte mich bei der Dame und entschuldigte mich für die Störung. Am nächsten Tag rief ich dort an. Die Dame war am Apparat und ich hörte, dass sie Tina nach unten zum Telefon rief und laut sagte: „Dein Medizinerfreund ist am Apparat." Dass ich mich relativ schnell mit ihr verabreden konnte, war sicher Verdienst dieser freundlichen Dame. Wir haben uns ein paar mal in der Woche verabredet. Sie passte sehr auf, dass ihr Freud vorläufig nichts davon erfuhr, da er sehr eifersüchtig sei. Ausserdem sei er noch ein Kind. Unsere Verliebtheit hat genau 41 Tage gedauert. Wir hatten eher eine platonische Beziehung miteinander. Unsere Begegnungen beschränkten sich auf Umarmungen, Küsse, Verliebtsein und nette Unterhaltung. Bei meinen Freunden, die eingeweiht waren, galt ich als Superheld, weil ich es geschafft hatte, diese als unnahbar bekannte attraktive junge Dame zu erobern. Bei unseren Gesprächen erfuhr ich von Tina, dass der reiche Unternehmer, der fast fünfzig Jahre alt und nicht verheiratet war, ihr mehrfach den Heiratsantrag gemacht hatte. Eines Tages suchte mich Tina ganz aufgeregt und um Hilfe suchend auf. Ihr junger Freund hatte von unserer Beziehung erfahren und sie diesbezüglich angesprochen. Sie hätte die Beziehung zugegeben und meinen Namen, sowie die Dauer der Beziehung bekannt gegeben. Sie hätte auch gesagt, dass sie diese Beziehung weiter pflegen möchte. Er reagierte ganz gekränkt und ging gleich nach Hause. Sie habe heute erfahren, dass er krank sei und eine Nacht in der Uniklinik verbracht hätte. Es wurde gemunkelt, dass er – Gott sei Dank – ohne Erfolg einen Selbstmordversuch unternommen hätte. Sie fragte, ob ich bereit sei, mich mit ihm zu treffen, was ich bejahte. Wir trafen uns in einem Kaffeehaus in der Nähe der Uniklinik. Unsere Unterhaltung war eher freundschaftlich. Der junge Mann, der noch mitgenommen aussah, erzählte mir, dass er in der Verwaltung der Klinik arbeite. Er wollte wissen, mit welchen Blumen ich ihr Herz gewonnen hätte. Auch er hätte sie einst mit einem Strauss Blumen überrascht. Er erzählte, dass sich sein Leben positiv verändert habe, seit er Tina kenne. Er habe zwar nicht studiert, aber als Einzelkind einer sehr reichen Familie sei er in der Lage, Tina alles zu ermöglichen. Seine Eltern seien von Tina begeistert. Er wolle sie heiraten aber dazu gehörten zwei. Bisher habe sie seinen Antrag nicht angenommen mit der Begründung, sie sei noch sehr jung und möchte nicht im Alter von Anfang zwanzig ein Hausfrauendasein führen.

Tina bestätigte das und entschuldigte sich, dass er ihretwegen etwas Dummes versucht hätte. Danach reagierte er völlig hilflos mit Tränen in den Augen. Er schaute mich hilfesuchend an und brachte zum Ausdruck, dass er ohne Tina nicht leben möchte. Es war eine traurige Situation und der Junge, der ein Jahr jünger war als ich, tat mir sehr leid. Ich schlug vor, dass wir Tina anhören und ihre Meinung zu diesem Problem ernst nehmen wollten. Auf jeden Fall sollten wir ihre Entscheidung zur Lösung des Problems voll respektieren. Tina gab zu verstehen, dass sie unsere ganz romantisch angefangene Beziehung nicht so ernst genommen hätte. Im Verlaufe dieser sechs Wochen hätte sie mich besser kennen gelernt und festgestellt, dass ich von allen Jungs und Männern, die für sie schwärmen, der einzige sei, der sie als Person geschätzt hätte und sie nicht nur als Sexobjekt betrachtet hätte. Sie hätte unsere Begegnungen und unsere Unterhaltungen immer sehr genossen. Durch mich hätte sie an Persönlichkeit gewonnen und fühle sich nicht mehr nur als einfache Kosmetikerin. Auch ihre Umgebung habe die Veränderungen wahrgenommen. Sie müsse zugeben, dass sie ernsthaft verliebt sei. Sie verstehe andererseits, dass ich meine Karriere nicht ihretwegen aufgeben werde und das wolle sie auch nicht. Sie gebe zu, dass sie ihren Freund gern hätte und inzwischen überzeugt sei, dass er Ihre Hilfe und Zuneigung verdiene. Ob sie am Ende ein Ehepaar würden, müsse die Zukunft zeigen. Egal was wir jetzt entscheiden würden, ihr Leben würde nicht mehr so sein wie vorher. Sie hätte nur einen Wunsch und würde ihn erst aussprechen, wenn sie meinen Kommentar zu dieser Angelegenheit gehört habe. Ich wusste von Tina, dass ihr Freund extrem sensible reagiert, weshalb wir sehr behutsam mit ihm umgehen müssten. Ich spürte Angst und war mir meiner Verantwortung bewusst. Ich bedankte mich bei Tina für ihre Weitsicht. Ich erklärte dem jungen Mann, dass ich sie beide nicht voneinander trennen möchte und es deshalb nicht vernünftig sei, um Tina zu kämpfen, da ich uns sonst alle unglücklich machen würde. Meine Zeit mit Tina, in der sie nicht zu meiner Geliebten wurde, wäre sehr kurz gewesen, bliebe aber unvergesslich. Sie würden zusammen gehören und ich wäre dankbar, wenn ich sie beide zu meinen Freunden zählen dürfe. Daraufhin wandte sich Tina an ihren Freund und machte es zur Bedingung, dass unsere Freundschaft keinerlei Schaden davon trüge. Der Freund stand auf, bedankte sich indem er mich umarmte und sagte, er würde Tina nie weh tun wollen. Tina und ich umarmten uns und mit einem Kuss auf die Wange versprachen wir, uns gelegentlich zu sehen. Wir haben uns zu Dritt hin und wieder getroffen und hörte mit Erstaunen, dass die Gruppe sich getrennt hatte und der „Römische Kaiser" nur noch bei besonderen Anlässen besucht wird. Ich selbst bin nicht mehr hingegangen so lange ich in Freiburg lebte. Tina und ich haben uns nur einmal noch allein getroffen und uns nett über alles Mögliche unterhalten. Sechs Monate später verliess ich Freiburg. Bedauerlicherweise habe ich nie mehr was von Tina gehört und weiss auch nicht, was aus den beiden geworden ist. Ob sie je geheiratet haben?

Nun war die Zeit gekommen, um sich langsam von Freiburg zu verabschieden, um das vorgeschriebene zweijährige Praktikum, Medizinalassistenzeit genannt, in verschiedenen Fachkliniken zu absolvieren. Meine ganz schlauen Landsleute versuchten diese Vorschrift zu umgehen, indem sie in der Schweiz oder Amerika, wo dies nicht gefordert war, direkt mit der Facharztausbildung beginnen konnten. Allerdings musste man in Amerika ein Jahr „Internship" absolvieren. Ähnlich haben sich meine Landsleute verhalten, die in Österreich studiert hatten. Wer in Deutschland arbeiten wollte, musste damals eine Approbation besitzen, die man aber erst nach Absolvierung dieser zweijährigen Medizinalassistenzeit erhielt. Nach sechsjährigem Aufenthalt in dieser wunderbaren Stadt war es an der Zeit, mit der klinischen Ausbildung zu beginnen.

Die schönste Zeit im Leben ist die Studentenzeit. Viele junge Menschen, die diesen Abschnitt ihres Leben nicht erleben, obwohl sie jede Möglichkeit dazu gehabt hätten, wissen in der Tat nicht, was sie versäumen. Für uns Studenten, die vom Ausland kamen, bleiben diese Jahre unvergesslich. In dieser Zeit waren wenige Italiener, Portugiesen und Spanier als Gastarbeiter in Deutschland. Ich kann mich nicht erinnern, dass ich Türkische Arbeiter oder Geschäftsleute in Süddeutschland erlebt habe. Wir Studenten aus dem Orient waren echte Exoten in Deutschland und wurden von der Bevölkerung recht verwöhnt. Ähnlich war die Situation in Österreich und der Schweiz. England und vor allem Frankreich hatten traditionell schon immer Studenten aus Asien. Durch frühzeitigen Einfluss von Frankreich im Iran, die vor und während der Kadjar-Dynastie politisch und ökonomisch intensiviert wurden, schickten vor allem die Elitefamilien Irans ihre Kinder zum Studium nach Frankreich. Unter Hitler-Deutschland kamen keine Studenten nach Deutschland. Erst mit dem Wiederaufbau nahmen die Deutschen Universitäten und Hoch- und Fachschulen Studenten aus dem Ausland auf. Inzwischen war der Sohn meines Onkels und ein Bruder von mir, der drei Jahre jünger als ich war, zum Studium nach Deutschland gekommen. Mein Cousin besuchte die Ingenieurschule in Konstanz, mein Bruder fing an der Universität Basel mit dem Ökonomiestudium an.

So fabelhaft wir Studenten aus fremden Ländern von der Deutschen Bevölkerung verwöhnt wurden, umso enttäuschender war die Reaktion von Menschen und Behörden, wenn es um Ausbildung und Anstellung der Ausländer ging. In dieser Zeit herrschte in Deutschland Ärztemangel. Die Kliniken versuchten mit wenig Personal auszukommen. Die Bezahlung war nicht gut. Man musste sehr hart arbeiten und hatte weder Zeit noch genügend Geld für Reisen oder Sonstiges.

# 14

# Medizinalassistentenzeit
# Dieburg bei Darmstadt

Meine erste Stelle im Krankenhaus Dieburg, zwischen Darmstadt und Frankfurt, war nicht sehr aufregend. Es war ein katholisches Haus, welches von einer Ordensschwester geleitet wurde. Es gab auch weltliche Angestellte, wie Schwestern, Pfleger und Hilfspersonal. Die Chirurgie hatte vierzig Betten, wurde von einem Chefchirurgen und einem erfahrenen Oberarzt geleitet. Ich war der einzige Assistent, der seine zweijährige Pflichtassistentenzeit absolvieren wollte und keinerlei Erfahrung besass. Der Oberarzt lebte in der Nachbarschaft des Krankenhauses. Er hatte eine Kriegsverletzung, nämlich eine Amputation des rechten Beines. Beide Chirurgen waren sehr gut.

Zum Wohnen wurde ich in einem Zimmer am Anfang der Abteilung untergebracht. Da in der kleinen Stadt nichts los war, blieb ich meist in meinem Zimmer und lernte. Ich arbeitete sechs Monate in diesem Haus und machte, von Ausnahmesituationen abgesehen, ständig Dienst. Da es kein Ausbildungsprogramm für junge Assistenten gab, konnte ich durch Präsenz und durch häufige Nacht- und Wochenenddienste sehr viel profitieren. Sehr selten erlebte man spektakuläre Krankheiten oder Polytraumatisierte. Den Oberarzt konnte man rufen, auch wenn er keinen Dienst hatte. Sein Verhalten beeindruckte mich enorm. Der Chefarzt, der älter und autoritär war, schätzte es sehr, wenn er nachts in Ruhe gelassen wurde. Die Oberschwester der Operationseinheit war eine mächtige und auch gewichtige Nonne. Sie lachte fast immer und war ein fröhlicher Mensch. Wir beide haben uns besonderes gut verstanden. Sie kümmerte sich um mich wie eine grosse Schwester.

Da erinnere ich mich an ein Vorkommnis, das ich meine, recht geschickt gelöst zu haben. Die Nachtschwester, eine sehr nette Person, teilte mir mit, dass ein junges Mädchen, die eine Tonsillektomie (Mandeloperation) hatte, mich unbedingt kennenlernen möchte. Zunächst habe ich ihren Wunsch, sie im Krankenzimmer zu besuchen, völlig ignoriert. Dann bekam ich über die Schwestern jeden Tag einen Brief von dem Mädchen. Das ganze Personal sprach darüber. Sie sollte längst entlassen werden, aber simulierte einen Unterbauchschmerz rechts und wollte auf die Chirurgie verlegt werden. Der HNO-Arzt sprach mich an, ich solle das Mädchen besuchen und mit ihr reden. Sie sei die Tochter einer einflussreichen Familie aus der Region. Er schlug vor, dass wir zusammen zu ihr gehen und sie gemeinsam untersuchen. Wir besuchten das Mädchen. Sie war gerade achtzehn Jahre alt, offenbar verwöhnt und noch ein rechtes Kind. Sie wollte unbedingt den jungen Assistenzarzt kennen lernen, der doch aus einem Märchenland kam. Wir untersuchten sie, und ich war der gleichen Meinung wie der HNO-Arzt, dass keine Appendizitis vorlag. Auf keinen Fall war es ein chirurgisches Problem. Wir entschieden uns, den Befund noch 24 Stunden zu beobachten. Da meinte sie, man müsse Sie zweimal am Tag besuchen und untersuchen. Ich versprach dies zu tun. Sie schien sehr erfreut. Gleich beim nächsten Besuch hatte sie schon kaum noch Beschwerden. Als ich am Abend wieder zu ihr ging, haben wir uns länger unterhalten. Dabei fragte Sie mich ganz frech, ob wir uns ausserhalb der Klinik verabreden könnten. Obwohl sie eine attraktive junge Dame war, habe ich mich mit einer Notlüge entschuldigt. Ich sagte ihr jedoch, dass ich sie nur besuchen könne, wenn sie mich bei ihren Eltern zu Hause zu einem Sonntagskaffee einladen würde. Sonst könne es missverstanden werden, da ich eine feste Freundin hätte und bald heiraten würde. Sie schien betrübt, aber wollte mich dennoch zum Kaffee einladen. Am nächsten Morgen ging sie mit ihrem intakten Blinddarm nach Hause. Eine Einladung gab es nicht. Jeder im Krankenhaus wusste nun, dass ich bald heiraten würde. Dadurch hatte ich im weiteren Verlauf meine Ruhe. Meine Lieblingsnonne im Operationssaal wusste über dieWahrheit Bescheid. Sie hat dann den Chef und den Oberarzt über die Hintergrundgeschichte informiert.

An einem Samstag besuchten mich vier Freunde aus Freiburg. Es war ein freudiges Wiedersehen. Ich hatte Dienst, aber es war nichts los. Die Nachtschwester, eine fabelhafte Person, organisierte ein fantastisches Essen.

Ein Tisch wurde mit Esswaren und Obst gedeckt wie in einem First Class Restaurant. Ich erfuhr die neuesten Nachrichten aus Freiburg. Das Wiedersehen hat mich unendlich gefreut, obwohl manche Nachrichten aus Freiburg nicht erfreulich waren. Wir haben etwa bis drei Uhr morgens geredet und wurden von der netten Nachtschwester verwöhnt. Ich hatte das Gefühl, für meine nichtbezahlten Nachtdienste auf diese Weise entschädigt worden zu sein. Anschliessend stellte die Nachtschwester bequeme Liegestühle in den Aufenthaltsraum und meine Freunde, die sehr erschöpft waren, konnten etwas schlafen. Am Sonntagmorgen hatte die Nachtschwester organisiert, dass sie gemeinsam mit mir ein fantastisches Frühstück bekamen. Die Oberin kam extra vorbei, um meine Freunde zu begrüssen. Sie studierten noch und waren ein Jahr vor dem Staatsexamen. Sie fuhren am gleichen Tag nach Freiburg zurück.

Während meiner Nacht- und Wochenenddienste erlebte ich selten spektakuläre Fälle. Es handelte sich meist um kleine Verletzungen, leichte Gehirnerschütterung, Kontusionen, gelegentlich um Frakturen. Akute Blinddarmentzündung, die notfallmässig operiert werden mussten, gab es schon mal. Nach vier Monaten Tätigkeit wurde ich einmal an einem Freitag im Nachtdienst mit einem schweren Verkehrsunfall mit etwa zwanzig Verletzten konfrontiert. Zum Glück hatte an diesem Abend eine erfahrene Operationsschwester Dienst. Sie war nicht nur fachlich ausgezeichnet, sondern auch freundlich und sehr gelassen. Der Chefarzt war nicht erreichbar, der Oberarzt hatte am Wochenende frei und war mit der Familie weggefahren. Ich versuchte gegenüber den Patienten selbstbewusst und sicher aufzutreten, um ihnen das Gefühl zu vermitteln, mein Fach zu verstehen. Grossartig war das Verhalten der Krankenschwester, die mich so bediente, als wäre ich der Oberarzt der Chirurgie. Wir haben alle Verletzten in einem grossen Raum im Ambulatorium untergebracht, einige auf Liegen. Ich ging einzeln durch, nahm die Anamnese auf und entschied, wie es weiter zu gehen hatte. Einige hatten nur muskuläre Quetschverletzungen und Kontusionen. Ansonsten waren sie völlig in Ordnung. Sie waren gehfähig und hatten keinerlei Amnesie. Mit entsprechenden Salbenverbänden und mit einem Rezept wurden sie entlassen. Nach dem sie mit ihren Angehörigen Kontakt aufgenommen hatten, sollten sie am Montag den Hausarzt aufsuchen oder wenn sie in der Region wohnten, sich bei uns im Ambulatorium vorstellen. Patienten mit Schädel-Hirntrauma, die kurz bewusstlos waren, wurden stationär aufgenommen und von mir immer wieder zwischendurch kontrolliert. Eine junge Dame, die in Frankfurt in einem Stripteaselokal arbeitete, hatte eine Riss-Quetschwunde am Oberschenkel. Vierzehn Tage zuvor waren ihr in einer Klinik in Frankfurt auf beiden Seiten Brustprothesen implantiert worden. Auf einer Seite stand die Haut unter Spannung und war dunkelrot. Ich hatte den Eindruck, dass ein Bluterguss bestand. Es sah allerdings nicht nach einer frischen Einblutung aus. Nach weiterer Befragung gab sie an, dass diese Veränderung seit etwa einer Woche bestehe. Ich fragte, ob ich der Klinik in Frankfurt telefonisch Bescheid geben dürfe, dass sie sich morgen dort melden würde, weil ich fürchtete, dass ein Infekt hinzu kommen könnte. Damit war sie einverstanden. Nach der Wundversorgung wurde sie entlassen.

Acht weitere Patienten wurden mit Hilfe der Schwester einer nach dem anderen versorgt. Die komplizierten Verletzungen wurden nach Versorgung stationär aufgenommen. Vor allem Gesichtsverletzungen wurden sorgfältig mit feinem Faden genäht. Ich wechselte von einem Saal zum anderen und die tüchtige Schwester bereitete die Fälle vor, machte Verbände mit Schienung. Das Praktikum als Assistenzarzt war recht sinnvoll. Dass man die zweijährige Pflichtassistentenzeit in Deutschland abgeschafft hat, ist nach meiner Erfahrung mit zahlreichen Studenten aus Deutschland ein Kardinalfehler der Politiker. Mit mangelhaften theoretischen und kaum praktischen Kenntnissen fangen sie mit der Facharztausbildung an. Die zweijährige Pflichtassistentenzeit hatte sich doch sehr bewährt.

Am Samstag erschien der Chef und besuchte jeden einzelnen Patienten. Er konnte sich kaum vorstellen, dass ich allein und relativ schnell alle diese Probleme bewältigt hatte. Er hatte offenbar ein schlechtes Gewissen, weil er nicht verfügbar gewesen war. Er hatte sich nicht wohl gefühlt und daher ein Schlafmittel genommen und das Telefon überhört. Seine Frau war verreist. Am Montag, als der Oberarzt mit mir auf die Visite ging, war er so begeistert, dass er und der Chefarzt beschlossen, mir den nächsten Blinddarm zu assistieren. Meine Nonnenschwester im Operationssaal wollte mir unbedingt die erste Bauchoperation assistieren. Der Oberarzt stand untätig da, die Schwester übernahm die Führung und erklärte das Vorgehen schrittweise. Sie lobte mich unentwegt, manchmal etwas zu übertrieben. Bis Ende des sechsten Monats sind noch weitere Appendektomien dazu gekommen. In der Zeit meiner Tätigkeit in diesem Krankenhaus hatte die Anzahl der jungen Mädchen, die mit Verdacht auf Appendizitis auf der Chirurgischen Abteilung aufgenommen wurden, auffällig zugenommen. Die meisten jungen Damen verlangten im Falle einer Operation von mir als „Blinddarm-Spezialisten" operiert zu werden. Nach fünfeinhalb Monaten war meine Tätigkeit in Dieburg zu Ende. Der Abschied im Krankenhaus war mit Einladungen vom Chef und vom Oberarzt, sowie im Hause der Oberin ausserordentlich herzlich.

# 15

# Heimaturlaub

Ich hatte beschlossen, nach siebenjährigem Aufenthalt in Deutschland zum ersten Mal meine Familie im Iran zu besuchen. Der Onkel eines Freundes hatte gebeten, ein Auto, das er in Brüssel gekauft hatte und nicht ausführen konnte, für ihn nach Teheran zu bringen. Es handelte sich um einen gebrauchten Chevrolet, der in einem Lagerraum eines Geschäftspartners in Düsseldorf gelagert war. Ich habe das Auto abgeholt und vor dem Krankenhaus geparkt. Der alte Chevrolet war riesig und brauchte viel Platz zum parken. Zusammen mit meinem Freund Djafar Ettehadieh packten wir den riesigen Kofferraum des Chevrolets voll, nahmen vor allem unsere alten Anzüge und Mäntel mit. Unterwegs in der Türkei ausserhalb der Grossstadt konnte man Benzin tanken und statt mit Geld mit getragenen Anzügen bezahlen.

An einem schönen Sommertag fuhr ich mit meinem Freund in Richtung München los, wo wir die notwendigen Visa erhielten. Wir verbrachten einige Tage in München. Freitagabend gingen wir in ein Lokal in Schwabing. Das Lokal war voll. Der Manager brachte uns zu einen

Tisch, an dem noch zwei Plätze frei waren. Wir stellten uns vor. Unsere Tischnachbarn waren Tony Curtis und Christine Kaufmann, sowie zwei andere Freunde dieser Herrschaften. Curtis und Kaufmann hatten gerade einen Film mit Yul Brynner gedreht und sich tatsächlich ineinander verliebt. Christine war sehr jung und wunderschön. Auch Tony war jung, sehr freundlich, lachte viel und war in dieser Zeit ein gut aussehender Mann mit dunklen Haaren. Christine fragte mich, ob wir in München wohnten und was für einen Beruf wir hätten. Mit ihr sprach ich Deutsch mit Tony Englisch. Ich erzählte, dass ich Arzt und mein Freund noch Medizinstudent sei und dass ich nach sieben Jahren und mein Freund nach viereinhalb Jahren zum ersten Mal wieder in den Iran fuhren um unsere Familien zu sehen. Wir haben uns über alle möglichen Themen unterhalten: Medizin, Filme, Politik, Amerika, Iran und Familie. Ich merkte, dass Tony ernsthaft verliebt war in Christine, während ich bei Christine etwas unsicher war. Ich hatte irgendwie das Gefühl, dass eine Ehe bei zwei so unterschiedlichen Typen von Menschen nicht lange halten würde. Es war natürlich ein Erlebnis für uns per Zufall die zwei berühmten Schauspieler kennen gelernt zu haben. Dieser Abend war natürlich sehr interessant für uns und wir haben ihn sehr genossen.

Unsere Reise über Österreich, Jugoslawien, Bulgarien und die Türkei war anstrengend aber interessant. Unterwegs begegneten wir sechs weiteren Autos mit Studenten, die ebenfalls in den Iran fuhren. Wir bildeten zusammen einen Autokonvoi und fuhren in einer Kolonne hintereinander. In so einer Gruppe ist es immer lustig und wir hatten viel Spass während der langen Fahrt. In Sofia, der Hauptstadt von Bulgarien, wollten wir uns nicht aufhalten. Die Hauptstadt war uninteressant und irgendwie langweilig. Wir parkten unsere Autos vor einem Restaurant, um dort eine Kleinigkeit zu essen. Plötzlich sahen wir durch das Fenster, je vier junge Männer auf der vorderen und hinteren Stossstange des Chevrolet stehen und das Auto auf und ab bewegen. Offenbar hatten sie noch nie so einen grossen Amerikanischen Personenwagen gesehen. Wir rannten hinaus und es war nicht einfach, die jungen Männer zu überzeugen, dass es gefährlich sei, mit so viel Gewicht die Achsen des Autos zu belasten. Verstanden haben sie uns ohnehin nicht, aber liessen auch nicht ab davon. Schliesslich mussten wir auf das Essen verzichten und gleich weiterfahren.

In der Türkei, bevor wir in Richtung Cibas Gebirge losfuhren, übernachteten wir in dem einzigen Hotel am Orte. Hier haben wir zwei junge Studenten kennen gelernt, zwei Cousins, die in London Ökonomie studierten. Sie waren mit einem englischen Sportwagen einem Sunbeam Cabrio unterwegs. Der etwas ältere Junge war ein erfahrener Fahrer und kannte die Strecke sehr gut, weil er sie schon einmal gefahren war. Wir haben daher beschlossen, dass er mit meinem Freund und Begleiter mit dem Chevrolet fährt und ich mit seinem Cousin im Sunbeam. Ich wusste nicht, wie ich das Auto über die Grenze und das Zollamt bringen kann. Ob man mir eine Zollnummer geben würde, damit man in Teheran das Auto verzollt, war nicht klar. Die Lastwagenfahrer, die aus Iran kamen, erzählten, dass an der Grenze auf einem Parkplatz relativ viele Autos ständen, die aufgrund einer neuen Bestimmung nicht eingeführt werden dürften. Das Problem war dem Onkel meines Freundes nicht bekannt. Wir mussten schauen, irgendwie bis Täbris zu kommen. Von dort aus wäre es kein Problem nach Teheran weiter zu reisen. Plötzlich sagte der junge Mann, der den Chevrolet lenken wollte, dass ein Onkel von ihm Direktor des Zollamtes sei. Er würde dafür sorgen, dass wir die Genehmigung erhalten weiterzufahren um die Zollformalitäten in Teheran zu erledigen.

Am nächsten Morgen fuhren wir gestärkt durch Fladenbrot, Schafskäse und Tee wiederum gemeinsam los. Es waren nur noch drei Autos, da die anderen Kameraden ohne Übernachtung weitergefahren waren. Unterwegs sahen wir einige Autos und auch Lastwagen. Erstaunlicherweise war es damals vor allem in der Türkei sicher. Schliesslich kamen wir an die Iranische Grenze. Hier gab es eine Überraschung. Der Freund hatte seinen Onkel kurz aufgesucht und teilte uns nun mit, dass die Familie seines Onkels nach Teheran mitfahren möchte. Deshalb konnten wir problemlos das Auto einführen und der neue Besitzer konnte die Zollformalitäten in Teheran selbst erledigen. Wir übernachteten auf der Iranischen Seite in einem Gasthaus und fuhren am nächsten Morgen los. Mein Freund aus Freiburg musste auf dem Notsitz des Sportwagens sitzen, war aber damit durchaus zufrieden. Wir waren jung und alle ziemlich schlank. Als wir in Teheran ankamen, befand sich meine gesamte Familie in Babol am Kaspischen Meer. Ich übernachtete bei dem Sunbeam-Freund. Am nächsten Tag gab ich das Auto an den Eigentümer ab, der froh war, dass alles so reibungslos vonstatten gegangen war. Mein Freiburger Freund fuhr dann zu seiner Familie nach Yazd. Mein Sunbeam-Freund fuhr mich nach Norden an das Kaspische Meer. Auch seine Familie war in ihrem grossen Haus am Meer etwa fünfzig Kilometer von Babol entfernt.

Wir kamen erst in meiner Geburtsstadt an. Die Begrüssung durch meine Verwandten war so herzlich, dass mein Freund Tränen in den Augen hatte. Nach kurzem Aufenthalt fuhren wir dann nach Babol weiter. Schon nach Babolsar, etwa zwanzig Kilometer vor Babol kamen uns in mehreren Autos Verwandte und Freunde zur Begrüssung entgegen. Sie machten viel Lärm und sagten durch Lautsprecher immer wieder „Willkommen"! Da wir im Cabriolet ankamen, wurde gleich überall in der Stadt erzählt, dass ich mit einem halbierten Auto aus Europa gekommen sei. Jeder, der neugierig war, kam vorbei, um dieses „halbierte Auto" aus Europa sich anzusehen. Offenbar war es das erste Cabriolet, das man in dieser Stadt zu sehen bekam. Mein Freund übernachtete bei uns und war im Kreise meiner Familie und Verwandten willkommen. Beim Gespräch mit meinem Vater stellte sich heraus, dass unsere Väter sich gut kannten, da der Vater meines Freundes als Grossgrundbesitzer und Kaufmann sehr bekannt war. Mein Freund fuhr dann zu seiner Familie zurück. Wir haben uns mit seinem Cousin vierzehn Tage später in Teheran getroffen.

Nach sieben Jahren Abwesenheit stellte ich fest, dass die Wirtschaft des Landes inzwischen einen gewissen Aufschwung erfahren hatte. Das erklärte sich durch die Nationalisierung des Erdöls und des Gases. Die Regierung war bestrebt, die Industrialisierung des Landes voranzutreiben. Da die Regierung Bürokratieabbau und finanzielle Hilfe durch günstige Kreditvergabe versprach, versuchten Viele am neuen Aufschwung zu partizipieren. Auch die Bauern versuchten an dieser Entwicklung teilzuhaben. Von nun an begann die Abwanderung vom Dorf in die Stadt. Küstengrundstücke, die zum Teil Eigentum der Pahlavi-Dynastie waren, wurden zum Verkauf angeboten. Die

Preise waren damals noch günstig. Die Landwirtschaft wurde zunehmend vernachlässigt. Menschen wie mein Vater und meine Onkel, die lebenslang erfolgreiche Exportkaufleute waren, gaben ihr altes Metier auf und importierten Fabriken aus Deutschland. Es gab keinerlei Regulation und keine Kontrolle. Entsprechend iranischer Mentalität, wurde kopiert, was sich als erfolgreich erwiesen hatte. Ohne Marktforschung, ohne den Bedarf in der Region zu berücksichtigen, wurden gleiche Fabriken oder gleiche Geschäfte in unmittelbarer Nachbarschaft bereits vorhandener errichtet. Nach gewisser Zeit führte das zu Pleiten der Konkurrenten und keiner überlebte.

Dieses Verhalten importierten sie auch nach Europa, Kanada und Amerika. Dann sind sie meist gemeinsam in Schwierigkeiten geraten und jammerten auch gemeinsam. Gerne heisst es dann, dass Gott es so wollte und deshalb nicht geholfen hätte. So ein Schicksal erfuhren auch mein Vater und sein Partner. Sie hatten die erste Mehlfabrik in der Region aus Deutschland importiert und arbeiteten sehr erfolgreich mit vielen Angestellten und Fachkräften. Ich habe meinem Vater vorgeschlagen, meinen sechs Jahre jüngeren Bruder, der nach dem Abitur den Militärdienst absolviert hatte, zur Ausbildung nach Deutschland zu schicken. Er sollte mit mir nach Deutschland kommen. Pass, Visum und sonstige Dokumente wurden in kurzer Zeit organisiert. Wir sind dann gemeinsam mit meinem Freund aus Freiburg zurück nach Deutschland gefahren.

Mein Aufenthalt am Kaspischen Meer bei der Familie war sehr erfreulich. Ich traf auch viele ehemalige Schulkameraden und wurde ständig eingeladen. Am herzlichsten war wieder der Empfang und die Begegnungen in meinem Geburtsort. Hier gab es noch nicht so viel Veränderungen und Modernisierung. Der Ehemann einer Tante war der Verkaufsbeauftragte der Grundstücke an der Küste. Die Preise waren damals unvorstellbar niedrig. Für 200 DM konnte man etwa Tausend Quadratmeter Strandgrundstück erwerben. Man hatte nicht geahnt, dass die Preise nach zwanzig Jahren astronomische Höhen erreichen würden. Niemand wollte sie haben, auch leider ich nicht.

In Babol fuhren inzwischen einige Autos amerikanischer und deutscher Fabrikation und besonders viele alte Mercedes als Taxis für städtischen

Transport. Privat hatte meine Familie einen eleganten Dodge und noch andere Autos für die Fabrik. Sowohl im Norden als auch in Teheran hatte ich den Eindruck gewonnen, dass die politische Situation im Lande relativ gespannt und die Unzufriedenheit der Mehrheit des Volkes zugenommen hatte. Das Militär und vor allem der Geheimdienst behandelte Oppositionelle erbarmungslos mit brutalsten Methoden. Jeder beschuldigte den Shah als Urheber dieses brutalen Vorgehens, was in der Folge schliesslich zur Revolution von 1979 führte. „Wenn Du einen Feind oder Gegner loswerden willst, mach ihn zu Deinem Freund!" Mit so einer Einstellung könnte man viele Probleme und Auseinandersetzungen dieser Welt ohne Krieg, ohne Folter und ohne Terror beseitigen. Die Voraussetzung für ein Gelingen ist allerdings gegenseitiger Respekt und Toleranz.

Von fünf Wochen Aufenthalt im Iran, habe ich die Hälfte dieser Zeit in Teheran verbracht. Neben Reisevorbereitungen für meinen Bruder blieb ausreichend Zeit, alle Verwandten und Freunde zu sehen und auch gemeinsam etwas zu unternehmen. Ohne über die politische Situation der damaligen Zeit, dass heisst nach der sogenannten Weissen Revolution vom Shah urteilen zu können, muss ich zugeben, dass ich oft Angst hatte, Opfer einer Willkürhandlung zu werden. Und genau das geschah mir eines Tages.

Mit meiner Schwester, Schwager (ein Dermatologe) und deren Tochter besuchten wir in Teheran ein Sommerkino auf einem offenen Platz. Am Beginn der Vorstellung wurde ein Bild vom Shah in Grossformat auf der Kinoleinwand gezeigt und dazu die Nationalhymne gespielt. Wir mussten von unserem Platz aufstehen und niemand durfte sich bewegen. Es stand immer eine ganze Reihe von Uniformierten beiderseits der Sitzreihen. Die Vorführung hatte etwas verspätet angefangen. Als der Film zu Ende war und bevor alle Menschen ihre Plätze frei gegeben hatten, stürmten die nächsten Kinogänger herein. Es gab ein Durcheinander. Bis wir aus unserer Reihe hinaus konnten, war ich auf meinem Stuhl sitzen geblieben. Plötzlich kam verfrüht das Porträt vom Shah und die Nationalhymne erklang. Wir waren alle erstaunt, dass die nächste Vorführung schon begann bevor die Menschen zu ihrem Platz gehen konnten. Ich stand sofort auf und versuchte vorzugehen. Plötzlich kam ein Uniformierter auf mich zu, drohte mir und warf mir Landesverrat vor. Ich war ganz ruhig, noch gelassener war mein Schwager. Er stellte sich vor und erzählte dem Offizier, dass ich nach sieben Jahren Auslandsaufenthalt zu Besuch nach Hause gekommen sei und daher nicht alle Bestimmungen kennen würde. Ich habe mich entschuldigt und versuchte ihm klar machen, dass ich an diesem Chaos nicht schuld sei und weitere Stauung verhindern wollte. Ausserdem hätte ich der Majestät bei Beginn der ersten Vorführung meine Ehre erwiesen. Ich hätte auch nicht gewusst, dass man sich auch im Falle widriger Umstände nicht bewegen dürfe. Es hat meinem Schwager sehr viel Mühe gekostet, mich vor einer Verhaftung zu bewahren. Er konnte den Offizier überzeugen, dass ich als Medizinalpraktikant gerade zu Besuch aus Deutschland mit Sicherheit keine Revolution im Lande anzetteln wollte. Jedenfalls hat er mich ausnahmsweise laufen lassen mit der Aufforderung in Zukunft besser aufzupassen.

Ähnliche Vorkommnisse, tagtägliche Repressalien wurden halt dem Shah zur Last gelegt. Schliesslich geschah all dies in seinem Namen. Die Studenten wurden ohnehin immer als Rebellen betrachtet. Unter uns Studenten im Ausland gab es vereinzelt welche, die für den Iranischen Geheimdienst arbeiteten. Als Gegengewicht wurden im Ausland sehr frühzeitig „Islamische Studentengruppen" etabliert. Ich war jedenfalls froh, ohne weitere Komplikationen wieder nach Europa zurückgehen zu können.

# 16

# Mettmann/Düsseldorf

Zurück in Freiburg fragte mich mein Freund Dr. Feri, der auf der Inneren Abteilung des Elisabethen-Krankenhauses in Düsseldorf-Mettmann gearbeitet hatte, ob ich seine frei gewordene Stelle haben wolle, was ich bejahte. Es passte mir in sofern sehr gut, da mein Bruder, der an der Ingenieur-Fachschule in Braunschweig studieren wollte, bei der Firma Plange in Düsseldorf (Grosse Mehlfabrik) sein Praktikum absolvieren konnte. Wir zogen nach Mettmann. Mein Bruder wohnte gegenüber dem Krankenhaus bei einer Familie in einer Villa. Während der Tätigkeit auf der Abteilung für Innere Medizin in dieser Klinik fand eine grundsätzliche und endgültige Wende in meinem Leben statt.

Wiederum arbeitete ich in einem katholischen Krankenhaus und hatte mit Nonnen zu tun. Ausser einem Mann als Superior waren die wichtigsten Positionen in der Hand von Ordensschwestern. Die Innere Abteilung hatte etwa achtzig Betten, geleitet von einem Chef, der Kardiologe und Radiologe war. Eine Oberärztin und ich als Medizinalassistent waren seine Mitarbeiter. In der Krankenhausverwaltung arbeiteten ausser Ordensschwestern lediglich zwei „weltliche" Damen. Der Chefarzt der inneren Medizin war schlank, mittelgross, intelligent und sehr freundlich. Mit den Ordensschwestern hatte er keine so gute Beziehung. Ein Hauptproblem für die Nonnen und den Superior war seine Frau. Seine Frau war attraktiv, rassig und resolut. Der Chefarzt erschien hin und wieder verspätet zur Arbeit. Er begann morgens erst mit der Röntgendiagnostik, die dann mit einer Verzögerung begann. An diesen speziellen Tagen trug er eine dunkle Brille. Man sah aber in seinem Gesicht und am Augenwinkel bläuliche Verfärbungen, die auf Blutergüsse schliessen liessen. Für die Nonnen und für das Personal war dies nicht ungewöhnlich. Wenn der Chef wieder mit dunkler breiter Brille ankam, wusste man, dass zu Hause wieder etwas los gewesen war. Die Dame hatte wieder zugeschlagen und sich wieder mit den Fäusten durchgesetzt. Manchmal waren die Spuren vom Erstereignis noch nicht vollständig verschwunden, da kamen schon wieder frische Verletzungen hinzu.

Die Oberärztin war eine erfahrene Internistin, eine schöne, interessante Frau, temperamentvoll und nett. Von ihr konnte ich medizinisch viel lernen. Irgendwie tat sie mir leid, da sie stets ganz traurige Augen hatte. Über die Damen in der Verwaltung erfuhr ich, dass sie mit ihrem Ehemann, einem Juristen, Probleme hatte.

Ich musste den Chefarzt zu allen diagnostischen Abklärungen begleiten. Im Röntgen sass ich neben ihm, lernte mit dem Apparat umzugehen. Er diktierte den Befund und die Diagnose gleich nach jeder Untersuchung. Als guter Kardiologe bekam er von einigen Internisten der Region bis Wuppertal EKGs zur Interpretation und Beurteilung geschickt. Auch hier musste ich neben ihm sitzen während er diktierte. Pathologische Veränderungen im EKG zeigte er mit dem Finger und erklärte sie jeweils. Die Beurteilung wurde den Kollegen mitgeteilt. Anschliessend habe ich in entsprechenden Büchern nachgelesen, wodurch ich so viel Routine erwarb, dass ich bald die EKGs von unseren Patienten in der Klinik befunden konnte. Bereits nach zwei Wochen meiner Tätigkeit in diesem Haus liess er mich ganz selbstständig in der Radiologie arbeiten. Gallenblase-, Magen-, und Dickdarm-Abklärung usw. wurde neben anderen Aufgaben meine tägliche Arbeit. Wichtig zu erwähnen, dass die Ordensschwester, die für die Röntgenuntersuchungen zuständig war, eine erfahrene und geschickte Fachfrau war. Ohne ihre Hilfe hätte ich sicher nicht so viel geschafft. Ich musste die Befunde sofort diktieren. Mein Chef war immer zufrieden, wenn ich auch mal zwei Zielaufnahmen aufeinander geschossen hatte. Innerhalb von ein paar Monaten entwickelte sich eine vertrauensvolle herzliche Beziehung mit allen Ordensschwestern der Klinik. Ich arbeitete fleissig und kann mich gut erinnern, dass ich mal fast sechs Monate Dienst gemacht habe, da die Oberärztin erst krank wurde und dann leider die Stelle gekündigt hatte. Ich wohnte in einer alten Villa neben der Klinik. In der unteren Etage wohnte der Herr Superior. Er war ein fröhlicher und sympathischer Mann und hatte nie reklamiert, dass die Ordensschwestern fast alle meine Wünsche erfüllten. Die Zusammenarbeit war so gut, dass ich für jede Ordensschwester je nach Funktion und Rangordnung einen speziellen Namen für sie hatte. So nannte ich z. B. Schwester Leopolda „Schwester Cleopatra". Wir haben miteinander viel gelacht. Die Bezahlung war etwas besser aber noch dürftig. Überstunden wurden nicht bezahlt. Der Tariflohn vom sogenannten BAT war ein Armutszeugnis für das Land. Schon damals sind viele Ärzte aus Deutschland ausgewandert. Eines Tages fragte die ehrwürdige Schwester Oberin, ob ich mit dem Gehalt überhaupt auskäme. Sie hatten erfahren, dass ich meinen Bruder, der ein Praktikum absolvierte, um später in Braunschweig die Ingenieurfachschule zu besuchen, finanziell unterstützte. Daraufhin bekam ich eine Extra-Zulage, damit ich über die Runden käme. Es war erstaunlich, dass ich mit den Ordensschwestern alles besprechen konnte, auch meine privaten Angelegenheiten. Wenn ich zu beschäftigt war, wurde mir das Mittagessen in einem Behälter extra warm gehalten. Sie bemühten sich sehr um mich, damit ich mich wohl fühlte. Natürlich war ich ein Arbeitstier und durfte nicht ausfallen. Die Chirurgen machten immer Witze und nannten mich den Liebling der Nonnen. In der Tat war das Verhalten der ehrwürdigen Schwestern ungewöhnlich, zumal sie wussten, dass ich Moslem war. Die anderen Assistenten machten zwar auch Bemerkungen, aber es bestand eine freundschaftliche Atmosphäre. Auch haben sie anerkannt, dass ich, obwohl erst im zweiten Praktischen Jahr, die Abteilung ganz alleine führen konnte, belesen und fast immer anwesend war.

Ich bat die Oberärzte oder den Chef der Chirurgie immer um Hilfe wenn ich mit einem Problem nicht klar kam und medizinischen Rat benötigte.

Inzwischen hatte ich mein Lieblingsauto, einen Sunbeam Cabrio, in rot und schwarz mit abnehmbarem Hardtop, über meinen Vater bei der Vertretung in Teheran bestellt. Die Hälfte des Preises hatte mein Vater als Anzahlung dort bezahlt. Nach etwa acht Wochen sollte ich das Auto, welches aus London nach Aachen gebracht wurde, dort abholen. Die Prospekte des Autos hatte ich einer Ordensschwester und der Mutter Oberin gezeigt. Sie waren begeistert und fragten ständig, wann endlich das Auto geliefert würde. Da in der Klinik keine Garage zu Verfügung stand, haben die Schwestern mir erlaubt, mit Hilfe von Haushandwerkern im grossen Hinterhof der Klinik einen gedeckten Einstellplatz zu bauen. Man kann sich vorstellen, dass einige Kollegen wegen dieser Sonderbehandlung irritiert reagierten.

Eines Tages gab der Chefarzt der Medizin der Verwaltung bekannt, dass er für drei Wochen mit seiner Familie Ferien in der Schweiz machen wird. Eine akzeptable Vertretung habe er nicht gefunden. Er sei allerdings der Meinung, dass ich in der Lage sei, so lange die Abteilung zu führen. Als ich von der Oberin und den anderen Ordensschwestern darüber informiert wurde, dachte ich, dass sie sich einen Spass mit mir erlauben. Ich fragte, ob sie alle realisierten, dass ich noch nicht die Approbation besässe und nach dem Gesetz noch nicht selbstständig arbeiten dürfe. Sie waren gut orientiert und fanden die Entscheidung vom Chefarzt unmöglich. Der Chefarzt hatte aber seit drei Jahren keinen Urlaub machen können und wollte seine Familie nicht alleine wegschicken. Ausserdem stand die Bezahlung eines Chefarztvertreters zur Diskussion. Er meinte, dass die Klinik dafür aufkommen müsse. Laut Vertrag musste er aber die Bezahlung des Vertreters übernehmen. Zum Abschied sagte er mir: „Du machst es sehr gut, da bin ich sicher!" Später erzählte er mir, dass er eine Kündigung riskieren wollte. Er hätte dann in seinem Haus eine Praxis eröffnet. Dies sei der Wunsch seiner Frau. Etwas besorgt war er nur, dass in seiner Abwesenheit, wie bereits erwähnt, die Internisten der Umgebung ihm als Experten ihre Problem-EKGs zur Beurteilung schicken würden. Nun war ich, ein medizinischer Anfänger, sein Vertreter. Ich schlug daher vor, die frühere Oberärztin, die in Düsseldorf wohnte, zu bitten, die Vertretung zu übernehmen. Leider war sie nicht frei. EKGs, die ich sicher interpretieren konnte, habe ich befundet und immer mit einer Diagnose zurückgeschickt. So hatte ich das von ihm gelernt. Nur in einem Fall schlug ich dem Doktor vor, er möge doch die Kardiologie der Universitätsklinik Düsseldorf um Rat bitten. Ansonsten gab es keinerlei Probleme. Ich dachte mir allerdings, wenn die wüssten, dass ein Medizinalassistent die Befunde der Fachkollegen korrigierte und beurteilte, würden Sie entweder verärgert sein, oder wenn sie Humor besitzen, nur herzhaft lachen oder keine Patienten mehr zuweisen. Das ist nicht passiert. Die Abteilung war voll belegt und die Arbeit reibungslos bewältigt. Neueintritte wurden sorgfältig untersucht und nach Verdachtsdiagnose eine Therapie eingeleitet. Ich hatte mir fest vorgenommen, bei Unklarheiten die Hilfe der Chirurgen zu beanspruchen.

Der Chefarzt kam nach drei Wochen gut erholt und braun gebrannt in die Klinik zurück. Bei der Visite war er über einige Diagnosen und eingeleitete Therapien von mir erstaunt. Ich muss zugeben, dass ich aus Angst, Fehler zu machen, viele Fachbücher konsultiert hatte und oft bis spät in der Nacht mich damit beschäftigte. Er besorgte sich die gesamten Unterlagen dieser Patienten und studierte sie ganz intensiv. Dann nahm er die Unterlagen zur vierzehntägigen Besprechung in die Universitätsklinik Düsseldorf mit. Nachdem auch dort Diagnose und Therapie bestätigt wurde, erzählte er den Herren Professoren, dass dies die Arbeit eines Medizinalassistenten in seiner Abwesenheit gewesen sei. Er brachte mir die Offerte von zwei Professoren, die mir eine Stelle als Mitarbeiter offerierten. Mein Chef wusste allerdings von mir, dass ich mein Herz an die Chirurgie verloren hatte. Mein Chefarzt honorierte diese Vertretung mit 400 DM. Die Verwaltung und die Ordensschwestern waren aber enttäuscht und so bekam ich von der Verwaltung auch eine Sonderzahlung.

Fernsehen gab es nach wie vor nicht. Mein einziges Vergnügen war ein Kinobesuch. Gegenüber unserer Klinik war ein Kino. Es war praktisch, auch wenn ich Dienst hatte, konnte ich auf der anderen Seite der Strasse ins Kino gehen. Man durfte mich jeder Zeit herausholen. Im Labor der Klinik war die Cheflaborantin, eine nette junge Dame, einige Jahre älter als ich, für mich sowohl Ratgeber als auch Vertrauensperson. Sie hatte immer wieder junge Mädchen zur Ausbildung. Drei junge Damen, die miteinander befreundet waren, konkurrierten um meine Aufmerksamkeit. Eine Blondine, eine Rothaarige und die dritte dunkelbraun, die sehr sensibel war. Von meiner Laborantenfreundin wusste ich alle Einzelheiten über diese drei Damen. Die Dunkelbraune war schwer verliebt in mich. Immer wenn sie neben mir stand, zitterte sie fürchterlich am ganzen Körper und wurde rot im Gesicht. Abwechselnd luden sie mich bei sich im Elternhaus zum Sonntagskaffee ein. Vielleicht wollten sie mich durch ihre Eltern begutachten lassen. Mein Interesse galt vor allem der sensiblen Dunkelhaarigen, die die jüngste war. Federführend in der Gruppe war die Rothaarige, die mir ganz frech empfahl, mich bald für eine der drei Damen zu entscheiden. Es war soweit gekommen, dass die ehrwürdigen Schwestern glaubten, mich warnen zu müssen. Diese Mädchen seien in diesem Alter nur in der Phantasie verliebt, das sei nur ein Spiel, das irgendwann vorbei sei. Für eine Ehe seien sie völlig ungeeignet. Die Richtige würde mir schon noch begegnen.

Die eine offene Stelle auf unserer Abteilung war ausgeschrieben und noch nicht besetzt. Eines Tages erfuhr ich von den Ehrwürdigen Schwestern und der Oberin, dass sich eine junge hübsche Ärztin aus Düsseldorf für diese Stelle interessiere. Der Chefarzt und alle massgebenden Personen in der Verwaltung seien von ihrer Persönlichkeit beeindruckt und hofften, dass sie zusage. Plötzlich sagte die Oberin, sie sei die Frau, die für mich richtig wäre. Alle anderen Nonnen und die zwei Verwaltungssekretärinnen nickten zustimmend. Ich wurde sehr neugierig und lebte in einer Spannung. Fast jeden Tag fragte ich die Nonnen, auch aus Spass, wann ich endlich meine zukünftige Frau zu sehen bekäme.

Inzwischen durfte ich mein Auto in Aachen abholen. Es war ein wunderschönes Sportcabriolet. Als ich das Auto vor dem Eingang des Krankenhauses parkierte, kamen alle ehrwürdigen Schwestern, die Oberin und der Superior aus dem Haus um das Auto anzuschauen. Sie waren alle begeistert. Plötzlich erschien mein Chefarzt und verlangte den Autoschlüssel. Er wollte unbedingt eine Runde in die Stadt und in die Umgebung fahren und zwar mit meinem Cabrio. Nun war ich motorisiert und konnte hin und wieder nach Düsseldorf fahren. Inzwischen hatte die angekündigte Kollegin zugesagt, bei uns zu beginnen. Eines Tages wurde mir meine neue Kollegin vorgestellt. Ich stellte sofort fest, dass die Nonnen nicht übertrieben hatten. Ich war irritiert, als ich feststellte, dass diese aparte Frau mir in letzter Zeit relativ häufig im Traum erschienen war. Sie war intelligent, medizinisch gut ausgebildet und wir konnten gut zusammenarbeiten. Unabhängig von Äusserungen der Schwestern, hatte ich mich von Anfang an bemüht, sie erst mal besser kennen zu lernen. Ich hatte den Nachtschwestern Bescheid gegeben, dass man sie nachts nicht stören sollte wenn sie Dienst hätte. Ich übernahm ihren Dienst und habe alles gemacht, damit sie da bleibt und nicht so schnell wieder nach Düsseldorf zurückgeht. Durch sie hatte mein Leben eine neue Wende erfahren. Unsere drei jungen Praktikantinnen im Labor wurden schwer eifersüchtig. Die erste indirekte Liebeserklärung und nicht zu umgehender Annäherungsversuch erfolgte im Korridor vor dem Operationsaal. Die Chirurgen benötigten einen zusätzlichen Assistenten für einen grossen Eingriff. Sie hatte zugesagt, einzuspringen, da sie schon mal ein halbes Jahr auf einer Chirurgischen Abteilung gearbeitet hatte. Die Operation dauerte mehrere Stunden. Ich erschien per Zufall vor dem Operationssaal um festzustellen, ob alles in Ordnung sei. Plötzlich kam sie aus dem Operationssaal, weil sie fürchtete, ohnmächtig zu werden. Sie brach gerade zusammen und ich konnte sie in meinen Armen auffangen. Behutsam legte ich sie auf eine Trage. Sie erholte sich sehr rasch. Sie hatte ohne Frühstück bei diesem grossen Eingriff assistiert, ein Fehler, da sie zu Hypoglykämien neigte.

In der Klinik hat man dann erzählt sie sei mir ohnmächtig in die Arme gefallen. Unabhängig von diesem Ereignis wurde sehr bald klar, dass wir uns ineinander verliebt hatten. Nach wenigen Monaten Zusammenarbeit habe ich ihre Familie kennengelernt. Unerwartet kündigte sie nach einigen Monaten ihre Stelle und kehrte auf Wunsch ihres früheren Chefs nun als Vollapprobierte wieder in das Marienhospital in Düsseldorf zurück. Sie begründete später diese Entscheidung damit, dass sie Abstand gewinnen wollte, um unsere Beziehung zu überprüfen, die bei der grossen Nähe keine vernünftige Entscheidung zuliess. Aber ich liess nicht locker!

Es war langsam Zeit wieder einmal nach Grenzach meine „Adoptivfamilie" zu besuchen. Ausserdem hatte ich eine Assistentenstelle in der Schweiz, im Kantonsspital Liestal, Hauptstadt des Kantons Baselland, angenommen. Als ich damals den Chefarzt der Medizinischen Klinik, ein Freund von Senior Meinck in Grenzach, kennen lernte, hatte er mir eine Stelle auf seiner Abteilung angeboten. Meine Freundin wollte ich natürlich in Grenzach vorstellen. In Mettmann gab es inzwischen genügend neue Mitarbeiter und ich konnte mit gutem Gewissen Urlaub nehmen. Mit dem neuen Auto fuhren wir erst nach Freiburg. Da besuchten wir einige Freunde. Dann waren wir zu Besuch in Grenzach. Von hier aus stellte ich mich in Liestal vor und habe mit der Verwaltung die Anstellungsformalitäten erledigt. Nun mussten wir noch eine Stelle für meine Freundin finden, was damals in der Schweiz nicht so einfach war. Schliesslich hatte sie eine Zusage im St. Claraspital, einer renommierten grossen Privatklinik in Basel.

In Grenzach waren meine Ersatzfamilie und meine Freunde von meiner Begleiterin begeistert. Wir machten in der Schweiz Skiferien. Nach dem wir wieder nach Düsseldorf und Mettmann zurück kamen, blieben wir für weitere zwei Monate an unseren Arbeitsplätzen. Mein Chef redete mir zu, Urologie als Fach zu wählen. Ich hatte mich aber schon fest entschlossen, in einem Zentrum eine Chirurgische Ausbildung anzustreben. Als es soweit war, musste ich mich von den lieben ehrwürdigen Schwestern und von vielen freundlichen Menschen verabschieden. Es war in der Tat ein trauriger Abschied, der auch zu feuchten Augen führte. Der Chefarzt überschüttete mich mit Komplimenten. Seine Frau kam extra vorbei um sich von mir zu verabschieden. Uns stand eine lange Ausbildungszeit wiederum in einem neuen Land bevor. Ob wir im neuen Wirkungskreis gleich freundliche und tolerante Menschen treffen werden? Ein Freund der Familie meiner Freundin hatte mich gebeten, für einen Monat die Allgemeinpraxis seines Freundes in Düsseldorf-Eller vertretungsweise zu führen. Er meinte, aufgrund früherer Erfahrungen, dass nur wenige Patienten kämen, und die Vertreter sich meistens lesend im Wohnzimmer aufgehalten hätten. Ich wohnte in derVilla des Arztes und eine junge Haushälterin, mit der man sich gut unterhalten konnte, bediente mich. Die hübsche Tochter des Arztes kam hin und wieder um zu schauen, ob auch alles in Ordnung sei. Es handelte sich um eine grosse Praxis mit vier Mitarbeiterinnen. Nachdem ich dort drei Tage gearbeitet hatte, stellten die Damen fest, dass das Wartezimmer voll war und einige Patienten sogar im Gang stehen mussten. Sie konnten sich zunächst nicht erklären, was hier los war. Ich arbeitete wie ein braver Esel nonstop bis zum späten Abend. Von wegen „im Wohnzimmer sitzen und ein Buch lesen!" Es stellte sich dann heraus, dass die Leiterin der Praxis für mich Propaganda gemacht hatte. Sie hätte noch nie einen Vertreter erlebt, der so viel Wissen besass.

Meine Arbeit wurde uferlos. Die Patienten machten untereinander noch mehr Propaganda. Der Doktor profitierte natürlich finanziell von meiner Aktivität, ohne mir dann dafür auch nur eine Mark mehr über die vereinbarte Summe zu zahlen. Nach vier Wochen war ich total erschöpft. Schliesslich verlangte der Doktor, dass ich noch ein paar Monate länger die Praxis führen sollte. Er wollte nicht verstehen, dass ich termingerecht meine neue Stelle in der Schweiz anzutreten hatte. Als ich einige Zeit später von ihm ein Zeugnis über die Zeit meiner Vertretung in seiner Praxis haben wollte, lehnte er dies mit der Begründung ab, sich nicht erinnern zu können, dass ich je seine Praxis geführt hätte. Ob diese Reaktion Rache für meine Ablehnung war, die Praxis weiterzuführen oder Folge einer Hirnleistungsstörung, mag ich nicht zu bewerten. Ich weiss es nicht. Ich war jedenfalls sehr enttäuscht.

# 17

# Wechsel in die Schweiz – Kantonsspital Liestal

Der Neubeginn in einem neuen Land, wenn auch in gleicher Sprache aber anderer Mentalität, war eine Herausforderung für uns. Ich hatte allerdings in Deutschland durchwegs Glück gehabt als Fremder. Zunächst brauchte ich eine Arbeits- und Aufenthaltsgenehmigung. Obwohl ich einige negative Äusserungen über die hier so genannte Fremdenpolizei gehört hatte, war ich angenehm überrascht über die Freundlichkeit und Höflichkeit der Beamten in Liestal, der Hauptstadt des Kantons Baselland. Mein Ziel war eine chirurgische Facharztausbildung. Eine Ausbildungsstelle war damals nicht leicht zu bekommen. Mit dem Angebot vom Chefarzt der Medizinischen Klinik des Kantonsspital Liestal betrachtete ich dies als Chance, das Land und seine Möglichkeiten für einen Ausländer kennen zu lernen. Der Chefarzt der Medizinischen Klinik, der, wie schon erwähnt, ein Schul- und Studienfreund von Christophers Vater war, erschien mir militärisch diszipliniert. Er war sehr fleissig, autoritär, korrekt, gelegentlich auch stur. Es war bekannt, dass er zu Hause bis spät in der Nacht arbeitete. Fast regelmässig kam er nach 22 Uhr nochmal auf seine Abteilungen und erkundigte sich bei Schwestern und dem diensthabenden Arzt über die Patienten im allgemeinen und über neue Eintritte im besonderen. Er wohnte nicht weit von der Klinik entfernt. Im Kanton war er ein angesehener Mann. Er war ein guter Arzt. Aber wie jeder Mensch hatte er seine guten und auch seine schwachen Seiten. Damals wusste ich noch nicht, dass er eine Kündigung, auch wenn beruflich wohl begründet, als persönliche Ablehnung betrachtete.

Auf seiner Abteilung waren in den Räumen und Gängen sämtliche Wände mit Abbildungen von pathologischen EKGs, besonderen Anamnesen und Interpretationen von speziellen Fällen bestückt. Auch besonders interessante Röntgenbilder wurden gerahmt und aufgehängt. So lernte man praktisch in jeder freien Minute, vor allem aber am Wochenende wenn man Dienst hatte. Heute werden eher Gemälde von Künstlern oder sogar, wie ich neulich mit Erstaunen in einer Klinik in Basel bemerkt habe, beinahe pornografische Aufnahmen ausgestellt, die man heute Kunst nennt.

Die radiologische Abklärung gehörte damals ebenfalls zu den Aufgaben des medizinischen Chefarztes. Ein Landsmann von mir, der gut ausgebildet war, leistete gute Arbeit in der kardiologischen Diagnostik und im Labor. Ich, der Neue, war einer der jüngeren Assistenten. Als ich einem Kollegen am Mittagstisch erzählte, dass ich mit meiner zweijährigen Ausbildung in der Radiologie der früheren Klinik mitgearbeitet und die EKGs eines Landkreises in Deutschland befundet habe, wurde dies gleich dem Chefarzt mitgeteilt. Einen Tag darauf, forderte mich der Chefarzt auf, einige radiologische Untersuchungen durchzuführen und die EKGs meiner Patienten auf der Abteilung zu befunden. Mir war sehr wohl bewusst, dass er mich testen wollte. Gleichzeitig wollte er wohl auch die anderen Mitarbeiter für eine breitere Ausbildung interessieren. Offenbar habe ich meine Aufgaben zur Zufriedenheit des Chefs bewältigt. Von da an durfte ich ihm einen Teil der Arbeit abnehmen. Wenn ich Dienst hatte, arbeitete ich relativ lange auf der Abteilung und las viel in den Fachbüchern. Wenn der Chef zur abendlichen Information auf der Abteilung erschien, nahm er sich Zeit, ausser medizinischen Belangen auch andere Dinge zu besprechen. Ich hatte noch nicht gewagt, ihn über meine Zukunftspläne zu orientieren.

Die Chefärzte der Gynäkologie und Chirurgie-Traumatologie waren international bekannte Kapazitäten. Damals habe ich nicht ahnen können, dass ich einmal bei dem Chirurgischen Chefarzt Prof. Willenegger arbeiten und ihm besonders verbunden sein würde. Die medizinischen Leistungen dieser Klinik waren hervorragend und weit über die Schweizer Grenze hinaus bekannt. Die Verwaltung der Klinik mit einem differenziert denkenden Chef, leistete mit seinen Mitarbeiterinnen und Mitarbeitern ausgezeichnete Arbeit. Es bestand eine aussergewöhnlich angenehme freundschaftliche Arbeitsatmosphäre. Der Verwaltungschef war mit den Chefärzten befreundet. Seine engste Mitarbeiterin war so nett, dass sie in ihrer Freizeit für uns noch nicht verheiratete Assistenzärzte die Steuererklärung und sonstige amtliche Korrespondenzen erledigte.

Schon in dieser Phase, das heisst Anfang der sechziger Jahre, diskutierte man über die Einrichtung eines weiteren Kantonsspitals in Baselland. Schliesslich einigte man sich als Standort auf Bruderholz. Leider hatte man nicht berücksichtigt, dass schlussendlich die Universitätskliniken Basel im Laufe der Zeit erhebliche Nachteile erfahren würden. Schade, dass sich die zwei Halbkantone Basel-Stadt und Baselland hier nicht zu einer Einheit durchringen konnten. Die Rolle der Universität als Ausbildungsstätte für junge Menschen der gesamten Region und als Zentrum für Lehre und Forschung wurde nicht ausreichend berücksichtigt. Man wollte unabhängig sein vom Nachbarkanton. Hätte man die X-Millionen Defizit der Kliniken bedacht, so wäre eine politisch unabhängige Entscheidung, die die Universitätskliniken als Zentrum des Geschehens berücksichtigt, möglich gewesen.

Durch Erzählungen und durch zahlreiche Fortbildungsveranstaltungen an der Uniklinik Basel erfuhr ich, dass einer der besten Chirurgen der Welt, nämlich Prof. Rudolf Nissen, Direktor der Chirurgischen Klinik war. Man erzählte mir, dass es praktisch unmöglich sei, in seiner Klinik einen Ausbildungsplatz zu bekommen und schon gar nicht eine bezahlte Stelle. Die Warteliste sei so gross, dass man das Pensionsalter erreicht hätte bis man eine Zusage erhielte. Ich versuchte, möglichst an allen Fortbildungsveranstaltungen der Chirurgie Basel teilzunehmen. Jedesmal kam ich ganz begeistert zurück. Die aussergewöhnliche Persönlichkeit Professor Nissens beeindruckte mich jedesmal sehr. Aber es machte ja keinen Sinn sich zu bewerben, um als Nummer 82 auf der Liste zu erscheinen. Aus diesem Grunde habe ich, ohne es jemandem zu erzählen, versucht mit Chefärzten einiger grossen Kliniken in der Schweiz Kontakt aufzunehmen. Mein Curriculum war ja nicht lang und grosse Errungenschaften in der Chirurgie hatte ich auch nicht vorzuweisen. Deshalb habe ich beschlossen, wieder meine alte Methode zu praktizieren und im Chefsekretariat der einzelnen Kliniken zu erscheinen. Das war nicht gerade üblich, aber ich hatte mir vorgenommen, nach sechs Monaten Innerer Medizin in der Schweiz, endlich mit der chirurgischen Ausbildung zu beginnen. Man glaubt kaum, wie oft ich von Sekretärinnen der Chefärzte grosser Kliniken abgewiesen wurde mit der Bemerkung, dass keine Stelle vakant sei. Ich solle mich schriftlich melden. Eine Sekretärin schaute mich an, fragte nach meinen medizinischen Erfahrungen. Dann sagte sie, ich sei chirurgisch zu jung, und man nähme nur Mitarbeiter, die selbstständig operieren könnten. Ich gab aber nicht auf und hielt mich bis in den späten Nachmittag in der Nähe des Sekretariats auf. Irgendwann kamen die Professoren vom Operationssaal oder der Sprechstunde zurück. Ich sprach sie mit einem freundlichen Gruss direkt an. Die vier Professoren, die ich auf diese Weise direkt angesprochen hatte, waren alle unglaublich freundlich und zuvorkommend. Von allen vier Chefs hatte ich nach einem kurzen Gespräch die Zusage gehabt, nach ein paar Monaten oder die nächste frei werdende Stelle zu bekommen. Die Sekretärinnen waren immer erstaunt über meine Unnachgiebigkeit. Nur bei Prof. Nissen habe ich nicht gewagt, meine Direktmethode zu probieren.

Nun war ich soweit, dass ich mit meinem Chefarzt über den Wechsel zur Chirurgie sprechen konnte. Weil ich nicht wusste, wie er reagieren würde, habe ich erst mit seinem Stellvertreter Dr. Sokhegyi gesprochen. Er war sehr nett und hatte mir immer, wenn es erforderlich war, geholfen. Ich erzählte ihm, dass ich von zwei Unikliniken und zwei grossen Spitälern eine Zusage für eine Ausbildungsstelle hätte. Ich fürchtete, dass der

Chef mir mein baldiges Ausscheiden aus der Klinik übel nehmen würde, obwohl ich in meiner Bewerbung darauf hingewiesen hatte, dass ich eine Facharztausbildung für Chirurgie anstrebe. Er beruhigte mich und versprach, dem Chef in aller Ruhe mein Vorhaben zu erklären. Etwa zwei oder drei Tage danach schien mein Chef jede direkte Begegnung mit mir zu vermeiden. Es war mir unangenehm, da ich ja diese Stelle nur dem Umstand zu verdanken hatte, dass er mit Christophers Vater befreundet war. Sein Stellvertreter aber versicherte mir, dass er den Chef überzeugen werde.

Etwa vier Tage später hatte ich Nachtdienst und war noch in der Abteilung beschäftigt, als plötzlich der Chefarzt erschien und mir in einem freundlichen Gespräch zu erklären versuchte, dass mir eine gute Karriere als Internist bevorstehe. Innerhalb einer Woche versuchte er es noch vier mal, mich zu bekehren, jedoch ohne Erfolg. Die Woche darauf wurde ich zum Chef gerufen. Ohne grosse Erläuterungen sagte er befehlsmässig: „Wenn Sie unbedingt Chirurg werden wollen, dann nur bei Rudolf Nissen." Bevor ich ein Wort sagen konnte, ergänzte er: „Ein Brief an Prof. Nissen ist heute weggeschickt worden, wir warten bis eine Antwort kommt." Ich bedankte mich und verliess sein Büro. Was er über mich an Nissen geschrieben hat, weiss ich bis heute nicht. Zwei Tage später teilte mir der Chefstellvertreter mit, dass Prof. Nissen geschrieben hätte und dass er mich gern kennen lernen möchte. Ich sollte mich drei Tage später um so und soviel Uhr im Sekretariat von Prof. Nissen vorstellen. Diese drei Tage waren sehr stressig für mich, da die Kollegen versuchten mir Angst einzuflössen. Die Oberärztin der Chirurgie, Frau Dr. Lotte Witschi, meinte ein Gespräch von fünf Minuten sei das höchste an Zeit, das Nissen jemandem gewähre. Ich müsse aufpassen beim Verlassen des Raumes immer rückwärts zu laufen. Ihm den Rücken zu zeigen, wäre sehr unhöflich. Mir wurde so viel erzählt und so viel Ratschläge gegeben, dass ich zum Schluss nicht wusste, wie ich mich bei der ersten Begegnung mit dem Meister der Chirurgie verhalten sollte.

# 18
# Vorstellungsgespräch bei Prof. Nissen

An dem vereinbarten Tag erschien ich gut angezogen ganz pünktlich im Sekretariat. Eine gut aussehende langbeinige Dame begrüsste mich freundlich und stellte sich mit ihrem Namen vor. Ich merkte sofort, dass sie als rechte Hand einer so berühmten Persönlichkeit wie Prof. Nissen offensichtlich nicht eine typisch schweizerische sondern eher eine preussische Erziehung erfahren hatte. Mit ihr durfte man es sich nicht verderben und sich keinen Widerspruch leisten. Sie würde sicher immer das letzte Wort haben. Sie hatte praktisch eine Schlüsselposition inne in dem grossen Unternehmen, das sich Chirurgische Universitätsklinik nannte. Sie gab mir ein Formular zum Ausfüllen und warnte mich, bloss nicht anzugeben, dass ich demnächst zu heiraten gedachte. Nissen sähe wie sein Lehrer Sauerbruch es nicht gerne, dass Mitarbeiter sich jung verheiraten. Dies wäre schon ein Grund für eine Absage. Ich wollte nicht alles glauben, was mir die Kollegen in Liestal bei jedem Mittagstisch zur Warnung erzählt hatten. Ganz mutig habe ich alle Fragen korrekt beantwortet, einschliesslich des Termins beim Standesamt. Nun war es so weit. Ich betrat den Arbeitsraum von Nissen.

So einfach auch der Raum gestaltet war, machte er dennoch einen grossen Eindruck auf mich, so als hätte ich das Allerheiligste betreten. So stark habe ich das empfunden. Prof. Nissen, ein gut aussehender imposanter Mann begrüsste mich freundlich und gab mir die Hand.

Prof. Nissen in seinem Arbeitszimmer

An der Wand an seinem Platz neben dem Bücherregal waren Portraits von Einstein, Sauerbruch, Albert Schweitzer usw. Ich nahm ihm gegenüber Platz. Mein ausgefülltes Formularblatt lag vor ihm auf seinem Schreibtisch. Er fing an, alle möglichen Fragen zu stellen. Meine medizinische Ausbildung schien ihn weniger zu interessieren. Politik, Geburtsort, allgemeine Erfahrungen während des Studiums usw. Plötzlich erzählte er mir über seine Zeit in der Türkei als er Ordinarius für Chirurgie an der Universitätsklinik Istanbul war. Er erzählte mir, dass er dort den Vater vom Shah, den Reza Shah während seines Staatsbesuchs in der Türkei kennen gelernt habe und – wie bereits erwähnt – einen seiner Minister behandelt habe. Es war eine sehr angenehme Atmosphäre und für mich als chirurgischen Analphabeten eine unvergessliche Begegnung. Als Letztes sagte er plötzlich: „Was, sie wollen heiraten, haben Sie sich das auch richtig überlegt?" Dann fragte er mit seinem charmanten Lächeln: „Haben Sie wenigstens die Richtige gefunden?" Da sagte ich ganz frech: „Herr Professor, wenn Sie sie mal kennen lernen, dann werden Sie begeistert sein." Er hat nur gelacht. Als er mich verabschiedete, fragte er plötzlich: „Haben Sie sich Gedanken darüber gemacht, wieso ich Sie so schnell kennen lernen wollte? Ich war sehr neugierig auf Sie. Sie sind der erste Arzt, der mir von Herrn Doktor Scholer empfohlen wurde seit ich in Basel bin." Dann schickte er mich zu seinem zuständigen Oberarzt, damals noch Mario Rossetti, damit dieser alles in die Wege leite. Ich bedankte mich, schaute mich noch einmal im Raum um und verliess den berühmten Chirurgen, der mein Lehrer, Ratgeber und Unterstützer wurde. Man kann mir ruhig glauben, dass auch heute noch, nach fast fünfzig Jahren, ein Besuch in der Klinik und der Blick auf dieses Chefarztbüro mir Gänsehaut verursacht. Einigen meiner damaligen Kollegen, wie Dr. A. Celio aus Lugano, geht es genauso.

Anschliessend wurde ich von Ro, wie man ihm im Hause genannt hatte, empfangen. Ro war etwas irritiert, dass Prof. Nissen ihn nicht vorher ausreichend orientiert hatte und mich, für ihn höchst unpassend, zur Anstellung vorbeischickte. Er hatte gleich Studentenunterricht und kam zeitlich ins Gedränge. Es war eine ungewöhnliche Begegnung, aber nicht gerade angenehm. Er erzählte, dass mehr als achtzig Kollegen auf der Warteliste ständen und viele Kollegen aus der ganzen Welt kämen, um für eine gewisse Zeit in der Nissen-Klinik zu arbeiten und zwar unentgeltlich. Hier muss ich vorweg nehmen, dass mein Bruder nach Abschluss der Ingenieurfachschule in Braunschweig mit dem Studium der Volkswirtschaft an der Universität in Basel begonnen hatte. Ich musste ihn finanziell unterstützen. Der erste Bruder hatte inzwischen das Volkswirtschaftsstudium in Basel abgebrochen und studierte in Teheran weiter. Nach langer Diskussion fragte mich Ro, ob ich für 500 Franken im Monat arbeiten könne. Daraufhin sagte ich, dass ich meinen Bruder, der hier studierte, unterstützen müsse. Ein volles Gehalt für einen Assistenzarzt war damals um 1100 Franken. Fast eine Stunde haben wir nutzlos diskutiert. Er hatte am Anfang erwähnt, wenn Prof. Nissen mich haben wolle, dann müsse er mich irgendwie anstellen. Jedenfalls sah ich keine Möglichkeit zu einem Kompromiss und verabschiedete mich ganz höflich. Ich war schon traurig, dass ich nicht Schüler des Meisters Nissen werden konnte.

Als ich nach Liestal zurück kam, wollten alle Chirurgen, Internisten, Verwaltungsleute, Schwestern und das übrige Personal wissen, wie mein Vorstellungsgespräch verlaufen sei und ob ich Liestal bald verlassen würde. Die Kollegen haben sich vor allem gewundert, dass ich fast eine Stunde mit Prof. Nissen gesprochen hatte und das Gespräch so fantastisch gelaufen war. Als ich Dr. Sokhegyi, Stellvertreter von Scholer, über das Gespräch mit Rossetti berichtete, ging dieser sofort zu Dr. Scholer. Ich wurde zum Chef bestellt und musste den Ablauf ausführlich schildern. Der Chef wurde ganz wütend und sagte ganz laut: „Sie haben nur mit Prof. Nissen zu tun. Ro hat hier nichts zu sagen." Am Tag darauf musste ich wieder zum Chef, der mir mitteilte, dass Ro sich entschuldigt habe. Es sei alles von mir missverstanden worden, er habe lediglich allgemeine Gesichtspunkte darstellen wollen. Ich solle gleich am 1. Juli anfangen. Ich sei schon im Abteilungsplan berücksichtigt. Alle Kollegen sagten dann: „Typisch Ro!"

Nun hatte ich nur wenige Tage um alles zu organisieren. Am 27. Juni habe ich im Rathaus von Liestal meine hübsche Kollegin Christa Triebsch (Ihre Vorfahren väterlicherseits stammten aus dem Luzernischen) geheiratet. Wir haben im engsten Freundeskreis und meiner zweiten Familie in

Grenzach gefeiert. Es blieben nur vier Tage Zeit für eine Hochzeitsreise an den Vierwaldstättersee in der Schweiz. Vor diesem Datum hatte ich mich von Kollegen, der Verwaltung und dem Personal verabschiedet. Die Abschiedszeremonie mit dem Chefarzt Dr. Scholer und seinem Stellvertreter Dr. Sokhegyi war sehr herzlich. Ich hatte den Eindruck, dass beide zufrieden waren, einem jungen Kollegen, der sonst keinerlei Unterstützung hatte, einen grossen Wunsch erfüllt zu haben, wie es sonst nur Eltern für ihre Kinder versuchen. Ich blieb diesen Herren zu grossem Dank verpflichtet und unterhielt über Jahrzehnte mit ihnen eine freundschaftliche Beziehung. Sie waren für mich da, wenn ich Rat brauchte und waren erfreut über meine Erfolge. Ich bin stolz und dankbar, solch wunderbare Menschen kennengelernt zu haben.

Meine Frau hatte im St. Claraspital in Basel auf der Inneren Medizin eine Stelle gefunden und es war ein Glücksfall, dass wir relativ schnell in unmittelbarer Nähe der Klinik in der Baslerstrasse ein kleines Haus fanden.

# 19

# Bürgerspital Basel

Das Bürgerspital Basel (heute Universitätsspital Basel genannt) hatte eine lange und interessante Entwicklung durchgemacht. Durch den Bau der einzigen festen Rheinbrücke zwischen Bodensee und Meer im Jahre 1225 wurde die Stellung von Basel im Netz der mittelalterlichen Verkehrsadern Europas fest verankert. Die Stadt und ihre Bevölkerung erfuhr dadurch enormen Zuwachs. Die Stadt übernahm die Fürsorge für die Bevölkerung, die bis dahin der Kirche überlassen war.

Die Fürsorge für Arme, Kranke und Greise wird zur Aufgabe der Städtischen Allgemeinheit erhoben. 1265 wird erstmals die Gründung des Bürgerspitals erwähnt. Stadt- und Gemeinderat hatten die Oberaufsicht. Delegierte des Kollegiums bestanden aus etwa vier Personen, die angesehene Männer der Bürgerschaft waren. Zu ihren Aufgaben gehörte auch die Kontrolle der gesamten Verwaltung des Spitals. Sie arbeiteten ehrenamtlich. Erst ab dem 15. Jahrhundert wurde Ihnen für ihre Tätigkeit vierteljährlich 10 Schillinge, zu Weihnachten eine Wagenladung Holz und zu Ostern ein Lamm überreicht. Wäre das nicht auch heute eine Möglichkeit, so notwendige Sparmassnahmen im Gesundheitswesen für den Sanitätsdirektor (Gesundheitsminister) und die Verwaltung durchzusetzen?

Damals war nicht die Krankheit sondern die Bedürftigkeit das Kriterium für die Spitalaufnahme. Die Reichen liessen sich in der Regel zu Hause verarzten. Die Ärzte hatten schon damals auch einen Lehrauftrag. Der Ordinarius der medizinischen Fakultät war auch der so genannte Stadtarzt. Prof. Felix Platter (1536-1614) setzte durch, dass die Mitglieder der Fakultät turnusmässig als Spezialisten im Spital zu arbeiten hatten. Schon damals wurde Unterricht am Krankenbett vorgenommen. Das Bürgerspital Basel wurde im 20. Jahrhundert im Bereich der Chirurgie von einigen sehr bedeutenden Chirurgen geleitet.

Bürgerspital Basel (später Kantonsspital, heute Universitätsspital)

Fritz De Quervain war von 1911-1917 in Basel tätig. Er beschäftigte sich mit Kropfchirurgie, Kontrastuntersuchung des Magen-Darmtrakts und extrapulmonaler Tuberkulose. Immerhin sind aus dieser Zeit zwei Lungenlappen-Entfernungen bei Bronchiektasien bekannt. Seine Entdeckung

„stenosierender Tendovaginitis de Quervain" wurde international anerkannt. 1918 wurde er als Nachfolger seines Lehrers Kocher nach Bern berufen.

Gerhard Hotz wurde sein Nachfolger in Basel. Dieser war Assistent der Klinik gewesen und bereits nach vier Jahren Assistentenzeit habilitiert. Zwei Jahre später wurde er Extraordinarius und 1918 Nachfolger von de Quervain. Er starb bereits mit 46 Jahren. Carl Henschen wurde 1927 Nachfolger von Hotz. Er hatte seine Ausbildung bei Krönlein, dem Vorgänger von Sauerbruch, erhalten und arbeitete sieben Jahre als Oberarzt unter Sauerbruch, bis er Chefarzt der Chirurgie in St. Gallen und 1927 als Ordinarius nach Basel berufen wurde. Bis 1948, dass heisst 21 Jahre lang leitete er die Chirurgische Klinik Basel. Eine historische Leistung von Henschen war die erste transthorakale Anastomose (Verbindung) zwischen Speiseröhre und Magen. Er kämpfte für eine vernünftige Spezialisierung im Fach Chirurgie und war ein Vorkämpfer für eine Selbstständigkeit der Neurochirurgie und der Anästhesie. Otto Schürch aus der Zürcher Schule, Chef in Winterthur, wurde Nachfolger von Henschen. Zwei Jahre später wurde er krank und musste sich zurückziehen. Bald darauf starb Schürch in Basel.

Hans Willenegger, der sich als einziger Mitarbeiter unter Schürch habilitierte, übernahm kommissarisch den Lehrstuhl vom 1950 bis 1952. Er wurde dann Chefarzt der Chirurgischen Klinik im Kantonsspital Liestal. Rudolf Nissen, Ordinarius der Chirurgie an der Basler Universität von 1952-1967, wurde am 9. September 1896 in Neisse (heute Polen) geboren als Sohn eines Allgemeinchirurgen und Orthopäden, der dort eine Privatklinik besass und leitete. Als Stellvertreter vom Ferdinand Sauerbruch in Berlin nahm er 1933 den Ruf an die Universität Istanbul an. Als Nazigegner und wegen wiederholter Auseinandersetzungen mit Adolf Hitler während seiner Tätigkeit an der Universitätsklinik in München unter Sauerbruch, verliess er Deutschland 1933. (Machtübernahme von Hitler).

Von 1933-1939 war Nissen Ordinarius für Chirurgie an der Universität in Istanbul. Als der Zweite Weltkrieg ausbrach, war er auf einer Gastvorlesung in den USA. Eine Rückkehr nach Istanbul war nicht mehr möglich. Von 1941-1952 war Nissen Chef der Division für Chirurgie am Department für

Chirurgie am Jewish Hospital in Brooklyn, New York und Direktor der Chirurgie am Maimonides Hospital in Brooklyn, New York. Nissen lehnte 1948 eine Berufung nach Hamburg ab, aber nahm glücklicherweise 1951 den Ruf an die Universität Basel an. 1955 als er 59 Jahre alt war, lehnte er den Ruf an die Universität Wien (Billroth-Klinik) ab und blieb bis zur Emeritierung in Basel.

# 20

# Chirurgische Klinik Basel

Am ersten Tag meines Arbeitsbeginns in der Chirurgischen Klinik war ich eine dreiviertel Stunde vor der abgemachten Zeit vor dem bekannten Rapportzimmer, das gegenüber dem Chefsekretariat lag. Ganz schüchtern, aber auch neugierig stand ich in einer Ecke und beobachtete wie zahlreiche Häuptlinge und eine grosse Kompanie von Indianern in sauberer weisser Uniform erschienen. Dann kam Prof. Nissen begleitet von einigen Mitarbeitern, die offenbar von der Intensivstationsvisite kamen. Alle nahmen schliesslich im Rapportzimmer Platz.

Mir war aufgefallen, dass keiner die wie Gartenschuhe anmutenden Plastik-Op.-Schuhe trug. Ich wartete bis der Rapport vorbei war und Prof. Rossetti mir wie vereinbart mitteilte, wo ich mich vorzustellen hatte. Zwischendurch kam die Lady Cron, die Chefsekretärin aus ihrem Zimmer und ging mit strengem Gesichtsausdruck an mir vorbei. Als sie wieder zurück kam, sagte sie ganz vorwurfsvoll, ich sei zu spät gekommen. Ich erwiderte ganz ruhig, dass ich seit fünfzig Minuten, wie vereinbart, neben dem Rapportzimmer stehe. Sie war mit meiner Äusserung gar nicht zufrieden und mir wurde klar, dass ich als baldiger Indianer auch dieser Häuptlingslady diskussionslos gehorchen müsse. In diesem Moment kam Rossetti aus dem Raum und begrüsste mich. Die Sekretärin sagte zu Rossetti, ich sei zu spät erschienen. Rossetti nickte nur und lächelte ein bisschen, als wollte er zu mir sagen: „Machen Sie sich nichts daraus." Er stellte mich einigen Häuptlingen vor und nahm mich auf eine Etage höher mit, wo die Operationssäle waren. Wir standen vor der grünen Programmtafel. Die Garderobe zum Umziehen für den Operationssaal lag direkt neben der Programmtafel. Ich kann mich gut erinnern, dass Ärztinnen nur auf der Anästhesieabteilung und keine auf der Chirurgie tätig waren. Ro stellte mich jedem Kollegen vor, der hier vorbeiging und fügte jedesmal hinzu, dass ich zu spät erschienen sei. Er meinte damit, dass er mich sonst beim Rapport vorgestellt hätte. Es war für mich beeindruckend zu erleben, dass kurz vor acht Uhr gleichzeitig die gegenüber den Op.-Sälen liegenden Anästhesieräume, sieben an der Zahl, aufgingen. Die Patienten waren entsprechend dem Operationsvorhaben auf dem Op.-Tisch liegend in Richtung des gegenüber liegenden Op.-Saals in Bewegung gesetzt. Gleichzeitig gingen die Türen der Op.-Räume auf. Die Op.-Tische waren damals so massig, dass sie beim Fortbewegen hässlichere Geräusche verursachten als es in einem Rangierbahnhof tönte. Pünktlich um 8 Uhr stand die Mannschaft steril um den Patienten und der Operateur begann zu operieren. In Saal Nr. 1, der gegenüber der Programmtafel lag, begann die Operation wegen spezieller Vorbereitungen etwa zwanzig Minuten später. Ro begleitete mich zum Waschraum des Op.-Raumes und stellte mich dem Operateur, Oberarzt Dr. Florin Enderlin, einem erfahrenen Chirurgen mit eleganter Operationstechnik vor.

Rossetti wiederholte sehr freundlich, dass ich leider nicht rechtzeitig zum Rapport erschienen sei, aber diesem Oberarzt bei der Operation assistieren solle. Florin Enderlin, der ein sehr netter Mensch war und wunderbar lachen konnte, tröstete mich, als er von mir hörte, dass ich für 7 Uhr 45 vor dem Rapportzimmer bestellt war, aber bereits seit sieben Uhr davor stand. Er lachte herzhaft und meinte, dass sei typisch Ro. Er hätte mich in der Tat dort stehen sehen. Ich sollte mir nichts daraus machen, im Laufe des Tages sei alles vergessen. Mit Florin, der persönlich viele Höhen und Tiefen im Verlaufe seiner Karriere erlebt hatte, besteht bis zum heutigen Tage eine herzlich freundschaftliche Beziehung, wofür ich dankbar bin.

Er war ein eleganter Operateur, der mit dem Skalpell sehr feinfühlig umgehen konnte. Mit Gelassenheit und Sorgfalt bewältigte er auch problematische Situationen meisterhaft. Gejammert hat er nie. Wenn er nach der Operation über die intraoperativen Probleme befragt wurde, erklärte er die Einzelheiten mit seinem speziellen Lächeln und Charme, so dass jeder bedauerte, das Geschehen nicht direkt erlebt zu haben.

Am nächsten Tag war ich eingeteilt, bei einem anderen Oberarzt zu assistieren. Es handelte sich um eine Antirefluxoperation nach der von Nissen beschriebenen Technik der Fundoplicatio. Ich hatte bei einer Fortbildung der Klinik davon erfahren und war nun ganz froh gleich am zweiten Tag diese Korrekturtechnik zu erleben. Nissen beschrieb die Methode zunächst als Gastroplastik. Weil man den Fundusteil des Magens zur Verstärkung des Übergangsmuskels zwischen Speiseröhre und Magen umschlug, wurde die Methode dann als Duplikation des Mageneingangs, d. h. Fundoplicatio umbenannt.

Während der Freilegung des oberen Magenanteils blutete es plötzlich aus der Milzregion. Der Operateur versuchte mühsam die Blutung unter Kontrolle zu bringen. Er wurde nervös und die Blutung wurde stärker. Unter Tücherkompression liess die Blutung etwas nach. Er bat den Chef, der in einem anderen Saal operierte, vorbeizuschauen. Prof. Nissen erschien im Saal, beobachtete die Situation und gab Anweisungen zur Korrektur. Dann sagte er zum Oberarzt: „Passen Sie besser auf, das ist die dritte Komplikation in diesem Monat!" Als er den Saal verlassen wollte, realisierte er, dass ich bereits aktiv dabei war. Er drehte sich zu mir um und fragte mit seinem speziellen Lächeln, ob ich inzwischen geheiratet habe. Ich bejahte. Dann sagte er: „Führen Sie sie mal vor!" Die Stimmung im Saal wurde dadurch besser, auch für den Operateur. Dieser war erstaunt, dass der Chef über die Häufigkeit seiner Zwischenfälle so genau Bescheid wusste.

Die Unfallchirurgie war ein Teil der Gesamtchirurgie. Ich wurde als Stationsarzt der Traumatologie zugeteilt. Die Oberschwester dieser Abteilung, Margrit, war eine erfahrene Schwester, sehr autoritär. Sie diktierte notwendige Handlungen nicht nur mir als Anfänger sondern auch den Oberärzten. Nur bei der wöchentlichen Chefvisite, wenn Prof. Nissen kam, war sie ruhig. Bis dahin war ich ja von meinen Nonnenschwestern in Deutschland und auch von den Schwestern im Kantonsspital Liestal sehr verwöhnt gewesen. Vor ihr aber hatte ich Angst und Respekt. Da ich fast zwei Jahre Ausbildung in der Inneren Medizin gehabt hatte, verstand ich doch Einiges aus diesem Fachgebiet. Ich hatte noch nicht realisiert, dass in einer Universitätsklinik und noch dazu unter einer so disziplinierten Führung, jeder Vorgang programmiert und festgelegt ist. Als ich während meiner Stationsvisite einen älteren Patienten recht kurzatmig fand, untersuchte ich den Patienten und stellte fest, dass im Thorax eine erhebliche Menge an Flüssigkeit war. Margrit hatte an diesem Nachmittag frei. Ich verordnete eine Röntgenaufnahme des Thorax, wobei sich meine Verdachtsdiagnose bestätigte. Daraufhin führte ich mit einem speziellen Set eine Punktion durch und entleerte etwa 400ccm Flüssigkeit aus dem Pleuraraum. Die Flüssigkeit wurde zur Untersuchung eingeschickt. Dem Patienten ging es danach schlagartig besser. Ich verordnete ein Konsilium durch einen Internisten. Am nächsten Tag erfuhr Margrit von meiner Aktivität und war empört, dass ich in ihrer Abwesenheit, ohne sie zu fragen, selbstständig so etwas durchführte.

Ich versuchte mich ganz ruhig zu verteidigen, dass ich vorher zwei Jahre lang solche Eingriffe bei Patienten bereits vorgenommen hätte und deshalb eine gewisse Erfahrung besässe. Ich entschuldige mich und gelobte, in Zukunft sie immer vorher anzusprechen. Plötzlich erschien Florin. Er und Henry Nigst waren die zuständigen Oberärzte dieser Abteilung. Florin hörte sich die Klage von Margrit an, beruhigte sie und erzählte, dass ich im Gegensatz zu anderen jungen Assistenten eine medizinische Ausbildung hätte. Ausserdem hätte ich nichts Falsches gemacht, im Gegenteil. Aber ich hätte jetzt sicher verstanden, welche Spielregeln hier herrschten, die ich in Zukunft sicher beachten würde. Mit der Zeit wurde unsere Beziehung recht herzlich. Es war bekannt, dass Sie fünf Jahre später mit der Pensionierung von Prof. Nissen auch aufhören würde. Ich habe nie wieder mit Margrit ernsthafte Probleme bekommen. Ausserdem hatte man durch

Rotationswechsel in der Abteilung nicht immer unter ihrer Regie gearbeitet. Etwa zehn oder zwölf Jahre später, als sie schon längt Rentnerin war und ich in der Universitätsklinik Ulm arbeitete, wurde ich am Bahnhof SBB in Basel auf die Strassenbahn wartend, plötzlich von einer älteren Dame umarmt und rechts und links auf die Wange geküsst. Es war Schwester Margrit, die mir sagte, wie sehr sie sich freue, nach so langer Zeit mich wieder zu sehen. Auch ich habe mich sehr über diese warmherzige Begrüssung gefreut. Wir haben uns recht lange über alle möglichen Dingen unterhalten. Das hat mir wirklich gut getan. Prof. Nissen operierte gelegentlich auch Frakturen, wenn die Patienten unbedingt von ihm operiert werden wollten. Wenn es manchmal Schwierigkeiten bei der Reposition gab, oder ein Marknagel nicht einfach herauszuschlagen war, benötigte er einen kräftigen Assistenten. Da ich einmal so eine Situation gemeistert hatte, rief er immer nach mir und sagte: „Der Preisboxer soll kommen!"

Professor Nissen beim Studentenunterricht,
Dr. Konrad Hell als Vorlesungsassistent

Nissen hatte frühzeitig erkannt, dass die Spezialisierung in der Chirurgie zukunftsweisend sein wird. Aus diesem Grunde schickte er einige seiner erfahrenen Oberärzte zur Spezialausbildung nach Amerika und England. Nach ihrer Rückkehr bauten sie Spezialabteilungen auf, wie Gefäss- und Herzchirurgie, Handchirurgie, Plastische Chirurgie und Neurochirurgie. Ein Internist wurde Leiter der Intensivstation. Für die Kieferchirurgie wurde Prof. Spiessel aus der Universitätsklinik Hamburg berufen. Ein Oberarzt war für die chirurgische Poliklinik zuständig unter der Leitung von Prof. Nigst. Als Nigst zum Professor ernannt wurde, gratulierte ihm Nissen bei der Programmbesprechung, indem er zu ihm sagte, nun ginge es nur noch bergab!

Prof. Nissen gratuliert Henry Nigst zur Professur

Mein Eindruck war, dass Nissen seine lang gedienten Oberärzte und einige dienstältere Assistenten mochte und sehr höflich mit ihnen umging. Es gab noch eine zweite Chirurgische Klinik unter Prof. Heuser, die vorwiegend urologische Fälle betreute. Ein Tag pro Woche war die zweite Klinik für Eintritte und Notfälle zuständig. Die Beziehung zwischen beiden Herren war gut. Persönlich habe ich Prof. Heinrich Heuser nur kurze Zeit erlebt. Er wurde krank und war hospitalisiert. Nach dem Ausscheiden von Heuser wurde die Klinik als Urologische Klinik geführt. Von den zwei Oberärzten der Abteilung wollte sich Dr. Bärlocher nicht habilitieren. Dagegen war Rutishauser gerade habilitiert und wurde daher von Prof. Nissen als Chefarzt der Urologie vorgeschlagen und übernahm schliesslich die Klinik. Bärlocher, der auch ein erfahrener Allgemeinchirurg war, wurde als Chefarzt der Chirurgie in das Kantonsspital Schwyz gewählt.

Unter Rutishauser wurde die Urologische Klinik eine der bekanntesten Kliniken in der Schweiz. Zahlreiche Urologen wurden von ihm ausgebildet. Rutishauser war nicht nur ein intelligenter und guter Urologe, sondern auch menschlich eine besondere Persönlichkeit. Aus diesem Grund wurde er sowohl von Nissen als auch von dessen Nachfolger Martin Allgöwer sehr geschätzt. Er hatte innerhalb der Chirurgischen Klinik eine wichtige Rolle gespielt. Viele namhafte Urologen der Schweiz und Deutschlands waren und sind seine Schüler.

In der chirurgischen Klinik operierte man am offenen Herzen mit einer von Oberarzt Erdem Yasargil gebauten Herz-Lungenmaschine. Monate und Monate gingen ins Land und meine Begeisterung für diese Klinik nahm eher zu. Inzwischen hatten wir einen Sohn. Meine Frau hat sich mir zu Liebe entschlossen, Fachärztin für Frauenheilkunde zu werden für den Fall, dass wir in den Iran zurückgehen. Der Iran brauchte Frauenärzte, die eher weiblichen Geschlechts sein sollten. Sie hatte von Prof. Wenner, einem bekannten Gynäkologen in der Schweiz, im Kantonsspital Liestal eine Ausbildungsstelle zugesagt bekommen. Prof. Wenner kannte mich durch meine Tätigkeit in Liestal. Allerdings gab es nun für mich in Basel ein Problem. Wenn man in der Basler Klinik arbeitete, musste man auch in Basel wohnen. In der Nissen-Klinik wurde verlangt, dass man nicht länger als fünfzehn Minuten entfernt von der Klinik wohnte, um schnell erreichbar zu sein. Man hatte sehr oft Dienst oder Pikettdienst. Einmal im Monat hatte man am Wochenende (ab Samstagmittag) frei. Wenn man eine Station führte, war man für die Patienten zuständig und musste auf jeden Fall kommen wenn es um den Patienten ging. Nissen war der Meinung, dass kein anderer Arzt den Patienten so gut kenne wie der Stationsarzt.

Da meine Frau auch Nachtdienst haben würde, mussten wir nach Liestal umziehen, da sie natürlich schnell bei unserem Kind sein wollte, wenn es erforderlich war. Ich hatte in der Klinik nicht mitgeteilt, dass ich nun in Liestal wohnte. Als ich in Rotation eine operative Station übernahm, wurde die Situation kritisch. Ro, der für die Ausbildung und Organisation der Klinik zuständig war, bestellte mich zu sich und erklärte mir, dass mein weiter Arbeitsweg nicht toleriert werden könne. Ich habe ihm zugesichert, dass ich alles daran setzen werde, dass keinerlei Versäumnisse entstehen. Als ihn dies nicht überzeugte, habe ich ihm gesagt, dass ich dann leider kündigen müsse. Er war richtig sauer. Ro selbst hatte keine Kinder.

Zwei Tage später wurde ich wieder zu ihm bestellt. Es waren anwesend Dr. Jakob Oeri, Stellvertreter von Nissen und PD Dr. Erdem Yasargil. Dr. Oeri erklärte mir ganz ruhig und typisch für ihn als Gentleman, dass Nissen mich wohl nicht gehen lassen würde und man daher eine Ausnahme machen müsse. Ich dürfe aber diese Entscheidung nicht publik machen, da sie sonst Ärger bekämen. Ich habe mich bei allen drei Herren bedankt und dafür gesorgt, dass ich immer rechtzeitig in der Klinik war, wenn man mich brauchte. Kollegen, aus der ganzen Welt zu Gast, waren meist nur für eine begrenzte Zeit in der Klinik tätig. Für diese war es am Anfang nicht leicht nur zu assistieren, wenn sie zu Hause schon Oberärzte waren.

Die Operations-Instrumentierschwester von Nissen, Rosemarie Rindlisbacher, war eine phänomenal geschickte Frau. Sie konnte gleichzeitig instrumentieren, assistieren, delegieren und bei Komplikationen prompt und sinnvoll reagieren. Sie war eine ruhige und sehr liebe Person. Die jüngeren Schwestern waren meist streng und behandelten uns je nach hierarchischer Stellung innerhalb der Klinik zuvorkommend oder streng. Höflich und gut erzogen waren sie alle. Sie wussten genau, wie weit sie gehen durften. Aber Niemand wurde und durfte diskriminiert werden.

Der Chef operierte immer ruhig ohne zu reden. Im Op.-Saal herrschte absolute Ruhe. Er hatte fast immer namhafte Chirurgen-Persönlichkeiten aus Amerika und Europa zu Gast. Diese waren stets beeindruckt vom Ablauf in der gesamten Klinik und über die Disziplin, die in den Op.-Räumen herrschte. Die Oberärzte hatten unterschiedliches Temperament. Mit einem

Oberarzt, ein hervorragender Operateur, war das Personal im Operationssaal unzufrieden. Eines Tages, als die Situation eskalierte, hat die Mannschaft, einschliesslich der Organisations- und auch der Instrumentierschwester vom Chef, Prof. Nissen um eine Unterredung gebeten. Sie erschienen alle gemeinsam in seinem Büro und beklagten sich bitter über den Oberarzt. Die Angelegenheit wurde kritisch als sie dem Professor ein Ultimatum stellten, dass er sich zwischen dem Oberarzt oder dem gesamten Personal im Operationssaal entscheiden müsse. Nissen soll mit einem Blick durch die Leute hindurchgeschaut und gesagt haben: „Die Tür ist offen!" Fünf Minuten später waren wieder alle an ihrem Platz als wäre nichts vorgefallen. Prof. Nissen soll dann dem Oberarzt unter vier Augen zugehört und von ihm eine Änderung seines Verhaltens gegenüber dem Personal verlangt haben. Das Resultat war positiv und die Mannschaft wieder zufrieden.

Die Organisationsschwester der Operationssäle, Schwester Ursula Kaiser, war eine gebildete freundliche aber strenge Dame. Wir jüngeren Assistenten erlaubten uns keinen Fehler, damit wir uns nicht ihre Sympathie verscherzten. Persönlich habe ich nur einmal, als ich im vierten Ausbildungsjahr Tagesarzt war, Ärger verursacht, so dass sie kurze Zeit auf mich böse war. Ich hatte einen Anruf aus Köln entgegengenommen und offensichtlich nicht verstanden, was der Mann am anderen Ende wollte. Er sprach ständig von „Apparat" und „Operation". Das Schlimme war, dass er betonte, er möchte es vorführen. In der Annahme, dass er für den Operationssaal einen Apparat vorführen möchte, verwies ich ihn an Schwester Ursula Kaiser, der Chefin vom Operationssaal. Ich hatte bereits die Angelegenheit ganz vergessen, als sich Schwester Ursula vorwurfsvoll an mich wandte und fragte, seit wann sie für Vasektomien zuständig sei. Der Mann wollte sich in der Tat nur unterbinden lassen und sprach dauernd von Apparat und Vorführung sowie von Operation. Es war mir wirklich peinlich, ich entschuldigte mich und brachte ihr am nächsten Tag Pralinen.

Beide Damen schieden mit der Pensionierung Nissens ebenfalls aus dem Amt. Schwester Rosemarie hat noch eine kurze Zeit in einer anderen Klinik gearbeitet bis sie in Rente ging. Gelegentlich habe ich beide Damen in Riehen getroffen, die abwechselnd Prof. Nissen zu Hause besuchten.

Hier noch eine kleine Anekdote über Nissen: Im Op.-Saal trug man weisse Gummischuhe, die man über die eigenen Schuhe zog und damit in den Operationssaal ging. Ein Kollege aus Argentinien, der sehr klein war und D'Amore hiess, sprach Deutsch Wort für Wort aus dem Spanischen übersetzt. So z. B. sprach er Männer immer mit „Herr" und Damen entsprechend zu Señora in Argentinien nur mit „Frau" an, ohne den Eigennamen hinzuzufügen: „Guten Tag, Frau!" Das sagte er sehr höflich, aber es klang komisch in unseren Ohren. Trotz seiner kleinen Füsse suchte er sich immer die grössten Gummischuhe aus, die in der Garderobe des Operationsaals zu finden waren. Er schwamm regelrecht darin. Eines Tages stand er bei einer Operation am vierten Haken neben Prof. Nissen und merkte wegen der Übergrösse der Schuhe nicht, dass er auf Nissens Fuss stand. Nissen legte die Instrumente, die er in der Hand hatte, zur Seite, drehte sich um und schaute ganz verdutzt auf den Assistenten und sagte: „Unglaublich so ein kleiner Mann hat Füsse wie ein Flusspferd!„

Zwischen uns Assistenten wurde gelegentlich während der Kaffeepause diskutiert, ob Prof. Nissen über alle Vorgänge in der Klinik orientiert sei. Ich war immer der Meinung „ja", aber manche Massnahmen seien ihm nicht so wichtig, dass er sie infrage stellen würde. Ausserdem waren ja viele Aufgaben an seine engsten Mitarbeiter übertragen worden. Ich erzählte gerne als Beispiel, was ich am zweiten Tag meiner Tätigkeit im Operationssaal erlebt hatte. Es stimmte, dass ein Oberarzt im gleichen Monat drei ähnliche Komplikationen bei Operationen hatte, die allerdings gut ausgegangen waren. Der Chef hatte ein fantastisches Gedächtnis. Nicht alle waren gleicher Meinung, darunter ein Kollege, der aus der Italienischen Schweiz stammte. In unserer Klinik war Vorschrift, dass man besondere Vorkommnisse bzw. vom normalen Programm abweichende Ereignisse, auch persönliche, dem Chef mitzuteilen hatte. Dafür gab es ein spezielles kleines Formular. Besagter Kollege, der häufig in der Poliklinik arbeitete, versuchte in bestimmten Abständen bereits am Donnerstagabend in den Tessin zu fahren um seine Familie zu besuchen. Fast alle zwei Monate organisierte er sich ein verlängertes Wochenende. Zur Begründung auf dem Formular gab er meist Beerdigungen von Tanten und Onkeln an. Er hatte wohl angenommen, dass der Chef diese Formulare gar nicht beachten würde. Eines Tages als der Kollege P. wiederum ein verlängertes Wochenende geplant hatte und wieder eine Beerdigung von Verwandten als Grund angab, wollte Prof. Nissen wissen, wer der zuständige Oberarzt von Dr. P. sei. Dann sagte er zu ihm: „Passen Sie ein bisschen auf Dr. P. auf, denn er scheint in bestimmten Abständen Tanten oder Onkel umzubringen, die alle immer am Freitag beerdigt werden. Stellen Sie fest, wie viele Tanten und Onkel Dr. P. noch hat!" Damit war dieser Schwindel aufgeflogen und offensichtlich, dass der Chef sehr wohl immer bestens unterrichtet war. Auch wenn er achtzig Mitarbeiter und noch viele Gastärzte hatte, entging ihm nichts in der Klinik.

Für experimentelle Untersuchungen, die ein Budget benötigten, musste man ebenfalls ein Formular ausfüllen. Als ich einmal so einen Antrag ausfüllte, sagte Nissen während des täglichen Rapports: „So eine fürchterliche Schrift ist nicht immer Zeichen von Intelligenz, was Sie in Ihrer Ganesischen Schrift formuliert haben, kann ich leider nicht verstehen. Vielleicht erklären Sie nach dem Rapport was sie untersuchen wollen. Ihr Oberarzt soll dabei sein." Zu dieser Zeit arbeitete ein Kollege aus Österreich, verheiratet mit einer Schweizer Gynäkologin bei uns. Er sah wirklich wie ein Preisboxer aus und war unglaublich laut. Sein Lachen war nicht zu überhören! Er war einige Jahre älter als der Durchschnitt der anderen Assistenten und hatte schon in verschiedenen Kliniken gearbeitet. Er war ein lieber Mensch, aber ein unruhiger Geist. In Gesellschaft junger Assistenten erzählte er nonstop Witze. Über mich machte er sich immer lustig, obwohl unsere Beziehung sehr freundschaftlich war.

Ich begnügte mich nicht mit dem, was in der Nissen-Klinik tagtäglich geboten wurde. Neben dem Chefsekretariat gab es eine spezielle Bibliothek für die Chirurgen mit wunderbaren Büchern, medizinischen Zeitschriften und vor allem uralte riesengrosse Folianten. Sie waren teilweise noch von Hand geschrieben und handskizziert. Es war herrlich solche Originaldokumente, die hundert und mehr Jahre alt waren, zu studieren. Aus diesen und anderen Dokumenten konnte man viel lernen und sich über Chirurgische Techniken informieren. Ich vergesse nicht, dass ich einmal einen riesigen Atlas der

Universität Padua in die Hand bekam, worin Anatomie und chirurgische Korrekturtechniken vieler Krankheiten und Fehlbildungen fantastisch dargestellt waren.

Daraus lernte ich z. B., dass Adriaan van den Spieghel, der mit 27 Jahren bereits Professor für Anatomie an der Universität Padua in Italien war, der erste war, der eine Hernie (Bruch) der Bauchwand beschrieben hatte, weshalb diese Hernien Spieghel'sche Hernien genannt wurden. Aus diesen wertvollen Dokumentationen konnte man lernen, wie Chirurgen im vorherigen Jahrhundert und später technisch vorgegangen und intraoperative Probleme gemeistert haben. Es ist erstaunlich, dass trotz Fortschritten in der Chirurgischen Technik, diese zum Teil noch heute in gleicherweise praktiziert werden (z. B. Hartmann's Procedure).

In so einer Weltklinik mit so vielen Häuptlingen neben einer weltberühmten Persönlichkeit wie Nissen, dazu noch stellvertretenden Oberärzten und zahlreichen erfahrenen Assistenten, die bereits Fachärzte waren, musste man als junger Assistent und vor allem als Ausländer mehr arbeiten, wenn erforderlich auch auf Urlaub verzichten und mit irgend welchen Zusatzleistungen auffallen, damit man weiter kommen konnte. Mich interessierte, wieviele Spieghel'sche Hernien (Bauchwandbruch) in der Nissenklinik operiert worden waren und verbrachte jede freie Minute im Archiv der Klinik. Ich fand einige Akten von Patienten, die mit dieser Diagnose operiert worden waren, stellte sie zusammen, sammelte einige Publikationen darüber und schrieb eine wissenschaftliche Arbeit. Die Arbeit habe ich zur Beurteilung dem Chef vorgelegt. Gleich am Tag darauf sprach mich Nissen an. Er fragte, wie ich auf die Idee gekommen sei und wie ich diese Fälle gefunden hätte. Er war einverstanden, dass die Arbeit nach einigen Korrekturen publiziert würde. Er fragte, ob auch mein Oberarzt Dr. Walter Maurer, der spätere Chefarzt der Chirurgischen Klinik des Bürgerspitals Solothurn, darüber im Bilde sei. Maurer bekam die Aufgabe, diese Arbeit zur Publikation in der Schweizerischen Medizinischen Wochenschrift zurechtzustutzen.

Es war ein Glück mit Maurer zusammenzuarbeiten. Er war ein sehr liebenswürdiger, fleissiger und hoch intelligenter Chirurg. Ich habe von ihm nicht nur chirurgisch viel profitiert, sondern wir haben zusammen auch einige experimentell-wissenschaftliche Untersuchungen durchgeführt. Diese Zusammenarbeit wurde unter Prof. Allgöwer, Nachfolger von Prof. Nissen, fortgesetzt. Mit Maurer besteht seit dieser Zeit eine echte freundschaftliche Beziehung.

Hier fällt mir noch eine lustige Anekdote ein: Maurer war ein leidenschaftlicher Western-Film-Liebhaber, der gerne in seiner Freizeit vor dem Fernseher sass und „Western-Filme" anschaute. Seiner Frau gefiel das gar nicht und er erzählte uns, dass sie ihn beschimpfte, er solle nicht so viel Western schauen, sondern sich lieber habilitieren! Warum er tatsächlich sich nicht habilitiert hatte, wundert mich heute noch. Durch seine Fähigkeiten und durch seine zahlreichen wissenschaftlichen Arbeiten hatte er längst die Professur verdient. Nun das, was er versäumt hatte, erreichte sein Sohn Christoph, der wohl besser auf seine Mutter gehört hat. Er ist heute Professor und Chirurgischer Chefarzt am Kantonsspital Liestal.

Eine vielleicht nicht uninteressante Einlassung zum Thema Spieghel'scher Hernien: Meine Frau hatte natürlich meine Arbeit, wie gewöhnlich, redigiert und lernte dadurch überhaupt, dass es so was wie Spieghel'sche Hernien gibt. Sie schickte eine ihrer gynäkologischen Patientinnen mit Verdacht auf Spieghel'sche Hernie zum chirurgischen Oberarzt im Kantonsspital Liestal, wo sie ihre Facharztausbildung zur Gynäkologin machte. Das wurde leider als mögliche Diagnose abgelehnt und die arme Patientin als Simulantin wieder weggeschickt. Etwa drei Wochen später wurde die Patientin wegen geplatzter Tubargravidität (Eileiterschwangerschaft) notfallmässig ins Kantonsspital eingewiesen. Meine Frau bat den operierenden Oberarzt bei offenem Bauch die besagte Bauchwandstelle abzutasten, der dann ein eingeklemmtes Fettbürzelchen des Bauchfells entfernen konnte. Nachdem die Patientin den Eigriff überstanden hatte, wurde vier Wochen später auf der Chirurgie die kleine Bauchwandhernie verschlossen. Es wäre zwar eine Bauchwandhernie gewesen, aber keine Spieghel'sche, sagte der Oberarzt zu meiner Frau! Es geht ja auch nicht an, dass Assistentinnen in der Gynäkologie solche Diagnosen stellen!

Da man sehr viel assistiert, aber nur wenig selbstständig operiert, bis zum Zeitpunkt, dass man zum Stellvertretenden Oberarzt ernannt werden könnte, habe ich zu Hause zunächst mit Stoff und später mit tierischen Eingeweiden, die meine Frau bei unserem Metzger speziell bestellte, Operationsmethoden geübt. Dabei glaubte ich aus Unerfahrenheit neue Methoden oder technische Modifikationen klassischer Methoden entdeckt zu haben. Zunächst operierte ich an meinen bereits entsorgten weissen Hemden. Ganz sorgfältig wurde ein Billroth I herausgeschnitten und für die Naht schwarzen Faden verwendet, damit man das auch gut erkennen konnte. Wenn ich glaubte, eine verbesserte Modifikation der normalen Technik gefunden zu haben, zeigte ich mein Stoffmodell Prof. Nissen. Dieser schaute zunächst erstaunt auf mein Stoffmodell und erklärte dann, dass diese Methode längst ausprobiert, aber mit Nachteilen verbunden sei. Er erzählte dann noch einige Historien zu der Methode. Beim Weggehen meinte er aber, ich solle weiter probieren, vielleicht fände ich etwas Neues, das dann Bestand hätte. Der österreichische Kollege R. verfolgte mich immer wenn ich mit Prof. Nissen sprach. Er machte sich über mich lustig und erzählte die Begegnung mit dem Chef ein bisschen anders, so dass die anderen was zu Lachen hatten. Am Schluss sagte er allerdings versöhnlich: „Freunde, wir lachen jetzt, aber er wird eines Tages etwas Neues entdecken!"

Als ich dann statt Textilmodellen mit tierischen Organteilen bei Nissen erschien, fragte er, wie oft ich zu Hause solche Übungen durchführe und ob ich eine eigene Metzgerei hätte. Er sagte dann, dass die von mir „neu entdeckte" Methode bereits 1870 durchgeführt worden sei. Er fügte aber tröstend hinzu, dass man mit einer anderen Modifikation sicher etwas Sinnvolles erreichen könne. Eigentlich war er immer nett und Hinweise gebend.

Von Prof. Nissen erhielt ich ein Budget für eine experimentelle Arbeit an der Trachea (Luftröhre), die ich wiederum gemeinsam mit Walter Maurer durchführen sollte. Als der Pulmonologe Herzog die Erschlaffung der Hinterwand der Luftröhre (Pars Membranacea) als eine selbstständige Krankheit beschrieben hatte, die Asthma-ähnliche Beschwerden verursachte, war Prof. Nissen herausgefordert, eine Methode der Chirurgischen Korrektur zu finden. Als Behandlung versuchte Nissen durch Auflagerung eines Knochenspans aus der Knochenbank dieses schwache Bindegewebe stabiler zu machen. Das Kollabieren der Membran der Rückwand der Luftröhre wurde dadurch verhindert und Asthma-ähnliche Anfälle von Atemnot ebenfalls. Die pathophysiologische Grundlage des bei der Bronchoskopie beobachteten Phänomens ist nicht untersucht worden. Im Tierversuch wollten wir dies reproduzieren und gleichzeitig die Korrektur mit unterschiedlichem Material anstelle des Knochenspans untersuchen. Nachdem Allgöwer die Klinik übernommen hatte, interessierte er sich für diese Arbeit. Er erhöhte das Budget. Ein Streifen von der Muskelfascie der Bauchwand (Rectusfascie, die doppelt angelegt ist) des Patienten hatte sich unter verschiedenen Möglichkeiten als am geeignetsten erwiesen. Diese Operationsmethode wurde daher Standard. Ein Teil der Patienten kam meist gut abgeklärt aus den USA.

Mit dem Ergebnis dieser experimentellen, klinischen Studie sollte sich Walter Maurer habilitieren. Ich war ausbildungsmässig noch zu jung. Professor Nissen operierte in einem grossen Saal mit zwei nebeneinander stehenden Operationstischen. Der Nachbarsaal war durch einen Waschraum mit einer Schiebetür aus Aluminium abgetrennt. Dieser Saal war eigentlich der zweiten Chirurgischen Klinik Abteilung für Urologie unter Prof. H. Häuser vorbehalten gewesen. Einmal als die zweite Klinik keine Operationen hatte, wurde der Saal von der ersten Klinik beansprucht.

Als Prof. Nissen am Operieren war, hörte man, dass es im Saal Nr. 3 wegen der offenen Schiebetür sehr laut zuging. Ich war zu der Zeit auf meiner Abteilung. Als das Lachen und Getöse im Nebensaal besonders laut wurde, veranlasste die Instrumentierschwester Rosemarie die Schiebetür zu schliessen. Prof. Nissen soll seine Instrumente aus der Hand gelegt haben und zu Sr. Rosmarie gesagt haben: „Was haben Sie gesagt? Die Tür zumachen? Für Nadjafis Stimme genügen nicht einmal zehn Türen." Ich war völlig unschuldig. Kollege R. aus Österreich war dort tätig und kam in dem Fall gut davon. Über mich aber wurde gespottet, den Professor mit meiner lauten Stimme bei der Operation gestört zu haben. Als man mir die Verwechselung mitteilte, habe ich in der Pause Prof. Nissen angesprochen, die Sachlage klar gestellt und mich entschuldigt. Er hat nur gegrinst und mit dem Kopf genickt.

Früher waren die Arbeitsbedingungen in Schweizer Kliniken extrem hart. Da die Schweizer Kollegen nicht nur während ihrer Ferien sondern auch wegen ihres jährlichen Militärdienstes ausfielen, brauchte man Ersatz und nahm deshalb Ausländer. In der Basler Klinik war die Anstellung immer zeitlich begrenzt. Man wurde alle drei bis sechs Monate als Aushilfsassistent des Bürgerspitals Basel verlängert.

Täglicher Rapport und Besprechung des Operationsprogramms (der Autor, 2. von links)

Ausbildungsstellen waren weitgehend Schweizer Kollegen vorbehalten. Wenn man einen Blick auf das Photo von Mitarbeitern Prof. Nissens wirft, stellt man fest, (Gastärzte sind nicht auf diesem Foto) dass nur wenige der Mitarbeiter ausländischer Herkunft waren. Heute ist die Situation genau umgekehrt. Schweizer Nachwuchsassistenten muss man unter zahlreichen Ausländern, vor allem Deutschen, suchen.

Wir Assistenten haben gern in Rotation zwei bis drei Monate in der Poliklinik gearbeitet. Zu der Zeit gab es dafür ein paar hundert Franken Nebeneinnahmen. Durch Berichte, die wir für Versicherungen und die SUVA (Schweizerische Unfallversicherungsanstalt) erstellen mussten, bekam der behandelnde Arzt einige Franken für jeden Bericht. Damit haben wir unser eher bescheidenes Gehalt von etwa 1100 Franken etwas aufbessern können. Die Sekretärinnen sorgten dafür, dass die Patienten gerecht den einzelnen Assistenten zugeteilt wurden. Wenn man am Wochenende allein in der Notfallstation arbeiten musste, war man oft pausenlos beschäftigt. Gelegentlich hatte ich freiwillige Hilfe von einem Studenten und Freund, Ullrich Grötzinger. Er war fleissig und sehr interessiert an der Chirurgie. Ich war ihm für seine Hilfe dankbar. Heute ist er Privatdozent für Chirurgie und ein ausgezeichneter Chirurg. Er arbeitet in einer Privatklinik Basels.

Als Nachtarzt hat man es zum Teil sehr schwer gehabt, weil man auf sich gestellt als einziger Assistent alle ambulanten Notfälle behandeln und einige Patienten stationär aufnehmen musste. Ausserdem hatte man bei Notfalloperationen zu assistieren. Im Hintergrund hatte ein Oberarzt Dienst, der nach Bedarf gerufen wurde. Die Tätigkeit als Nachtarzt in der Notfallstation war sehr anspruchsvoll und konnte nur von erfahrenen Assistenten bewältigt werden. Ein Foto aus dieser Zeit wurde für einen Artikel über die „Initiative 13. Monatslohn" verwendet.

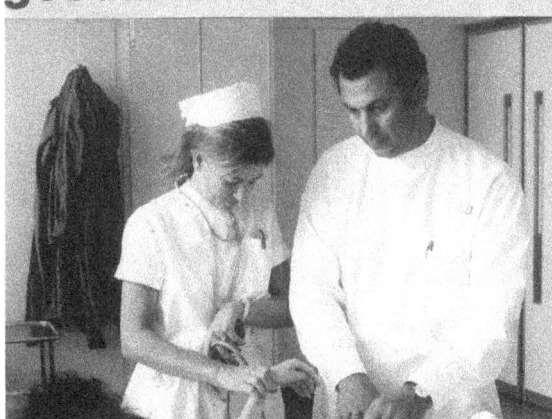

Foto: Konrad Oppliger, 1970

Man war in der Tat von 19 Uhr bis zum Rapport um 7 Uhr 30 fast ohne Unterbrechung beschäftigt. Gegen 24 Uhr gab es eine etwa 30-minütige Pause zum Essen und Trinken. Von der Klinik wurde das Essen spendiert. Wir sassen meist mit dem Nachtarzt der Medizin zusammen und hatten häufig Kantonspolizisten zu Gast. Die Polizei brachte regelmässig Unfallpatienten zur Behandlung und Alkoholisierte zur Alkoholprobe.

Es war immer sehr nett mit diesen Herren zusammen zu sitzen und sich über alle möglichen Dinge zu unterhalten. Die Zusammenarbeit war ausgesprochen erfreulich kollegial. Diese ausgesprochen gute Beziehung kam später merkwürdigerweise meiner Frau zweimal zu Gute, als ich längst nicht mehr in Basel tätig war. Sie hatte zweimal Verkehrsregeln missachtet, die in der Regel mit einer Geldbusse geahndet wurden. Als der Polizeibeamte die Personalien aufnahm, fragte er jeweils, ob sie meine Frau sei, was sie bejahte. Wegen der so angenehmen Zusammenarbeit mit mir in der Notfallabteilung des Bürgerspitals sah er dann von einer Strafe ab. Wir freuen uns noch heute darüber und ich wage das jetzt zu schreiben, da besagte Herren längst pensioniert sein dürften.

Dr. Jean Henri Dunant präsentiert die Notfälle vom Nachtdienst

Im Notfalldienst erreichte ich einmal einen Rekord von sechzehn stationären Eintritten und fünfzig ambulanten Behandlungen in einer Nacht. Am nächsten Morgen nach dem Rapport musste man damals alle Eintritte auf eine Platte diktiert und in Sekretariat zum Schreiben abgegeben haben. Am Tag darauf hatte man natürlich frei. Wenn ich nach der Arbeit im Experimentierkeller des Spitals gegen Mittag nach Hause fuhr um ein paar Stunden zu schlafen, war ich todmüde. Man musste rechtzeitig wieder zurück sein, da fast jeden Abend in der Klinik irgend eine Fortbildungsveranstaltung stattfand. Die ersten drei Jahre konnte ich keine Ferien machen. Rossetti fand immer irgend eine Ausrede, warum meine Ferienwünsche nicht realisierbar waren. Es konnte allerdings passieren, dass Ro spät abends auf der Abteilung erschien und fragte, wieso man da sei und nicht in den Ferien. Auf der Ferientafel sei vermerkt, dass man sich schon zwei Wochen in den Ferien befände. Man war nicht darüber orientiert worden. Man hatte also seine Ferien ohne zu wissen im Op.-Saal und auf der Abteilung verbracht. Meine arme Familie verstand dies natürlich nicht. Als Entschädigung durfte man allerdings mehr operieren.

Peter Weibel, den Nissen besonders mochte, war auch der Lieblingsoberarzt der Assistenten. Er leitete die Gefässchirurgie. Ich habe in meiner zehnjährigen Tätigkeit in Basel einige Male auf seiner Abteilung gearbeitet; einmal sogar sechs Monate lang als sein Stellvertreter Jean Henri Dunant wegen Militärdienst abwesend war. Weibel wurde auch ein persönlich Vertrauter, den ich als Lehrer und Freund sehr schätzte. Jean Henri Dunant, mein Kollege auf der Allgemeinchirurgie, war ein begabter, geschickter Chirurg und sehr intelligent. Im Rahmen der Spezialisierung in der Chirurgie und aufgrund einiger Veränderungen innerhalb der Klinik, hat er sich für Gefässchirurgie entschieden und sich rechtzeitig habilitiert. Er führte mit Weibel zusammen die Gefässchirurgie. Zudem war er ein guter Lehrer und bei Studenten sehr beliebt. Leider hat man versäumt, ihm die Professur zu erteilen, obwohl der damalige zuständige Minister sehr dafür gewesen sein soll. Dunant war ein Ästhet, immer gut angezogen und sehr diszipliniert. Seine Autos, die er fuhr, waren so sauber, dass man sich vorn unter die Motorhaube legen konnte, ohne schmutzig zu werden.

PD Dr. Dunant operierte einige Jahren in einer Privatklinik in Basel. Er war gleichzeitig ein aktiver Politiker und wurde als Abgeordneter in das Parlament gewählt und ist heute noch als Parlamentarier aktiv.

Prof. Nissen fuhr ein dunkelgrünes Chevrolet Cabrio. Er hatte einen speziellen Parkplatz. Daneben parkte sein klinischer Stellvertreter Jörg Oeri, der meist einen schönen anthrazitfarbenen Mercedes fuhr. Sonntags waren die Parkplätze meist frei. Ich hatte Pikettdienst und musste zur Visite auf meine Station. Ich hatte meinen roten Sunbeam sauber gewaschen und poliert. Das Wetter war anfangs Sommer ganz herrlich. Es machte richtig Spass, mit offenem Verdeck zu fahren. Ich hatte nie vermutet, dass der Chef auch am Sonntag in der Klinik erscheint. Ganz frech erlaubte ich mir, seinen Parkplatz zu benutzen. Kurz nach mir kam Dunant und parkierte seinen wunderschönen silbermetalligen Alfa Romeo neben meinem Auto. Als ich auf der Abteilung vor dem Fahrstuhl stand, ging dieser auf und Nissen stand vor mir. Mit seinem speziellen Lächeln fragte er: Stehen Sie mit Dr. Dunant im Auto-Wettbewerb? Es war mir richtig peinlich und ich entschuldigte mich, seinen Parkplatz benutzt zu haben und meinte, diesen Wettbewerb längst verloren zu haben. Nissen fragte mich fast zehn Minuten lang über Einzelheiten des Sportwagens Sunbeam aus. Es war erstaunlich, dass er auch die Autos seiner Mitarbeiter kannte und über Dunants Ästhetik gut Bescheid zu wissen schien.

Nissen war in der Tat eine aussergewöhnliche Persönlichkeit. Intrigen innerhalb der Klinik wurden nie geduldet. Er war in keiner Weise ansprechbar für Mitarbeiter, die sich beim Chef beliebt machen wollten, indem sie ihre Kollegen verrieten oder schlecht machten. Wenn irgend welche Probleme zur Diskussion standen, wurde dies im Hintergrund mit seinen vertrauten Mitarbeitern besprochen.

Für mich war es eine besondere Ehre auf Wunsch Nissens, die letzten neun Monate seines Wirkens in Basel als Privatassistent seine Privatstation führen zu dürfen und ihm jeden Tag bei Operationen zu assistieren. Die Abteilung 7 war für Patienten der ersten Klasse bestimmt. Viele wichtige Persönlichkeiten oder ihre Angehörigen aus der Schweiz und Deutschland, sowie einige wohlhabende Amerikaner lagen auf dieser Abteilung.

Bei der Operation musste man sehr gut aufpassen, da der erste Assistent die Operationsberichte diktieren musste. Das war nach meiner Beurteilung eine sehr gute Lehrmethode, weil man dadurch einige spezielle Begriffe kennen lernte und beschreiben lernen musste. Bei Unklarheiten konnte man den Chef immer fragen. Es war eine sehr schöne Zeit, täglich mit ihm zu operieren und mit ihm die Stationsvisite zu machen. Dabei stellte ich fest, dass er Humor hatte und gelegentlich sehr witzige Bemerkungen machte. Einmal gab ihm eine alte Dame aus Dankbarkeit während der Visite einen 10 Franken-Schein und sagte dazu „Sie waren sehr nett zu mir!" Nissen nahm den 10 Franken-Schein und bedankte sich sehr liebenswürdig bei der alten Dame. Draussen im Korridor gab er den Schein der Stationsschwester mit der Bemerkung, dass dieser für die Kaffeekasse der Station sei. Wir waren begeistert über seine Reaktion der alten Dame gegenüber. Leider war ich damals aufgrund meiner Erziehung nicht in der Lage daraus zu lernen. Ich reagierte immer eher ablehnend, wenn Patienten mir Geldgeschenke in die Hand gaben oder Geldscheine in meine Tasche steckten. Es hat lange gedauert, bis ich die Nissen'sche Methode übernehmen konnte.

Seine Vorlesungen waren sowohl vom Inhalt als auch von der Rhetorik so hinreissend, dass die Studenten bedauerten, dass eine Stunde so schnell vorbei gehen kann. Seine direkte Unterhaltung mit Studenten, die in der ersten Reihe sassen und nicht korrekt angezogen waren, war immer lustig. Vom Oberpfleger wurde auf Anordnung des Chefs an diese Studenten Krawatten verteilt.

Der Hörsaal hatte einen Zugang vom Operationssaal zum Umkleideraum und einen zur Kaffee-Ecke, die von Frau Goebele geleitet wurde. Sie war auch die Chefin vom Ärztekasino. Eine sehr nette Dame, immer ausgeglichen und bediente uns Ärzte ausgesprochen liebenswürdig. Meine Beziehung zu Nissen war offensichtlich so gut, dass die Häuptlinge meistens mich beauftragten, wenn unangenehme Mitteilungen dem Chef im Rapport zu berichten waren. Da der Privatassistent keine normale Station führte, bekam er von operativen Stationen Patienten zugeteilt, die er operieren durfte. Diesbezüglich wurde ich von unseren Häuptlingen gut versorgt.

Nissen lehnte jede Art der Propaganda für die Klinik ab. Irgendwelche Neuigkeiten oder gar aussergewöhnliche Behandlungserfolge durften nicht propagandistisch ausgenutzt werden. Als Florin Enderlin die erste Nierentransplantation in Basel durchführte, bekam ein Journalist Informationen von einem Insider und publizierte sie in der Basler Zeitung. Nissen reagierte sehr ärgerlich und untersagte, jegliche Arbeiten der Klinik nach Aussen zu tragen und schon gar nicht an Journalisten.

Heute gehen Kliniken und auch Ärzte für jedes Gerät, das sie kaufen und für jedes neue Behandlungsverfahren an die Öffentlichkeit. Kein anderer Berufszweig verkauft sein Handwerk so billig. Seit Generationen war diese Aufgabe dem Hausarzt vorbehalten, der durch Fortbildung bestens orientiert war, um seine Patienten dem richtigen Weiterbehandler und in die richtige Klinik zuzuweisen. Zweimal haben mich amerikanische Professoren, die einige Monate ihres sogenannten Sabbaticals in Nissens Klinik verbrachten, angesprochen, als Mitarbeiter in ihre Klinik in den USA zu kommen. Ganz zufällig hiess ein Chirurg wie unser Chef auch Nissen. Er war Professor und Chef der Chirurgie an der Universität New Mexico. Er half Enderlin bei seinen Forschungsarbeiten im Experimentierraum und schaute zwischendurch bei wichtigen Operationen dem Chef Nissen zu. Er war ein sehr netter Mann. Offenbar hatte ich ihn irgendwie beeindruckt, da er sehr hartnäckig mich zu überreden versuchte. Er wollte sogar in Abständen zu uns nach Liestal kommen, um mich für das ECFMG-Examen vorzubereiten, das damals erforderlich war, um in den USA arbeiten zu können. Ich vergesse nicht, dass er damals einen neuen 190-iger Mercedes in schöner grüner Farbe gekauft hatte, um das Auto nach Beendigung seiner Gastprofessur in Basel nach Amerika zu verschiffen.

Obwohl ich unsicher war, was mit uns nach der Emeritierung von Nissen geschehen würde, habe ich das Angebot nicht ernst genommen. Nissen aus New Mexico erzählte mir märchenhafte Geschichten. Er versicherte mir, spätestens nach fünf Jahren Tätigkeit in seiner Klinik eine Chefarztposition in einer Amerikanischen Universität zu erhalten. Damals kannte ich die Situation an Amerikanischen Universitäten nicht. Ausserdem hatte ich Angst wegen der Sicherheitsprobleme in den USA, die damals aktuell waren. Heute meine ich, dass es mir einfach auch an Selbstvertrauen gefehlt hat.

Mein weiterer Werdegang war abenteuerlich, Freude aber auch viele Enttäuschungen begleiteten mein berufliches Leben. Froh und dankbar bin ich trotzdem, da ich das Glück hatte, einige hervorragende Persönlichkeiten der chirurgischen Welt kennengelernt zu haben, als Lehrer, als Kollegen, als Freunde. Die Feier zum siebzigsten Geburtstag von Nissen im Schloss Binningen war schön, aber auch etwas traurig. Für viele Mitarbeiterinnen und Mitarbeiter Nissens war dies die letzte Begegnung mit Nissen ausserhalb der Klinik. Die Operations- und Stationsschwestern tanzten in grünen Op.-Uniformen für den Chef Cancan. Nissen, der auf einem Stuhl in der Mitte sass, schien sich bestens zu amüsieren und lachte herzhaft. Sehr viel Vergnügen bereitete Nissen auch die sogenannte „Schnitzelbank" (typisch schweizerischer lustiger Vortrag während der Fastnachtszeit), die Prof. André Levi (später Chef der Neurochirurgie) und Jean Henri Dunant zusammen vortrugen.

Auf der Privatstation arbeitete Schwester P., die gross, langbeinig aber etwas stämmig war. Nissen soll einmal bei einer Visite gesagt haben: „Aber schöne Beine hat sie!" Die beiden Vortragenden sangen in ihrer Darbietung, dass Nissen mal gesagt hätte: „Oh, Paula, Deine Beine sind zum Fressen!" Prof. Nissen bekam einen Lachkrampf und erhob sich aus seinem Stuhl. Wir alle haben diese Schnitzelbank und die ganze Festlichkeit sehr genossen!

# 21
# Zeit unter Prof. Martin Allgöwer

Die Abteilung für Orthopädie wurde von Prof. Chapchal als Nachfolger von Prof. Dajar geleitet. Erwin Morscher und Werner Müller waren die Stütze dieser Abteilung. Morscher, der nach seiner Spezialausbildung in Schweden nach Basel zurückkehrte, hat die orthopädische Abteilung durch sein Wissen, Fleiss und Charme geprägt. Nissen sah in ihm den nächsten Ordinarius für Orthopädie und assistierte ihm persönlich bei grösseren Eingriffen mit Thoraxbeteiligung. Unerwartet wurde Professor Chapchal Direktor der Schweizerischen Unfallversicherung. Morscher wurde sein Nachfolger. Mit Morscher erlangte die Orthopädische Universitätsklinik Basel Weltruhm. Werner Müller beschäftigte sich unter anderem mit Problemen des Kniegelenks, schrieb ein fantastisches Lehr- und Operationsbuch darüber. Als Chefarzt der Orthopädie am Kantonsspital Bruderholz in Baselland bekam er in Europa den Spitznamen „Kniemüller".

In den Jahren meiner Tätigkeit unter Allgöwer gab es Zeiten einer engeren Zusammenarbeit mit Erwin Morscher. Er war in das AO-Team aufgenommen und machte bis zum Wechsel ins Felix-Platter-Spital (orthopädische Uniklinik) den Unfalldienst aktiv mit. Dabei habe ich ihn auch als eine besondere Persönlichkeit schätzen gelernt. Er war mir liebenswürdiger Lehrer und Freund. Seine Ehrlichkeit als Mensch war für seine Freunde und seine Mitarbeiter beispielhaft.

In den letzten paar Monaten, die Nissen in Basel tätig war, liefen im Hintergrund Verhandlungen über seinen Nachfolger. Es war bereits bekannt, dass Prof. Martin Allgöwer beste Chancen hatte, die Nachfolge von Nissen anzutreten. Eine gewisse Unruhe unter Oberärzten und erfahrenen Assistenten machte sich breit. Einige Kollegen wechselten nach Deutschland oder fanden Positionen in Schweizer Kliniken. Ich machte mir in dieser Zeit keine Sorgen. Als Privatassistent war ich im Op.-Saal und während der Visite immer an Nissens Seite und genoss jede Minute mit diesem hervorragenden Chef. Prof. Allgöwer lernte ich kennen als er zum Studentenunterricht nach Basel kam und sich im Zimmer vom Oberpfleger Davas, gegenüber dem Op.-Umkleideraum aufhielt. Ich kam ins Zimmer, um die Op.-Zettel auszufüllen. Ich begrüsste ihn und fragte höflich, dass er sicher Prof. Allgöwer sei. Ein gut aussehender Mann, gross und elegant. Er begrüsste mich freundlich und stellte mir einige allgemeine Fragen. Allgöwer war Oberarzt unter Nissen an der Universitätsklinik in Basel gewesen, hatte sich unter Nissen habilitiert und wurde Chefarzt der Chirurgie im Kantonsspital Chur. Für die erfahrenen Oberärzte, die keine Spezialabteilung leiteten, war die Unsicherheit über ihre berufliche Zukunft beunruhigend. Hingegen konnten erfahrene deutsche Mitarbeiter meist problemlos gute Positionen in Deutschland bekommen. Die Tatsache, dass sie mehrere Jahre in der Nissenklinik gearbeitet hatten, genügte, um sofort eine Anstellung zu erhalten. Der eine oder andere Kollege bat Prof. Nissen um Hilfe, wenn sie in einer bestimmten Klinik oder mit einem bestimmten Professor arbeiten wollten. Sie sind alle wunschgemäss untergekommen. Ich wollte von Basel nicht weg und wollte gern unter Allgöwer arbeiten. Andererseits war ich auch in Gefahr, da ich kurz vor dem Erwerb des Facharzttitels stand.

Die letzten Wochen haben wir mit Prof. Nissen sehr viel operiert. Die Abteilungen waren durchwegs total belegt. Ausser Schweizer Patienten, waren auch viele Patienten aus Frankreich, Deutschland, und aus dem weiteren Ausland bei uns hospitalisiert. In den unmittelbaren Nachbarstaaten Deutschland und dem Elsass gab es damals nicht in jedem Ort eine Klinik und schon gar nicht Spezialkliniken. In Basel gab es noch im St. Claraspital eine Chirurgische Abteilung. Sie wurde von Prof. Alfred Meier geleitet, einem Schüler und früheren Stellvertreter von Nissen, der vor meiner Zeit als Chefarzt in die Privatklinik St. Claraspital wechselte. Er war ein brillanter Chirurg und ein sehr netter Mann. Durch ihn gewann die Chirurgische Abteilung des St. Claraspitals als spezielle Viszeralchirurgische Klinik eine besondere Bedeutung. Nissen wollte ihm zwar ein Ordinariat organisieren, aber Prof. Meier war mit seiner Position im St. Claraspital zufrieden und glücklich.

Nun war die Zeit gekommen, dass Prof. Nissen sich von der klinischen Tätigkeit im Alter von 71 Jahren verabschiedete. Anfang der letzten Woche seiner Tätigkeit in Basel, gab Nissen bekannt, dass er bis Ende der Woche operiere und dann das Skalpell niederlege.

Ich vergesse nicht, wie ein Arzt aus Offenbach, Deutschland sich am letzten Donnerstag meldete und Prof. Nissen bat, einen ihm befreundeten Patienten mit Cardia-Karzinom doch noch zu operieren. Prof. Nissen versprach, den Patienten ausnahmsweise am Samstag zu operieren. Ich nahm den Patienten auf, der mit vollständigen Röntgenbildern und Laborbefunden eintrat und bereitete ihn zur Operation vor. An diesem bewussten letzten Samstag im Jahre 1967 assistierte ich dem Meister der Chirurgie eine radikale Entfernung des Tumors durch Eröffnung des Brustraumes (transthorakale Cardiaresektion). Ich genoss jede Sekunde des Eingriffes. Am Ende der Operation liess er die Instrumente bei Schwester Rosmarie Rindlisbacher auf dem Tisch und sagte: „Das war's."

Ich war Gott dankbar und sagte mir, was ich für ein Glück hatte, Nissen auch noch einige Zeit im Hause auf der Privatstation Visite machend zu erleben. Operiert hat er nicht mehr. Der zuletzt operierte Patient verliess die Klinik ganz glücklich nach einer Woche. Am vereinbarten Tag kam Prof. Allgöwer zur Übergabevisite durch alle Abteilungen. Auf der Privatstation lag ein sehr wohlhabender prominenter Mann aus den USA, der Jahre zuvor von Nissen operiert worden war. Bei schwerem Verwachsungsbauch und rezidivierendem Ileus versuchte man konservativ zu bleiben. Mr. B, der extra wegen Nissen nach Basel gekommen war und auf ihn fixiert war, machte kein glückliches Gesicht als er erfuhr, dass er Nissen zum letzten Mal sehen würde. Nissen hatte ihm am Tag vorher versichert, dass Prof. Allgöwer ein weltbekannter Chirurg sei und er sich wie Nissen um ihn kümmern würde. Vor allem musste man dessen Frau und auch seinen Chauffeur und Vertrauten beruhigen. Sein Rolls-Royce stand mehrere Wochen entweder vor der Klinik oder vor dem Hotel Dreikönig. Ich hatte ihn fast drei Wochen betreut und er hatte Vertrauen zu mir gefasst. Deshalb konnte ich ihn auch beruhigen. Ausserdem hatte Prof. Allgöwer ihm versichert, dass wir Prof. Nissen jeder Zeit beiziehen, falls er dies wünsche. Nissen verabschiedete sich an diesem Tag und verliess die Klinik. Zum Abschied gab es einen beachtlichen Fackelzug von Riehen bis zum Wohnhaus von Nissen. Nicht nur Studenten, sondern auch Ärzte, Professoren, Klinikmitarbeiter, Regierungsbeamte und ehemalige Patienten und Angehörige nahmen teil. Ulrich Grötzinger, als Studentenvertreter hielt im Restaurant „Basler Hof" in Bettingen die Festrede.

Fackelzug zum Abschied von Nissen (Tochter links, Studentinnen)

In sein berühmtes Arbeitszimmer zog Martin Allgöwer ein. Gleich meine erste Erfahrung mit dem neuen Chef war positiv und erfreulich. Er war grosszügig und eine grossartige Persönlichkeit!

Da Allgöwer sich nach einer Bandscheibenoperation noch in Rekonvaleszenz befand, konnte er nicht gleich mit der Arbeit beginnen, weshalb Rossetti die Klinik leitete. Als Allgöwer schliesslich mit der Arbeit begann, war der Amerikaner B. noch da. Ich war der Meinung, dass wir konservativ nicht weiter kämen und hatte Mr. B. auf eine eventuelle Operation entsprechend vorbereitet. Bei der täglichen Visite auf der Privatstation konnte ich Allgöwer meine Überlegungen vortragen. Er war meiner Meinung und schlug vor, aus Höflichkeit und zur Beruhigung von Mr. B., Prof. Nissen zu informieren. Dann meinte Allgöwer, dass ich als sein „Lieblingsassistent" ihn aufsuchen und die Sachlage mit ihm besprechen solle. Er fügte hinzu: „Wenn Sie es fertig bringen, dass Prof. Nissen im Operationssaal erscheint, um sich den Befund anzuschauen, werde ich Ihnen dies hoch anrechnen."

Nissen hatte eine Konsiliarpraxis im Nonnenweg in Basel, nicht weit von der Klinik entfernt. Seine frühere Kliniksekretärin Frau Ganter arbeitete mit ihm. Er war mit vielerlei Dingen beschäftigt, ich durfte ihn aber nach Anmeldung bei Frau Ganter in seiner Praxis aufsuchen. Er war mit dem Vorschlag, eine operative Revision vorzunehmen, einverstanden. Er fand es nicht erforderlich im Operationssaal zu erscheinen. Im weiteren Gespräch habe ich ihn offenbar überzeugen können, dass abgesehen von Mr. B., wir alle, und auch Prof. Allgöwer, uns sehr freuen würden, wenn er wieder einmal im Operationssaal erscheinen würde. Er zeigte sein berühmtes Lächeln und sagte: nun gut, nur Ihretwegen. Ich bedankte mich und wurde aus Freude ganz rot im Gesicht. Im Vorzimmer wollte Frau Ganter wissen, wie es gelaufen war. Sie war ganz erfreut, dass ich Erfolg hatte und sagte zu mir, ich solle hin und wieder vorbeikommen. Der Chef freue sich, wenn ich ihn besuche. Das tat ich dann auch in Abständen so lange ich in Basel war.

Allgöwer und wir alle waren gespannt, ob Nissen auch an dem bewussten Tag im Operationssaal erscheinen würde. An dem Tag, als wir mit der Reparaturarbeit in Mr. B's Bauch beschäftigt waren und die eigentliche Ursache gerade gefunden hatten, machte der Pfleger die Tür auf und Nissen erschien im Ops in Begleitung von Rossetti. Allgöwer strahlte. Der Befund wurde Nissen gezeigt und Allgöwer erklärte, welche Korrektur er vorgesehen hatte. Nissen war voll einverstanden und zufrieden, dass nun Mr. B. eine Chance hatte, wieder gesund zu werden. Ich kam natürlich bei Allgöwer und später bei Mr. B. gross raus!

Was viele nicht wissen, erzähle ich aber hier gerne, dass Allgöwer es schätzte, wenn Nissen gelegentlich in die Klinik kam. Er sagte mir wiederholt, dass die Op.-Säle ihm zur Verfügung ständen, wenn er jemanden selbst operieren möchte. Was Nissen aber nicht tat. Das entsprach der Persönlichkeit Allgöwers, der als erfahrener und intelligenter Chirurg wusste, dass er mit der Umorganisierung und Ergänzung der Traumatologie allein in Basel nicht glücklich würde. Die Spezialabteilungen waren längst unter ihren Leitenden Ärzten etabliert. Allgöwer besuchte Burge in London, der sich mit Vagotomie und intraoperativen Messmethoden einen Namen gemacht hatte. Er besuchte in Südafrika Eisenhammer, der die Sphincterhypertrophie vom Internummuskel als häufige Ursache für Affektionen in der Analregion beschrieben hatte und ging auch ins St. Mark's Hospital in London, um die Operationstechnik nach Masson kennenzulernen.

Mit Peter Matter, Caius Burri und Thomas Rüedi hatte er exzellente Experten, die sich neben der Allgemeinchirurgie vor allem mit dem Aufbau einer modernen Traumatologie beschäftigten. Ich hatte wieder Glück, gleich von Anfang an als Privatassistent mit dem Chef zu operieren und mit ihm ständig in Kontakt zu sein. Schon unter Nissen hatte ich mich mit der Problematik der Divertikelkrankheit des Dickdarms beschäftigt. Es war erstaunlich, wieviele Menschen an Divertikulitis erkrankten. Die Komplikationen der Krankheit waren so gefährlich, dass die Patienten, wenn sie nicht rechtzeitig die Klinik erreichten, sich in Lebensgefahr befanden. Bei der Zusammenstellung mehrerer hundert Fälle aus der Nissen-Klinik, bemerkte ich einen Fehler in der statistischen Bewertung. Ich stellte fest, dass trotz massiver Infektion im Falle einer schweren Komplikation, die Patienten gerettet wurden, wenn man beim

Ersteingriff die Infektionsherde sanierte. Dabei war es unwichtig, welche Sanierungsmethode praktiziert wurde. Ich begeisterte mich für die Hartmann'sche Prozedur (Henri Hartmann 1860-1952, Chirurg in Paris), die immer zum Erfolg führte.

Hartmann hatte die Methode 1921 beschrieben. Leider war mit der Zeit diese Methode weitgehend in Vergessenheit geraten. Ich schrieb eine Arbeit und mit Zustimmung vom Chef, meldete ich einen Vortrag für den Schweizer Chirurgenkongress 1967 in Genf an. Unter Allgöwer mussten die Vorträge in einem sogenannten „Probegalopp" vor der gesamten Klinik vorgestellt werden. Allgöwer war über meinen Vortrag orientiert und unterstützte meine Aussagen. Caius Burri, inzwischen mein Freund, hat netterweise, wie immer hilfsbereit, die Arbeit redigiert. Vor mir haben auch noch andere vorgetragen. Allgöwer leitete die Sitzung. Nachdem ich mein Referat vorgetragen hatte und die primäre Sanierung des Infektionsherdes propagierte, gab es Unruhe und Proteste, allerdings in freundlicher Art. Für einige erfahrene Oberärzte war es eben schwierig, meinen Vorschlag zu akzeptieren, da damit gewohnte Richtlinie drei-zeitig zu operieren, verlassen werden mussten. Es war nämlich üblich, zunächst nur einen künstlichen Ausgang für die Stuhlentleerung zu schaffen, dann den Infektionsherd in einer späteren 2. Sitzung zu sanieren und die Darmkontinuität wieder herzustellen und schliesslich in einem 3. Schritt den künstlichen Ausgang wieder zu verschliessen. Ich sollte den Vortrag zurückziehen. Allgöwer war mit dem Protest nicht einverstanden und unterstützte mich mit dem Argument, dass ich in der Tat etwas herausgefunden habe, dass uns veranlassen müsse, unser Vorgehen in solchen Fällen vollständig zu revidieren.

Er machte die Angelegenheit zur Chefsache. Ich habe den Vortrag in Genf in Anwesenheit von Prof. Nissen gehalten. Der Vortrag wurde gut aufgenommen und lebhaft diskutiert. Allfällige Fragen wurden von Allgöwer meisterhaft beantwortet. Ich darf behaupten, dass wir mit diesem Vortrag die in Vergessenheit geratene Hartmann'sche Prozedur wieder aktiviert haben. Natürlich war die Methode bekannt und grosse Chirurgen haben sie gelegentlich praktiziert. Aber nach diesem Vortrag und auch später, wurde sowohl die primäre Sanierung des Infektionsherdes bei Komplikationen der

Divertikulitis und damit die Hartmann'sche Operation wieder populär und damit ins chirurgische Vorgehen bei Divertikulitis zurückgeholt.

In der Pause kam Nissen gemeinsam mit Allgöwer zu mir und gratulierte mir zu dem Vortrag. Meine Frau stand neben mir, Allgöwer sagte zu Nissen: „Diese attraktive Dame ist seine Frau." Nissen begrüsste sie ganz herzlich und schaute sie an, dann schaute er mich an und sagte: „Jetzt verstehe ich alles." Nissen hat sich dann in dieser Pause mit meiner Frau unterhalten. Ich habe es meinen Kollegen, die bei dem Probevortrag nicht glücklich waren, hoch angerechnet, dass sie nach dem Vortrag zu mir kamen und mir gratulierten. Auch unsere experimentellen Untersuchungen mit Walter Maurer über die Verstärkung der Luftröhrenhinterwand bei bestimmten Formen des Asthmas unterstützte Allgöwer mit grossem Interesse.

Nach Ausscheiden von Prof. Nissen wurde Walter Maurer eine Zeitlang nach Todtnauberg im Schwarzwald in eine Lungenklinik zur Ergänzung seiner Thoraxchirurgischen Ausbildung geschickt. Die geplante Zusammenarbeit zwischen den beiden Kliniken kam schlussendlich nicht zustande. Maurer kehrte nach einiger Zeit wieder nach Basel zurück.

Die Basler Universitätsklinik wurde zu einer der besten thoraxchirurgischen Kliniken Europas. Die unter Nissen ausgebildeten Oberärzte waren geschickte Thoraxchirurgen. Erich Graedel, der sich zunächst mit Günther Wolff um Herzchirurgie und die Intensivstation für am Herzen operierte Patienten gekümmert hatte, erhielt später unter Allgöwer, nachdem er längst Professor war, neben der Herzchirurgie auch die Lungenchirurgie übertragen.

Die chirurgische Behandlung von Magen-Duodenum-Ulcera (Geschwüre) konzentrierte sich nun mehr auf die Ausschaltung spezieller Magennerven, Vagotomie genannt. Unsere Oberärzte, die bis dahin mit der Teilentfernung vom Magen (Billroth I und II) vertraut waren, hatten echte Probleme, sich mit der neuen Methode anzufreunden. Ihre ersten Versuche waren ziemlich zeitaufwendig. Ich war mit der Methode besser vertraut, weil ich sie mehrfach dem Chef assistiert hatte. Die Methode des Nachweises der Effektivität der Nervendurchtrennung war nach wie vor ein Problem. Mit Billigung des Chefs beschäftigte ich mich zusätzlich exprimentell auch damit. Unser Tracheaprojekt war soweit abgeschlossen und die Resultate fanden klinische Anwendung.

So lange ich Privatassistent war, passierten komische Dinge, die man kaum erzählen kann. Bevor Mr. B. die Klinik verliess, machten er und seine Frau mir ein Angebot, die Familie als eine Art Leibarzt nach Amerika zu begleiten. Er sei sehr reich und auch mächtig und ich würde es sehr gut haben. Ich dachte, er scherzt mit mir. Als er dann aber Prof. Allgöwer diesbezüglich ansprach, lachte Allgöwer nur und erklärte ihm, dass dies zwar gut gemeint, aber keine Perspektive für einen jungen Mann sei, der schon verheiratet ist. Ich betreute auf der Abteilung einen Bankdirektor, dem es nicht gut ging, weshalb es einer ziemlich aufwändigen Betreuung bedurfte. Auf der Intensivstation war kein Platz frei und ich habe mich deshalb auch Samstags und Sonntags um ihn gekümmert. Er war ein netter Mensch, sehr sympathisch und dankbar für jede Hilfe. Die Frau dieses Patienten bedankte sich bei mir für die intensive Betreuung und überreichte mir ein Päckchen, in dem sich mehrere Goldmünzen befanden. Das war mir peinlich und ich wollte das Geschenk zurückgeben, aber mein Freund Burkhard Friedrich kam dazu und meinte, dass das voll verdient sei. Da erschien plötzlich Allgöwer zur Visite und erfuhr die Geschichte. Allgöwer nahm mir die Goldmünzen aus der Hand und steckte sie in meine Kitteltasche und sagte bestimmt: „Sind Sie ganz ruhig, Sie haben für diesen Patienten viel geleistet und viel mehr verdient als dies. Nun sagen Sie kein Wort mehr." So war Martin Allgöwer.

# 22

# Gast-Oberarzt auf der
# Chirurgie des Kantonsspitals Liestal

In der Zeit als ich bei Prof. Waibel in Vertretung von PD Dr. Dunant auf der gefässchirurgischen Abteilung war, fragte mich eines Tages Allgöwer, ob ich bereit sei, bei Prof. Willenegger, Chefarzt der Chirurgie am Kantonsspital Liestal/Baselland, ein hervorragender Chirurg und enger Freund Allgöwers, auszuhelfen, damit Willeneggers Stellvertreter Johannes Müller sich seiner Habilitationsarbeit widmen könne. Er brauche deshalb für ein Jahr einen Oberarzt und wolle mich haben. Ich würde dafür für ein Jahr von der Klinik beurlaubt. Da ich ja als Allround-Chirurg ausgebildet sei, wäre ich dafür bestens geeignet. Ausserdem wohnte ich noch in Liestal. Er empfahl mir, sich das Angebot zu überlegen und mit meiner Frau zu besprechen.

An einer Universitätsklinik, wenn viele gut ausgebildete erfahrene Fachärzte auf die nächst höhere Beförderung zum Chefarzt warten, hat der Chef es nicht leicht, vor allem, wenn keine entsprechenden Positionen zu

vergeben sind. In meinem Fall wollte er seinem Freund, der ein brillanter
Chirurg war, und auch mir einen Gefallen tun. Ich hatte nur Vorteile
gesehen ohne meine Beziehung zur Mutterklinik vollständig verlieren zu
müssen. Ich nahm das Angebot an und auch Rossetti war einverstanden.
Als es soweit war und Dr. Dunant wieder zurückkam, wechselte ich nach
Liestal. In der Freizeit konnte ich meine Untersuchungen in Basel im
Tierraum weiterführen.

Das Jahr Zusammenarbeit mit Hans Willenegger war so fantastisch,
dass ich diese Erfahrungen nie vergessen werde. Willenegger leistete relativ
viel Grundlagenforschung in der Traumatologie. Er war einer der Gründer
der Schweizer AO (Arbeitsgemeinschaft für Osteosynthesefragen) und war
Präsident der AO-International. Er war ein phänomenaler Mann, lebte
auf einem Bauernhof in Baselland. Seine Verdienste in der Therapie von
Knochen- und Gelenkinfektionen machten ihn international bekannt.
Er war für jede Idee, die einigermassen sinnvoll erschien, zu begeistern
und unterstützte deren Verwirklichung. In der Magenchirurgie war er
Befürworter der Billroth I Operation. In der Schweiz hiess sie dann an vielen
Orten die „Operation Willroth I".

60. Geburtstag von Prof. Willenegger (Frau Dr. Witschi, Oberärzte und Assistenten) 1970

In dieser Zeit fing er an, sich auch für die Vagotomie zu interessieren. Er interessierte sich für meine Untersuchungen und liess sich bei der Vagotomie und bei Reflux-Krankheit von mir assistieren. Er und seine Mitarbeiter verwendeten die Lederhaut (Cutis), für vielerlei Korrekturen, wie z. B. als Kreuzbandersatz am Knie, bei Narbenhernien und sonstigen Bänderschädigungen. Da er kein Freund der Nissen-Fundoplicatio war, versuchte er mit Cutisriemen eine Schlinge um den Fundus des Magens und um die Speiseöhre zu legen und an deren Wand anzunähen (Winkelkorrektur). Ich durfte aber weiterhin die Fundoplicatio wie gewohnt praktizieren. Er war ein strenger Chef und manchmal beschimpfte er seine Mitarbeiter ganz fürchterlich, wenn er mit deren Leistung nicht zufrieden war. Ich hatte Glück, da ich sowohl in diesem einen Jahr als auch später, nie von ihm beschimpft worden war. Das Gegenteil war eher der Fall. Er lobte mich überschwänglich bei jeder Gelegenheit und unterstützte mich, wo er konnte. Er führte in Abständen Korrekturoperationen in der Traumatologie und Bauchchirurgie in anderen Kliniken der Schweiz durch, in welchen seine Schüler oder Freunde Chefarzt waren. Mit einer Limousine der Klinik fuhren wir mit Chauffeur, Herrn Züger als Anästhesist, Oberschwester Klara und ich als Assistent jedes Mal an einen anderen Ort operieren. Er übergab mir bald auch die Leitung der sogenannten Intensivstation, da die zuständige Kollegin entlastet werden musste. Das heisst, ich war dort Tag und Nacht beschäftigt.

Für die Familie war es alles andere als einfach, zumal meine Frau ihre Facharztausbildung in Gynäkologie und Geburtshilfe bei Prof. Wenner in Liestal abgeschlossen hatte. Da man ihr die Schweizer Fachanerkennung nur geben wollte, wenn sie die Schweiz verliesse, reichte sie ihre Unterlagen in Deutschland ein und erhielt die Anerkennung als Fachärztin aus Deutschland. Sie konnte, im Gegensatz zu heute, deshalb keine Praxis in der Schweiz eröffnen, was sie heute noch als Glücksfall betrachtet, da sie in der Klinischen Forschung der Pharmazeutischen Industrie in Basel und in der Hormonsprechstunde der Universitätsfrauenklinik ein sehr interessantes und anspruchsvolles Arbeitsleben hatte. Aber auch ich „forschte" weiter. Das Institut für Pathologie hatte im Hause, in den Kellerräumen zwei sehr gute Pfleger. Mit Genehmigung des Pathologiechefs und mit der Hilfe dieser beiden habe ich viele technische Methoden der Chirurgie durch umfangreiche anatomische Untersuchungen ausprobieren können. Jede freie Minute, in der Nacht und Samstag/Sonntag oft bis 3 Uhr morgens sass ich in der Kelleretage in den Autopsieräumen und arbeitete. Die anatomische Darstellung der Vagusnerven und ihrer Variationen untersuchte ich mit Sorgfalt und Ruhe. Es wurde zu der vollständigsten Darstellung der Vagusnerven im Magen-Darm-Kanal, die je durchgeführt wurde, und nicht durch einen Anatomen sondern von einem Chirurgen erarbeitet. Zumindest war dies die Beurteilung von Prof. Hochstätter, des Anatomen der Universität Basel. Er erhielt die gesamten Darstellungen in Diapositiven über Prof. Allgöwer und zeigte sie immer im Studentenunterricht. Ich hoffe nur, dass sie dort weiterhin aufbewahrt und genutzt werden. Ich habe nur die wichtigsten Anteile davon publiziert.

Unter anderen schrieb mir Prof. Walter Poris, damals Ordinarius für Chirurgie an der Universität North Carolina, dass sie die schönste und umfangreichste Darstellung der Vagusnerven seien, die er je gesehen habe. Bei den Untersuchungen hatte ich festgestellt, dass die Äste des Vagusnerven schicht- und etagenweise am Magen verankert sind. Danach habe ich die Technik der Schichtvagotomie unter Schonung des Antrumnervens beschrieben und publiziert. Nach dieser Technik operierten wir dann die Magen-Duodenum-Geschwüre bei Patienten. Damit Willenegger die Cutisplastik bei Refluxkrankheit aufgibt, habe ich unter anderem eine einfache Korrektur der Hiatushernie mit Refluxkrankheit beschrieben, die dann im Hause praktiziert wurde. Diese Methode hat sich besonders zur Korrektur der Refluxbeschwerden bei Kindern bewährt. Prof. Nicole von der Kinderklinik Basel und sein Nachfolger, Prof. Bruno Herzog, führten diese Technik mit Zufriedenheit bei Kindern durch. Auch Rossetti fand diesen Vorschlag gut und publizierte die Resultate in der Helvetica Chirurgica Acta.

Willenegger hatte meine Frau zu einem Gespräch bestellt und ihr mitgeteilt, dass er mit Allgöwer besprochen hätte, meine Habilitation so schnell wie möglich zu forcieren. Ein Jahr Zusammenarbeit mit Prof. Willenegger in

Liestal hat mir fachlich und menschlich sehr viel gebracht. Besonders viel profitierte ich von der Traumatologie und prothetischen Versorgung des Hüftgelenks. Letztere war in Basel Domäne der Orthopädie. Willenegger assistierte sogar seinen Gastärzten, damit sie die Technik richtig lernten. Er meinte, sonst würden diese in ihrer Klinik eine Technik, die sie lediglich gesehen hätten, eventuell falsch anwenden. Willenegger arbeitete nur mit erfahrenen Anästhesiepflegern und -Schwestern. Er war der Meinung, dass Anästhesieärzte zu bequem seien, um Patienten zwischendurch auch manuell zu beatmen.

Erst unter Rossetti, seinem Nachfolger, wurde eine Abteilung für Anästhesie etabliert. Ich danke noch heute dem lieben Gott, dass meine Lehrer, Nissen und Allgöwer, Wert darauf legten, dass ihre Schüler im Rahmen der Ausbildung ein paar Monate auf einer Intensivstation zu arbeiten hatten. Die Einstellung von Beatmungsgeräten und die Beurteilung des Gasaustausches konnte nur dort gelernt werden. Manchmal war ich die ganze Nacht auf der Intensivstation, wenn wir polytraumatisierte Patienten mit Thoraxverletzung hatten. Ich habe viel in Spezialbüchern nachgelesen und bei Bedarf Spezialisten aus Basel oder anderen Kliniken konsultiert. Die Erfolge dieser Arbeit auf der Intensivstation waren ausgezeichnet.

An zwei Patienten muss ich immer wieder denken, da sie mir monatelang jede Sekunde meiner Freizeit beansprucht haben. Es handelte sich um ein Schulkind mit schwerster Tetanuskrankheit. Ich habe alles, was therapeutisch möglich war, getan, um den Knaben zu retten. Ich konsultierte alle Experten, die sich mit Tetanus und seiner Therapie beschäftigt hatten. Schliesslich brachte ich Prof. L. Eckmann, einen früheren Oberarzt von Nissen, der sich über Tetanus habilitiert hatte und über grosse Erfahrungen besass, nach Liestal. Er war durchaus beeindruckt, was wir schon alles getan hatten um diesen Schüler zu retten. Und schliesslich ist es uns auch gelungen. Wir und vor allem die Eltern waren froh und glücklich.

Ein nächster Fall war ein sehr netter junger Polizeibeamter aus Liestal. Er war der Schweizer Armbrustmeister und dadurch bekannt. Er wurde in einem der schwersten Autounfälle verletzt. Polizist M. wurde mit Polytrauma und instabilem Thorax (Rippenserienfrakturen, Sternumverletzung,

Hämato-Pneumothorax, schwerste Ateminsuffizienz, Schädel-Hirntrauma und multiple Frakturen) bei uns eingeliefert.

Es schien eine hoffnungslose Situation zu sein und niemand gab diesem Mann die geringste Chance, diese Verletzungen zu überstehen. Ich stand ganz allein da und kämpfte mit allen medizinischen Möglichkeiten und der Unterstützung meiner Intensivkollegen in Basel, um ihn durchzubringen. Zwischendurch erschien der Regierungsrat und Sanitätsdirektor des Kantons Baselland und sprach mit Prof. Willenegger, der ihm versicherte, dass ich mich sehr um diesen Patienten bemühe. Herr M. wurde wieder gesund und bevor ich nach Basel zurückging, nach Hause entlassen.

Viele Jahre später, als ich mit Rossetti zusammen in Liestal arbeitete, traf ich den Patienten in der Notfallstation der medizinischen Klinik wieder, wo er mich herzlich begrüsste. Auch später brachten mir Polizeibeamte oder seine Freunde immer Grüsse von ihm und seiner Frau.

Schon in diesem Stadium meiner Tätigkeit, beklagte sich mein kleiner Sohn bei seiner Mutter, dass die Väter seiner Spiel- und Schulkameraden um siebzehn Uhr zu Hause seien und mit ihren Kindern etwas unternähmen, vor allem im Sommer, wenn das Wetter schön war. Er sitze immer einsam auf der Haustreppe, die Eltern haben ständig Nachtdienst und er wüsste nicht, ob er überhaupt einen Vater hätte. Als er etwas grösser war, entwickelte er eine starke Abneigung gegen den Beruf des Mediziners. Wenn er gross wäre, würde er nicht arbeiten gehen, sondern zu Hause bleiben und mit den Kindern spielen, erwiderte er, als man ihn fragte, was er denn mal werden möchte. Ich habe damals überhaupt nicht realisiert, wie sehr ich ihn als Vater vernachlässigt hatte.

Es wurde eigentlich immer schlimmer. Meine Lernbegierigkeit und auch der Existenzaufbau nahm mit der Zeit pathologische Ausmasse an. Kurz bevor ich nach einem Jahr intensiver Arbeit in Liestal nach Basel zurückging, fand das Departementstreffen in Liestal statt. Turnusgemäss war Liestal ein Mal im Jahr dran. Ich wurde beauftragt, meine Untersuchungen, einschliesslich der Vagotomietechnik und der klinischen Resultate zu präsentieren. Für Willenegger war es natürlich ein Triumph, den Basler Freunden seine Fähigkeiten und seine Vielseitigkeit zu demonstrieren.

Er hatte ganz bewusst einen Oberarzt aus der zweiten Hirarchiereihe gewählt, da offenbar die Herren aus der ersten Reihe spezielle Bedingungen ausgehandelt hätten. Nun präsentierte er seinen Basler Kollegen seinen einjährigen Gastoberarzt nicht nur mit einem umfangreichen vielseitigen Operationskatalog, sondern auch mit einigen Publikationen und dazu einer fast vollständigen Habilitationsarbeit. Nach der Präsentation meiner Untersuchungen sagte Willenegger ganz grosszügig, dass er und seine Klinik sehr viel von mir profitiert hätten. Er erzählte einige Anekdoten aus dieser Zeit, die meine Basler Kollegen beeindruckten. Allgöwer war ebenfalls beeindruckt. Er meinte, dass er überzeugt gewesen sei, einen tüchtigen und begabten Chirurgen nach Liestal geschickt zu haben, aber hätte sich nicht vorstellen können, dass man in einem Jahr so viel hätte leisten können. Er gratulierte mir herzlich. Er hat mir dann jegliche Unterstützung zugesagt.

Für mich war dieser Abend ebenfalls ein Triumph und Allgöwer bewilligte mir ein ausreichendes Budget für experimentelle Ergänzungen meiner Vagusstudie, die ich ja in Basel bereits begonnen hatte. Aus der anatomischen Studie der Vagusnerven an 100 Bauchsitus beim Menschen, die Technik der Schichtvagotomie, Resultate operativer Fälle, sowie experimentelle Untersuchungen am Hundemagen (Sekretionsanalyse von Insulin und D-Glukose, zirkuläre Myotomie des Übergangs Speiseröhre und Mageneingang) wurde meine Habilitationsarbeit.

Allgöwer hatte die Illusion gehabt, mich als Ordinarius für Chirurgie in Teheran unterzubringen. Es war alles gut gemeint, aber er kannte die Verhältnisse im Iran nicht. Ausserdem war ich inzwischen schon so lange fort und hatte keine enge Beziehung mehr mit Land und Leuten. Martin Allgöwer wollte immer gern an jedem Punkt der Erde einen Schüler als Chefchirurgen haben. Leider klappte es nicht immer so, wie er es sich vorstellte. Nachdem ich wieder an die Basler Klinik zurück gekehrt war, arbeitete ich als Oberarzt der Notfallstation. Ich hatte genügend Zeit, den experimentellen Teil meiner Arbeit fortzusetzen und zu beenden.

In so einer grossen Klinik war es hochinteressant, ausser der täglichen Arbeit auch Schicksale einzelner Kollegen zu erleben. Viele Dinge passierten so diskret, ohne dass man davon erfuhr. Andere Ereignisse wurde bewusst publik gemacht, weil sich manche Kollegen davon einen Nutzen versprachen. Wenn man überhaupt vom Schicksal des einem oder anderen erfuhr, waren es meist traurige Ereignisse. Ein Kamerad erschoss sich während seines Militärdienstes mit der Dienstwaffe, obwohl er gerade zum Chefarzt gewählt worden war. Der nächste liess Frau und Kind zurück und verschwand. Wieder einer, wollte unbedingt im Urwald oder Krisengebieten arbeiten und liess die Familie allein.

Ein anderer musste seinen Traum, ein bekannter Chirurg zu werden, aufgeben, weil man sein Potential nicht erkannte und er nicht in die organisierte Einheit passte. Er landete dann depressiv bei einer Versicherungsgesellschaft. Die von vornherein Auserwählten wurden von allen Seiten unterstützt, doch ob sie dies auch alle verdient hatten? Vorurteile, Neid, Eifersucht, Antipathie und Verleumdungen, nicht selten auch Lob, Sympathie und Anerkennung sind in solchen Institutionen, wo viele Menschen nebeneinander arbeiten, Alltag.

Die Organisation der Klinik erfuhr einige Veränderungen. Allgöwer, der vielseitig beschäftigt war, operierte drei und später nur noch zwei Tage in der Woche. Nissen war der Meinung, dass die Einheit Chirurgischer Abteilungen erhalten und die Spaltung in Unterdisziplinen vermieden werden müsse. Dadurch konnte Allgöwer seine Vision umsetzen, die Abteilungen in einem Departementsystem zu vereinigen. Er etablierte das Pool-System, wodurch die Oberärzte durch Nebeneinnahmen besser motiviert und auch gerechter honoriert wurden. Die Verteilung des Poolgeldes erfolgte nach einem bestimmten Punktesystem. Viele Kliniken Europas haben versucht, die Basler Methode zu kopieren. Soweit ich orientiert bin, hat das Modell, welches seit mehr als vierzig Jahren in Basel bestens funktionierte, an keinem Ort standgehalten. Das Ulmer Poolsystem war anderes konzipiert und war lange nicht so gerecht wie das Basler Modell.

Da Allgöwer neben dem Forschungsinstitut in Davos, seiner Fliegerei, Skifahren, internationalen Verpflichtungen und der AO-Kurse (Kurse zum Erlernen der Behandlungstechnik von Knochenbrüchen, in der Schweiz entwickelt) in Davos sehr beschäftigt war, führte Rossetti die Klinik. Allgöwer war grosszügig und hätte gerne gesehen, dass Rossetti gelegentlich

Ferien macht und sich mehr entspannt. Rossetti blieb aber selten der Klinik fern. Inzwischen wurden ein paar junge Assistenten angestellt, die in Amerika als „Fellow" Forschungsarbeiten absolviert hatten. Unter denen war der junge Felix Harder und Willy-Werner Rittmann. Felix Harder, Patenkind von Allgöwer, war ein richtiger Sunnyboy, immer gut gelaunt. Ein gut aussehender intelligenter junger Mann, der sogar beim Staatsexamen von Prof. Nissen nur eine einzige Frage bekam. Nissen sagte danach zu ihm: „Sie sind ein schlauer Kerl und werden es sicher weit bringen." Aus Felix Harder, der mehrsprachig aufgewachsen war, wurde ein hervorragender Chirurg und exzellenter Klinikchef. Niemand hatte damals geahnt, dass der Sunnyboy Felix Nachfolger von Allgöwer und Ordinarius für Chirurgie in Basel würde.

Ich führte inzwischen gemeinsam mit Thomas Rüedi eine der zwei an Bettenzahl grössten operativen Abteilungen der Chirurgie. Thomas Rüedi war ein sympathischer Mann. Gut aussehend, wohl erzogen und fleissig. Er beeindruckte mich enorm, weil er sehr diszipliniert seine Ausbildung betrieb. Während ich als Allround-Chirurg auf allen Bühnen zu tanzen versuchte, eine Station führte, Oberarztdienst leistete und in der Freizeit noch im Keller der Klinik an Tieren Forschung betrieb, versuchte er Schritt für Schritt die einzelnen Gebiete der Chirurgie zu erlernen und damit zu beherrschen. Auch in der Traumatologie entwickelte er sich unter Allgöwer und vor allem auch unter Aufsicht des Meisters Peter Matter zu einem hervorragenden Fachmann auf diesem Gebiet.

Nun sass er mir an unserem grossen Schreibtisch gegenüber und versuchte die Bauch- und Thoraxchirurgie hintereinander in gleicher geflissentlicher Weise zu beherrschen, was ihm bestens gelungen ist. Er war korrekt, hörte gut zu, war etwas verschlossen mit leicht traurigen Augen, aber sympathisch, anders als Felix, mit dem man unbekümmert Spass haben konnte. Manchmal, wenn bei ihm das Telefon klingelte und seine Frau, die meine Frau und ich sehr mochten, am Apparat war, da blühte Thomas auf und strahlte. Meist ging es dann um die Kinder. Ich versuchte ihn gelegentlich abends, wenn wir noch am Schreibtisch sassen, mit abenteuerlichen Geschichten über Operationstechniken und deren geschichtliche Entwicklungen aufzumuntern. Er wunderte sich, wo ich diese Dinge her hätte und wieso ich mit meinen paar Jahren Chirurgie solche Variationen kenne. Abgesehen davon, dass ich ein bisschen angeben wollte, versuchte ich ihn auch nach der stressigen Arbeit etwas aufzumuntern. Vielleicht habe ich ihn damit auch mal geärgert. Wir hatten am nächsten Tag einen Pankreaskopf-Tumor zu operieren. In unserem Zimmer war eine kleine schwarze Tafel, worauf die zu operierenden Fälle aufgelistet waren. Bevor der zuständige Senior-Oberarzt zur Besprechung kam, skizzierte ich ihm auf Papier die üblichen technischen Variationen der Operation, die nach Whipple benannt waren. Er reagierte leicht irritiert, fragte aber ganz höflich, ob ich mich im Hinblick auf die morgige Operation extra vorbereitet hätte. Aus Spass fügte ich hinzu, dass ich die Whipple-Operation so gut kenne, weil Whipple ein Landsmann von mir sei. Das war zu viel für Thomas. Er sass sprachlos und blass mir gegenüber und dachte sich wohl im Stillen: „So eine Frechheit!" In diesem Moment kam unserer Senior-Oberarzt PD Dr. Bircher (damals gab es noch keinen „Leitenden Arzt") ins Zimmer und sah uns an, Thomas blass und ruhig, ich ganz rot im Gesicht und schwitzend. Er fragte was da los sei. Thomas erzählte ihm die Geschichte. Der Senior-Oberarzt, der mich schon viele Jahren kannte, lachte und sagte: „Machen Sie sich nichts daraus, er erzählt gerne orientalische Märchen." Da konterte ich aber, dass die Eltern von Allen Oldfather Whipple christliche Missionare im Iran waren und Allen in dieser Zeit, nämlich 1881 im Iran geboren wurde und dort und im mittleren Osten seine Kinderjahre verbracht habe. Die nach ihm benannte Whipple-Operation (1935) bei Krebs des Bauchspeicheldrüsenkopfes war eigentlich bereits 1912 erstmals von W. Kausch (Deutschland) vorgenommen worden. Auf diese Weise haben wir ein paarmal in der Woche unseren Plausch gehabt. Als Professor und Chefarzt des Kantonsspitals Chur war er ein hervorragender Chirurg und Lehrer. Mit Thomas und seiner Frau verbindet uns bis heute eine freundschaftliche Beziehung.

In der Klinik war Cliquenbildung Gang und Gäbe, was früher in der Art nicht der Fall war. Meist waren es Gruppen von drei bis vier Kollegen, die sich entweder noch aus der Schul- oder Studienzeit kannten und familiären

Kontakt pflegten. Wenn man die Chance hatte, den weiteren Werdegang solcher Gruppen auch später zu verfolgen, konnte man feststellen, dass ähnlich wie bei deutschen Studentenverbindungen, sich diese für einander einsetzten, sobald einer eine besondere Machtposition erreicht hatte. Dies war unabhängig davon, ob man Schüler von dem einen oder anderen Professor war. Mit den meisten meiner Freunde, die ich von Beginn meiner Tätigkeit in Basel kannte, blieb trotz Ortswechsel der Kontakt in irgendeiner Weise erhalten. Burkhard Friedrich wechselte nach Würzburg, habilitierte sich dort und wurde Professor und Direktor der grossen Unfallklinik in Bremen. Wir haben uns danach leider nur noch zweimal gesehen.

Mit Freunden wie Carlo Pusterla, Chefarzt der Chirurgie in Delémont und PD Markus Rist, Chef der Urologie am St. Claraspital, besteht weiterhin Kontakt. Mein langjähriger Freund Konrad Hell ging habilitiert mit Rossetti nach Liestal an das Kantonsspital. Nach einigen Jahren wechselte er zu Roche, arbeitete wissenschaftlich und erhielt die Professur von der Universität Basel. Wir treffen uns öfters in Basel. Sein Werdegang war ähnlich wie meiner mit guten und mit schlechten Zeiten, nicht immer unkompliziert.

Unser Freund Jean Henri Dunant, Privatdozent für Chirurgie verliess die Klinik, hatte eine Praxis in Basel und operierte erfolgreich in Privatkliniken Basels. Viel später wurde er in den Schweizer Nationalrat gewählt und ist ein erfolgreicher Politiker. Die Chirurgie hatte er aufgegeben. Unser Freund Adamo aus Nigeria wechselte nach Lausanne und besuchte uns gelegentlich in Basel. Geiges führte seine Privatklinik in Freiburg als Chef weiter. Dr. Paul Linder eröffnete das Ambulatorium Wiesental in Basel. Einige Jahre später wurde er als Leiter der Notfallstation der Klinik Basel berufen.

Freunde, die nicht nur altersmässig, sondern auch in der Hierarchie höhere Positionen innehatten, egal ob sie Nissen oder Allgöwer als Chef hatten, wurden Chefarzt in verschiedenen Kliniken. Privatdozent Florian Enderlin wurde Chefarzt der Chirurgie am Kantonsspital Chur. Nach einigen Jahren gab er diese Position auf und Thomas Rüedi wurde sein Nachfolger.

Sehr gefreut habe ich mich, als ich Andreas Steiner auf dem Fest aus Anlass des neunzigsten Geburtstages von Allgöwer in Zürich wieder getroffen habe. Er hatte mehrere Jahre in Afrika gearbeitet und unter anderem auch die Albert Schweitzer Klinik in Lambarene geleitet. Es war eine sehr herzliche Begegnung und ich erfuhr einiges aus seinem Leben nach Weggang aus der Basler Klinik. Nach Rückkehr in die Schweiz hatte er Philosophie studiert und inzwischen einige Bücher geschrieben, die meine Frau und ich mit grossem Interesse und Vergnügen gelesen haben. Wir sind weiterhin in Kontakt.

Walter Maurer war zunächst Stellvertreter von Prof. Berchtold im Bürgerspital Solothurn. Nach Berchtolds Wechsel nach Bern als Ordinarius für Chirurgie wurde Maurer Chefarzt der Chirurgie in Solothurn. PD Künzli wurde Chefarzt im Krankenhaus Rheinfelden (nicht weit von Basel), Prof. Schultheiss Chefarzt der Chirurgie in Biel, Prof. Nigst und Prof. Pfeiffer blieben in der Basler Klinik. Prof. Weibel übernahm die Chefarztposition am Kantonsspital Bruderholz, Baselland und hatte bis zur Pensionierung auch das Zentrum für Gefässchirurgie in seiner Klinik. Prof. Peter Matter wechselte nach Davos als Chefarzt der Chirurgie und kümmerte sich auch um AO-Angelegenheiten. PD Walter Müller wurde Chefarzt der Chirurgie in Bellinzona, Tessin.

Mein Freund Caius Burri, inzwischen habilitiert, wurde an die deutsche Universität Ulm berufen, um die moderne Traumatologie nach den Prinzipien der AO (Arbeitsgemeinschaft für Osteosynthesefragen), die in der Schweiz entwickelt wurden (Prof. Maurice Müller, Martin Allgöwer und Hans Willenegger) in Ulm und in Deutschland zu etablieren. Unter Allgöwer war gesellschaftlich immer etwas los. Allein durch das monatliche Zusammenkommen des Departements mit interessanten Vorträgen, das immer mit einem sehr guten Nachtessen in besten Restaurants der Stadt endete, gab es gute Gelegenheiten auch für Assistenten und Medizinstudenten der Kliniken der Region und grenznahen Krankenhäuser miteinander zu diskutieren Auch dies war eine Spezität der Basler Klinik und ein Verdienst Martin Allgöwers. Die Spontanität seiner Handlungen war oft einmalig. Eines Tages gab Allgöwer während unserer täglichen Besprechung bekannt, dass er für den internationalen Kongress in San Remo ein Flugzeug gemietet habe und viele Schweizer Chefärzte mitflögen. Es seien noch zwei Plätze frei. Er schaute zu mir und sagte: „Sie dürfen mit!" und fragte, wer den letzten

Platz haben solle. Neben mir sass ein Kollege, der in meinem Team für die Notfallstation als Assistenzarzt eingeteilt war. Er war gerade nach einer zweijährigen Tätigkeit in den USA in die Schweiz zurückgekommen. Ganz spontan schlug ich Dr. Steiner vor. Allgöwer akzeptierte meinen Vorschlag. Wir waren natürlich von der Klinik eingeladen.

An dem bewussten Tag starteten wir von Basel in Richtung Nizza, Frankreich mit einem nicht allzu grossen Flugzeug voll von Chefärzten und Abteilungsleitern, dazu ich und Dr. Steiner. Das Wetter war an diesem Tag nicht so gut. Unterwegs geriet unser Flugzeug ein paarmal in starke Turbulenzen. Plötzlich wurde das Flugzeug in einen Strudel gerissen. Durch den starken Stoss fielen alle, die hinten und in der Mitte sassen, mit einer enormen Wucht und schreiend nach vorne. Angst, Blässe und Schweisstropfen auf dem Gesicht bei allen! Ausser bei Allgöwer, der wahrscheinlich als Pilot solche Situationen kannte und sehr laut lachte. Rossetti, der wie wir alle in Angst und Spannung versuchte, sich irgendwo festzuhalten, meinte zu Allgöwer: „wie kannst Du bei so einer Situation so lachen?" Gott sei Dank, war die Gefahr vorüber. Im Flugzeug herrschte totale Stille. Damit wieder Normalität einkehre, sagte ich ganz laut: „Gott sei Dank, dass alles gut gegangen ist, sonst wären mit einem Schlag so viele Chefarztstellen in den Schweizer Spitälern frei geworden. „Alle lachten und Heiterkeit im Flugzeug kehrte zurück. Wir sind dann problemlos in Nizza gelandet und mit dem Bus nach San Remo weitergefahren.

Allgöwer hatte eine besondere Begabung, geeignete Fachkollegen für wissenschaftliche Projekte, die ihn interessierten, zu begeistern. Dorothee Liebermann-Meffert, Professor für Chirurgie, machte unter anderem umfassende Untersuchungen über den Schliessmuskel am Übergang zwischen Speiseröhre und Magen im Zusammenhang mit der Refluxkrankheit und deren Korrektur durch die Nissen-Antirefluxoperation, Fundoplicatio genannt. Allgöwer wollte das Rätsel der Verbrennungskrankheit verstehen und lösen. Bis zu den letzten Tagen seines Lebens kämpfte er dafür, einen wissenschaftlichen Nachweis zu präsentieren. Er überredete einen Basler Wissenschaftler zur Aufnahme entsprechender Untersuchungen aus Amerika zurückzukommen. In einem speziell für ihn eingerichteten Institut versuchte der Wissenschaftler die von Allgöwer angenommenen Verbrennungstoxine nachzuweisen um Antitoxine herzustellen. Der Wissenschaftler war mit der Zeit sehr überzeugt und lieferte interessante Daten dazu. Es war ihm so wichtig und ernst, dass er höchst empfindlich reagierte, wenn er sich in seinem Institut gestört fühlte. Obwohl unsere Beziehung gut war, beschwerte er sich einmal bei Allgöwer über mich.

Gemeinsam mit Serge Krupp, einem langjährigen Oberarzt von Nissen und später Professor und Chef der Plastischen Chirurgie an der Universität Lausanne, führten wir experimentelle Untersuchungen über die Wundheilung unter Zinksulfat durch. Unsere Untersuchungsräume lagen genau gegenüber des Instituts des Wissenschaftlers. Dazwischen gab es einen riesigen Garten des alten Klinikanteils. Ich arbeitete mit Minipig-Schweinen, die etwa 15 kg wogen. Sie hingen in einer speziellen Hängematte, die für die vier Beine Öffnungen hatten. Die Untersuchungen an der Haut waren schmerzlos. Die Minipig-Schweine waren an sich ganz brav. Aber es gab auch einzelne, die sehr kräftig und auch sehr schlau waren. Als Helfer hatte ich einen Tierpfleger. Aber immer wenn ich gerade allein in zwei Räumen beschäftigt war, schaffte es eines der schlauen Tiere aus der Hängematte zu entkommen und durch meist alte wackelige Türen ins Freie zu rennen. Der Wissenschaftler beobachtete bei dieser Situation aus seinem Institut, wie ich durch den grossen Garten dem Schweinchen hinterherrenne um es wieder einzufangen. Er amüsierte sich köstlich und lachte mich richtig aus. Einmal konnte ich gemeinsam mit meinem Tierpfleger das Schweinchen nicht finden. Plötzlich hörten wir aus dem Institut einen Schrei und der Wissenschaftler beschimpfte mich und meine Schweinchen ganz fürchterlich. Nun rannte er dem Schwein hinterher. Es hatte sich im Forschungslabor unter seinem Tisch versteckt. Als ich Allgöwer die Geschichte erzählte, lachte er nur ganz herzhaft, ohne die Beschwerde des Wissenschaftlers ernst zu nehmen.

# 23

# Wechsel nach Ulm

Mein Freund Caius Burri, inzwischen habilitiert, wurde an die deutsche Universität Ulm berufen um die moderne Traumatologie nach den Prinzipien der AO (Arbeitsgemeinschaft für Osteosynthesefragen), die in der Schweiz entwickelt wurden (Prof. Maurice Müller, Martin Allgöwer und Hans Willenegger) in Ulm und in Deutschland zu etablieren. Die Universität Ulm war relativ neu gegründet. Aus dem neunzig Jahre alten Stadtkrankenhaus wurde die Universitätsklinik. In Ulm gab es damals zwei Ordinariate für Chirurgie. Die Klinik I mit Schwerpunkt Bauchchirurgie war unter der Leitung von Prof. F. Niedner, der relativ lange schon Chefarzt der Chirurgie war. Für die Klinik II mit Schwerpunkt Gefässchirurgie wurde Prof. Jörg Vollmar aus der Universitätsklinik Heidelberg berufen. Mit der Berufung Vollmars nach Ulm hat das Wahlgremium einen hervorragenden Chirurgen und quasi den „Papst der Gefässchirurgie" nach Ulm berufen. Es entstand ein Zentrum für Gefässchirurgie.

Caius Burri war ein geschickter Chirurg und Traumatologe, sehr sozial und hilfsbereit, der in AO-Kreisen und besonders von Prof. Willenegger sehr geschätzt wurde. Dieser besuchte ihn gelegentlich in Ulm und war manchmal einige Tage sein Gast.

Professor Ahnefeld war damals Ordinarius für Anästhesie und Intensivmedizin an der Universitätsklinik in Ulm. Er war Beauftragter der Universität, Verhandlungen mit ausgesuchten Personen zu führen. Ahnefeld hatte Burri versprochen, alle seine Wünsche zu realisieren. Burri ging dann mit einer deutschen Op.-Schwester und einem deutschen Kollegen, Dr. Henkemeyer nach Ulm. Er wollte sehr gern Felix Harder mitnehmen, aber Allgöwer lies ihn nicht gehen, da er ihn in seinem Team brauchte. Burri war zunächst in der Klinik II unter Prof. Vollmar und versuchte die Traumatologie aufzubauen. Bei seinem Temperament und seinem unglaublichen Ideenreichtum, verbunden mit enormem Fleiss, gelang es ihm, innerhalb ein paar Monaten eine in Qualität, Technik, Innovation und Organisation sehr gut funktionierende Traumatologie-Randgebiet-Orthopädie zu etablieren. Die jungen Assistenten waren von ihm und seiner Abteilung so fasziniert, dass die Mehrzahl der Assistenten mit ihm arbeiten wollten um Traumatologe zu werden. Nun war Burri Leiter dieser Abteilung und seine Stelle bei Prof. Vollmar wurde frei.

Eines Tages erschien Burri in Basel und besuchte mich. Er kam im Auftrag vom Prof. Vollmar und offerierte mir die freie Stelle bei Vollmar. Die Klinik II unter Vollmar bestand neben dem Zentrum für Gefässchirurgie auch aus der Abteilung für Bauch-, Thorax- und Transplantationschirurgie. Mit meiner Ausbildung als Allroundchirurg war diese Tätigkeit ideal für mich. Es gab Bedingungen und auch Probleme, die überwunden werden mussten. Die Bedingung war, dass ich meine Habilitationsarbeit von Basel zurückziehe und an der Universität Ulm abgebe. Die neue Universität brauchte habilitierte Mitarbeiter und es hätte eine gewisse Zeit gebraucht, bis die junge Mannschaft in Ulm so weit wäre. Zunächst musste ich mit Prof. Allgöwer reden. Er war völlig überrascht und wunderte sich, dass Burri ihn nicht orientiert hatte. Er meinte, ich solle zum Vorstellungsgespräch zu Vollmar nach Ulm fahren. Sollte sich Vollmar für mich entscheiden, dann könnte ich mit jeder Unterstützung von seiner Seite rechnen. Meine Frau war auch dafür. Mein Termin bei Prof. Vollmar in Ulm fiel gerade in die

Mittagszeit. Nach kurzer Begrüssung nahm er mich mit zum Mittagessen. Wir landeten in der obersten Etage der alten Klinik, wo es kleine Räume mit schrägen Wänden gab. Es war alles sehr bescheiden und musste mit der Zeit umgebaut werden. Das dauerte noch lange bis aus dem alten Krankenhaus eine moderne Universitätsklinik entstand. Da erschien Frau Martha, die für den Speisesaal der Chef- und Oberärzte zuständig war. Diese erfahrene Dame schien von den Ärzten geschätzt zu sein. Vollmar, der in Geislingen bei Ulm aufgewachsen war, redete mit ihr in schwäbischem Dialekt.

Das Esszimmer war sehr einfach eingerichtet. Es kamen dann einige Chefärzte zum Essen, darunter auch der Pathologe Prof. Haferkamp. Er war ein imposanter Mann, sehr witzig. Er erzählte ununterbrochen seine Geschichten und Vollmar lachte ganz herzhaft. Es war ein vergnüglicher Mittagstisch für alle Anwesenden. Danach haben wir über verschiedene Themen gesprochen. Anschliessend zeigte er mir die Abteilungen und erzählte dabei, dass man am Anfang relativ viel Pionierarbeit leisten müsse. Er stellte mich Prof. Ahnefeld vor. Dieser begrüsste mich sehr freundlich und erzählte einige lustige Geschichten.

Mein erster Eindruck war sehr positiv. Vollmar war ein gut aussehender, sehr sympathischer Mann, schlank, braun gebrannt und liebenswürdig. Ich hatte Vollmar vorher nur einmal bei einem Kongress erlebt. Beim Verabschieden sagte Vollmar, er freue sich auf eine Zusammenarbeit. Während eines kurzen Besuchs bei Burri teilte dieser mir mit, dass Vollmar ihn inzwischen angerufen habe, von mir angetan sei und mich unbedingt als Mitarbeiter gewinnen möchte. Ich solle die Unterlagen so rasch wie möglich zusenden und mitteilen, wann ich anfangen könne. Es dauerte dann doch noch ein paar Monate, bis ich nach Ulm wechseln konnte.

In meinem Team auf der Notfallstation in der Basler Klinik war ein junger deutscher Kollege, Dr. Wolter. Er hatte gerade das Amerikanische Staatsexamen (ECFMG) bestanden und wollte für ein Jahr „Internship" nach San Francisco. Als er hörte, dass ich nach Ulm ginge, fragte er mich, ob er ihm dort eine Stelle organisieren könnte. Er würde gern mit mir nach Ulm kommen statt in die USA zu gehen. Ich telefonierte mit Prof. Vollmar und er war einverstanden, dass Dr. Wolter als Assistent mit mir nach Ulm kommt. Dass er auf San Francisco zu Gunsten der Uni Ulm verzichtet hatte, erwies sich später als eine weise Entscheidung. Mit Hilfe der Sekretärinnen fand ich in unmittelbarer Nähe der Uniklinik eine Unterkunft. Meine Familie blieb zunächst in Liestal.

Mein Abschied von der Klinik Basel gestaltete sich insofern etwas ungewöhnlich, als ich am Vorabend eher zufällig noch einen schwerst Verunfallten zu betreuen hatte. Während des wöchentlichen Komplikationsrapports im Hörsaal der Chirurgie einen Tag vor meinem Abgang, stellte Prof. Allgöwer einen etwa dreissigjährigen Mann vor, der eine Reitschule etwa 20 Kilometer von der Schweizer Grenze entfernt auf der deutschen Seite leitete. Nach einer komplizierten Becken- und Wirbelfraktur war er von Prof. Morscher operiert worden und lag auf der Privatstation. Von mir operiert lag ein anderer Patient auf dieser Station. Als ich diesen Patienten am Abend besuchte (es war ein Freitagabend) da fragte ich die diensthabende Schwester, ob sonst auf der Abteilung alles in Ordnung sei. Nach kurzer Überlegung meinte sie, dass der junge Mann mit der schweren Operation nach Reitunfall ihr nicht gefalle. Er sei etwas kurzatmig und schläfrig. Sie hätte den Nachtarzt gerufen, aber dieser hätte ausser Schmerzmitteln nichts verordnet. Ich ging in sein Zimmer, um nach ihm zu schauen. Der Patient befand sich in schwerster Atemnot, tachykard (Pulsbeschleunigung), kaum messbarer Blutdruck und schlecht ansprechbar. Ich realisierte, dass es hier fast „fünf Minuten vor zwölf" war. Nach arterieller Blutgasanalyse, Sauerstoff, zentralvenöser Druckmessung, suprapubischem Blasenkatheter, Infusion und Macrodex, habe ich am Freitagabend viel herumtelefonieren und kämpfen müssen, bis ich einen frisch operierten, aber stabilen Patienten auf die Station und diesen jungen Mann auf die Intensivstation verlegen konnte. Ich habe den gefährdeten Patienten bis Mitternacht ständig überwacht. Inzwischen war er wieder ansprechbar, die Blasenfunktion kam wieder in Gang, Kreislaufparameter hatten sich gebessert. Im Röntgenbild sah man eine schwere diffuse Verschattung der Lungen auf beiden Seiten. Ich ging erst dann nach Hause, als ich sicher sein konnte, dass alles soweit unter Kontrolle war. Am Wochenende, obwohl ich keinen Dienst hatte, besuchte ich ihn und kümmerte mich um ihn.

Morscher war am Wochenende abwesend. Er erfuhr von diesem Fall erst am Montag, nachdem alles stabil war und auch die Antibiotikatherapie gut angeschlagen hatte.

Allgöwer hat persönlich diesen Fall in der Versammlung vorgetragen und mich mit höchstem Lob und Anerkennung unter Beifall meiner Kollegen verabschiedet. Morscher war ohnehin sehr dankbar und sagte zu mir, dass er so froh sei, dass gerade ich auf die Abteilung gekommen war. Rossetti verabschiedete mich in seinem Zimmer und erzählte mir, dass er Prof. Nissen bereits orientiert habe, dass ich nach Ulm wechsele, aber in Basel vorläufig wohnhaft bliebe. Er brachte mir Grüsse von Nissen für meine Frau und mich. Dann sagte er liebenswürdigerweise, dass ich jederzeit wieder zurückkommen dürfe, wenn irgend etwas nicht klappen sollte. Mit dieser Beruhigung verliess ich die Klinik. Ich war mir aber bewusst, dass das Sprichwort „aus den Augen, aus dem Sinn" auch hier seine Berechtigung haben wird.

An einem Sonntag fuhr ich mit meinem Auto nach Ulm und bezog mein möbliertes Zimmer bei einem älteren Ehepaar, das in der unteren Etage des Hauses wohnte. Es war eine Neubausiedlung, sehr nah zum Safranberg, wo sich die Klinik befand. Die Renovationsarbeiten innerhalb der Klinik hatten gerade angefangen. Es ging alles sehr langsam voran. Ich war mit Prof. Vollmar und den Sekretärinnen in einer Baubaracke untergebracht. Luxuriös war es nicht gerade! Als erstes wurde die Privatstation umgebaut. Der Gang zu den Operationssälen war relativ breit und völlig offen zur Station. Rechts und links in halber Wandhöhe unterhalb der Fenster waren viele Schubladen und Schränke voll von Op.-Material. Es gab vier Operationssäle, die zwar alt aber drei davon relativ gross waren. Am Anfang des Ganges gab es ein kleines Aufenthaltszimmer für die Ärzte. Es herrschte ein familiärer, immer angenehmer Ton unter den Kollegen.

Nachts gab es immer Notfälle zu operieren. Da sowohl Vollmar als auch Burri am Anfang komplizierte Eingriffe immer persönlich operierten, war es meist sehr unterhaltsam, da Prof. Vollmar gern lustige Geschichten zum Besten gab. Vollmar war sehr belesen, kannte zahlreiche Geschichten aus Medizinhistorik, Kultur, Kunst und berichtete auch über selbst Erlebtes aus seiner langjährigen Tätigkeit im In- und Ausland. Er faszinierte jedesmal von Neuem seine Zuhörer. Gelegentlich übernahm auch Prof. Ahnefeld nachts die Narkose, der ebenfalls ein begeisternder Erzähler war. Wenn er dann dazu kam, wurde es in der Op.-Pause in diesem kleinen Raum so interessant, dass wir oft bedauerten, dass die Pause so kurz und wir wieder an den Op.-Tisch zurück mussten. Diese wunderbare Arbeitsatmosphäre, die damals in dieser neu etablierten Uniklinik herrschte, kann man kaum beschreiben. Je grösser und je moderner die Klinik im Laufe der Zeit wurde, desto unpersönlicher wurde die Arbeitsatmosphäre.

Neugierig war ich auf die Begegnung mit Prof. Fritz Niedner, der Chef der ersten Chirurgischen Klinik. Ich musste mich in Geduld üben, da er offenbar häufig abwesend war. Einmal sah ich ein grosses schwarzes Auto, offenbar ein Cadillac mit einem Schweizer Nummernschild im Hof vor dem Büro von Niedner. Ein Chauffeur in weissen Handschuhen stieg aus und hielt die Tür auf. Ein kleiner Mann mit Fliege stieg aus. Nun wusste ich, dass Niedner wieder da war. Burri hatte mit ihm einen Termin vereinbart. Er wollte unbedingt, dass ich mit Burri gemeinsam am Sonntag zu ihm nach Hause komme. Das taten wir an einem Sonntagnachmittag. Ich hatte den Eindruck, bei einem orientalischen Pascha zu Besuch zu sein. Damen haben uns zunächst rechts und links bedient und liessen uns Männer dann allein. Wir haben uns sehr nett unterhalten. Auch in der Klinik, in der er die Chirurgie längere Jahren autoritär geführt hatte, trat er wie ein Pascha auf. Er war bekannt als hervorragender Chirurg, der in Ulm auch Thorax- und offene Herzchirurgie betrieben hatte. Er hatte mit der Firma Ullrich, die in Ulm zu Hause war, eine Herz-Lungen-Maschine gebaut. Nach der Neustrukturierung der Klinik durfte sich seine Abteilung nur noch mit Allgemein- und Bauchchirurgie beschäftigen. Er hatte grosse Erfahrung in der Pankreaschirurgie und totaler Entfernung des Magens bei bösartigen Tumoren. Wenn er da war und operierte, mussten alle Resektionspräparate am Nachmittag vor dem Op.-Eingang vorgeführt werden. Er stellte Fragen an den jeweiligen Operateur. Die zentrale Absetzung der Gefässe sowie eine vollständige Entfernung des Mesorektum war ihm sehr wichtig.

Die Häufigkeit von Pankreaserkrankungen (Bauchspeicheldrüse) der Region war beachtlich. Dieses Potential wurde vor allem von Prof. H. G. Beger und seinen Stellvertretern, vor allem Prof. Markus Büchler, erkannt. Ulm wurde so auch ein anerkanntes Zentrum für Pankreaschirurgie.

Wir waren zwar in einer Klinik aber in zwei sehr unterschiedlichen Abteilungen, die ausser Dienstaufgaben unabhängig von einander arbeitete. Über Niedner wurde erzählt, dass er häufig Ferien mache, aber nach seiner Rückkehr noch am Abend in die Klinik käme, um sich mit Hilfe der gesamten Unterlagen über Vorgänge in seiner Klinik während seiner Abwesenheit, Anzahl und Art der operativen Eingriffe, Komplikationen und sonstiger Besonderheiten zu informieren. Die Sekretärin war so gedrillt, dass irgend welche Versäumnisse ausgeschlossen waren. Niedner studierte die Informationen sorgfältig und erschien mit diesem Wissen am nächsten Morgen im Rapportzimmer. Er pickte vor allem negative Ereignisse und Strategiefehler heraus und kritisierte heftig.

Er tat so, als wäre er die ganze Zeit anwesend gewesen. Bevor die Klinik als Universitätsklinik umorganisiert wurde, war Niedner alleiniger Herrscher. Die Umstellung auf die neue Situation schien ihm schwer zu fallen. Dennoch war seine Beziehung zu Prof. Vollmar kollegial, höflich und mit gegenseitigen Respekt verbunden. Herzlich war aber seine Beziehung mit Burri, den er als Mensch und Fachmann sehr schätzte.

Meine Beziehung mit Niedner war gut und vertrauensvoll. Er hatte schnell gemerkt, dass ich ihn als sehr guten Chirurgen schätzte. Er war zwar nicht mein Chef, aber ich diskutierte häufig mit ihm über unterschiedliches Vorgehen und Abweichungen der Methoden gegenüber der Basler Klinik. Beim Pankreaskarzinom bevorzugte er die totale Entfernung des Pankreas. Er meinte, dass die Patienten mit acht bis zwölf Einheiten Depot-Insulin gut einzustellen wären und man würde mit der Totalentfernung ein Tumorrezidiv im Restpankreas verhindern. Wir hielten allerdings an der Teilresektion (Op. nach Whippel) fest.

Seine Oberärzte entfernten im Nachtdienst bei diffuser Blutung des Magens diesen total. Ich machte dagegen die Stammvagotomie mit Erweiterung des Magenausganges. Der Effekt war gleich gut. Eine Besonderheit seiner Richtlinie in der Bauchchirurgie war die Vermeidung einer Drainage auch im Falle eines Dickdarmwanddurchbruchs und

Bauchfellentzündung durch Stuhl. Ich kam von einer Schule, in der Drainage in jeder Situation angewandt wurde. Bei Eiter und Stuhl im Bauchraum wurde nach Sanierung des Infektionsherdes die Bauchhöhle mit 8-10 Liter Flüssigkeit gespült, gesäubert und trockengelegt. Danach wurde das Bauchfell ganz dicht verschlossen ohne Drainage. Bei der Visite auf der Überwachungsstation diskutierte ich mit Prof. Niedner und meinte ganz vorsichtig, dass durch Spülen und Trockenlegen und dichten Verschluss des Bauchfells kaum aggressive Bakterien aus dem Stuhl ausgeschaltet werden können. Daraufhin sagte er mit Überzeugung, dass schon Prof. Bier (berühmter deutscher Chirurg) gesagt habe: „Der Stuhl ist bester Balsam für das Bauchfell. So lange das Bauchfell intakt gelassen wird und ganz dicht zugenäht wird, übernimmt das Bauchfell alle seine Funktionen wieder und besonders die Funktion der Antiinfektionswirkung. Durch Schnitte und Perforationen kann das Bauchfell seine Aufgaben nicht vollständig wahrnehmen."

Man kann mir glauben, wenn dies auch hässlich war, dass ich fast ungeduldig auf eine Komplikation nach diesem Vorgehen gewartet habe. Es ist aber selten etwas Nachteiliges passiert. Allerdings muss ich erwähnen, dass Divertikuliditen des Dickdarms mit schweren Komplikationen „in Ulm, um Ulm und um Ulm herum" bedeutend seltener und weniger dramatisch als in der Regio Basiliensis beobachtet werden. Offenbar spielt der atmosphärische Druck der Region eine entscheidende Rolle bei der Entstehung der Divertikelkrankheit des Dickdarms. Die Papillenplastik nach Niedner (Spaltung und Erweiterung der sogenannten Vater'schen Papille am Eingang des Gallengangs in den Zwölffingerdarm) bei Verschluss oder Einengung war eine anerkannte Methode. Er führte diese Technik wie auch andere Eingriffe im Bauchraum mit grösster Sorgfalt durch.

Der Umbau des Krankenhauses ging nun zügig voran. Inzwischen war Burri und sein Sekretariat in einer neuen Einheit untergebracht. Vollmar und ich wurden aus den Holzbaracken umgesiedelt und bekamen im Parterre sehr schöne Zimmer mit Sekretariat neben Prof. Ahnefeld. In meinem ersten Nachtdienst als Oberarzt hatte ich mich unter anderem auch um einen jungen Mann, türkischer Staatsangehörigkeit, zu kümmern, der von einem Landsmann mit einem Messer am Bauch verletzt wurde. Die Dünndarmschlingen zum Teil perforiert, quollen aus dem Bauch. Er hatte die Darmschlingen mit seinem zerfetzten Hemd gepackt und mit beiden Händen festgehalten. So erschien er zu Fuss in der Notfallabteilung. Der Patient wurde versorgt und überstand die Verletzungen glücklicherweise ohne Komplikationen.

In gleicher Woche wurde eine 87-jährige Frau, die Hauswirtin war, mit einem riesigen Messer im Rücken unterhalb des Schulterblattes eingeliefert. Gott sei Dank, hatte man nicht versucht, das Messer zu entfernen. Unter Operationsbedingungen wurde mit einer Thoraxöffnung die Blutung gestoppt, ein zerfetztes Segment der Lunge entfernt und der Hämatothorax drainiert. Diese Verletzung wurde der alten Frau von einem jungen Untermieter, einem Immigranten, im Affekt zugefügt. Auch sie überstand den Eingriff problemlos.

Das Einzugsgebiet der Ulmer Klinik war sehr gross. Gefässnotfälle wurden aus dem Bodenseegebiet, dem Allgäu, Stuttgart und sogar aus Bayern geliefert. Die jungen Ärzte von heute wissen nicht, was die beiden Herren Prof. Vollmar und Prof. Burri für die Gefässchirurgie und für die moderne Traumatologie in Deutschland und Europa geleistet haben. Damals gab es weder genügend gut ausgebildete Traumatologen und schon gar nicht Gefässchirurgen. Der Hubschrauber und die Notfallwagen waren dauernd im Einsatz. Da ich die ersten zwei Jahre in Ulm auch Dienst für die Traumatologie leistete, war ich fast jede Nacht tätig. Zu Kongresszeiten und während des AO-Kurses in Davos, wenn Burri und seine Oberärzte weg waren, habe ich stellvertretend die Abteilung Traumatologie geleitet. Burri, inzwischen längst Professor hatte einen unglaublichen Zulauf von Patienten. Nicht nur die Abteilungen waren durchwegs voll belegt, sondern auch in jedem Gang seiner zwei Abteilungen waren bis zu zehn Patienten untergebracht. Da die Patienten auch in den Gängen sehr gut versorgt wurden, gab es selten Reklamationen.

Burri war ein genialer Typ. Er war nicht nur ein begnadeter Chirurg, sondern auch Künstler, Kunstliebhaber und ein sehr guter Organisator. Er war grosszügig, sozial und aussergewöhnlich tolerant. Innerhalb weniger Jahre gelang es ihm, ein Zentrum für Traumatologie und Wiederherstellungschirurgie sowie Hand- und Wirbelsäulenchirurgie zu etablieren und hervorragende innovative Forschungsprojekte zu verwirklichen. Er bildete zahlreiche Fachärzte aus, habilitierte einige seiner Mitarbeiter und konnte sie als Chefarzt oder sogar Ordinarius in verschiedenen Kliniken platzieren.

Dr. Wolter, der mit mir von Basel nach Ulm gekommen war, fühlte sich in der strengen Vollmar-Schule nicht wohl. Er war sehr unglücklich, da auch die Chemie zwischen ihm und dem Chef nicht stimmte. Ich fühlte mich verpflichtet, etwas zu unternehmen. Nachdem er gern mit Prof. Burri arbeiten wollte, habe ich meinen Freund Burri gebeten, ihn aufzunehmen. Seit Jahren ist Wolter nun Professor und Chef einer grossen Klinik für Unfallchirurgie in Hamburg. Burri ging fast immer ungewöhnliche Wege. Er brachte es sogar fertig, Dr. Kinzel, der als junger Bundeswehrarzt bei uns angefangen hatte, von der Bundeswehr zu befreien, ihn so auszubilden, dass er ihn schliesslich als Nachfolger nominieren konnte. Damit dieser auch die Nachfolge antreten konnte, ging mein verrückter Freund mit 57 Jahren in Pension. Wäre er weitere zehn Jahre als Ordinarius geblieben, was gesetzlich erlaubt war, dann wäre es für Kinzel altersmässig zu spät gewesen.

Kinzel war ein fröhlicher und lustiger junger Mann, sehr witzig und schlagfertig. Er hatte für jede Situation eine lustige Antwort parat. Einmal, als er als junger Assistent in der Nacht einem neuen Stellvertreter von Burri assistierte und der Kollege wegen einer Schwierigkeit verzweifelt war, da sagte der freche Kerl: „Herr Oberarzt, seien Sie ganz entspannt, regen Sie sich nicht auf, bei uns haben sogar die Ungeschicktesten alles gelernt und schliesslich gut gemeistert. Es braucht eben etwas Zeit und Geduld." Kein Wunder, dass Burri ihn mochte und schätzte. Ich habe sehr oft mit Kinzel operiert und wir haben immer viel Spass dabei gehabt. Bevor er Ordinarius in Ulm wurde, war er einige Zeit Chefarzt der Unfallchirurgie in Kassel.

Burris Verdienst ist auch die Einrichtung des Biomechanischen Instituts an der Universität Ulm. Er hat sogar die Architektur dieses Gebäudes nach eigener Vorstellung kreiert. Über Burri und seine Aktivitäten kann man ohne weiteres ein separates Buch schreiben. Als Künstler hat er für die Kulturentwicklung der Stadt Ulm Unschätzbares geleistet. Unter anderem hat er als Liebhaber von Hundertwassers Kreationen in seiner Kunstgalerie, die er in der Stadt begründete, nicht nur Werke von Hundertwasser sondern auch anderer berühmter Künstler ausgestellt. In den Gängen zu seinem schönen Arbeitsbüro und Sekretariat sind heute noch viele Werke von diesen Künstlern zu sehen.

Burri war einmal von der Iranischen Orthopäden-Traumatologen Gesellschaft eingeladen. Er wollte unbedingt meine Familie und besonders meinen Vater kennenlernen. Er war mit seiner Frau und einer Delegation von Mitarbeitern dort hingereist. Auch Dr. Wolter mit seiner Frau und eine Op.-Schwester waren dabei. Meine Familie lud Burri und sein Team in einen Nachtclub für gehobene Gesellschaft im Norden Teherans zum Nachtessen mit spezieller iranischer Musik und Gesang ein, damit diese einen Abend mit einigen meiner Familienmitglieder und meinem Vater verbringen konnten. Eine der besten und schönsten Sängerinnen Irans (Künstlername Gugush), damals noch sehr jung, trat auch auf. Sie war und ist auch eine von meinen zwei Lieblingssängerinnen aus dem Iran. Man erzählte, dass Burri sich in diese Dame verguckt hatte. Das konnte ich mir gut vorstellen, da viele Iranische Männer diese Frau anbeteten. Er erzählte mir in Ulm immer von Gugush, die heute in Los Angeles als Sängerin lebt.

Als Burri mit 57 Jahren seine Chefarztfunktion aufgab, hielt er aber noch Vorlesungen und beschäftigte sich mit Kunst. Als er einmal zu Besuch bei seinem Nachfolger Prof. Kinzel war, klagte er plötzlich über Schmerzen und Beklemmungen in der Herzgegend. Kinzel orientierte sofort die Kardiologen im Hause. Er wurde koronarangiographiert. Er hatte seinen ersten Herzinfarkt erlitten. Eine Ballonerweiterung und Stenteinlage rettete ihn vorläufig. Eine operative Behandlung lehnte er ab. Einige Jahre später als ich nicht mehr in Ulm war und nur zum Studentenunterricht nach Ulm fuhr, übernachtete ich meistens bei ihm und wir hatten Gelegenheit, über viele medizinische und auch private Dinge zu sprechen. Er war soweit stabil.

Leider verstarb er nach einem erneuten Herzinfarkt viel zu jung. Offenbar hatte er testamentarisch festgelegt, dass eine Beerdigungszeremonie nur im kleinsten Familienkreis zu erfolgen hätte und jede Art öffentlicher Aufmerksamkeit vermieden werden sollte. Bei aussergewöhnlicher Begabung und unglaublichem Initiativgeist sowie sehr sozialer Einstellung, war mein Freund Caius Burri dennoch ein trauriger Mensch und irgendwie mit sich doch nicht ganz zufrieden. Mit grösster Dankbarkeit behalten ich und seine Schüler Caius Burri in unserer Erinnerung.

Die Vollmar-Abteilung bestand aus Vollmar und mir, Dr. Wack, einem erfahrenen Chirurgen und Gefässchirurgen und zwei Assistenten: Dr. Loeprecht und Dr. Unkel. Später kam Dr. Brosig und Dr. Voss dazu. Dr. Voss wurde später zur Ausbildung für ein Jahr zu Michael DeBakey nach Houston/Texas geschickt. Als ich dann bei DeBakey war, haben die Op.-Schwestern, die erfahren hatten, dass ich aus gleicher Klinik stamme, ständig über die schicke Garderobe von Frau Voss geredet, die damit offenbar bei verschiedenen Veranstaltungen aufgefallen war. Kollege Wack war ein praktisch denkender Chirurg, sehr geschickt und besass viel Erfahrung auch in der Gefässchirurgie. Ich persönlich habe sehr viel von ihm profitiert und bin ihm für viele sehr gute Ratschläge dankbar. Wir beide teilten die Dienstaufgaben unter uns auf.

Nachdem die Klinik voll etabliert und wir in der Lage waren, alle Aufgaben in der Bauch-, Gefäss- und Thoraxchirurgie sowie Nierentransplantationen im Sinne unseres Chefs und Meisters durchzuführen, reiste Vollmar zu Kongressen auch ins Ausland. Eine unserer Aufgaben bestand darin, Gastärzte aus ganz Europa, gelegentlich auch aus Amerika und sogar einige aus Südamerika, zu betreuen und sie als Assistenz im Op.-Programm zu berücksichtigen. Es waren zum Teil Fachärzte in Chefarztfunktion und auch Professoren der Gefässchirurgie darunter. So lange Dr. Wack noch da war, schickte mich Vollmar ein bis zwei mal im Jahr bis zu drei Monaten in Spezialkliniken. Diese Auslandsaufenthalte waren interessant und lehrreich. Insgesamt sechsmal war ich im St. Mark's Hospital in London. Begegnungen und Unterhaltung mit Lord Allen Parks in dem kleinen ein bisschen primitiven Aufenthaltsraum, wo das Gästebuch auf dem Tisch lag, waren immer hoch interessant. Fünfmal war ich in Glasgow, zweimal bei Prof. Goligher in

Leeds/England und einmal bei Prof. Collis in Birmingham. Hier lernte ich noch Alexander Williams, Chefchirurg am General Hospital Birmingham, kennen. Collis hatte einmal einen Vortrag über die Antirefluxoperation bei zu kurzer Speiseröhre im Royal College of Surgeons in London zu halten. Er lud mich ein, ihn nach London zu begleiten. Wir fuhren mit dem Zug nach London. Die Vorträge und die Diskussionen darüber waren sehr interessant. Er stellte auch seine Methode des Metallstents beim Tumor der Speiseröhre vor. Ich fand es sehr grosszügig, dass er mich dabei als Schüler von Prof. Nissen, Allgöwer und Mitarbeiter von Vollmar vorstellte. In dieser Zeit war ich selbst schon Professor.

Mehr als drei Monate habe ich mit Herrn Prof. W. Maasen, Chefarzt der Thoraxchirurgie, in einer der grössten Lungenkliniken Deutschlands gearbeitet. Maasen war ein sehr guter Thoraxchirurg und hatte die Technik der Mediastinoskopie mit entwickelt und besass grösste Erfahrungen in der Lungenchirurgie. Er war ein netter Mensch und ein hervorragender Lehrer. In seiner Klinik waren jeweils etwa zwei Japanische Thoraxchirurgen bis zu einem Jahr zur Ausbildung. Er war in Japan sehr bekannt und geschätzt. Ich habe mit ihm immer operiert und wenn es Gefässprobleme gab, durfte ich diese reparieren. Er schrieb Prof. Vollmar, dass wir von einander profitieren. Maasen wohnte in einer Villa in dem riesigen Park der Klinik. Manchmal kam er etwas später und liess mir über die Op.-Schwester mitteilen, dass ich mit der Thorakotomie schon beginnen solle. Es war ganz eigenartig, dass die Anzahl der Fäden auf dem Instrumentiertisch für die einzelnen Operationen genau abgezählt waren.

Wenn eine Lobektomie (Entfernung eines Lungenlappens) oder Pneumonektomie (Entfernung einer Lungenseite) fertig war, war kein einziger Faden mehr übrig auf dem Tisch bei der Schwester. Restfäden gab es auch nicht auf dem Boden des Op.-Raumes. Maasen hat den Lappenbronchus immer mit Chromcatgut legiert. Ich habe nie eine Fistel beobachtet. Zwischendurch haben wir im nächsten Raum bronchoskopiert und zwischen zwei Lungeneingriffen mediastinoskopiert. Es wurden mehrmals in der Woche vier bis fünf Lungeneingriffe vorgenommen und zahlreiche bronchoskopische Abklärungen. Die Anzahl von Segmentresektionen war relativ hoch. Wir hatten nur einen Op.-Pfleger. Trotzdem ging alles sehr zügig und diszipliniert vonstatten.

Mit den Japanern, die in dieser Zeit da waren, haben wir viel Spass gehabt. Mit einem jungen Japaner, der später ein bekannter Professor für Thoraxchirurgie wurde und grosse Bücher herausgab, haben wir in der Pause immer Spass gemacht, was bei Japanern sonst nicht so einfach war. Die Eltern hatten ihm eine Frau ausgesucht, die er noch nie gesehen hatte, sie aber eines Tages nach Deutschland einfliegen liess. Er musste sie in Düsseldorf am Flughafen abholen. Dies war wieder ein guter Anlass ihn mit Witzen etwas zum Lachen zu bringen. Ein zweiter Japaner, der etwas älter und schon Professor war, hat nie gelacht, egal was erzählt wurde. Er war immer sehr ernst.

Die Zeit bei Prof. Maasen war sehr interessant und ich habe von ihm und seinem Stellvertreter Dr. Greschuchna viel gelernt, z. B. die Technik der Lungenbiopsie und Entfernung von oberflächlichen gutartigen Tumoren durch eine kleine Intercostalincision mit einem Mediastinoskop bei einseitiger Lungenbeatmung. Das habe ich später in Ulm und in Liestal routinemässig praktiziert. Prof. Vollmar überliess mir die Thoraxchirurgie. Er machte nur gelegentlich Lungenresektionen. Mein medizinischer Partner und Leiter der Pulmonologie war erfreulicherweise ein Basler Kollege. Prof. Mathis war ein Mitarbeiter von Prof. Herzog, Pulmonologe in Basel. Wir waren sozusagen drei „Schweizer", die nach Ulm gekommen waren, und entscheidend dazu beigetragen haben, dass ein gutes „Schweizer Arbeitsklima" in Ulm herrschte. Alles wurde höflichst, zuvorkommend und ohne Aggressivität abgehandelt. Meine Zusammenarbeit mit Mathis war sehr gut und freundschaftlich.

Nachdem das Krankengut der Thoraxchirurgie zunahm, versuchte Burri, damit ich dauerhaft in Ulm bliebe und die Familie nachziehe, eine Sektion für Thoraxchirurgie ohne Herzchirurgie für mich zu organisieren. Von dieser Idee war aber Vollmar leider nicht begeistert, da er mich einerseits voll auf seiner Seite für die gesamte Abteilung brauchte, andererseits seine Abteilung aber nicht verkleinern wollte. Ausserdem war in Planung, auch eine Herzchirurgie in Ulm zu etablieren. Ein Hauptproblem für mich war die Trennung von der Familie. So lange Dr. Wack noch in Ulm war, konnte ich regelmässig jedes zweite Wochenende nach Liestal zu meiner Familie fahren und erst am Montagmorgen wieder zurück kommen. Anfangs fuhr ich mit dem Auto hin und her, später mit dem Zug.

Dr. Wack wurde zum Chefarzt der Gefässchirurgie in der Klinik Ludwigsburg gewählt und hat uns verlassen. In der Zeit konnte die Abteilung Vollmar eine H-3-Stelle ausschreiben. Man bekam den Titel Wissenschaftsrat und Professor. Es war eine beamtete Position auf Lebenszeit. Es haben sich einige namhafte habilitierte Kollegen beworben. Sogar ein Kollege, der in den USA tätig war.

Vollmar hatte mir nahe gelegt, mich zu bewerben. Er hat aber nicht deutlich gemacht, dass er sich auch für mich entscheiden würde. Ich war sein Stellvertreter und ein neuer Kollege musste positionsmässig nach mir rangieren, auch wenn er den Titel Professor bekam. Das Hauptproblem bei mir bestand darin, dass nach Deutschem Gesetz für einen Beamten auf Lebenszeit die Deutsche Staatsangehörigkeit erforderlich war. Ich hatte immer noch meinen Iranischen Pass. Mein Antrag auf eine Deutsche Staatsangehörigkeit war damals mit einer Genehmigung oder Ablehnung zur Entlassung aus der Iranischen Staatsangehörigkeit verbunden. Ohne Erfüllung dieser Bedingungen wurde der Antrag von den Behörden nicht bearbeitet. Ähnliche Probleme hatte ich auch in der Schweiz.

Die Einbürgerungsgesetze in der Schweiz waren sehr streng. Man musste mindestens zwölf Jahre in einer Gemeinde gewohnt haben ohne Ortswechsel. Sonst musste man an einem neuen Ort neu beginnen. Deshalb musste meine Familie in Liestal bleiben. Meine Frau war Deutsche und unser Sohn in Basel geboren. Es war eine problematische Situation. Ich behielt daher meinen Wohnsitz in Liestal und wurde deshalb in der Schweiz gemeinsam mit meiner Frau und in Deutschland aber noch zusätzlich als Junggeselle mit einem Kind besteuert. Die Pooleinnahmen vom Privatpatientenhonorar betrugen 2000 DM im Monat. Das Gehalt war aber nicht gerade üppig. Es war eine schwierige Situation und man versuchte mir zu helfen, damit ich trotzdem die Position erhalte. Kollegen von der Chirurgie und von der Medizinischen Klinik haben sich für mich bei Vollmar eingesetzt, Prof.

Burri sowieso. Ich erfuhr, dass Vollmar jedem Kollegen mitteilte, der sich bei ihm wegen dieser Position erkundigte, dass ich nicht nur Bewerber, sondern auch den Vorrang genösse, gewählt zu werden. Niemand wusste aber von meinem Problem mit der Staatsangehörigkeit.

Schliesslich hat sich Prof. Vollmar über den Oberbürgermeister in Ulm und über andere wichtige Herren im Ministerium in Stuttgart (einige diese Herren kannten mich, da ich sie operiert hatte) und auch im Rektorat der Universität Ulm durchgesetzt, dass man in Bonn eine Ausnahmebewilligung für mich akzeptierte. Damit wurde ich gewählt und wurde „Beamter auf Lebenszeit." Ich erhielt ein schönes Diplom vom Kultusministerium mit dem Titel „Wissenschaftlicher Rat und Professor" Man wollte dann meine Poolbeteiligung absetzen, da dies gegen das Beamtengesetz verstosse. Ich operierte viel und musste ständig Dienst leisten. Dazu kam noch die häufige Vertretung meines Chefs. Dafür war das monatliche Poolgeld von 2000 DM von Privatpatienten nicht viel. Inzwischen wurde Niedner emeritiert und die Wahlkommission sollte den Nachfolger wählen, wobei Vollmar und Burri entscheidende Rollen spielten.

Niedner war die letzten Monate vor seinem Ausscheiden durchwegs abwesend. Sein Stellvertreter Dr. Fauol, und Privat Dozent Dr. Krause, beides erfahrene Chirurgen, führten seine Abteilung. Während unter Vollmar und Burri auch wissenschaftlich gearbeitet wurde, war die Abteilung Niedner in dieser Beziehung nicht aktiv. An eine spezielle Abschiedsfeier für Niedner von der Universitätsklinik kann ich mich nicht erinnern. Bevor er aufhörte, hatte er Prof. Burri um Hilfe gebeten, sein Buch über die Chirurgie herauszugeben. Das war sein langjähriger Wunsch. Burri hatte sich dafür eingesetzt, dass die einzelnen Kapitel von den Mitautoren fertiggestellt und geliefert wurden.

Inzwischen war ich mit Vollmar in Freiburg auf einem Kongress. Ich erinnere mich noch sehr gut, dass in einer Pause ein junger Oberarzt der Uni.-Klinik Freiburg, gross gewachsen, gut aussehend mit intelligenten Augen, die offenbar nach dem Bankettabend in der Nacht zuvor noch leicht müde aussahen (wofür er sich sogar bei Vollmar entschuldigte) Prof. Vollmar ansprach. Er erkundigte sich nach allen Einzelheiten der Position der Niedner-Nachfolge. Ganz bescheiden fragte er nebenbei, ob er sich bewerben solle. Vollmar beantwortete ihm ganz geduldig alle seine Fragen und ermutigte ihn, sich zu bewerben. Ich stand neben Vollmar und bekam den Eindruck, dass dieser junge Mann, der zugibt, am Abend vorher beim Gesellschaftsabend tüchtig gefeiert zu haben, ein guter Nachfolger Niedners sein und bestens in das Team passen würde. Der Junge Mann war Christian Herfahrt, damals noch Oberarzt an der Uniklinik Freiburg. Es hatten sich einige namhafte Chirurgen für die Position als Ordinarius für Chirurgie in Ulm beworben. Vier der ausgewählten Kandidaten haben in Abständen ihren Vorstellungsvortrag gehalten. Vollmar und Burri haben die Kandidaten in ihrem Wirkungsort besucht und bei deren Operationen zugeschaut. Schliesslich wurde Prof. Christian Herfarth gewählt. Mit viel Elan hatte er die grosse Aufgabe übernommen. Er musste die Abteilung im Sinne einer Universitätsklinik organisatorisch und wissenschaftlich umorganisieren. Die zwei starken Schwerpunktchirurgieabteilungen von Vollmar und Burri sowie auch die medizinischen Kliniken mit ihren kompetenten Professoren hatten inzwischen über den deutschsprachigen Raum hinaus einen sehr guten Ruf erlangt. Herfarth kam mit einem jungen Team von Mitarbeitern nach Ulm und musste am Anfang schwer arbeiten. Innerhalb kurzer Zeit zeigte Herfarth, dass er nicht nur ein hervorragender Chirurg und Wissenschaftler war, sondern sich auch als Organisator und Ausbilder von Nachwuchschirurgen auszeichnete. Herfarth gehörte zu denjenigen Chirurgen, die in der Lage sind, jeden Theologen zu einem ausgezeichneten Chirurgen und Wissenschaftler umzuformen. Ich war immer beeindruckt, dass Herfarth in seiner Position hartnäckig und beständig die klassische Chirurgie weiter entwickelt hatte, ohne die modernen Verfahren zu vernachlässigen.

Die Klinik wurde erneut umstrukturiert indem man die gesamte Allgemein- und Bauchchirurgie der Klinik Herfarth zusprach. Vollmar leitete die Gefäss-, Thorax- und Transplantationschirurgie. Ich wurde insofern in das Team integriert, in dem ich mit seinen alten Oberärzten, später mit Dr. Mattes und Dr. Merkle die Nacht- und Wochenenddienste bewältigte. Für die Thorax- und Gefässchirurgie leistete ich durchwegs Dienst. Nur wenn ich alle drei bis vier Wochenenden nach Basel fuhr, übernahm Prof. Vollmar den Dienst für die Gefäss- und Thoraxchirurgie. Er war fast immer im Einsatz, da in der Notfallstation viel los war. Geplatzte Aortenaneurysmen, Gefässverletzungen, Polytraumen mit Gefässbeteiligung, Reimplantationen, Thoraxnotfälle und Shunts sowie Schrittmachernotfälle hielten uns ständig auf Trab. Wenn ich Dienst hatte, kamen noch Bauchnotfälle hinzu.

Die Assistenten der Abteilung Vollmar waren zur Ausbildung in Allgemein-Bauch-Chirurgie für sechs Monate bis zu einem Jahr bei Herfarth auf der Abteilung. Als Ersten haben wir Loeprecht, der bald für eine Oberarztfunktion geeignet war, bei Herfarth untergebracht. Die Kooperation mit Herfarth war sehr gut. Es gab nur gelegentlich kleine Reibereien, wenn es beim Op.-Programm um die Verteilung der Op.-Säle ging. Wir operierten immer noch in den alten Op.-Sälen, da die neuen noch im Bau waren. Ein Saal war sehr klein und niemand operierte gerne in diesem kleinen Raum, der eigentlich für septische Chirurgie vorgesehen war. Auch die Zeiteinteilung war bei der Anzahl täglicher Operationen von drei Abteilungen, dazu noch der Kinderchirurgie von Prof. Heinrich, immer eine Kunst, alle zufrieden zu stellen. Wenn ich nachgab, bekam ich von Vollmar Vorwürfe, kämpfte ich für meine Abteilung und dafür, dass mein Chef und Meister zufrieden war, machte ich mich bei Herfarth unbeliebt. Dass man Gefäss-Bypässe nicht in dem kleinem septischen Op.-Saal durchführte, wurde von allen verstanden. Dass die anderen Kollegen aber ebenfalls eine Abneigung gegen den kleinen Op.-Saal hatten, war nicht sachlich begründet. Eines Tages passierte etwas Unerwartetes, das schliesslich zur Lösung dieses Problems führte.

Prof. Vollmar wünschte, dass ich während seiner Abwesenheit sein Büro für die wöchentliche Besprechung mit Mitarbeitern benutzte. Damals gab es noch keine Computer. Vollmar hatte schon in seiner Heidelberger Zeit mit der Registrierung der operierten Patienten angefangen und diese Methode in Ulm fortgesetzt. Es gab zwei riesige Folianten mit speziellen Einteilungen. Akute und chronische Erkrankungen wurden getrennt erfasst. Jeder Eingriff und Re-Eingriff musste genau in einer Skizze festgehalten werden.

Mein Chef war wieder auf einer Vortrags- oder Kongressreise oder in den Ferien. Einen Tag in der Woche wurde nicht operiert um Chefvisite, Wochenarbeitsplanerstellung, das Wissenschaftsprogramm, sowie neue für uns eventuell relevante Literatur in Ruhe besprechen zu können. Diese Besprechung fand mit den Mitarbeitern im Büro von Vollmar statt. Plötzlich machte ein Kollege von der kardiologischen Abteilung ganz aufgeregt aus dem Sekretariat die Tür auf, packe mich an meinem Kittel und zog mich vom Stuhl und bat mich, sofort mitzukommen: „Sie müssen uns helfen!" Ich liess alles liegen, lief mit ihm die Treppe hoch zum Gang vor den Operationssälen. Ich sah, dass mehrere Anästhesisten eine Patientin im Bett mit Herzmassage in Richtung Operationssäle schoben. Sie war intubiert und mit dem Ambubeutel manuell beatmet. Es hingen eine ganze Anzahl von Infusionen. Bis das Bett uns erreichte, erfuhr ich von dem Kollegen der Kardiologie, dass eine Herzwandperforation bei einer Herzkatheteruntersuchung aufgetreten war und zu einem Herzstillstand geführt hatte. Man hatte bis dahin ca. 45 Minuten durch externe Herzmassage zu reanimieren versucht, aber ohne Erfolg. Bisher hatte die Kardiologie 999 Kathetereingriffe ohne jegliche Komplikationen durchgeführt gehabt und dieser tausendste Eingriff sollte anschliessend gefeiert werden.

Es handelte sich um eine 36-jährige Frau und Mutter von drei Kindern. Wir standen vor dem Eingang der Operationssäle und konnten in keinen Saal hinein für die nun notwendige Thorakotomie. Die Op.-Oberschwester teilte uns mit, dass ein Saal erst in einer Stunde frei würde. Wir brachten das Bett mit der Patientin ohne Herzaktion in den grossen Raum vor den Operationssälen, wo die Patienten vor der Operation geparkt wurden.

Die Halsvenen der Patientin waren massiv gestaut (massive Einfluss-stauung). Ich war überzeugt, dass es wirklich fünf Minuten nach zwölf war und nach 45 Minuten erfolglosem Reanimationsversuch sowie etwa fünfzehn Minuten nutzloser Diskussion eine praktisch Tote kaum wieder lebendig zu machen ist. Dennoch öffnete ich eine Schublade in dem grossen Schrank im Gang, in dem ich mich gut auskannte, nahm ein Skalpell und sterile Handschuhe heraus, entfernte die Bettdecke und nahm völlig unsteril, so wie ich da stand, eine vordere Thoraxeröffnung vor. Ich öffnete den Herzbeutel, entleerte das gestaute Blut, fand das Loch am Ventrikel und hielt vorerst das Loch mit meinem Finger zu. Ich massierte mit einer Hand das völlig zusammengeschrumpfte Herz bis man mir einen Faden und

Nadelhalter brachte. Damit verschloss ich mit gekreuzter Naht die offene Stelle mit gestieltem Herzbeutelgewebe.

Dann massierte ich das Herz. Da Prof. Stauch auch am Bett stand und fragte, ob er helfen könne, bat ich ihn mit seinen beiden Fäusten, die Bauchaorta zu komprimieren, damit während der Massage das Gehirn genügend durchblutet wird. Zwölf Minuten lang habe ich das Herz offen massiert und plötzlich fing das Herz an zu schlagen. Anschliessend wurde in EKG ein Sinusrhythmus festgestellt wie bei einem normalen Herz ohne Probleme.

Es hatten sich zahlreiche Zuschauer eingefunden, die meinen Versuch, hier ein Leben zu retten, idiotisch fanden und mit dem Finger an ihre Stirn tippten, aber keiner mir zu helfen versuchte. In diesem Moment kam Prof. Heinrich, der Kinderchirurg, der mit seiner Operation fertig war, in den Raum. Er beschimpfte die skeptischen Zuschauer, dass sie herumständen und mich allein liessen, und half mir, nachdem die Op.-Schwester sterile Tücher, Thoraxinstrumente und eine Thoraxsperre gebracht hatte, die Thorakotomie zu verschliessen. Wir haben noch etwas gewartet und als das Herz tadellos funktionierte, die Thorakotomie mit Thoraxdrainage verschlossen. Als ich am Schluss meinen Thorakotomieschnitt anschaute, stellte ich fest, dass ich in der Eile und der Aufregung einen unüblichen Schnitt vorgenommen hatte, der nach rechts über die Mittellinie hinaus reichte. Man weiss, dass gelegentlich beide Pleuren (Lungenhäute) in der Mittellinie leicht zur Gegenseite reichen. Ich hatte Angst, dass ich bei dieser Schnittführung die gegenseitige Pleura verletzt und eventuell einen Pneumothorax verursacht haben konnte.

Ich verlangte von der Op.-Schwester einen zusätzlichen Thoraxschlauch und wollte damit auch die rechte bis dahin intakte Seite drainieren. Man kann sich nicht vorstellen, wie sauer meine Anästhesiefreunde reagierten. Ein frecher Kerl sagte sogar ganz laut: „Nachdem Du ein Wunder vollbracht hast, übertreibst Du nun aber. Das ist Spinnerei!" Ich liess mich überhaupt nicht beeinflussen und drainierte die rechte Thoraxseite. Als ich den Schlauch in den Brustraum schob, kam mir literweise Flüssigkeit und Blut entgegen. Es stellte sich heraus, dass bei der Aufregung offenbar durch Anästhesisten eine grosse Vene durchstochen worden war, so dass die Katheterspitze im Brustraum lag. Ein Teil der zugeführten Flüssigkeit lief dann in den Brustraum und verdrängte damit die Lunge. Dadurch war die Beatmung der Patientin erschwert. Nun waren die Anästhesisten ganz ruhig, schauten sich gegenseitig an, und schwiegen. Später wollten sie eine Erklärung für meine Entscheidung haben, die ich gab, wie bereits oben begründet. Unklar war natürlich, welche Schädigung das Gehirn bei dem relativ langen Herzstillstand erlitten haben mag.

Am nächsten Morgen, als ich sehr früh auf der Intensivstation erschien, lag die Patientin im Bett ohne Intubation und Beatmungsmaschine. Ich war sehr erschrocken. Die Kollegen aber erzählten, dass die Patientin nach Mitternacht aufgewacht war und sich selbst extubiert hatte. Sie war unglaublich gut ansprechbar und fragte, was mit ihr passiert sei.

Gegen Mittag kamen die Kollegen der Kardiologie und fragten mich, ob ich was dagegen hätte, wenn man die Patientin in die Herzchirurgie nach Erlangen verlege. Der Grund war, dass die Patientin erneut eine etwas gestaute Halsvene hatte. Sie war aber sonst in jeder Beziehung völlig unauffällig. Ich untersuchte die Patientin und stellte fest, dass bei dem stark aufgetriebenen Bauch wegen der vielen Luft in den Därmen ein Druck auf das Zwerchfell ausgeübt wurde, wodurch es zur Halsvenenstauung kam.

Ich war überzeugt, dass sich das leicht beheben liesse. Da meine Kollegen der Kardiologie aber sehr beunruhigt waren und das wunderbare Resultat bei einer an sich zunächst hoffnungslosen Situation nicht in Gefahr sehen wollten, habe ich der Verlegung zugestimmt. Ich schrieb mit der Schreibmaschine kurz die Vorgeschichte und schilderte den Vorgang. Der Chef von der Herzchirurgie wurde von Prof. Stauch informiert und die Patientin mit dem Hubschrauber nach Erlangen transportiert. Zwei Oberärzte von der Kardiologie und Anästhesie begleiteten die wache und eigentlich unauffällige Patientin. Der Kardiologe erzählte uns später, dass sie von zwei Professoren der Herzchirurgie und Anästhesie in der Aufnahmestation erwartet wurden, die sehr erstaunt waren, die Patientin in so einem stabilen Zustand zu sehen. Die Professoren lasen mein Schreiben und schauten sich gegenseitig an, warfen einen Blick auf die Patientin und dann lachte der Herzchirurg und meinte, dass dies ja ein schönes orientalisches Märchen sei. Sie würden aber die Patientin gut beobachten und dann entscheiden.

24 Stunden später meldete sich der Professor und erklärte, dass die Patientin in einem völlig stabilen Zustand sich befinde und nach ordentlicher Darmentleerung sei auch keine Venenstauung am Hals mehr nachweisbar. Die Patientin wurde zurückverlegt, lag noch etwa eine Woche auf der Abteilung und konnte trotz des unsterilen Eingriffs ohne Komplikationen nach Hause entlassen werden. Mir sagte sie, dass sie wisse, dass ich ihr Lebensretter sei, aber sie hätte keinerlei Erinnerung, was alles mit ihr geschehen sei. Offenbar hat sie überhaupt nicht gelitten. Sie erlaubte mir, ein Foto von ihrer Thoraxwand zu machen ohne Gesicht und Kopf abzubilden.

Seit diesem Ereignis hatte man endlich ein Argument, wenn jemand den kleinen Op.-Saal ablehnen wollte: „Nadjafi macht in einem Gang offene Herzchirurgie und sie können nicht in einem kleinen Operationsaal so eine einfache Sache operieren?„

Herfarth war sehr fair zu seinen Mitarbeitern. Als einmal in der Presse in Ulm über die häufige Abwesenheit der Chefchirurgen geschrieben wurde, da teilte er zur Erwiderung mit, dass seine Oberärzte sehr gut ausgebildet und in manchen Gebieten noch bessere Arbeit leisteten als er selbst. Auch hinsichtlich gerechter finanzieller Abgeltung kämpfte er dafür, dass die Oberärzte am Pool ausreichend beteiligt wurden. Viel später, als ich nicht mehr in Ulm tätig war, wechselte Herfarth als Ordinarius nach Heidelberg. Eine ganze Anzahl seiner Schüler sind inzwischen Chefärzte in grossen Kliniken in Deutschland. Er unterhielt eine enge Beziehung mit Prof. Allgöwer und Prof. Harder in Basel.

Die Abteilung Vollmar wurde mit der Zeit immer grösser und mit den vielfältigen Aufgaben neben Studentenbetreuung und wissenschaftlicher Arbeiten wurde es recht stressig. Neue Mitarbeiter wurden zwar angestellt, aber meine Arbeit wurde nicht weniger. Mitarbeiter kamen und gingen und ich habe gute und schlechte Zeiten mit ihnen durchgestanden. Eines Tages erzählte mir Vollmar, dass er einem Rotaryfreund zugesagt hatte, seinen jüngeren Bruder zur Ausbildung aufzunehmen.

Er hätte ihn kennengelernt und festgestellt, dass er ein ganz cleverer Kollege sei. Er war in der Tat ein netter junger Mann, wohlerzogen, interessiert und fleissig, der schnell weiter kommen wollte. Die Schule Vollmar war streng und mit einer Anzahl von Mitarbeitern und Gastärzten, die alle zur Ausbildung aus England, Schottland, Italien, Frankreich und den Südamerikanischen Ländern bei uns waren, war es eher schwierig diesen mit Energie geladenen jungen Kollegen entsprechend zu fördern. Mir war es ebenso ergangen und auch ich durfte mit ihm immer nur Teile des Eingriffes durchführen. Das war manchmal unangenehm und die Gäste meinten, ich müsse mir nicht alles gefallen lassen. Ich sah das aber anders und war froh, dass er sich die Zeit nahm um aus mir einen Meisterschüler zu machen. Es war gar kein Grund empfindlich zu reagieren. Ich hatte immerhin mit den Notfällen in der Nacht und während der Abwesenheiten des Chefs mehr als sechzig Prozent der operativen Arbeit der Abteilung zu bewältigen.

Eines Tages erschien der junge Kollege in meinem Zimmer und bat mich um eine Unterredung. Er erzählte mir, dass er bei Prof. Häring in Berlin gearbeitet, bei ihm seine Doktorarbeit gemacht hätte und seither eine freundschaftliche Beziehung zu seinem früheren Lehrer bestände. Er könne jederzeit zu ihm zurückkommen. Er hätte den Eindruck, hier in Ulm nicht so recht weiter kommen zu können.

Ich versuchte, ihm zu erklären, dass in Ulm die anderen Kollegen, die vor ihm schon hier waren und die vielen Gastärzte ebenfalls entsprechende Aufmerksamkeit und Unterrichtung erwarteten, und deshalb seine Ausbildung eben länger dauern würde als er wohl veranschlagt habe. Ich riet ihm, zurück zu Prof. Häring nach Berlin zu gehen. Häring sei nicht nur ein hervorragender Chirurg, sondern auch ein sehr netter Mensch und Chef. Wo fände er einen Chef, der sich um seine Ausbildung kümmern wolle und zwar nicht nur in Gefäss- und Thoraxchirurgie.

Er schien sehr enttäuscht um nicht zu sagen erbost über meinen Ratschlag und hat eine ganze Woche ausser notwendiger dienstlicher Kommunikation kein Wort mehr mit mir gewechselt. Obwohl mein Ratschlag für ihn nur gut gemeint war und ich mir mit meiner Empfehlung Vorwürfe von meinem Chef einhandelte, wurde ich unsicher, da dieser junge Kollege sich ausgesprochen abweisend mir gegenüber verhielt. Genau eine Woche danach wollte er noch mal mit mir reden.

Wir gingen in mein Zimmer und ich hatte schon mit schlimmsten Vorwürfen und Beleidigungen gerechnet, doch er teilte mir nur mit, dass er gekündigt hätte und nach Berlin zu Prof. Häring zurückginge. Er hätte sich, obwohl zunächst sehr enttäuscht und wütend, schliesslich alles überlegt und sei zu dem Schluss gekommen, dass mein Ratschlag mir keinerlei persönlichen Nutzen bringe, aber für ihn wohl doch die beste Lösung sein könnte. Er hätte dann mit Prof. Häring telefoniert, der ihm nicht nur zugesichert habe, in Berlin entsprechend ausgebildet zu werden, sondern auch empfohlen habe dem Ratgeber zu danken. Der junge Kollege wurde später Ordinarius für Chirurgie an einer Deutschen Universitätsklinik.

Ich wurde inzwischen noch zum ausserplanmässigen Professor ernannt und erhielt vom Ministerpräsidenten Baden-Württembergs die Ernennungsurkunde. Ich beschloss, an der Universitätsklinik ein Fest zu organisieren. Dr. Loeprecht, mein Mitkämpfer von Anfang an, sowie meine Sekretärin, Frau Quente, und die Sekretärin und die wissenschaftliche Assistentin von Prof. Vollmar, Frau Zimmermann und Frau Frohberg halfen, alles nach Plan zu organisieren. Loeprecht (später Professor und Chefarzt der Gefäss-Thorax-Chirurgie in Augsburg, verstarb leider sehr jung) hatte gute Beziehungen mit einer Grossküche einer grossen Firma in Ulm und auch mit Landwirten. Neben vielem verschiedenem Essbaren wurden auch mehrere Spanferkel gegrillt angeboten. Es gab allerhand Getränke, aber vor allem bayrisches Bier. Ein Hörsaal der Klinik war von den Damen geschmückt und festlich vorbereitet. Gegen Spätnachmittag ging es los. Ich selbst schnitt im Operationsschurz, Mundschutz, Mütze und Handschuhen das Fleisch in Portionen. Bis Mitternacht wurde gefeiert. Es war ein gelungenes Fest. Es war noch so viel Ess- und Trinkbares übrig, dass die Anästhesisten und Chirurgen eine ganze Woche jeden Abend weiter gefeiert haben. So lange ich in Ulm war, hatte ich eine Sonderaufgabe, nämlich der zuständige Chirurg für die Urologische und Gynäkologische Klinik zu sein. Bei chirurgisch schwierigen Situationen wurde ich gerufen und operierte mit den Professoren beider Kliniken. Auch sie gehörten zur Universitätsklinik, auch wenn sie zwei Strassen entfernt lokalisiert waren.

Eine der zukunftsweisenden Errungenschaften Vollmars war sein unermüdlicher Kampf und Einsatz zur Durchsetzung der Facharztanerkennung für Gefässchirurgie. Alle seine Bemühungen und unermüdlichen Auseinandersetzungen mit den Gegnern des Projekts habe ich miterlebt. Die gefässchirurgische Versorgung vieler Regionen Deutschlands mit hoher Bevölkerungszahl war nicht gewährleistet. Vollmar setzte sich schliesslich durch und viele Gefässchirurgen mit der Anerkennung als Spezialität konnten ausgebildet werden. Viel später haben auch die Schweizer Kollegen, an der Spitze Prof. Nachbur in Bern, Prof. Brunner und Prof. J. Largiadèr in Zürich sich dafür eingesetzt, dass ein Facharzt für Gefässchirurgie auch in der Schweiz etabliert werden konnte. Prof. Vollmar leitete als Präsident 1974 sehr erfolgreich den Kongress für Gefässchirurgie in Ulm. Prof. DeBakey war zu Vollmars Ehre extra nach Ulm gekommen.

Prof. Michael DeBakey, Houston, Texas und Prof. Jörg Vollmar, Ulm, 1974

Eine meiner wissenschaftlichen Projekte, die mit Enttäuschung endeten, war meine Beschäftigung mit der Dotter-Technik. Bereits in meiner Basler Zeit, etwa 1968, habe ich mich mit dieser Methode beschäftigt und Literatur darüber gesammelt. Manchmal diskutierte ich darüber ganz hartnäckig mit Prof. Peter Waibel als ich auf seiner Abteilung arbeitete. Er sah damals keine Zukunft durch diese Technik, langdauernde Resultate für Gefässkranke zu erzielen. Ich war der Meinung, dass man die Methode irgend wie modifizieren müsse.

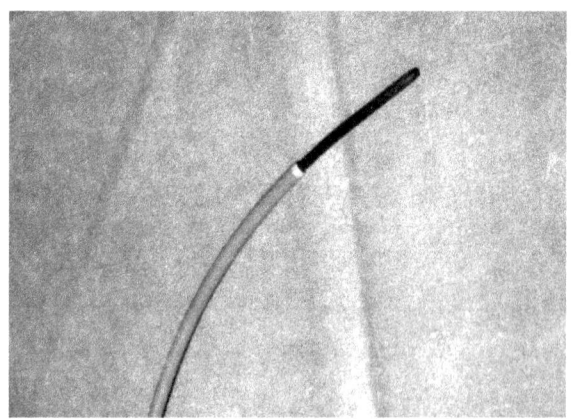

Dottertechnik: Mit diesem Originalkatheter hat Charles Dotter in der Aggertalklinik, Engelskirchen (D), enge Stellen der Schlagader erweitert und durchgängig gemacht.

Der Radiologe Dotter in Boston hatte bei Patienten mit Gefässkrankheiten die Gefässe mit Kontrastmittel dargestellt (Angiographie). Die Technik ist bekannt. Der Untersucher punktiert die Schlagader, führt einen Teflondraht in das Gefässlumen ein. Über den Draht wird ein Katheter mit Lumen vorgeschoben. Nach Entfernung des Drahtes wird dann Kontrastmittel in den Katheter gespritzt um die Gefässe darzustellen. Manchmal, wenn die Gefässe stark verengt oder harte Verkalkungen vorhanden waren, versuchte Dotter einen dickeren speziell grosslumigen Katheter über den ersten Katheter mit etwas Druck vorzuschieben. Alle diese Patienten, die so von Dotter angiographiert wurden, konnten danach viel länger schmerzfrei gehen. Neben einem gewissen Erweiterungseffekt des Kontrastmittels stellte er fest, dass er mit dem dickeren Katheter die engen Stellen erweiterte. Dadurch floss mehr Blut durch diese Gefässe.

Ich kam nach Ulm und hatte die Idee, dass bei der Schlagader mit viel elastischem Gewebe es gelingen müsste, mit einem Instrument zumindest die enge Stelle zu dehnen. Vollmar war wie Waibel sehr skeptisch und meinte, nur Gefässchirurgie sei in der Lage, langfristige Erfolge zu erzielen und die Amputationsrate weitgehend zu reduzieren. Er hatte allerdings nichts dagegen, dass ich etwas experimentieren wollte. Wir hatten in Ulm den Vorteil, dass es die Firma Ullrich gab, die jede Art medizinischer Instrumente und Apparate herstellte. Ich meldete mich daher bei der Firma an und wurde vom Seniorchef Ullrich in seinem Büro empfangen. Er war eine faszinierende Persönlichkeit, scharfsinnig, sehr intelligent und konnte wunderbar skizzieren. In seinem Zimmer hing ein Foto vom Iranischen Lungenchirurgen Dr. Sadegh Ghazi, mit dem er befreundet war. Er stellte ihm einige Instrumente nach dessen Vorstellung her. Er hörte mir ganz aufmerksam zu als ich ihm kurz das Problem erklärte, dass ich ein flexibles Instrument möchte, ähnlich wie ein Schuhspanner in Miniformat.

Mit einem Schuhspanner kann man durch Drehung die beiden Löffel auseinanderdrücken und dadurch zu enge Schuhe erweitern. Er kapierte sofort, was ich benötigte und skizzierte ganz präzise ein Modell. Er brachte mir aus dem Geschäft ein sehr feines flexibles Metallinstrument, an dessen Spitze eine Metallkugel war, die man wie bei einem Schuhspanner drehen konnte. Er versprach dieses Instrument so zu verändern, dass es als Prototyp die Funktion eines Schuhspanners nachahme. Nach etwa zehn Tagen hatte er einen provisorischen Prototyp gebastelt und mir zum Experimentieren überreicht. Ich habe diesen zunächst in der Pathologie an entsprechenden Gefässbefunden getestet. Nachdem ich einige Male geübt hatte, zeigte ich das Resultat Prof. Vollmar. Er hatte völlig richtig kommentiert, dass das Instrument für die Behandlung ohne chirurgische Freilegung noch nicht geeignet war. Es musste ein Kanal für die Kontrasteinbringung hinzugefügt werden. Er war skeptisch, ob diese

Art Erweiterung eine echte Verbesserung gegenüber der Original-Dotter-Technik bringen würde. Er hatte vor allem Angst vor Komplikationen, die dann eine chirurgische Korrektur erforderlich machten. Ich versuchte noch weiter Erfahrungen zu gewinnen und das Instrument über Senior Ullrich verbessern zu lassen.

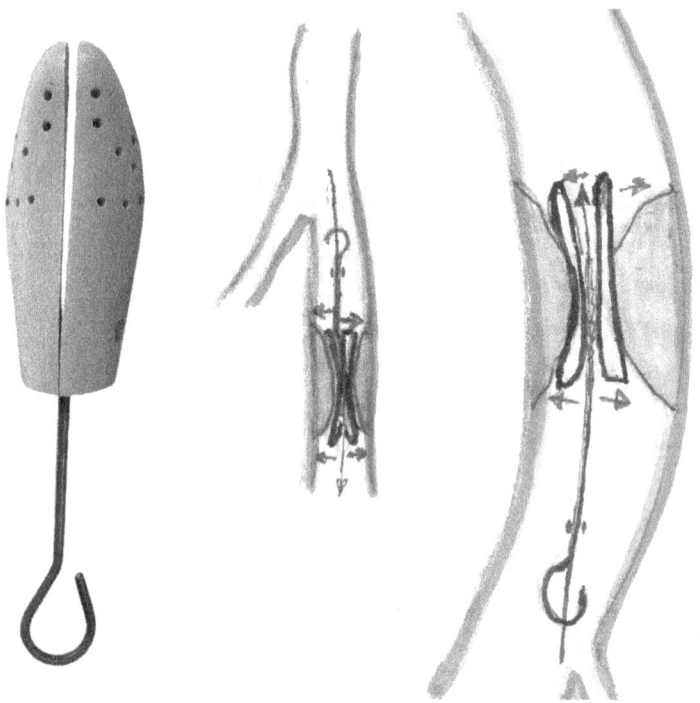

Aufdehnung einer Schlagaderverengung mit dem Prototyp „Modell Schuhspanner"

Gerade in dieser Phase rief mich Prof. Vollmar zu sich und zeigte mir eine Arbeit aus der Zürcher Klinik von Andreas Grüntzig („Eine neue Chance für Herzkrankkranke") und fragte mich, ob ich diese Arbeit gelesen hätte.

Damit war klar, Grüntzig hatte mich überholt! Grüntzig, der wie viele andere sich mit der Verbesserung der Dotter-Technik beschäftigt hatte, war es gelungen, den einfachsten, sichersten und preiswertesten

Weg zur Behandlung der Schlagaderverengungen oder gar Verschlüsse vor allem an den Kranzgefässen des Herzens zu finden. Ich hatte inzwischen bei einigen Fällen intraoperativ festgestellt, dass mein Instrument zwar lokal funktionierte, aber doch noch erheblicher Änderungen bedurfte. Ich musste also enttäuscht meine Idee ad acta legen, konnte aber die Leistungen der Zürcher Gruppe voll anerkennen. So ein Instrument war damals mit über 1000 DM relativ teuer. Ich erfuhr später, dass Grüntzig zunächst im Tierversuch es mit ellipsoider Drahtrotation als Alternativmethode zu Dotter probiert hatte, das er aber wieder aufgab. Er soll dann mit ein oder zwei Ingenieuren der Technischen Hochschule Zürich und einem Mitarbeiter einer Gummifabrik zusammengekommen sein, denen er seine bisherigen Versuche erläuterte. Ingenieur Hopff, ein Kunststoff-Experte, der ein Buch über die Präformierung von PVC-Schläuchen geschrieben hatte, schlug vor, einen PVC-Ballon zu benutzen. Im Gegensatz zu einem normalen Ballon, die wir als Fogarty Embolektomie-Katheter kennen, dehnt sich ein PVC-Ballon gleichmässig aus und könnte eine Masse an die Wand drücken. Man bastelte einen Prototyp nachdem das erforderliche Rohmaterial von dem Mitarbeiter der Gummifabrik geliefert worden war.

Offenbar hat dieser Mithelfer daraufhin seine Stelle in der Gummifabrik verloren. In der Küche von Grüntzigs und unter Mitarbeit von Maria Schlumpf-Walker wurden die ersten einlumigen Katheter zusammengebastelt und damit experimentiert, z. B bei einer Beinarterie mit Einengung, damit diese erweitert. Das nächste Ziel war die Herstellung eines doppellumigen Katheters. Die Hilfe kam wieder durch einen Mitarbeiters einer kleinen medizinischen Firma. Er löste das Problem, indem er einen Längskanal in den Katheter fräste, den er mit einem Schlauch überzogen hatte. Angeblich verlor auch er seine Stellung bei der Firma. Offenbar haben sich einige Ideenreiche Menschen für die Entwicklung der Ballonkatheter geopfert und damit indirekt der Medizin und Mitmenschen geholfen. Grüntzig hatte Mühe eine Firma zu finden, die Interesse hatte, diese Ballonkatheter herzustellen. Schliesslich hat sich eine kleine Firma in Zürich, die Firma Schneider Medintag bereit erklärt, diese speziellen Ballonkatheter herzustellen. 1975 begann die Firma die Ballonkatheter zu liefern. Millionen von Menschen sind Grüntzig und einigen anderen, die mitgeholfen haben, zu ewiger Dankbarkeit verpflichtet.

Leider hat Grüntzig durch seinen frühen Unfalltod als Pilot im Jahre 1985 in den USA wenig Gelegenheit gehabt, die Früchte seiner Entwicklung vollständig zu geniessen. Es ist ein Verdienst von Prof. Bernhard Meier, Direktor der Kardiologie an der Universitätsklinik Bern und von Prof. Thomas Lüscher, Direktor der Kardiologie an der Universitätsklinik Zürich, dass durch ihre Publikationen die Arbeit von Grüntzig und seinen Mitarbeitern, besonders von Frau Maria Schlumpf, entsprechend gewürdigt wurden und damit immer in Erinnerung bleiben.

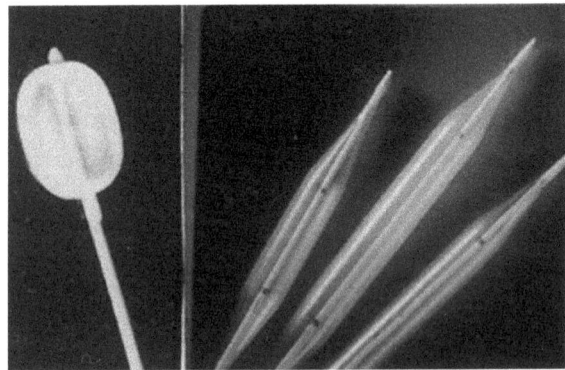

Aufdehnungsvergleich der konventionellen Ballonkatheter und der PVC Ballonkatheter

Prof. Vollmar war im Allgemeinen ein fröhlicher Mensch. Es war immer lustig mit ihm zu operieren. Er erzählte oft lustige Geschichten. Im Ops hatten wir immer Musik laufen. Wenn einmal eine Kassette vom deutschen Schauspieler und Sänger Hans Albers gespielt wurde, lachte Vollmar und sagte: „Dieser Bursche konnte alles, aber nicht singen." Er strahlte wenn man die Stimme von Hildegard Knef hörte und sang mit. Sie waren befreundet und sie hatte einmal versprochen, Vollmar und sein Team in Ulm zu besuchen. Leider kam etwas dazwischen, sodass der Besuch nicht stattfand. Vollmar

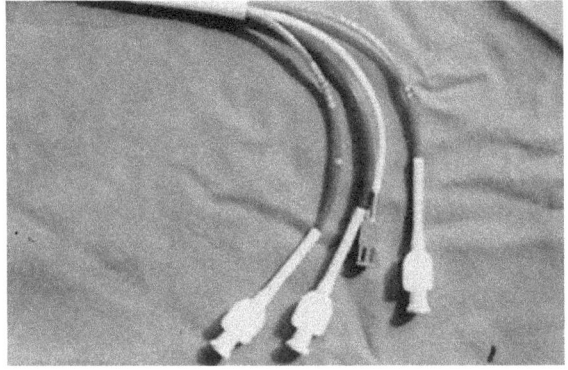

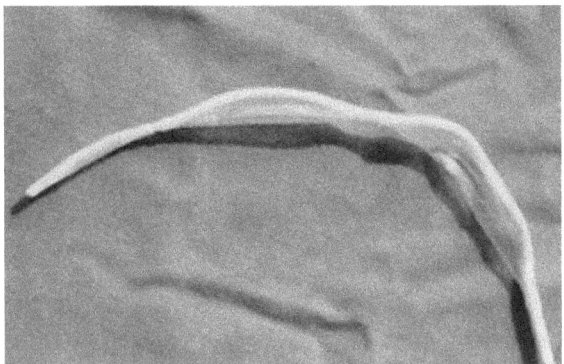

Drei hintereinander geschaltete Ballons, die nach vorschieben die enge Stelle zwei- und vierfach aufdehnen können. Nach einer Idee des Autors in den Achtziger Jahren von der Firma Schneider Medintag AG, Zürich (heute Boston Scientific) hergestellt.

hatte in jüngeren Jahren in London mit dem berühmten Gefässchirurgen Charles Rob gearbeitet und erzählte von ihm viele Anekdoten. Wenn es an der Nahtstelle der Gefässe noch blutete, kam eine trockene Kompresse (nie feucht!) darauf und mit leichtem Händedruck wartete man bis „Rob'sche Sternchen" (fliegende Sternchen auf der Kompresse) erschienen. Dann war der Gerinnungseffekt erreicht und die Blutung hörte auf. Charles Rob arbeitete nach seiner Pensionierung an der Universität North Carolina in Greenville mit seinem Schüler Poris. Ich habe ihn dort kennengelernt, da Poris bei einem Besuch in Ulm mich nach North Carolina eingeladen hatte. Er kannte mich auch von gemeinsamen Projekten über Wundheilung unter Zinksulfat. Vollmar operierte immer ruhig und gelassen, auch im Falle einer unerwarteten Komplikation. Eine der besonderen Eigenschaften, die ich selten bei einem Meister der Chirurgie beobachtet habe (ich habe ohne Übertreibung mit einer stattlichen Anzahl von besten Chirurgen Europas und Amerikas gearbeitet oder habe bei denen als Gast hospitiert und sie wiederholt besucht) war die Tatsache, dass er bei seinem Können keine Hemmungen hatte, im Falle einer Schwierigkeit, Zeitmangel oder irgendwelcher Spannungssituationen, den weiteren Eingriff seinem Stellvertreter zu überlassen. Das Personal reagierte so sensibel und wusste in so einer Situation, ohne dass er es merkte, mich in die Nähe des Operationssaals zu bestellen. Wenn es einmal soweit war, bat er mit seinem besonderen Charme das Op.-Personal mich zu bestellen, da er zur Fakultätssitzung oder irgendeinem wichtigen Termin gehen müsse. Er bat den Stellvertreter, freundlicherweise die Arbeit fortzusetzen und wies immer auf die hoffnungslose Situation hin. Ich kann mich nicht erinnern, dass es bei so einer Situation je schlecht ausgegangen sei. Er war in der Tat diesbezüglich einmalig. Das Wohl der Patienten ging bei ihm immer vor.

Ich vergesse nicht, dass der Klinikverwalter einmal das Budget einer grösseren Anschaffung für die Abteilung blockiert hatte. Vollmar erzählte mir, dass er den Verwalter eingeladen habe, an einem bestimmten Tag bei einer hochinteressanten Operation beizuwohnen. Er sollte ein Tagesprogramm im Operationssaal erleben. An dem bewussten Tag erschien der Verwalter in Operationssaal und ich war quasi der Mittäter und musste mich um ihn kümmern. Morgens fingen wir immer mit Chirurgie der Halsschlagadern an. Dann operierten wir ein relativ grosses Aneurysma der Bauch-Aorta. Im kritischen Moment nahm Vollmar die Gefässklemme aus der Aortenwand, um Heparin in das Gefässlumen zu bringen. In dieser Sekunde blutete es etwas und der Verwalter, der schon beim Anblick des Aneurysmas ganz blass war, musste aus dem Op.-Raum herausgeführt werden. Er kam nicht mehr zurück, bedankte sich telefonisch bei Vollmar und versprach ihm, alle seine Wünsche zu realisieren. Jedenfalls war dies eine gute Methode und ist nachahmenswert.

Es gab immer Kollegen, die mit ihm nicht gut auskamen und auf seine gelegentlichen Sprüche empfindlich reagierten. Er reagierte auf Manches und auch auf manche Menschen sehr ungehalten, aber ich kann mich nicht erinnern, dass er je jemanden beleidigt hätte. Seine Aufregungen waren nur kurz und wurden rasch vergessen. Ich besass offensichtlich sein Wohlwollen, da er mich stets verteidigte, wenn irgend jemand sich über mich beklagte. Aber anschliessend befragte er mich über das Problem und gab mir gute Ratschläge. Er war grosszügig und benahm sich wie ein Gentleman. Einige Kollegen waren anderer Meinung, reagierten emotional, weil sie ihn nicht kannten und seine überwiegend gute und menschliche Seite nicht erkannten. Er war einmalig, wenn er verreiste, auch sehr weit weg, zum Beispiel nach Südamerika oder USA, gab er mir mit freundlichem aber ernstem Gesicht irgend eine Telefonnummer und sagte, wenn ich ihn brauche, könnte ich ihn dort bei Freunden erreichen. Das meinte er immer ernst. Ich lachte immer und fragte, ob es dort in den Bergen Südamerikas überhaupt ein Telefon gäbe und auch funktioniere. In schwäbischem Dialekt sagte er: „Oh ja, natürlich!" In seiner Abwesenheit, die manchmal vier Wochen dauerte, musste ich sämtliche Anfragen aus anderen Kliniken über Patienten und deren Krankheitsprobleme beantworten und Behandlungsvorschläge machen, usw. Auch telefonische Beratung von Kollegen aus Deutschland musste ich voll übernehmen. Vollmar hat mir immer mitgeteilt, wenn sich die anderen Professoren oder Fachkollegen für die Beratung und Stellungnahme von mir bei ihm bedankt hatten. Ob man sich auch mal beklagt hatte, wurde mir allerdings nie mitgeteilt. Wenn dies der Fall gewesen wäre, hätte er als Lehrer sicher mit mir gesprochen und die Sachlage analysiert. Er hatte sich so an mich gewöhnt, dass er gekränkt und sogar beleidigt reagierte, als ich mich nach Möglichkeiten für die Zeit nach Vollmar umschaute. Sollte so ein Plan ernst werden, musste dieser unbedingt zu hundert Prozent seine Zustimmung finden. So einfach und unkompliziert man mit Prof. Allgöwer reden und Pläne machen konnte, war es mit Vollmar leider nicht möglich.

Eines Tages erzählte mir Vollmar, dass er ständig Klinikchefs vorschlagen und wählen müsse und gab zu, dass wiederholt Anfragen an ihn gerichtet wurden, mich für solche Positionen haben zu wollen. Er hätte aber immer abgelehnt, da er vorläufig auf mich nicht verzichten könne. Ich wurde danach eher unsicherer und machte mir über mein Weiterkommen Sorgen. Ausserdem wollte ich auf keinen Fall auf die Kombination Bauch-, Gefäss und Thoraxchirurgie verzichten. Ich machte relativ viel Dienst, aber die Wahleingriffe der Bauchchirurgie waren inzwischen vollständig Prof. Herfarth übertragen worden.

# 24

# Stadtkrankenhaus
# Friedrichshafen/Bodensee

Ich war mir darüber im Klaren, dass, so lange ich in dieser Funktion weiter arbeitete, mein Chef zufrieden war, ich aber in der Tat ein Hindernis für das Weiterkommen der erwähnten Nachwuchskollegen war. Dass bedeutete, dass ich mich ohne Hilfe meines Chef nach einer anderen Position umschauen musste, was sich nachträglich als ein Fehler herausstellte. In so einer Position an einer Universitätsklinik unter dem Schutz eines international anerkannten und berühmten Chefs bleibt man in der Position bis man adäquat platziert wird. Kurzschlusshandlungen und unüberlegte Panikentscheidungen zerstören den Gesamtaufbau einer Karriere. Statt dies zu beherzigen, traf ich eine Fehlentscheidung, die nicht nur mit Enttäuschungen für mich und meine Familie, sondern auch für meine klinischen Lehrer verbunden war.

Da die Familie nach wie vor in Basel lebte und der Sohn ohne permanente Anwesenheit des Vaters aufwuchs, musste unbedingt eine vernünftige

Lösung gefunden werden. Zweimal haben wir den Entschluss gefasst, nach Ulm umzuziehen und jedesmal aus oben erwähnten Überlegungen wieder aufgegeben. Eines Tages konsultierte der erste Bürgermeister der Stadt Friedrichshafen Prof. Burri. Er suchte einen Allround-Chirurgen, der auch die Traumatologie beherrscht, für das Stadtkrankenhaus Friedrichshafen am Bodensee. Dieser müsse zwei Jahre lang als leitender Arzt arbeiten, beim medizinischen Aufbau der neuen Klinik mitwirken und falls er so lange bliebe, könne er Nachfolger des derzeitigen Chefarztes werden, der in etwa zwei Jahren pensioniert würde. Burri soll ihm gesagt haben, dass in dieser Klinik nur ein Mann in Frage käme und nannte ihm meinen Namen. Er wisse allerdings nicht, ob ich überhaupt interessiert wäre, eine H-3-Position mit Beamtung auf Lebenszeit an einer Universitätsklinik aufzugeben. Er würde mit mir reden. Der Chefarzt meldete sich ständig telefonisch bei Burri und versprach ihm, falls er mich so weit bringen würde, nach Friedrichshafen zu kommen, er alles daransetzen würde, meine Wünsche zu erfüllen. Insgesamt war ich fünfmal mit Burri nach Friedrichshafen gefahren, um mit dem Bürgermeister und Klinikverwalter, sowie mit dem Chef der Chirurgie zu verhandeln. Der Chefarzt schätzte Burri sehr und auch der Bürgermeister verstand sich mit Burri ausnehmend gut. Ich merkte, dass der Bürgermeister ein schlauer Politiker war. Der Oberbürgermeister hatte sich nicht eingemischt, da er bald pensioniert wurde.

Ich war von vornherein misstrauisch, da eine Übernahme der Beamtung nur mündlich versprochen, die Nachfolge als Chirurgischer Chefarzt zwar zugesagt wurde, aber nirgends schriftlich festgelegt wurde. Ich verlangte eine schriftliche Zusage für den Fall, dass ich mich in den nächsten zwei Jahren bewährte, auch diese Position zu erhalten. Das wurde versprochen, aber dann kamen die Politikertricks. Juristisch sei dies nicht erlaubt, es würde zu meinem Nachteil sein, da die Stelle inseriert werden müsse. Wenn Mitbewerber erfahren, dass man mir schriftlich zugesagt hätte, ohne die Stelle in der Ärztezeitung inseriert zu haben, hätte ich keine Chance, gewählt zu werden. Burri fand diesen Vorschlag logisch und hat daher nachgegeben. Er hatte offenbar mit Politikern immer nur gute Erfahrungen gemacht.

Ich bekam den Titel „Leiter der Abteilung für Gefäss- und Thoraxchirurgie und Stellvertreter des Chefarztes für Allgemein-, Bauch- und Unfallchirurgie. Da mein Weg nach Basel halbiert war und zwei erfahrene Oberärzte Dienste mit mir teilten, hatte meine Frau nichts dagegen. Entscheiden musste aber ich selbst. Ich rief Allgöwer an und erzählte ihm die Geschichte. Zunächst schrie er „Hurra!" Friedrichshafen habe einen tollen Flughafen und er würde mich mit seinem Privatflugzeug dort immer besuchen. Dann aber fand er die Geschichte ohne eine schriftliche Zusage doch sehr riskant. Da er wusste, dass ich mich ohnehin für einen Wechsel entschieden hatte, meinte er schliesslich, die Chancen ständen fifty-fifty für mich. Als ich mit Prof. Vollmar sprach und ihn erklärte, warum ich so entschieden hätte, wurde er ernsthaft wütend. Ich habe Vollmar mir gegenüber nie so aufgeregt und gleichzeitig so traurig gesehen. Heute, – leider weilt er nicht mehr unter uns – muss ich an ihn denken, dass er mir gesagt hatte, ich sollte auf keinen Fall in einer Kleinstadt arbeiten. Bei dieser Ausbildung und bei meinen Fähigkeiten, zwar mit einem Deutschen Pass aber nicht in Deutschland geboren, würde ich in einer Kleinstadt nur Enttäuschungen erleben. Er hatte völlig Recht!

Anschliessend ging er auf einen internationalen Chirurgenkongress nach England. Als er zurückkam (inzwischen hatte er sich etwas beruhigt und wurde wieder freundlicher zu mir) sagte er mir, dass der Chefarzt vom Friedrichshafen, in jeder Pause und bei jeder Gelegenheit ihm versichert habe, dass er und seine Parteifreunde alles daran setzen würden, dass ich, sollte ich nicht vorher abspringen, sein Nachfolger würde. Man könne ihm glauben, aber ich solle vorsichtig sein. Er war zwar nicht einverstanden, dass ich meine jetzige Position aufgebe, aber ich hatte dort zugesagt und meine Stelle gekündigt. Es war nicht mal so einfach. Ich musste den Ministerpräsidenten des Landes Baden-Württemberg um Entlassung aus dem Landesdienst und als Beamter bitten. Der Rektor der Universität, und der Dekan der medizinischen Fakultät unterstützten meinen Wechsel nach Friedrichshafen. Sie wollten das Krankenhaus Friedrichshafen als Akademische Klinik der Universität Ulm gewinnen und wollten einen Vertreter dort haben, der aktiv dafür kämpfen würde. Mit einem Diplom und einer Anerkennung wurde ich vom Ministerpräsidenten auf meinen Wunsch hin entlassen.

Lisa und Martin Allgöwer

3B, Weiherweg
4000 Basel
(Tel. 061/36 58 04)

Herrn und Frau
Dr.Sharif und Chris Nadjafi-Triebsch
Kesselweg 27
4410 Liestal

Basel, den 29.6.77

Liebe Herr und Frau Nadjafi,

das unerhörte Rosenbouquet hat mich zweifach gefreut - einmal wegen der grossartigen Blumenpracht und dann, weil es für mich doch eine grosse Verbundenheit des Dr.Sharif mit seinem ehemaligen Chef zum Ausdruck brachte. Am liebsten möchte ich damit danken, dass ich dem unentwegten, hartarbeitenden Kollegen die von ihm erstrebte Lebensstellung herbeizaubern würde. Ich hoffe sehr, dass Friedrichshafen im schönen Bodenseegebiet dazu werden kann - ich würde aber auch das in meiner Macht stehende tun, damit es in der von Ihnen beiden so getreulich bedienten Schweiz sein könnte. Jedenfalls stehe ich sehr gerne mit Rat und Tat zur Verfügung.

Die prächtigen Diapositive waren mir in München sehr nützlich - das entsprechende Zitat der Verdankung ist im Text angebracht. Die sorgfältigen Präparate haben mich einmal mehr an das "Feu sacré" des Autors erinnert.

Mit herzlichen Grüssen, denen sich auch meine Frau anschliesst, bin ich

Ihr

Prof.Dr.M.Allgöwer

Etwa zwei Wochen vor meinem Antritt war Prof. Herfarth zu einem Vortrag in Friedrichshafen. Er teilte mir mit, dass der Chefarzt ganz eigenartige Bemerkungen hinsichtlich der Nachfolgerposition machte und er der Meinung sei, dass ich mit Vollmar reden solle, mir meine Stelle eine Zeitlang frei zu halten, bis es sicher sei, dass ich dort bliebe. Er würde so nicht hingehen. Herfarth hatte die Situation gut eingeschätzt und ich bin ihm heute noch für diesen freundlichen kollegialen Rat sehr dankbar. Leider blieb Vollmar beleidigt, dass ich ungeduldig ein Risiko einging, obwohl er mit diesem Wechsel nicht einverstanden war. Ohne Abschiedsfest verliess ich einige Wochen später Ulm und begann meine neue Tätigkeit im Stadtkrankenhaus Friedrichshafen. Ein Brief von Prof. Allgöwer ermutigte mich und gab mir Hoffnung.

Ich muss zugeben, dass die ersten Monate unglaublich traurig für mich verliefen. Ich fuhr gelegentlich zur Vorlesung nach Ulm, traf meine Kollegen und Prof. Burri und alle Sekretärinnen, aber zurück in Friedrichshafen, wo ich im Personalhaus ein En-Suite Zimmer hatte, war es recht trist für mich. Ich zählte jede Sekunde bis zum Freitagnachmittag, damit ich den Zug nach Basel zu meiner Familie nehmen konnte. Friedrichshafen, die Zeppelin-Stadt und Sitz der Fabrik Dornier (Entwicklung der Nierensteinmaschine) liegt bekanntlich am Bodensee und ist landschaftlich sehr schön. Ich kam der Schweiz etwas näher, indem ich hin und wieder, wenn ich überhaupt Zeit fand, einen Blick zur anderen Uferseite warf. Zu meiner Schande muss ich gestehen, dass ich in den drei Jahren, die ich dort gearbeitet habe, nicht ein einziges Mal am Seeufer gewesen bin. Ich arbeitete hier wie ein Ochse.

Die neue Klinik war seit einiger Zeit fertiggestellt, war sehr modern und geräumig, mit schöner Operationseinheit. Bis dahin gab es das Karl Olga-Krankenhaus. Bevor ich von Ulm wegging, kam die Operations-Oberschwester aus Friedrichshafen nach Ulm und arbeitete etwa drei Wochen im Operationssaal mit mir. Sie war jung und sehr interessiert, schrieb alles auf und besorgte die erforderlichen Instrumente auch für die Gefäss- und Thoraxchirurgie. Als ich in Friedrichshafen anfing, bestand das Krankengut nur aus kleiner und mittelgrosser Chirurgie. Eine Radiusfraktur loco classico wurde reponiert und eingegipst. Der Patient blieb vier Wochen lang stationär. Wenn einmal ein Assistent wagte, so einen Patienten, der sich ordentlich verhielt, nach drei Wochen zu entlassen, wurde der arme Kerl von Chefarzt beschimpft und mit Beleidigungen nieder gemacht und das während der Visite. Die Klinik hatte Mühe, die Betten zu belegen.

Zwei erfahrene Chirurgen machten mit mir Oberarztdienst, ein spanischer Kollege, der ein erfahrener Chirurg und der frühere Leibarzt des Präsidenten Allende von Chile war. Er war nach dem Putsch von Pinochet als Asylant nach Deutschland gekommen. Er war in Chile Professor für Chirurgie/Handchirurgie. Der zweite Kollege, ein liebenswürdiger, sehr zuvorkommender Mann, beherrschte die Handchirurgie ausgezeichnet, hatte aber keine Erfahrung in Abdominal- und schon gar nicht in Gefäss- oder Thoraxchirurgie. Wenn er Dienst hatte, habe ich während der Woche im Hintergrund Dienst geleistet und an den Wochenenden, wenn ich nach Basel fuhr, musste der Chefarzt erreichbar sein. Zu dieser Zeit war ich im gesamten Bodenseegebiet und bis zum Allgäu der einzige Thorax- und Gefässchirurg und musste daher ein riesiges Gebiet versorgen.

Ich musste bei Null anfangen und etwas aufbauen. Zum Glück waren die Assistenten und Assistentinnen durchwegs interessiert, arbeitswillig und angenehm. Die Anästhesisten, der Chef aus der Klinik Heidelberg, der Oberarzt und die Oberärztin waren sehr gut ausgebildet und interessiert zu helfen, dass die Klinik nicht nur durch den Neubau sondern auch durch medizinische Leistungen bekannt würde. Die Chefärzte der anderen Abteilungen waren habilitiert oder bereits Professor. Alle Fachabteilungen waren hier vertreten, einschliesslich Kinderklinik, Kardiologie und sogar ein Institut für Pathologie mit einem sehr guten Pathologen als Chefarzt.

Im Stadtzentrum war eine grosse Dialysestation unter Leitung zweier Nephrologen, die mehrere Jahre mit mir in der Universitätsklinik Ulm zusammengearbeitet hatten und dort habilitiert waren. Sie führten zusätzlich eine grosse Gemeinschaftspraxis für Kardiologie und Gastroenterologie mit Endoskopie. Sie waren erfreut, die Zusammenarbeit mit mir in der Klinik Friedrichshafen fortsetzen zu können.

Der Chirurgische Chef vom Krankenhaus Friedrichshafen kannte mich, weil ich mehrmals in Ulm diesen bei Komplikationen geholfen hatte.

Wiederholt waren Patienten mit bis zu vierzig grossen Klemmen im Bauch oder offenen Bäuchen bei Blutungen oder geplatzten Aortenaneurysmen mit Hubschrauber zu uns nach Ulm verlegt worden. Soweit ich mich erinnern kann, haben wir keinen dieser Patienten trotz schlechter Ausgangsposition verloren. Der medizinische Chef hatte einen ausgezeichneten Oberarzt, der Pulmonologe war und zudem grosse Erfahrung in der Endoskopie der Speiseröhre und des Magen-Darmkanals hatte. Dr. Schunter war ein begnadeter Diagnostiker. Durch ihn hatte ich nicht nur viele Lungen- und Thoraxkrankheiten sondern auch Speiseröhren und Magenkrebs-Frühfälle zu operieren gehabt. Viele Gefässpatienten mit Verschlusskrankheit der Arterien in allen Stadien kamen direkt oder über den Hausarzt in die Klinik. Darunter waren eine Anzahl Korrektur- und Rezidivoperationen.

Die Dialysestation und die Gemeinschaftspraxis beschäftigte mich mit interessanten Patienten. Ich arbeitete wirklich sehr viel und versorgte die gesamte Region. Mit der Zeit hatte ich auch Patienten aus dem Raum Stuttgart und München. Gelegentlich musste ich auch intraoperativ auftretende Komplikationen anderer Kliniken bis in den Allgäu versorgen. Ich wurde entweder per Hubschrauber oder Ambulanz dort hingebracht. Die Chirurgische Abteilung war durchwegs voll belegt, es gab sogar Wartelisten. Auch prominente Patienten, die ich natürlich nicht mit Namen erwähnen kann, darunter auch Kollegen und Professoren kamen nach Friedrichshafen und wurden von mir operiert.

Der Chefarzt hatte immer wieder behauptet, dass er Schüler eines berühmten Thoraxchirurgen sei, hatte aber jahrelang keine grösseren thoraxchirurgischen Eingriffe vorgenommen. Leider schien er über meinen Erfolg nicht besonders erfreut zu sein, da er im Gegensatz zu Prof. Vollmar ein Prestigemensch war. Er machte sehr oft und sehr lange Ferien. Seine Sprechstunde hatte inzwischen weniger Patienten als sonst. Finanziell hatte er allerdings durch mich nur Vorteile, da er die Honorare für sich beanspruchte und mir für alle Privatpatienten, die ich in seiner Vertretung operierte, insgesamt lediglich 1500 DM im Monat bezahlte. Alle sechs Monate hat er mich in ein Restaurant zum Nachtessen eingeladen.

Erst nachträglich wurde mir klar, dass er auch für Gefäss- und

Thoraxeingriffe bei Privatpatienten kassierte, die er ohnehin nicht hätte operieren können. Neben dem regulären Gehalt erhielt ich an Nebeneinnahmen für diesen Einsatz lediglich 1500 DM im Monat. Vom Ulmer Pool hatte ich 2000 DM im Monat gehabt. Das Gehalt war an beiden Orten dürftig.

Eines Tages musste der Verwaltungschef vom Krankenhaus notfallmässig operiert werden. Er war privat versichert und verlangte, von mir operiert zu werden, andernfalls würde er sich im nächsten Krankenhaus operieren lassen. Der Chefarzt bewilligte dies. Es wäre ja auch peinlich gewesen, wenn der eigene Verwaltungschef in einem Nachbarkrankenhaus operiert worden wäre. Ich habe ihn operiert und als er entlassen wurde, erhielt er vom Chefarzt eine Rechnung, was ich nie getan hätte. Der Verwaltungschef schrieb danach einen Brief an den Chefarzt, dass er das Geld nur unter der Bedingung zahlen würde, wenn dieser entweder das ganze Honorar oder zumindest die Hälfte davon mir geben würde. Der Chefarzt gab mir die Hälfte.

Alle Versprechungen, die der Chefarzt Prof. Vollmar während des Kongresses gegeben hatte, waren vergessen. Solche und ähnliche Ereignisse führten zu Spannungen. Damit er etwas umgänglicher würde, bot ich ihm an, bei Thoraxeingriffen und anderen grösseren chirurgischen Operationen, mich als Ersten Assistenten aufzuschreiben. Das Angebot nahm er gerne an. Gleich ein paar Tage später musste eine Pneumonektomie bei Bronchialkarzinom durchgeführt werden. Der Tumor war im Hauptbronchus links so hoch, dass er den Fall als inoperabel erklärte. Ich meinte aber, dass wir problemlos eine radikale intraperikardiale Pneumonektomie vornehmen könnten. Damit war er einverstanden. Er hatte diese Technik noch nie durchgeführt. Ich habe ihm assistiert und er war voller Begeisterung und lobte mich im Operationssaal in Gegenwart des Personals. Das gleiche geschah auch im Falle einer totalen Entfernung von Magen oder Dickdarm.

Da die Hausärzte, andere Kliniken und Internisten im Hause sich angewöhnt hatten, solche Fälle direkt an mich zu überweisen, gab es naturgemäss Probleme. Ich schlug vor, dass er ausser Arterien- und Thoraxchirurgie, die direkt zu mir geschickt wurden, er entscheiden könne, was er gern selbst operieren möchte. Wenn er Wert darauf lege, würde ich Assistent spielen. Ich hatte wirklich sehr viel zu tun und war non-stop beschäftigt. Wie in der Zeit in Ulm, wenn ich am Freitagabend im Zug Richtung Basel sass, schlief ich regelmässig ein. Der Kontrolleur musste mich immer wecken. Es war manchmal richtig peinlich.

Dazu fällt mir eine kleine Begebenheit ein. In Ulm hatte ich eines Tages Besuch einer befreundeten Familie aus der Schweiz, insgesamt sechs Personen. Die Dame und Mutter der erwachsenen Kinder hatte einen faustgrossen Tumor in der linken Brust mit tastbaren Knoten in der Achselhöhle. Sie war ziemlich dick und hatte sehr grosse hängende Brüste. Der Tumor hatte die Kapsel durchbrochen und das umgebende Gewebe befallen. Nach einer Schnell-Schnitt-Histologie des Tumors und eines Lymphknotens führte ich eine klassische radikale Mastektomie nach Halstead durch. Jede Art einer Nachbehandlung, ebenso wie eine Verkleinerung der Gegenseite, lehnte die Patientin ab. Sie verlangte von mir die Zusage, dass ausser den fünf begleitenden Kindern und ihrem Ehemann sowie meiner Frau, die sie vor der Operation untersucht und die Diagnose gestellt hatte, niemand aus ihrer Familie davon erfahren dürfe. Ich habe mich daran gehalten. Sie trug später eine gut angepasste Brustprothese, die äusserlich keinen Verdacht aufkommen lassen konnte.

Als sie von der Klinik entlassen wurde, fuhren wir gemeinsam mit dem Zug nach Basel. Wir mussten in Friedrichshafen in einen anderen Zug umsteigen. Das hatte ich erklärt und gebeten, mich rechtzeitig zu wecken, falls ich einschlafen sollte, damit wir in Friedrichshafen rechtzeitig aussteigen. Wie gewöhnlich bin ich im Zug sofort eingeschlafen. Die Familie war meinetwegen sehr leise oder sogar ganz still. Als wir in Friedrichshafen angekommen waren und alle ausstiegen, wagte diese liebe Familie nicht, mich zu wecken und liess mich einfach weiterschlafen. Der Zug fuhr etwa anderthalb Kilometer zurück zum Parkieren. Die Familie sass ganz still in diesem Abteil mit einem schlafendem Chirurgen, der von der Tag- und Nachtarbeit ganz erschöpft war. Als der Lokomotivführer und ein Bahnbeamter per Zufall am Wagon vorbei liefen, sahen sie einige Figuren in einem Abteil sitzen. Der Bahnbeamte kam vorbei und weckte mich. Er erfuhr, dass wir nach Basel wollten. Das war eine Katastrophe.

Wir hatten nicht viel Zeit, den Zug im Hauptbahnhof zu erreichen. Mit einigen Koffern und Einkaufstaschen einer frisch operierten, gewichtigen Dame, mussten wir auf den Steinen zwischen den Eisenbahnschienen etwa anderthalb Kilometer zum Bahnsteig laufen.

Die beiden Bahnbeamten halfen tüchtig mit. Ich war sehr aufgeregt und musste zweimal die Strecke hin und her laufen um das Gepäck zum Bahnsteig zu bringen. Die anderen mussten sich um die frisch Operierte kümmern. Der Zug nach Basel war längst da. Der Bahnbeamte hatte seine Kollegen benachrichtigt und so wartete der Zug auf uns. Total erschöpft und verschwitzt erreichten wir den Zug und konnten mitfahren. Ohne die Hilfe der freundlichen Bahnbeamten wäre dies nicht möglich gewesen. Einen späteren Anschluss nach Basel gab es an diesem Tag nicht mehr. Mir war die Angelegenheit sehr peinlich, schon deshalb weil sich diese nette Familie ständig entschuldigte. Sie wollten mich einfach schlafen lassen, da sie gemerkt hatten, dass ich so erledigt war. Die Patientin ist weiterhin gesund. Ich habe nicht gezählt, wie oft ich das Umsteigen nach Basel und umgekehrt verpasst hatte. Da ich einmal einen Autounfall auf der Autobahn Basel-Ulm mit Sachschaden hatte, fuhr ich nur noch mit dem Zug nach Ulm bzw. später nach Friedrichshafen. Doch zurück zur Klinik Friedrichshafen. Durch meine Aktivitäten wurde die Klinik total umgestaltet. In drei Jahren habe ich mehr als 400 Arterien- und zahlreiche grössere Thoraxeingriffe durchgeführt. Die Anzahl totaler Gastrektomien, Speiseröhren-Resektionen und Colon-chirurgischer Eingriffe etc. waren relativ hoch.

Inzwischen wurde durch hartnäckige Bemühungen von Prof. Vollmar die Gefässchirurgie als Zusatzfacharzt anerkannt und ich bekam offenbar als Erster, zumindest in Baden-Württemberg, die Facharztanerkennung. Innerhalb von zwei bis drei Jahren gab es sehr viele Gefässchirurgen. In der Region, in der ich drei Jahre lang allein gearbeitet hatte, gab es ein paar Jahre später mehrere Chirurgen, die Gefässchirurgische Eingriffe vornahmen. Der Chefarzt in Friedrichshafen hatte durchgesetzt, dass sein Vertrag um ein Jahr verlängert wurde. Er hatte sogar gewünscht, weitere zwei Jahre verlängert zu werden. Dies war absolut gegen unsere Vereinbarungen.

Inzwischen passierten eigenartige Dinge in Friedrichshafen. Der erste Bürgermeister gab seine Funktion auf und fühlte sich nicht mehr an seine Zusagen, die er Prof. Burri und mir gegeben hatte, gebunden. Ein neuer Oberbürgermeister war gewählt, der es nicht mal für nötig hielt, einmal ein Gespräch mit mir zu führen. Durch seine Zielstrebigkeit in der Partei und seinen Ehrgeiz wurde er einige Jahre später Wirtschaftsminister von Baden-Württemberg. Der Professor und Chefarzt der Pathologie wurde ärztlicher Direktor der Klinik und sorgte schliesslich dafür, dass die Chefarztstelle für Chirurgie am Ende meines dritten Jahres in Friedrichshafen ausgeschrieben wurde. Da eine Operationsliste verlangt wurde, habe ich meine weitgehend gesammelten Operationsberichte aus fünf verschiedenen Fachgebieten der Chirurgie in vierzehn grossen, dicken Ordnern zusammengestellt. Diese wurden mit der Bewerbung und zahlreichen Diplomkopien und Zeugnissen auf zwei Klinik-Teewagen geladen, die wir gemeinsam mit meiner Sekretärin im Sekretariat des ärztlichen Direktors abgeliefert haben.

Am nächsten Tage wurden die Ordner zurückgebracht. Der Pathologiechef rief an, und sagte, dass er und die anderen Herren der Kommission sehr genau wüssten, was ich kann und wie viele Eingriffe ich auf unterschiedlichem Gebiet der Chirurgie durchgeführt habe. Ob damit eine Absicht verbunden war, kann ich nicht mit Sicherheit sagen. Die Bewerbungsunterlagen hat er natürlich behalten. Die Stelle war für eine Person als Chefarzt der Chirurgie ausgeschrieben. Er sollte eine Zusatz-Facharztanerkennung für Unfallchirurgie besitzen und Erfahrungen in der Gefäss- und Thoraxchirurgie vorweisen können.

Die Ausschreibung war auf mich zugeschnitten. Schliesslich hatte ich diese Abteilungen aufgebaut und aus einer einfachen Abteilung für Chirurgie wurde eine Akademische Klinik der Universität Tübingen und nicht Ulm (eine politische Entscheidung!) Inzwischen hatte man noch einen Facharzt für Orthopädie, der auch die Traumatologie beherrschte, in Oberarztposition angestellt. Er versuchte das Krankengut der Orthopädie für unsere Klinik zu aktivieren.

Ich arbeitete nach wie vor Tag und Nacht, hielt Vorträge, kümmerte mich um Studenten und Assistenten und publizierte einige wissenschaftliche

Arbeiten. Die Dialysestation und die Gemeinschaftspraxis in der Stadt wurde durch Zunahme der Patientenzahlen recht gross. Es kamen weitere Fachärzte zu den vier Kollegen dazu. Ich bekam interessante Patienten aus dieser Gruppe. Die Nephrologen waren konsiliarisch auch für unsere Klinik zuständig und führten die stationäre Dialyse in der Klinik durch.

Eines Tages im Juli 1978 wurde mir von den Nephrologen ein 24-jähriger junger Mann zur Entfernung seiner linken Niere zugewiesen. Der junger Mann war Dialysepatient mit einem Blutdruck von 250/150 mm Hg. Seine rechte Niere war im Alter von zwölf Jahren entfernt worden. Es hatte sich offenbar um eine Schrumpfniere kombiniert mit sehr hohem Blutdruck gehandelt. Einige Jahren war es dem jungen Mann gut gegangen. Dann traten zunehmend Beschwerden auf, wiederum mit Hypertonie, Leistungsminderung, sowie Erweiterung und Vergrösserung der linken Herzseite. Zudem fanden sich ausgedehnte sichtbare Gefässerweiterungen der gesamten linken Bauch- und Thoraxseite, die schwach pulsierten. Es wurde eine ausführliche Besprechung mit den Angehörigen vorgenommen in Gegenwart des Nephrologen. Man ging davon aus, dass nur eine vollständige Entfernung der einzigen Niere infrage käme, die für die Blutdruckerhöhung und alle anderen Beschwerden verantwortlich war. Bei den ungewöhnlichen Fehlbildungen der Gefässe der gesamten Niere, dem Aneurysma (Aussackung) sowie den Veränderungen der Niere wäre eine Rettung der Niere kaum möglich. Die Nephrologen bestanden auf einer Entfernung der Niere, da diese bereits zu sehr geschädigt sei. Die Familie betonte aber, sie seien zu mir gekommen, weil bekannt sei, dass ich immer kämpfen würde und entsprechende technische Erfahrungen besässe. Sie kannten einen anderen Fall von mir, bei dem ich einem sechsjährigen Mädchen nach einem Autounfall unter anderem auch eine ihrer Nieren, die in viele Stücke gerissen war, mosaikartig mit mikrochirurgischer Technik und multiplen Gefäss- und Kelchanastomosen wieder hergestellt und eingepflanzt hatte. Das Mädchen konnte schliesslich trotz ihrer schweren Verletzungen das Krankenhaus wieder gesund verlassen. Die Eltern schenkten mir einen Krug aus Zinn auf dem „Nadine", der Name des Mädchens, eingraviert war und der Unfalltag als neuer „Geburtstag" bezeichnet wurde. Diesen Krug besitzen wir immer noch und wird in Ehren gehalten.

Dieser Fall hatte sich offensichtlich rumgesprochen. Ich versuchte der Familie klar zu machen, dass beide Fälle nicht miteinander vergleichbar seien. Schon eine Verletzung dieser pulsierenden Kollateralgefässe der Haut als Folge der Verbindung zwischen Arterien (Schlagader) und Venen (arteriovenöse Fistel) und zusätzlichem Aneurysma (Aussackung) der Nierenarterie sei mit Gefahren verbunden. Ich würde aber alles daransetzen, das Leben des jungen Patienten nicht in Gefahr zu bringen.

Der Eingriff war ausserordentlich kompliziert. Mein Versuch, die Niere dennoch zu retten, schlug leider fehl wegen Blutung und Thrombosierung der Gefässe. Die Niere war grösstenteils dunkelviolett bis schwarz. Ich war so traurig, dass ich diesem liebenswürdigen jungen Mann nicht helfen konnte. Nachdem ich die Niere entfernt hatte, legte ich die wie eine Aubergine aussehende Niere bei der Schwester auf den Instrumentiertisch. Im Operationssaal herrschte totale Stille. Ich tat allen Anwesenden leid. Ich wandte keinen Blick von der Niere. Plötzlich hatte ich die beste Idee meines Lebens, nahm das Skalpell in die Hand und trennte den unteren Pol der Niere ab, der in der Farbe etwas heller war. Danach erweiterte ich die winzigen dünnkalibrigen Gefässe und das Kelchsegment mit dem Morris'schen Olivendilatator. Unter Protest des Anästhesiechefs verlängerte ich die Gefässe mit einer Gore-Tex-Prothese Durchmesser 6 mm, ohne mich von den Bemerkungen der Kollegen irreführen zu lassen. Der Restharnleiter war lang genug, musste etwas verkürzt werden und dann mit dem kleinen Kelch innerhalb des kleinen Nierenstücks verbunden werden. Die Instrumentierschwester und die Oberärztin der Anästhesie, Frau Dr. Wendler, die eine sehr gute und erfahrene Anästhesistin war, machten prima mit (Mitautorin bei der Publikation). Dieses Stück Niere transplantierte ich in die Beckengefässe wie es bei einer normalen Nierentransplantation üblich war.

Man fragte mich, ob ich diese Technik bei so einer Situation schon mal praktiziert hätte. Ich antwortete, dass ungewöhnliche Situationen ungewöhnliche Entscheidungen erfordern. Irgend jemand ist dann immer der Erste. Wer nicht wagt, kann nicht gewinnen. Da das kleine Stück Niere in der Leiste (Becken) liegt, könne man im Falle eines Problems sehr rasch das Transplantat wieder entfernen.

Der Patient hat den Eingriff sehr gut vertragen. Die Oberärztin und ich selbst haben den Patienten auf der Intensivstation ständig überwacht. Die Angehörigen und die Nephrologen (Mitautoren) waren bestens orientiert und arbeiteten sehr gut mit. 24 Stunden lang hat keiner von uns geschlafen. Der junge Mann war über das Vorgehen orientiert und machte voller Hoffnung prima mit. In den ersten vier Tagen wurde er zweimal dialysiert. Da er bis vierzig Grad Fieber hatte, stand er ohnehin unter Antibiotika-Behandlung. Am dritten Tag nach der Operation fing das kleine Stück Niere fünf bis sechs Liter Urin auszuscheiden (Polyurische Phase). Der Blutdruck, der vorher auch unter Behandlung noch sehr hoch war, regulierte sich kontinuierlich und war zeitweise völlig normal. Auch die Blutwerte und die Urinausscheidung normalisierte sich innerhalb einiger Tage. Der Patient war nach einer Woche wieder auf seiner Station und war völlig beschwerdefrei. Die Eltern und die junge hübsche Freundin des Patienten, und wir natürlich auch alle, waren froh und dem lieben Gott dankbar für die Hilfe und so viel Glück. Dieser Fall wurde im American Journal of Surgery, Vol. 141, May 1981 publiziert. Zwei Wochen nach der Operation wurde eine Angiographie durchgeführt. Dabei sah man eine einwandfreie Darstellung des eingepflanzten Nierenteilchens.

Nun konnte ich mit gutem Gewissen für zwei Wochen mit meiner Familie in den Urlaub fahren. Mehrmals in der Woche habe ich mit dem Patienten und auch mit der Kollegin der Anästhesie telefoniert. Ich war auch jederzeit erreichbar. Aus dem Urlaub zurück, habe ich den Patienten noch einige Tage erlebt. Wir haben viel erzählt und gemeinsam gelacht. Nach vier Wochen ging der junge Mann gesund und munter nach Hause. Eine Dialyse war nicht mehr notwendig. Er war ein begeisterter Gletscher-Skifahrer und ich hatte immer Angst, dass er sich mit den Skistöcken in der Leiste, in der die Niere sass, verletzen könnte. Er versprach vorsichtig zu fahren und keine Akrobatik zu treiben. Irgendwann heiratete er seine Freundin, sie bekamen zwei Kinder. Auch nach meinem Weggang aus Friedrichshafen blieben wir über viele Jahre in Verbindung. Dass dieser gewagte Eingriff so fantastisch geklappt hat und dem Patienten ein annähernd normales Leben ermöglichte, war ein wunderbares Geschenk.

Andererseits musste man damit rechnen, dass dieses kleine Nierenstück kaum dauerhaft funktionieren würde.

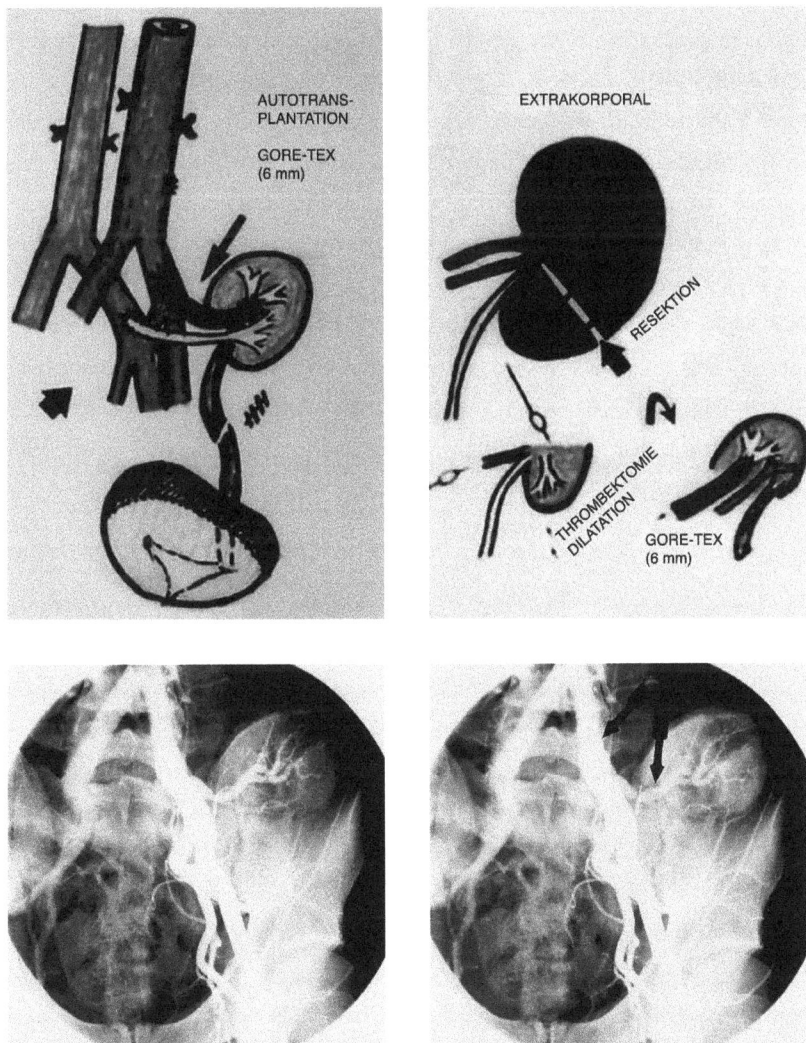

Die Transplantation des Nierensegments bei einem einnierigen Dialysepatienten mit Aneurysma der Nierenschlagader und multiplen arteriovenösen Fistelungen (Verbindung zwischen Venen und Schlagadern). Medikamentös unbeeinflussbarer Bluthochdruck. (Publiziert im American Journal of Surgery, Vol. 141, 605-609, May 1981).

Zum Unterschied zur Leber, die bei Verlust eines Teils durch Zellneubildung wieder Gewebe bildet und damit wachsen kann, fehlt bei der Niere die Fähigkeit zur Zellneubildung vollständig. Die Nierenzellen werden durch Erweiterung grösser. Die Kontrollangiographie fünf Monate nach der Operation zeigte eindeutig, dass der Nierenteil grösser geworden war. Durch die Zellerweiterung atrophieren aber die Zellen und werden in ihrer Funktion eingeschränkt. Das bedeutet, dass man zu einem späteren Zeitpunkt dann doch eine Nierentransplantation vornehmen müsste.

Die Erkenntnisse, die wir aus diesem Fall erworben haben, waren sehr wertvoll. Die wissenschaftlichen Daten wurden von den Kollegen der Nephrologie, die den Patienten in ihrer Praxis kontrollierten, ebenfalls publiziert, allerdings ohne mich überhaupt zu erwähnen. Das ist unüblich und unfair und hat mich doch sehr enttäuscht. Nun verliefen die nächsten Monate des Wahlverfahrens für einige Menschen ziemlich hektisch. Ich liess mich durch zwischenzeitlich auftretende Gerüchte nicht beirren und machte meine Arbeit unermüdlich weiter.

Es war trotzdem eigenartig, dass plötzlich so viele Elitechirurgen aus deutschen Universitäten, ausser aus der Klinik Ulm, sich für diese Stelle bewarben. Wo waren diese Kollegen als man für zwei bis drei Jahre einen qualifizierten Facharzt suchte, damit das neue Krankenhaus sich entwickeln konnte und die Chirurgie nicht gezwungen wäre, Radiusfrakturen einzugipsen und die Patienten vier Wochen lang im Krankenhaus zu behalten? Damals wollte keiner dieser Herren nach Friedrichshafen, obwohl der grosse See schon damals vorhanden war. Professoren und Dozenten, aber ohne die ausgeschriebenen Bedingungen erfüllt zu haben, bewarben sich.

Ein vorher völlig unbekanntes Krankenhaus stand plötzlich im Mittelpunkt des Interesses. Damit man die verlangten Qualifikationen erfüllen konnte, haben sich manche Kollegen sogar zu zweit und zu dritt beworben. Mir wurde zugetragen, dass manche Bewerber vor der Haustür der Stadtratsabgeordneten mit Frau und Kindern erschienen seien um sich vorzustellen und um diese um eine Stimme zu bitten. Weil die Angelegenheit plötzlich so wichtig geworden war, wurde Professor Zenker, München, als Gutachter gebeten, die Bewerber zu beurteilen und für die engere Wahl vorzuschlagen. Auch dies war überall bekannt. Man konnte sich vorstellen, dass verschiedene Telefonate der Herren Ordinarien der Chirurgie für ihre Schützlinge nach München gingen. Ulm hatte weder Bewerber, noch irgend welche Beeinflussung versucht, damit ich nicht indirekt Schaden davon trüge.

Prof. Martin Allgöwer im Gespräch mit dem Autor und seiner Frau (er war immer ein aufmerksamer Zuhörer und väterlicher Ratgeber)

Als Allgöwer mich bei einer Begegnung ansprach, schilderte ich ihm die bekannten Gerüchte. Da regte er sich auf, dass Zenker nicht wisse, wer ich sei und was ich für diese Klinik geleistet habe. Er schrieb an Zenker einen Brief, dass der Mann mit dem fremden Namen nicht aus Kakafula stamme, sondern mit x Versprechungen nach Friedrichshafen gelockt worden sei. Er hätte eine H-3-Stelle mit Beamtung auf Lebenszeit aufgegeben, weil man ihm zugesagt habe, dass er Nachfolger des Chefs in Friedrichshafen würde. Er habe eine tolle Abteilung aufgebaut, worüber man nur begeistert sein könne. Zenker möge seine Unterlagen nicht unter „ferner liefen" im Papierkorb landen lassen. Prof. Zenker hat dann von 36 Bewerbern zehn in die engere Wahl genommen, darunter auch mich.

Nun wurde ich innerhalb der Klinik ständig unter Druck gesetzt. Ehrlich war keiner zu mir. Der ärztliche Direktor wollte plötzlich die Stelle vor der Wahl in zwei bis drei Chefarzt-Positionen aufteilen, obwohl die Stadt nicht so gross und in unmittelbarer Umgebung Friedrichshafens viele grössere Krankenhäuser vorhanden waren. Ich wollte die Unfallchirurgie-Orthopädie unter Leitung eines geeigneten Facharztes sehen und einen Kollegen mit ins Boot nehmen, den ich kannte und mit dem eine kollegial-freundschaftliche Zusammenarbeit zu erwarten war.

Damit war der Pathologe und Ärztliche Direktor nicht einverstanden. Er wollte aber zwei Kollegen, die sich nicht kannten, zusammenbringen, wobei der Unfallchirurg in Vertretung und im Dienst Allgemein- und Gefäss-, sowie Thoraxchirurgisch den anderen Kollegen vertreten musste. Er erzählte deshalb überall, ich hätte kein Interesse für diese Stelle, da ich unbedingt in die Schweiz zurückgehen möchte. So missgünstig können Kollegen sein!

Eines Tages besuchte mich ein praktizierender Kinderarzt, den ich mal medizinisch beraten hatte, um mir zu raten, eine Geldspende von 150'000 DM an die dort regierende Partei zu leisten, was meine Wahl begünstigen würde. Er meinte es gut, hatte aber vollständig falsche Vorstellungen über meine finanziellen Verhältnisse. Er wusste nicht, dass ich bei so viel Arbeit miserabel verdiente und sowohl in Deutschland und in der Schweiz voll besteuert wurde. Erstens hatte ich kaum Geld auf meinem Konto und zweitens wäre so etwas für mich auch nicht in Frage gekommen. Drei Wochen vor der Sitzung des Stadtrats wurde ein Freund eines Abgeordneten und Arzt dieser Familie im Blutungsschock eingeliefert. Er war relativ korpulent mit einem dicken aufgetriebenen Bauch. Die Anästhesisten versuchten seinen Kreislauf zu stabilisieren. Man benachrichtigte mich. Der Patient war sehr schlecht ansprechbar. Ich habe aufgrund meines Tastbefunds ein geplatztes Bauchaortenaneurysma diagnostiziert. Innerhalb weniger Minuten machte er einen Herzstillstand und wurde klinisch für tot erklärt.

Glücklicherweise befand sich der Patient im Vorbereitungsraum der Anästhesie. Ich setzte durch, ihn unter Herzmassage in den Operationssaal zu bringen. Da ich einige geplatzte Aortenaneurysmen in dieser Klinik operiert und mit Gottes Hilfe keinen verloren hatte, wurde meinen Anordnungen Folge geleistet. Unter Herzmassage operierte ich den Patienten, wobei ich alle Kunstgriffe und Tricks der Gefässchirurgie anwandte. Ich hatte in Ulm einige ähnliche Fällen gehabt und retten können. Nach der Abklemmung der Bauchschlagader fing das Herz unter Massage wieder an zu schlagen. Die Korrektur wurde durch Ersatz einer Y-Prothese vorgenommen. Der Patient wurde auf der Intensivstation, Dank der Bemühungen von Anästhesie und vor allem der Oberärztin der Anästhesie 24 Stunden lang beatmet bis eine normale Atmung wieder einsetzte. Er war wieder ansprechbar und der weitere Verlauf war unauffällig.

Dieser Abgeordnete rief mich später an und sagte mir, dass mir seine Stimme und die Stimme ihm befreundeter Abgeordneten bei der Chefarztwahl sicher seien. Mir hat diese Unterstützung aber leider nichts mehr genützt. Einige Zeit später, nachdem ich Friedrichshafen schon verlassen hatte, hat dieser Vorgang offensichtlich noch mal einem anderen Patienten das Leben gerettet, wie man mir erzählte. Der neue Chef, der als Gefässchirurg den Patienten für tot erklärte und nichts mehr unternehmen wollte, wurde von der Anästhesistin, die damals mitgewirkt hatte, so unter Druck gesetzt, dass man noch was machen könne, da Nadjafi solche Fälle gerettet habe. Schliesslich war er bereit, es zumindest nach den Angaben der Anästhesistin zu versuchen. Und siehe da, dieser Patient wurde gerettet. Inzwischen hatte ich Herrn Kollege Kinzel, Oberarzt bei Prof. Burri, gefragt, ob er Interesse hätte, die Abteilung Unfallchirurgie in Friedrichshafen zu führen. Wenn Ja, könnte ich ihn bei der Vorstellung zur Wahl vorschlagen, falls man das von mir wünsche. Kinzel war inzwischen habilitiert und erzählte mir, dass er als zukünftiger Chef einer grösseren Klinik in einer Grossstadt im Gespräch sei. Ich sollte doch unseren Freund Wolter fragen. Wolter, der mit mir von Basel nach Ulm gekommen war, wollte nicht in eine Kleinstadt. Das hatte mir schon Prof. Vollmar gesagt: „Verkaufen Sie sich nicht unter Wert, gehen Sie nicht in eine Kleinstadt!" Am Vorstellungstag hatte ich einige Mitbewerber in das Rathaus kommen und gehen erlebt. Man fragte sich, was in Friedrichshafen ausser dem schönen Bodensee los sei, dass einige sehr bekannte Professoren hierher kommen wollen. Ich konnte zumindest sagen, dass ich von namhaften Chirurgen deutscher Kliniken geschlagen worden sei. Wie man es nimmt, Niederlagen sind immer unangenehm.

Der Oberbürgermeister war eher unfreundlich. Er liess mich kaum reden. Viel gefragt hat er auch nicht. Ich hatte den Eindruck, dass der Pathologe und der Ärztliche Direktor, die neben ihm sassen und seine Berater waren, vorher bereits die Weichen gestellt hatten. Er brachte es fertig, dass ein Privatdozent, Schwiegersohn eines Ordinarius für Chirurgie und ein Professor der Traumatologe, ohne dass Sie sich gekannt hätten, unter seinem Druck gemeinsam gewählt wurden. Ich konnte nicht einmal darlegen, unter welchen Bedingungen die Herren mich nach Friedrichshafen gelockt, aber sich nicht an die Vereinbarungen gehalten haben. Der Chefarzt wollte auf eine Weltreise gehen und wünschte, dass ich ihn noch vier Monate vertreten solle. Das lehnte ich ab, da mein Vertrag einst bis zur Wahl des Chefarztes festgelegt war. Die neu gewählten Herren haben mich innerhalb meiner letzten vier Wochen in Friedrichshafen nie angesprochen.

Ich rief Prof. Morscher, Ordinarius für Orthopädie an der Universität in Basel an und fragte, ob er mich für sechs Monate unterbringen könne. Er hat sofort zugesagt. Prof. Allgöwer und Rossetti wollten ebenfalls helfen. Den Verwalter in Friedrichshafen informierte ich, dass ich in vier Wochen aufhöre, da für mich kein Platz mehr sei. „Der Mohr hatte seine Schuldigkeit getan!" Ich habe dann einen Abschiedsvortrag in der Klinik organisiert, der von vielen Ärzten und auch Patienten und deren Angehörigen besucht wurde. Auch meine Frau war aus Basel gekommen. Ich stellte einige Patienten vor, darunter auch meinen Paradefall, den Nierenpatienten. Es war dennoch ein trauriger Abschied aus einer Klinik.

Hier fällt mir ein passender Spruch ein: „Aus dem Chaos sagte eine Stimme zu mir: Sei froh und lächle, es könnte noch schlimmer kommen. Ich war froh und lächelte und es kam noch schlimmer."

# 25

# Interregnum-Orthopädische Klinik Basel

Nun war ich wieder zu Hause, endlich bei meiner Familie und Freunden. Zehn Tage später fing ich in der Orthopädischen Klinik in Basel bei Prof. Erwin Morscher an. Morscher entschuldigte sich, dass er mir nur eine reguläre Assistentenstelle organisieren konnte. Damit ich die ganze Ungerechtigkeit schnell vergessen konnte, musste ich irgendeiner chirurgischen Tätigkeit nachgehen. Nachdem ich die Traumatologie beherrschte, war es sinnvoll, in der Orthopädie einige Neuheiten kennenzulernen. Ausserdem würde er und seine Mitarbeiter von meiner Gefäss- und Thoraxchirurgischen Erfahrung profitieren können, vor allen für die Chirurgie der Wirbelsäule. Morscher, den ich aus meiner Assistentenzeit kannte, war eine besondere Persönlichkeit und ein fabelhafter Mensch. Seine Oberärzte und Assistenten waren nicht nur gute Fachleute sondern auch faire Kollegen. Die Atmosphäre der Klinik, einschliesslich des Sekretariats war angenehm. Mit dem Chef der Radiologie Basel, Dr. Rösli, verstand ich mich besonders gut. Der Chefarzt der Rheumatologie war Prof. Wolfgang Müller, ein sehr angenehmer Kollege. Wir hatten uns kennengelernt als ich einen wissenschaftlichen Vortrag im

Rahmen der Klinikfortbildung gehalten hatte. Er hörte, dass ich mich für eine Stelle im Grenzgebiet Deutschlands in Waldshut-Tiengen interessierte. Er bot mir spontan seine Hilfe an.

Eines Tages begegnete ich per Zufall dem netten Kinderarzt aus Friedrichshafen, der mit seiner Gattin Prof. Müller konsultierte. Er bedauerte sehr, dass ich damals die Spende an die CDU nicht gemacht hätte. Ich habe aus Höflichkeit nur gelacht und zu seiner Beruhigung gesagt: „Der Zug ist nun aus der Halle!"

Die sechs Monate mit Prof. Morscher waren eine sehr angenehme Zeit. Ich arbeitete und operierte mit ihm und seinen Oberärzten fast täglich. Den Zugang zur Wirbelsäule ausserhalb des Bauchfells mit minimaler Freilegung und die Gefässfreilegungen des Beckens habe ich den Kollegen assistiert. Bei dieser liebenswürdigen Mannschaft – eben „wie der Herr, so's Gescherr" – habe ich einige neue Freundschaften geschlossen. Über die erfolgreiche Karriere dieser freue ich mich auch heute noch sehr. Ich erhielt eine Einladung vom Prof. Walter Poris, Chef der Chirurgie an der Universität North Carolina in Greenville als Gastprofessor. Gleichzeitig wurde ich über Dr. Campbell Stalker von Dr. Thomas Johns, Chef von zwei Kliniken in Richmond, Virginia eingeladen.

Stalker war damals aus einer Klinik in Glasgow zur Ausbildung in Gefässchirurgie zu uns nach Ulm gekommen. Sein Chef, Dr. Foster war ein Freund vom Prof. Vollmar. Ich habe mich damals um Stalker intensiv gekümmert, da mein Chef kaum Zeit für die Gäste hatte. Stalker hat übrigens später das Buch von Vollmar über Rekonstruktive Chirurgie der Arterien, eine Bibel der Gefässchirurgie (Thieme Verlag) ins Englische übersetzt. Prof. Vollmar war nicht ganz zufrieden, aber Prof. Blaisdell, den ich an der Universität Davis in Kalifornien kennenlernte, war mit der Übersetzung sehr zufrieden. Stalker, den ich zweimal in seiner Klinik in Glasgow besuchte, wechselte später nach Richmond, Virginia. In dieser Zeit suchte man für das Krankenhaus Waldshut-Tiengen auf der anderen Seite des Rheinufers einen Chef für die Chirurgie. Ich habe mich für die Stelle beworben, zumal ich gern in der Region bleiben wollte. Es gab sogar einen Mitbewerber aus der Klinik Basel und zwar ein echter Germane, wie Allgöwer das formulierte. Prof. Allgöwer teilte mir dies mit, damit ich orientiert war. Mitbewerber waren auch hier zahlreich, mehr als dreissig Chirurgen hatten sich gemeldet. Man hat sich über mich auch in Friedrichshafen erkundigt. Offenbar hatte man der Kommission mitgeteilt, dass die ersten drei Monate nicht angenehm waren, da es Differenzen mit dem Chef wegen nicht gehaltener Versprechungen gegeben habe. Danach sei alles bestens gewesen. Es hätte auch Mitarbeiter und einige vom Personal gegeben, die bei meinem Abschied geweint hätten.

Ich habe die strenge Prozedur der Wahlvorstellung wieder mitgemacht und wurde schliesslich gewählt. Unter den Mitbewerbern waren zwei Kollegen aus der Region. Der Nicht-Habilitierte war mit mir im Rennen. Der Habilitierte aus einer renommierten Uniklinik Deutschlands wurde nicht in die engere Wahl genommen. Gerade dieser Kollege, der später Chefarzt einer grösseren Klinik in Süddeutschland wurde, machte mir im Hintergrund das Leben schwer und zwar über seine Verwandtschaft und seine Freunde. Nach sechs Monaten Arbeit bei Prof. Morscher in der Orthopädie Basel hörte ich auf. Danach führte ich auf Bitten von Prof. Morscher und Prof. Allgöwer für zwei Monate die Chirurgische Abteilung des kleinen Krankenhauses Laufen. Die Stadt lag etwa dreissig Kilometer von Basel entfernt. Der damalige Chefarzt war ganz plötzlich erkrankt und musste eine Zeitlang ausspannen.

Hier lernte ich Remy Meier als Mitarbeiter kennen. Er ist heute Professor für Medizin-Gastroenterologie am Kantonsspital Liestal, Baselland und ein guter Freund. Bis zu Beginn meiner Tätigkeit in Waldshut-Tiengen hatte ich etwa zehn Monate Zeit. Als ich mit den Vorbereitungen für die Amerikareise beschäftigt war, passierten einige seltsame Dinge, die ich kaum vergessen werde.

Eines Tages als ich unsere kleine Wohnung in Liestal verliess, um in Basel Einiges zu erledigen, stellte ich unterwegs fest, dass ich ein Dokument, das ich brauchte, vergessen hatte mitzunehmen. Daraufhin kehrte ich auf halbem Wege nach Hause zurück. Als ich vor dem Haus ankam, klingelte bei uns das Telefon. Ich sprang die Treppe hoch, machte die Wohnungstür auf und konnte rechtzeitig den Hörer abnehmen. Auf der anderer Seit war mein Freund Konrad Hell, damals Stellvertreter von Prof. Rossetti im Kantonsspital Liestal. Er bat mich um Hilfe. Ein junger Mann war wegen Blutungsschock nach einer Verletzung der Beckengefässe beiderseits durch ein Metzgermesser eingeliefert worden. Sein Arbeitskollege hatte ihn stark blutend in einem Volkswagen Käfer, rechtwinklig sitzend mit einem Sandkissen in Höhe der Leiste und Unterbauch in die Klinik transportiert. Der Verletzte übte mit den Händen über dem Sandkissen eine gewisse Kompression aus. Das Ärzteteam und die gesamte Mannschaft der Notfallstation waren telefonisch avisiert.

Der Arbeitskollege des Verletzten hatte offenbar gesagt, er habe als Nichtmediziner seinem Kollegen das Leben gerettet, aber nun sollten die Ärzte zeigen, dass sie sein Leben erhalten können. Meine Freunde haben einen jungen Mann mit kaum messbarem Blutdruck ohne Urinausscheidung bei scharfer Durchtrennung der Arterie und der Venen der Beckengefässe oberhalb des Leistenbandes auf dem Op.-Tisch gehabt. Sie waren bis zu meinem Eintreffen im Operationssaal damit beschäftigt, die Blutung zu stillen. Es wurde immer schlimmer, da eine Venenblutung kaum zu stillen ist. Dagegen ist eine Blutung der Arterie harmloser, weil durch die elastischen Fasern der Arterienwand und durch das schnelle Einrollen der Schnittränder der Gefässe, eine Blutung schneller gestoppt wird. Wenn man hingegen die höhere Vene abklemmt, steigt die Blutung durch Stauung an.

Ich stellte fest, dass bei dem jungen Mann eine Variation der Gefässverteilung, nämlich eine doppelte Anlage der Gefässe in Leistenhöhe vorhanden war. Mit Naht und mehreren Bypässen konnte ich die Rekonstruktion der zahlreichen Gefässe unter Verwendung seiner Vena saphena vornehmen. (sog. Krampfadervene). Inzwischen hatte er schon mehrere Blutkonserven, Eiweissinfusionen und Infusionen gehabt. Während meiner Arbeit wurde der Blutdruck wieder messbar und die Nierenfunktion kam wieder in Gang. Der Kreislauf blieb stabil. Obwohl die Mannschaft im Operationssaal skeptisch reagierte, blieb ich sicher, dass er dieses Abenteuer ohne Probleme überstehen würde.

Der Patient konnte nach neun Tagen stationärer Behandlung wieder nach Hause. Ich habe ihn einige Jahre später, als ich in Liestal mit

Prof. Rossetti arbeitete, wieder nach einem Unfall operieren müssen. Diesmal war es ein Autounfall. Der Mann war als unruhiger Geist im Ort bekannt. Ein nicht medizinisches Ereignis, das ich bis heute noch nicht vergessen habe, da ich an der betreffenden Stelle noch oft vorbeifahre, war durch meine Unaufmerksamkeit vor der Abreise nach Amerika entstanden. An der Grenze nach Lörrach, Deutschland gibt es eine Tankstelle, die immer stark frequentiert war und ist, weil Benzin damals und auch heute noch in der Schweiz billiger ist als in Deutschland. Neben der Tankstelle an der Strassenecke zur Hauptstrasse ist eine Telefonkabine. Ich habe von dieser Kabine aus telefoniert und ohne es zu merken, meine Brieftasche auf einem offen aufgeschlagenen Telefonbuch liegen gelassen. Darin waren sichtbar mehrere Tausend Dollar, mein Flugticket und einige wichtige Dokumente. Ich stieg in mein Auto und fuhr nach Hause nach Liestal (etwa 26 km). Als ich vor dem Haus ankam, merkte ich, dass ich meine gesamten Dokumente und das Geld in Riehen in der Telefonkabine liegen gelassen hatte. Voller Aufregung machte ich die Wohnungstür auf und erzählte meiner Frau und meinem Sohn was geschehen war. Daraufhin schlug mein Sohn vor, sofort zurück zu fahren. Verliere keine Zeit! Zum ersten mal schenkte ich den Instinkten eines Kindes Vertrauen. Ich fuhr wie ein Rennfahrer die 26 km wieder zurück, ohne Illusion, dieBrieftasche noch vorzufinden. Ich wäre froh gewesen, wenn ich wenigstens mein Ticket und die Dokumente wieder bekäme. Als ich von der rechten Strassenseite nach links zur Telefonkabine wendete, sah ich schon meine Brieftasche auf dem Telefonbuch liegen. Ich stoppte rasch, sprang aus dem Auto und konnte meine Brieftasche unangetastet wieder an mich nehmen. Nun fing ich an richtig zu schwitzen und musste mich einen Moment in meinem Auto ausruhen. Man kann sich nicht vorstellen, wieviele Menschen in dieser Zeit an dieser Kabine vorbeigelaufen oder hier getankt haben und zum Glück die Brieftasche nicht gesehen hatten. So etwas passiert einem vielleicht nur einmal im Leben. Ich bin meinem Sohn für die Ermutigung heute noch dankbar.

# 26

# Gastprofessur in den USA

Ich flog in die USA, um den Einladungen nach Greenville, North Carolina und Richmond, Virginia Folge zu leisten. Ich kam in Washington an und konnte nach zwei Stunden Aufenthalt weiter nach Greenville fliegen. Im Flughafen ging ich sofort zur Information, um mir den Weg zur Universitätsklinik sagen zu lassen. Die Adresse und die Telefonnummer der Klinik hatte ich in der Hand. Ein sehr nette Dame versuchte mir zu helfen und entdeckte, dass ich im falschen Greenville gelandet war. Man hatte mich in Washington in das falsche Flugzeug gesetzt. Ich hatte Glück und konnte relativ schnell nach Washington zurückfliegen. Wieder zwei Stunden später konnte ich nach Greenville weiterfliegen. Leider war es wieder das falsche Greenville. Innerhalb von drei Tagen bin ich viermal nach Greenville geflogen, bis ich schliesslich im richtigen Greenville ankam. Offensichtlich gibt es in den USA mehrere Greenville. Im Flugzeug sass ein junger Marinesoldat neben mir, der ähnliche Probleme mit einem anderen Ort hatte.

Ich fand es höchst ungewöhnlich, dass ein so grosses und reiches Land derart inkompetent arbeitet. Als ich schliesslich am dritten Tag im richtigen

Greenville in North Carolina landete, nahm ich mir ein Taxi zur Klinik. Inzwischen war es Samstagnachmittag. Zufällig war noch eine Sekretärin da, die mir aber lediglich ein nahe gelegenes Motel empfehlen konnte. Bis Montag musste ich mich in Geduld üben.

Die Universitätsklinik war relativ neu. Gleich am ersten Tag bei der Vorstellung durch Prof. Poris habe ich Prof. Charles Rob, den berühmten englischen Gefässchirurgen kennengelernt. Er war bereits in Pension, arbeitete aber als Berater in dieser Abteilung. Poris war deutschstämmig, aus Bayern und ein Schüler von Prof. Charles Rob, der sowohl an der Nissen'schen Fundoplicatio als auch an der selektiv-proximalen Vagotomie interessiert war, erzählte der Mannschaft, dass ich schönste und beste anatomische Präparationen vom Vagusnerven am Menschen gemacht hätte.

Bei einer alten Dame hatte man für mich eine Unterkunft organisiert. Aber die Dame war plötzlich erkrankt und befand sich in stationärer Behandlung. Ich musste daher in diesem fürchterlichen Motel ausharren. Das Motel hatte zwei Stockwerke, ziemlich langgezogen und auf der Rückseite sah man in eine öde Landschaft. Im Parterre wohnten ausschliesslich schwarze, meist kinderreiche Familien. Sie parkierten ihre grossen amerikanischen Autos vor dem Eingang ihrer Zimmer und benutzten ihr Auto als Teil ihrer Wohnung. Sauber war diese ganze Anlage überhaupt nicht. Am Tage wurde das Auto dann Transportmittel und auch für die Fahrt zur Arbeit benutzt. Die zweite Etage war zur Unterbringung Reisender benutzt. Es war insgesamt alles etwas primitiv und sehr unruhig. Ich weiss nicht, wie lange ich es dort ausgehalten hätte.

Nachdem mir klar war, dass ich in dieser Klinik keine spektakulären Operationen erwarten konnte, rief ich Dr. Stalker in Richmond an und erzählte ihm meine Situation. Er schlug vor, so schnell wie möglich nach Richmond zu kommen, sehr viel eher als ursprünglich vorgesehen war. Alle seien schon neugierig auf mich und ich bekäme ein grosses Haus von der Klinik zur Verfügung und könnte ihm beim Aufbau der neuen Abteilung helfen. Ich sprach mit Prof. Poris und fragte ihn, ob er einverstanden sein könne, wenn ich eher nach Richmond, Virginia wechsle, da sie beim Aufbau einer neuen Gefässabteilung im Chippenham Hospital meiner Hilfe bedurften. Er bedauerte diesen plötzlichen Wechsel und versicherte mir, jeder Zeit zurückkommen zu können. Ich orientierte telefonisch meine Frau und nahm den nächst möglichen Flug nach Richmond, Virginia, diesmal gleich im richtigen Richmond ankommend.

Am Flughafen wurde ich von zwei jungen hübschen Damen und einem Chauffeur der Klinik abgeholt. Ausser dem „Medical College of Virginia" gab es noch zwei grössere Kliniken: Johnston-Willis und Chippenham Hospital, die mit dem Universitätscollege zusammenarbeiteten. Das Johnston-Willis Hospital war in der Stadt und das Chippenham Hospital lag etwa 25 Meilen entfernt davon. Beide Kliniken gehörten zusammen. Der oberste Chef beider Kliniken war Dr. Johns, ein äusserst religiöser Mann, der aus einer der mächtigsten Familien der Region stammte. Er war sehr nett, ein guter Chirurg und mit Dr. Stalker befreundet. Der damalige Chef der Chirurgie der Universitätsklinik war relativ jung durch Absturz mit einem Privatflugzeug ums Leben gekommen. Auf Empfehlung von Dr. Johns wurde Prof. Greenfield, bekannt durch den Greenfield-Filter für die Vena cava (Hohlvene), Chef der Chirurgie im Medical College of Virginia.

Dr. Johns organisierte, dass ich an manchen Tagen im College arbeiten konnte. Neben dem Johnston-Willis Hospital gab es eine alte Villa, fantastisch eingerichtet. Im Parterre war nur ein Büro, in dem eine Sekretärin zeitweise arbeitete. Das Haus war früher eine Art „nursing home" der Klinik. Sie besass einige solcher Objekte in der Region. Diese Villa wurde mir zur Verfügung gestellt. Da ich gern koche, war ich besonders von der Küche und ihren Einrichtungen begeistert. Trotz vieler Einladungen hatte ich gelegentlich abends oder am Wochenende Lust, für mich etwas zu kochen. Es schmeckte einfach besser.

Eine Zeitlang hatte ich erst im Hause Stalker gelebt. Frau Stalker, deutscher Abstammung, war eine sehr liebenswürdige Dame, die meinen Aufenthalt so angenehm wie möglich zu gestalten versuchte. Mit Dr. Stalker und den zwei Damen, die mich abgeholt hatten, machte ich die Sprechstunde mit. Operative Eingriffe wurden vorwiegend im Chippenham Hospital durchgeführt. Ich war sehr aktiv an der Bauch-, Gefäss- und Thoraxchirurgie beteiligt und operierte vorwiegend mit Dr. Johns und Dr. Stalker. Einmal besuchte ich im Operationssaal den Unfallchirurgen, der gerade eine Unterschenkelfraktur operierte und nach Reposition der Bruchstelle diese zunächst mit Schrauben zu fixieren versuchte. Er begrüsste mich und sagte, er hätte schon immer nach Davos zum Kurs kommen wollen, damit er die Schweizer Methode kennenlernen könne. „Mache ich es richtig?" fragte er. Daraufhin fragte ich ganz höflich, ob ich einen Vorschlag machen dürfe. Er bejahte. Dann habe ich ihm erklärt, dass er mit zwei Bohrern, 3,2 mm und 4,5 mm Durchmesser arbeiten müsse, damit die Schraube in das 4,5 mm Loch gleiten und den Frakturspalt unter Kompression heranziehen könne. Ich stand da und führte Regie auch bei der Verplattung. Da kam Dr. Johns herein und sagte zu mir, sie hätten aus Europa schon einige Chirurgen hier gehabt, aber noch keinen Chirurgen, der Bauch-, Gefäss-, Thorax- und Unfallchirurgie so beherrschte wie ich. Das hat mich natürlich gefreut. Die „Technicians", die in Amerika Wundverschluss und Wundöffnung vornehmen dürfen, lernten von mir die von mir modifizierte Donati-Allgöwer-Naht und nannten sie „Swiss Suture".

An manchen Tagen war ich auch in der Universitätsklinik. Hier lernte ich den Herzchirurgen Lower kennen, der mit Prof. Shamway von der Stanford University in Kalifornien die Technik der Herztransplantation in zahlreichen Tierversuchen entwickelt hatte. Sie wären die ersten Herzchirurgen gewesen, wenn die staatliche Bewilligung, die noch hängig war, schon erteilt gewesen wäre. So kam Christiaan Barnard den beiden Herren zuvor. Er hatte als Fellow-Assistent sowohl mit Shamway als auch mit Lower gearbeitet und deren Technik der Herztransplantation erlernt. In Südafrika bedurfte es keiner speziellen Bewilligung. Als ich mich in der Pause mit Lower unterhielt, stellte ich fest, dass er sehr enttäuscht war von Barnards Verhalten. Seine Version der Beurteilung möchte ich hier nicht wiedergeben.

Richmond war früher Hauptstadt und Regierungssitz der Südstaaten mit einem weissen Haus, wie jetzt in Washington. Iranische Ärzte, die ich in dieser Klinik kennengelernt hatte, bezeichneten Richmond als „Qom", die Stadt, die im Iran religiöses Zentrum der Theologie ist. Von der Universitätsklinik konnte ich meine Wohnvilla zu Fuss erreichen. Einmal als ich zu der Villa lief, musste ich vor einem Hotel Halt machen. Es kam gerade ein Hochzeitspaar mit Begleitung an. Aus Neugier betrat ich das Hotel. Plötzlich hatte ich das Gefühl, dieses Hotel bereits zu kennen, obwohl ich noch nie vorher in Richmond gewesen war. Diese grosse Halle, die lange Holztreppe in der Ecke der Halle und die Architektur kamen mir sehr bekannt vor.

An einem Samstag Nachmittag besuchte ich bei sonnigem Wetter meinen Freund Stalker. Sie hatten Besuch von einer englischen Ärztin, die in Richmond tätig war. Ich erzählte mein Erlebnis mit dem Hochzeitspaar und jenem Hotel. Plötzlich lachten alle drei und erklärten, dass dieses Hotel das Jefferson-Hotel sei, in dem „Vom Winde verweht" gedreht worden sei. Da erinnerte ich mich, wie Clark Gabel im Film diese Treppe heruntergekommen war.

In Richmond sah man viele englische Steinhäuser. Viele Engländer, die nach Amerika ausgewandert waren, sollen ihre englischen Steinhäuser auseinander genommen und das ganze Material nach Amerika verschifft haben, um es hier wieder formgetreu aufzubauen!

Zwischendurch habe ich auf Intervention von Dr. Johns auch die Universitätsklinik in Baltimore besucht. Insgesamt war die Zeit in Richmond für mich sehr schön, was vor allem der Familie Dr. Stalker zu verdanken war, die mich so liebenswürdig in ihren grossen Freundeskreis mit aufgenommen hatte. Nach fünf Monaten Tätigkeit in Richmond und Besuch des Chirurgischen Weltkongresses in St. Francisco nahm ich die Einladung von Prof. Michael DeBakey in Houston, Texas an. Hier lernte ich unter anderen Prof. Crawford kennen, der ein ausgezeichneter Gefässchirurg war und die meisten Aneurysmen, die über zwei Körperhöhlen reichten (Thorax-Bauch), operiert hatte.

DeBakey operierte die meisten Risikopatienten an Herz und Thorax. Kritische Situationen, die es fast immer gab, verursachten oft grosse Spannungen zwischen ihm und dem Chefanästhesisten. Zu der Zeit waren im Operationssaal nur selten ausländische Chirurgen zu Besuch. Man hatte sich vorher im Sekretariat DeBakey ein ok zu holen, sonst würde die Organisationsschwester im Operationssaal etwas unfreundlich fragen, ob man auch autorisiert sei, bei DeBakeys Operationen anwesend zu sein.

Die paar Wochen in Houston, Texas waren zwar kurz, aber sehr lehrreich. Es war nun an der Zeit, von Amerika Abschied zu nehmen und nach Europa zurückzufliegen. Vor dem Rückflug besuchte ich für einige Tage noch die Chirurgische Klinik des Massachusetts General Hospitals in Boston und auch einen Cousin, der in einem College in New Hampshire studierte um danach mit dem Medizinstudium zu beginnen.

Nun stand mir eine verantwortungsvolle neue Aufgabe in Waldshut-Tiengen auf der anderen Seite des Rheins in Deutschland bevor.

# 27

# Chefarzt der Chirurgie
# in Waldshut-Tiengen

Zurück in Basel hatte ich etwas Zeit bis zum Beginn meiner Tätigkeit in Waldshut. In Waldshut war ein Umbau und Anbau des Krankenhauses geplant und der Architekt wollte gemeinsam mit dem Verwalter einige Kliniken in Süddeutschland und in der Schweiz anschauen und Gespräche führen, um Fehlplanungen zu vermeiden. Sie fragten mich, ob ich sie begleiten würde. Ich war der Meinung, da ich ausreichend Zeit zur Verfügung hatte und einige Chefchirurgen dieser Kliniken persönlich kannte, wäre es durchaus sinnvoll, dieser Bitte nachzukommen. Wir haben zahlreiche, vor allem neue Kliniken in Deutschland und in der Schweiz besucht und viele praktische Ideen und Ratschläge erhalten. Statt mir für diese Dienstleistung dankbar zu sein, wurden mir schwerste Vorwürfe von Seiten der anderen Chefärzte des Krankenhauses gemacht.

Was hat mir Prof. Vollmar immer gepredigt? „Gehen Sie nicht in eine Kleinstadt und verkaufen Sie sich nicht unter Wert!" Recht hat er gehabt!

Vom Senior Dr. Baitsch, Chefarzt der Hochrhein Klinik in Bad Säckingen wurde ich zu einem Vortrag über Diagnostik und Therapie des Lymphödems eingeladen, was ich gerne angenommen habe. Der grosse Hörsaal war voll, es waren relativ viel praktizierende Ärzte und auch Fachärzte erschienen. Der Vortrag wurde sehr gut aufgenommen. Eine Fachärztin sagte in der Diskussion, sie hätte nie so klar und so kompetent ein so schwieriges Thema dargestellt bekommen. Es gab grossartigen Beifall. Als gerade die Pause begann und ich von vielen Ärztinnen und Ärzten umringt war, um Fragen zu beantworten, platzte plötzlich ein Orthopäde aus Lörrach in den Hörsaal, der ein regionaler Funktionär der Ärztekammer war. Mit hochrotem Gesicht ging er wütend auf Dr. Baitsch los, beschimpfte ihn ganz laut mit der Bemerkung: „Was, ihr habt einen Perser als Chefarzt in Waldshut gewählt? Dem werde ich die Hölle heiss machen!" Alle Ärzte schauten entsetzt zu ihm und Dr. Baitsch deckte dessen Mund mit seiner Hand, packte ihn an der Schulter und führte ihn aus dem Saal. Als er zurück kam, sagte er zu mir, dass dies erst der Anfang meiner Schwierigkeiten in Waldshut sei, es würde so weiter gehen. Der Bürgermeister und er hätten mich für Säckingen haben wollen, aber ich hätte ja leider keine Geduld gehabt, zu warten. Ich musste wieder an den Spruch über das Chaos denken und fragte mich, ob es wirklich noch schlimmer kommen könne und es wurde noch schlimmer.

Dr. Reiner Baitsch, Vater meines Kollegen Günther Baitsch aus der Basler Klinik, kannte mich aus der Friedrichshafener Zeit, in der ich manchmal auf dem Rückweg nach Basel in Bad Säckingen ausstieg, um konsiliarisch bei ihm Angiogramme anzuschauen und Patienten zu beraten. Später gewann er meinen Kollegen Dr. Ostheim, einen ausgezeichneten interventionellen Radiologen der Basler Schule als Mitarbeiter. Über Dr. Baitsch lernte ich den Bürgermeister von Säckingen kennen und war mit ihm in Kontakt bis ich in Waldshut gewählt wurde.

Waldshut-Tiengen liegt in der Nähe der Einmündung der Aare in den Rhein und ist etwa sechzig Kilometer von Basel und etwa fünfzig Kilometer von Zürich entfernt. Es ist eine lebhafte Grenzstadt am Hochrhein mit etwa 23'000 Einwohnern, mit einer malerischen Altstadt, deren zwei mittelalterliche Tortürme aus dem 13. Jahrhundert stammen. 1468 kam es zur Befreiung von den Schweizer Eidgenossen, was jedes Jahr im August von der Bevölkerung in Waldshut mit einer „Chilbi" und von den Tiengenern im Juli als „Schwyzertag" gefeiert wird. Die geografische Lage dieser Stadt hinsichtlich medizinischer Versorgung der Bevölkerung beschäftigte mich. Die nächste deutsche Universität Freiburg im Breisgau war etwa 120 km entfernt. Also sehr weit. Das erklärt, warum neunzig chirurgische Akutbetten und zusätzliche Betten für chronische Erkrankungen erforderlich waren, während seltene Spezialfälle eher an eine Universitätsklinik abgegeben werden sollten. Es war eine Zumutung für Patienten und ihre Angehörigen wegen unsicherer Versorgung solch eine Strecke fahren zu müssen. Eine direkte Zugverbindung nach Freiburg gibt es bis heute nicht.

Etwa zwei Wochen vor Beginn meiner Tätigkeit in Waldshut kam ein junger deutscher Kollege zu mir auf Empfehlung meines Freundes PD Florin Enderlin, der Chefarzt im Kantonsspital Chur, Schweiz war. Dieser junge Kollege war interessiert mit mir zu arbeiten. Ich bat ihn, einmal nach Waldshut zu fahren und sich das Krankenhaus anzuschauen. Er sollte nicht enttäuscht sein, da das Krankenhaus Waldshut mit keinem Kantonsspital der Schweiz zu vergleichen war. In Waldshut musste man in jeder Beziehung Pionierarbeit leisten. Der Kollege besuchte das Krankenhaus und sprach mit Oberärzten und Assistenten. Er kam sehr enttäuscht zu uns nach Hause und erzählte, dass man bereits einen Aufstand gegen mich organisiere.

Man hätte ihn gewarnt, er solle nicht kommen, denn den gewählten Chef wolle man bis spätestens April wieder los haben. Er fragte, wo ich da hin wolle. Diese Ärzte wären wie Mafiosi gegen mich verschworen. Sie würden mir das Leben schwer machen. Ich kontaktierte den Oberbürgermeister und teilte ihm alle diese Äusserungen mit. Er hingegen erwiderte, dass die Bevölkerung mit grösster Sympathie ungeduldig auf mein Kommen warte. Er bekäme Briefe von Menschen, die früher nie im Krankenhaus Waldshut behandelt werden wollten. Schliesslich schickte er seinen Vater, einen pensionierten Chirurgischen Chefarzt zu uns nach Hause. Er versicherte mir zusätzlich, dass diejenigen, die im Krankenhaus Unruhe stifteten, ein paar Ärzte seien, die bisher unkontrolliert und ohne Führung alles machen konnten und jetzt befürchteten, dass Ihre Tage gezählt seien. Weder der Oberbürgermeister noch wir anderen, konnten ahnen, dass es nicht die Assistenten und Oberärzte waren, die den neuen Chefarzt ablehnten, sondern die Herren Chefärzte und der eine oder andere Praxisarzt, sowie Funktionäre der Ärzteorganisation. Ein Exemplar davon hatte ich ja bereits in Bad Säckingen während meines Vortrags erlebt. Mein Vorgänger war sehr enttäuscht, dass er nicht ein paar Jahre länger bleiben durfte. Obwohl der Krankenhausverwalter nicht einverstanden war, hatte ich meinem Vorgänger angeboten, an einem bestimmten Tag der Woche Operationssaal und Assistenz zur Verfügung zu haben. Es liesse sich sicher einrichten, dass er auch mal zwischendurch operieren könne. Sein früherer Oberarzt sollte die Koordination übernehmen. Er schien damit zunächst zufrieden zu sein. Der Verwalter warnte mich mit der Bemerkung, dass er die Tage seines Abgangs schon zähle und ich würde ihm solch leichtsinniges Angebot machen. Ich blieb dabei, aber schon bei der nächsten Begegnung noch vor meiner Amtsübernahme merkte ich, dass er sich nicht mehr kollegial verhielt. Ich hatte diesen Mann sympathisch gefunden, doch zunehmend, noch bevor ich den Posten übernommen hatte, benahm er sich mir gegenüber höchst merkwürdig. Seine Sekretärin, die später in seiner Praxis für ihn weiter arbeitete, blieb noch etwa vier Monate da und machte für den alten Chef die Restabrechnungen.

Am 1. Januar 1980 war es soweit. Wie vereinbart, trafen wir uns um acht Uhr in der Klinik zur Übergabe. Unter anderem war mein Oberarzt Dr. Freising anwesend, sowie der Oberbürgermeister und ein Journalist, der die Begegnung fotografisch festhielt. Bei der erst kurzen Anwesenheit des Oberbürgermeisters reagierte mein Vorgänger unfreundlich und ungehalten. Plötzlich sagte er zu einem Oberarzt: „Lass uns schnell durch, damit ich hier endlich wegkomme." Der OB hat darüber hinweggesehen, dass die Unfreundlichkeit ihm gegolten hatte und der Mann durch die anderen Chefärzte offensichtlich aufgehetzt war. Auch war er wütend auf den OB, weil dieser seine Amtszeit nicht verlängert hatte.

Ich habe erst viel später realisiert, dass primär nicht gegen meine Person sondern gegen den OB opponiert wurde. Das hat dieser möglicherweise bis heute nicht erkannt. Durch mich wollte man den OB zu Fall bringen. Der OB war aber viel schlauer, denn er opferte mich und rettete damit seine

Position. Für die mafiöse Intrige der Herren Chefärzte und ihrer Kumpane war es am Ende nur ein Teilerfolg.

Die Chirurgische Abteilung hatte 130 Betten. Ganz schnell und ohne irgendwelche Diskussionen über eine eventuell vorzusehende Weiterbehandlung komplizierter Fälle, gingen wir von Saal zu Saal und von Zimmer zu Zimmer. Er gab mir auch keinerlei Hinweise, was zu ergänzen oder zu ändern wäre, wie man sich gegenüber Verwaltung und Verwalter verhalten sollte. Er zeigte mir eine Kammer neben dem Chefarztzimmer und fragte mich, was ich meinte, wofür dieser Raum gedacht sein könnte. Ein Raum ohne Fenster könnte ein Abstellraum sein, erwiderte ich. Vorwurfsvoll meinte er, was ich hier erwarten würde, das sei sein Sekretariat! Ich fand es höchst ungewöhnlich, dass er nach so vielen Jahren es nicht fertig gebracht hatte, ein anständiges Sekretariat für die Damen zu organisieren. Ich war erstaunt, wie schnell er die Übergabe durchgezogen hatte und dann sang- und klanglos das Feld räumte. Mein Angebot, dass er einen Tag der Woche festlegen sollte und hier immer willkommen sei, hatte ich nochmal wiederholt. Da murmelte er etwas gegen den OB und sagte beim Vorbeigehen, darüber würden wir noch reden. Da meine Familie noch in Liestal, etwa 50 km entfernt war, nahm ich mir im Personalhaus des Krankenhauses ein Zimmer. Wir suchten eine Wohnung oder ein Haus in Waldshut um umziehen zu können. Wegen der Schule meines Sohnes wäre ein sofortiger Umzug ohnehin nicht möglich gewesen.

Ein Oberarzt, den ich aus Friedrichshafen mitgebracht hatte, wurde mein Nachbar im Personalhaus. Seine Familie lebte noch in der Bodenseeregion. Gleich in der ersten Woche ging der Anästhesiechef auf mich los, wieso ich einen Dr. X, der lange auf der Chirurgie gearbeitet hatte und offenbar ein geschickter Chirurg war, entlassen habe. Ich hatte diesen Kollegen überhaupt nicht kennengelernt, denn er hatte vor meinem Antritt bereits aufgehört und wusste daher nichts von ihm. Ich hatte zwar erfahren, dass es wohl irgendwelche Auseinandersetzungen mit dem OB und dem Verwalter gegeben haben soll, weshalb man vor Beginn meiner Tätigkeit seinen Vertrag nicht verlängert hatte. Eine Rückkehr des Kollegen kam nach Rückfrage beim OB nicht infrage.

In der zweiten Woche wurde in einer Schule ein Festakt mit musikalischer Umrahmung und Ansprachen veranstaltet. Persönlichkeiten aus Politik, Wirtschaft, Schulen und Kirchen waren anwesend. Man nahm Abschied vom alten Chefarzt und führte mich ein. Der OB hielt eine Rede und stellte mich vor. Dann hielt ein pensionierter, niedergelassener Neurologe eine Rede. Er hatte seine Praxis samt seiner Konsiliartätigkeit im Krankenhaus an einen jüngeren Neurologen verkauft. Er war auch Funktionär der Ärztekammer. Er griff mich scharf an. Er sagte, er hätte meine Bewerbungsunterlagen sorgfältig studiert und sich über mich erkundigt. Wenn er diesen einmaligen Werdegang sehe, frage er sich, was ich hier in Waldshut suche. Sie gehören nicht hierher, sondern müssten Chef einer Uniklinik sein. Wir haben alles versucht, Herrn Oberbürgermeister klar zu machen, dass Sie nicht der richtige Mann für Waldshut sind. Aber Herr OB hat seine speziellen Eigenarten, alles durchzusetzen, auch wenn die Entscheidung nicht richtig sei. Meine Frau, die zwischen mir und dem OB sass, drückte meine Hand ganz fest, um mir zu verstehen zu geben, mich nicht aufzuregen.

Danach war ich an der Reihe, mich vorzustellen. Mein Vorredner, der wohl nicht mehr lebt und hoffentlich im Paradies an einem schattigen Platz unter einem Apfelbaum sich ausruht, war offenbar der Meinung, dass Patienten in einer Kleinstadt wie Waldshut sich mit geringerer Qualität zu begnügen hätten. Gerade in kleineren Ortschaften muss der Chirurg so gut und vielseitig ausgebildet sein, damit er bei Notsituationen lebensrettende Eingriffe vornehmen kann. Lieber Herr, egal wo Sie sich jetzt aufhalten, das was Sie damals vorgetragen hatten, war Unrecht und was wir damals nicht gleich gemerkt hatten, wurde etwas später sehr deutlich, dass Sie von Ihren Kollegen beauftragt waren, mir und dem OB den Start zu verderben. Ich schaffte es, dennoch meine kurze Rede ganz ruhig und gelassen zu halten.

Die Abgeordneten des Stadtrats waren entsetzt und hatten sich – wie mir später versichert wurde – angeblich überlegt, nach der Rede des Neurologen den Saal unter Protest zu verlassen. Leider fehlte diesen Herren dann doch die Zivilcourage. Anschliessend an diesen „Festakt" hatte der OB den alten Chef mit seiner Gattin und mich und meine Frau zum Mittagessen in ein Hotel eingeladen. Mein Vorgänger lehnte es ab, mit uns an einem Tisch zu sitzen. Der OB hatte immer noch nicht gemerkt, dass alles unter der Regie der anderen Chefärzte so programmiert war und auch der alte Chef sich dem zu unterwerfen hatte.

Nun wie schon gesagt, es wurde immer noch schlimmer. Ich arbeitete Tag und Nacht unermüdlich. Es war wirklich nicht einfach gegen diese Widerstände von allen Seiten normal zu arbeiten. Die zwei Operationsschwestern wollten vor dreizehn Uhr nach Hause und um sechzehn Uhr zurückkommen, damit das Programm fortgesetzt werden konnte. Sie hätten schliesslich zu kochen und müssten auch bei Tageslicht noch in ihrem Garten arbeiten. Das war natürlich unakzeptabel.

Die Op.-Schwestern lehnten ab, Tücher und Kompressen, sowie offene grosse Tupfer, die bei der Operation benutzt wurden, vor Schliessen der Operationswunde zu zählen. Sie hätten nie diesbezüglich Probleme gehabt. Nach kaum einer Woche musste ich in der nächsten Zeit regelmässig alte Kompressen, die abgekapselt wie ein kompakter oder zystischer Tumor erscheinen und entsprechende Beschwerden verursachen, aus Bauchhöhlen wieder operativ entfernen. Daraufhin wurde meiner Forderung, die Tücher jeweils zu zählen, nachgekommen. Eine der zwei Schwestern meldete sich ständig krank. Es war eine unerträgliche Situation. Jede Art Erneuerung oder Änderung wurde mit grösstem Protest abgelehnt.

Der Chefarzt der Inneren Medizin, der wie ein niedergelassener Arzt eine Sprechstunde abhielt und alle Röntgen- und Blutuntersuchungen wiederholte, hatte kein Interesse zur Verbesserung der Klinikabläufe beizutragen. Jeden Tag musste ich mir anhören, dass man hier zwanzig Jahre so gearbeitet habe und man liesse sich von mir nichts vorschreiben.

In den zwei vorhandenen Op.-Sälen gab es Waschbecken auf einer Seite und die Zentralheizung auf der anderen Seite. Ich machte Gefäss-Bypässe, totale Hüftprothesen und jede Art von aseptischen Bauch- und Knocheneingriffen.

Die Anästhesisten haben ihre bereits benutzten Schläuche demonstrativ im Operationsaal und oft bei offenem Bauch gewaschen und mit Bürsten, Druckwasser und Luft gereinigt. Sie wollten nicht einsehen, dass in einem relativ kleinen Saal, in dem der Abstand vom Operationstisch zum Waschbecken klein ist, solche Prozeduren fahrlässig waren, weil sie die gebotene Asepsis gefährdeten. Tagtäglich hatte ich mit ähnlichen Problemen zu kämpfen. Es gelang mir innerhalb weniger Wochen, ein Sekretariat mit genügend Licht und zwei Fenstern und Regalen für die medizinische Bibliothek und Dokumente einzurichten. Zudem konnte ich durch Umplatzierung der Waschbecken in den Op.-Räumen eine Trennung vom Septischen und Aseptischen Raum durchsetzen. Des weiteren wurden die Urologieräume, die zwar vorhanden aber kaum benutzbar waren, neu eingerichtet und vervollständigt, sowie Wartezimmer für Patienten oder Ihre Angehörigen neu konzipiert und so weiter.

Die Verwaltung hatte erlaubt, dass alles, was man mit den zwei Handwerkern und dem Schreiner des Krankenhauses durchführen konnte, verändert oder neu errichtet werden durfte, da der geplante An- oder Neubau doch noch einige Jahre dauern würde. Während ich mit diesen Flickarbeiten beschäftigt war und eine Reihe von undisziplinierten jungen Männern und eine Dame, die Chirurgen werden wollten, führen und ausbilden musste, waren die anderen Chefärzte damit beschäftigt, Wege zu finden, um mich, so wie sie es sich vorgenommen hatten, bis Ende April wieder los zu werden. Ich war so beschäftigt, dass ich nicht merkte, was für Aktivitäten im Hintergrund im Gange waren.

Es gab Assistenten auf dieser Abteilung mit fünf Jahren Chirurgischer Tätigkeit, die nicht in der Lage waren, ohne Hilfe einen Leistenbruch oder einen Blinddarm zu operieren, oder auch nur eine einfache Fraktur zu richten. Aber Sie wollten eine Bestätigung von mir haben, dass sie die Voraussetzung für das Facharztdiplom erfüllt hätten. Mein Vorgänger hätte Ihnen versprochen, dass niemand ohne Zeugnis, die Facharztausbildung absolviert zu haben, das Haus verlassen würde.

Alle meine Bemühungen, dass ich Tag und Nacht zur Verfügung stand, sie auszubilden, schlugen fehl und es gab die ungewöhnlichsten Ausreden. Der älteste Assistent wollte immer um sechzehn Uhr zu Hause sein, da er mit einer Ausländerin verheiratet sei. Worauf ich ihm zu bedenken gab, dass ich auch mit einer Ausländerin verheiratet sei und trotzdem nicht schon um sechzehn Uhr zu Hause sein könne. Etwas länger zu bleiben, um eine frische Fraktur zu versorgen oder eine akute Gallenblase zu operieren, kam für ihn nicht in Frage. Am unnachgiebigsten war der sogenannte erste Oberarzt. Er sass im Notfallambulatorium und liess sich von zwei Sekretärinnen wie ein Pascha bedienen. Er unterschrieb die Formularberichte, die die Sekretärinnen ausfüllten und nannte sein Büro unten in der Ambulanz „sein Reich".

Im Ambulatorium gab es einen Operationssaal, in dem frische Verletzungen, auch Handverletzungen versorgt wurden. Diese Kellerräume waren gleichzeitig auch Notfallstation. Der Operationsraum und die Aufnahmestation hatte einen Durchgang zur Geschäftsstrasse der Stadt Waldshut. Dauernd kamen Menschen hier herein und gingen durch diesen Raum auch heraus. Es war unerträglich. Unvorstellbar wie die Behörden so eine Katastrophe tolerieren und die Herren Chefärzte bei so einer Situation schweigen konnten! Innerhalb von vierzehn Tagen konnte ich mit dem sehr geschätzten ambitionierten Einsatz der Haushandwerker aus den vorhandenen Räumen eine brauchbare und hygienisch einwandfreie Notfallstation mit Ambulatorium einrichten. Der Durchgang zur Strasse wurde zugemauert. Es war offensichtlich, dass diese Umstellung für das Haus von grossem Vorteil war. Zumindest das Personal und die Patienten würdigten diese Verbesserung entsprechend. Die Chefärzte hingegen schienen eher peinlich berührt, dass man in so kurzer Zeit mit sehr bescheidenen Mitteln solch drastische Verbesserungen durchführen konnte.

Dem Oberarzt, der sich angeblich für die Handchirurgie interessierte, machte ich in Gegenwart des Krankenhausverwalters den Vorschlag, ihn für ein Jahr zu beurlauben, damit er als Assistent in Basel oder Ulm oder anderswo eine entsprechende Ausbildung absolvieren könne. Wenn er wieder zurückkäme, erhielte er Betten zugeteilt und könne dann selbständig als Handchirurg arbeiten. Mir ging es darum, eine professionell einwandfreie Handchirurgie in Waldshut anbieten zu können. Er lehnte ab. Der Verwalter nannte mich leichtsinnig, so einem Menschen so was ernsthaft vorzuschlagen. Dessen Frau, eine Ärztin, erzählte den niedergelassenen Ärzten und Geschäftsleuten, dass ich ihren Mann wegschicken möchte! Eines Tages rief mich ein junger Dozent für Urologie aus Berlin an, dass er mit mir sprechen wolle. Die Urologie oder was im Krankenhaus darunter verstanden wurde, erfolgte durch die Chirurgen in den geschilderten

Räumen. In der Stadt gab es einen niedergelassenen Urologen, den ich als Doktoranden aus der Universität Ulm kannte. Der Verwalter wollte ihn als Urologe im Hause anstellen Er erzählte mir, dass er keine ausreichenden operativen Erfahrungen besitze. Nach dem ich mit dem Kollegen aus Berlin bei mir zu Hause in Liestal gesprochen hatte, machte ich den Vorschlag, dass die beiden Urologen als gleichberechtigte Chefs zusammenarbeiten, ihre Praxen aber separat führen sollten.

Die instrumentelle und infrastrukturelle Ergänzung und Umorganisierung der Räume für Diagnostik und Behandlung durch die Urologen wurde nach besten Wissen und Gewissen gegen Widerstände im Hause durchgezogen. Sie begannen mit der Arbeit als ich noch da war. Man hatte mich zwar vor dem Kollegen aus Berlin gewarnt, die ich aber in den Wind schlug. Später stellte sich heraus, dass die Warnung nicht unberechtigt war. Sobald ich in Schwierigkeiten kam, machte er die Äusserung er wolle es sich mit dieser Gruppe nicht verderben.

Wir hatten sehr viel zu tun und ich musste neben der Gesamtorganisation auch bei jeder Indikationsstellung und operativen Behandlung sehr aufpassen, dass kein Eingriff ohne meine Kontrolle und ohne meine Anweisungen stattfand. Meine Feinde warteten auf einen Fehler von mir.

Inzwischen hatte sich eine sehr gute Operationsschwester aus Friedrichshafen gemeldet, die ich gerne anstellen wollte, da wir zu wenig Op.-Personal hatten. Weil sie nicht nur eine sehr gute, sondern auch eine sehr hübsche Operationsschwester war, lehnte die Oberschwester es ab, sie anzustellen. Ab und zu erschien mein Vorgänger auf der etwas abgelegenen septischen Station und trank Kaffee mit den alten Schwestern. Statt meinen Vorschlag anzunehmen, hatte er in einem kleinen Krankenhaus ohne geeignete Infrastruktur zu operieren begonnen. Eine zweite Operationsschwester, die im Hause bekannt war und inzwischen in der Schweiz arbeitete, wollte wieder im Waldshuter Krankenhaus arbeiten, wurde aber auch abgelehnt. Schliesslich rief ich meine Freunde in Glasgow an. Sie haben mir zwei erfahrene Op.-Schwestern und einen Pfleger, der instrumentieren konnte und in der kardiovaskulären Chirurgie gearbeitet hatte, für zwei Jahre nach Waldshut geschickt. Sie konnten etwas Deutsch und waren sehr motiviert, ihr Deutsch zu verbessern. Wir Ärzte konnten alle Englisch. Ich holte sie vom Flughafen in Zürich ab. Wir hatten sie im Personalhaus untergebracht. Inzwischen hatte ich nicht weit vom Krankenhaus ein Haus gefunden, das wir mieteten und so zogen wir nach Waldshut um.

Mit dem Internisten gab es wegen der baulichen Veränderungen meiner Abteilung Ärger. Er sei so lange im Hause tätig und für ihn habe man nichts gemacht, aber für mich würde man sogar eine Mauer einreissen. Der Chefarzt der Anästhesie erzählte überall herum, ich wolle eine Freundin als Anästhesistin ins Haus holen, um ihn bald wegschicken zu können. Dabei hatte ich ihn gefragt, ob er für die Intensivstation eine Oberärztin unterbringen könne, die ich aus Friedrichshafen kannte und inzwischen auf der Thorax- und Gefässchirurgischen Abteilung der Universitätsklinik Zürich tätig war. Sie wollte wieder nach Deutschland zurück. Sie hatte keine Chefarztambitionen, da sie eine Chefarztstelle wegen Überlastung aufgegeben und schon in Friedrichshafen als Oberärztin gearbeitet hatte. Der Anästhesiechef wollte nicht einmal ein Gespräch mit ihr führen. Er war fachlich durchschnittlich und hatte wohl Angst von einer Fachfrau durchschaut zu werden.

In Notfallsituationen und in der Nacht kamen weder der Chef noch die Oberärzte sondern nur Anästhesiepfleger und -Schwestern. Auch Privatpatienten wurden so behandelt, aber der Chef hat dann kassiert. Wiederholte Bitten von mir und Mitarbeitern, dass ein Anästhesist dabei sein müsse, wurde mit unverschämten Bemerkungen ignoriert. Da ich oft bis spät in der Nacht im Op. arbeitete, kam einmal der OB, wartete im Haus auf mich und nahm mich in ein Restaurant mit zum Essen. Am nächsten Tag gingen die Chefärzte auf mich los, wieso ich nicht gesagt hätte, dass die Frau vom OB die Cousine meiner Frau sei. Als ich widersprach und erwähnte, dass die Frau des OB aus Ungarn stamme, meine Frau dagegen aus einer echten deutschen Familie komme, bezeichneten sie mich als Lügner.

Jeder, der etwas Positives über mich berichtete, wurde als Feind betrachtet. Der Chef der Inneren Medizin brachte es sogar fertig, eine Kollegin – Fachärztin für Innere Medizin –, die von mir operiert worden war und mich überall lobte, deshalb mit Krach frühzeitig aus seiner Abteilung zu entlassen. Es gab ständig Ärger zwischen dem Abteilungspersonal und der Oberin oder dem Verwalter. Diskriminierung ist ein vornehmes Wort dafür.

Auf manchen Abteilungen mit fünfzig Betten arbeitete eine einzige examinierte Schwester. Aber man brachte es fertig, diesen sehr beanspruchten Schwestern wegen jeder Kleinigkeit mit fristloser Kündigung zu drohen. Innerhalb des Krankenhauses, mit Ausnahme im Speisesaal, durfte das Personal nichts in den Mund nehmen. Eines Tages hatte eine Schwester die Hälfte einer Banane ausserhalb des Krankenhauses gegessen und mit der anderen Hälfte in der Hand betrat sie den Eingang. Auf der Treppe wurde sie von der Oberin erwischt. Sie wurde zum Verwalter zitiert und wurde verwarnt, wenn dies noch einmal vorkommen sollte, würde sie entlassen.

Eine andere Geschichte passierte auf meiner Abteilung. Die einzige und sehr qualifizierte Schwester hatte mit einer Helferin nach Beendigung der Mittagszeit den Essenswagen ordnungsgemäss soweit vorbereitet, dass er abgeholt werden konnte. An diesem Tag gab es unter anderem Leberknödel. Im Behälter blieb ein einzelner Leberknödel übrig. Da diesen wegzuwerfen, zu schade war, nahm sie den Knödel in die Hand, halbierte ihn und steckte eine Hälfte der Helferin in den Mund, die andere Hälfte nahm sie selber. Sie hatte ihn noch nicht runterschlucken können, als die Tür aufging und die Oberin hereinkam. Sie packte mit ihrer linken Hand den Mund mit dem halben Knödel und mit der rechten Hand den Arm der Schwester und zog sie durch den langen Gang der Abteilung bis zur Verwaltung. Der Schwester wurde mit Kündigung gedroht. Ihre Kollegen und Kolleginnen kamen zu mir und wollten wissen, ob sie in solcher Situation mit meiner Hilfe rechnen könnten und was ich von der Entscheidung des Verwalters hielte.

Ich konnte die Entscheidung rückgängig machen und sagte zu meinen Mitarbeitern, dass alle, die fleissig arbeiteten, freundlich zu den Patienten seien und um sie Sorge trügen, auf meiner Abteilung tanzen, lachen, kauen und glücklich sein dürften. Am nächsten Tag kam die Oberin zu mir mit vielerlei Vorwürfen und ob ich hier eine Revolution in Gang setzen wolle. Die Oberin war eine ansehnliche Dame mittleren Alters und wie einst Prof. Nissen bei seiner Oberin feststellen durfte, hatte auch diese Oberin schöne Beine. Während ich chirurgisch erfolgreich meine Arbeit fortsetzte, mich um Patienten und Assistenten kümmerte, waren die Herren im Hause und ausserhalb des Krankenhauses damit beschäftigt, Pläne zu entwickeln um mich möglichst schnell los zu werden.

Eines Tages meldete sich der junge Neurologe aus der Stadt zu einer Unterredung bei mir. Er sass mir gegenüber und erklärte, dass seine Mitarbeiterin herausgefunden habe, dass er, seitdem ich in Waldshut auf der Chirurgie arbeite, ein Drittel weniger als vorher verdiente. Ich war sprachlos und fragte ihn, was das mit mir zu tun hätte. Ich sei nur chirurgisch tätig. Er meinte, ich sei auch für sein Krankengut verantwortlich. Ich müsste ihm jeden Blinddarmverdacht, jede Hernie, alle unklaren Bäuche und jedes Schädel-Hirntauma in seine Praxis zu umfassenden neurologischen Untersuchungen, einschliesslich EEG schicken. Das würde so von den Ärzteorganisationen verlangt. Er hätte diese Praxis teuer übernommen mit der Zusage, dass er über Krankenhauspatienten jährlich mit einer beträchtlichen Einnahme rechnen könne. Mein Vorgänger hätte ihm dies zugesichert.

Als ich ihm erklärte, dass die Patienten nicht mitmachen würden und soviel EEGs, wie er durchführen möchte, nicht einmal in einer Universitätsklinik verlangt würden, drohte er mir mit Konsequenzen: „Sie machen entweder wie verlangt mit oder Ihre Tage in diesem Krankenhaus sind gezählt." Dann machte er wütend eine Bemerkung, die ich nicht ganz verstand. Er lehnte es aber ab, seine Aussage zu präzisieren. Ich fragte ihn, ob er denn so wenig verdiene. Ich hatte nämlich gehört, dass er so viel zu tun hätte, dass in seiner Praxis schon Patienten im EEG-Zimmer vergessen worden waren und sich am Abend per Hilferuf durch das Fenster bemerkbar machen mussten. Ich schlug vor, dass er jeden Morgen bei uns im Rapportzimmer erscheine, um die in der Nacht aufgenommenen Notfälle sich kurz anzusehen, ob diese eine neurologische Untersuchung oder gar ein EEG benötigten. Er lehnte den Vorschlag ab.

Der Verwalter warnte mich, ihm nachzugeben. Er würde an ihn keinen Penny zahlen, wenn neurologische Untersuchungen und EEG ohne richtige Indikation vorgenommen würden. Der Hals-, Nasen-, Ohrenarzt war ein freundlicher Mensch. Er kam gelegentlich vorbei und fragte nach Betten für seine Privatpatienten. Ich stellte ihm von meiner Privatstation Betten zur

Verfügung und er schien zufrieden zu sein. Dass noch ein Kinderarzt aus der Stadt für das Krankenhaus konsiliarisch zur Verfügung stand, erfuhr ich erst bei einer Stiftungsratssitzung, die zu meiner Absetzung einberufen worden war.

Was der wirkliche Grund für so viel Ablehnung war, wurde nie gesagt. War es blinder Ausländerhass, oder Enttäuschung, dass ich Erfolg hatte bei meiner Arbeit und man mich nicht bei einem Kunstfehler erwischen konnte? Der Chef der Inneren Medizin hatte wohl sein Wunschfach Chirurgie verfehlt, denn er ging sehr grosszügig mit dem Messer um, machte am Krankenbett Bauchpunktionen, schnitt überall hinein, um eventuelle Abszesse zu entdecken, sogar bei entzündlichen Darmerkrankungen. Und wenn die Katastrophe einen kritischen Punkt erreicht hatte und der Patient sich in ernster Gefahr befand, schrie er nach dem Chirurgen. Manchmal verzögerte er eine Verlegung so lange, dass die Verlegung nicht mehr nötig war und nur noch der Pathologe zu tun bekam, vorausgesetzt der Totenschein war nicht manipuliert worden. (Hochrhein aktuell, Freitag, 11. Mai 1984)

Sein Oberarzt, der inzwischen leider jung verstorben ist, beschäftigte sich heimlich spätnachmittags im Röntgenzimmer mit „Schrittmacher-Chirurgie", wechselte Batterien aus oder setzte neue Batterien ein. Meiner Bitte, dies im Operationssaal mit einem Oberarzt von mir oder mit mir vorzunehmen, kam er nicht nach. Eines Tages konnte ich Dr. Wagner, einen erfahrenen Assistenten aus Winterthur, Schweiz anstellen. Er war Luxemburger und erhielt nach der Tätigkeit bei uns, eine leitende Stelle in Luxemburg.

Er hatte gefässchirurgische Erfahrung und ich war froh ihn in meiner Abteilung zu haben, da er an allem sehr interessiert und eine echte Hilfe für mich war. Eines Tages fragte er mich, ob ich wüsste, dass sich ein Experte aus Berlin seit ein paar Tagen in der Klinik aufhielte, der von den Chefärzten engagiert worden war, um Behandlungsfehler bei mir aufzudecken, damit sie auf diesem Wege meine Ablösung durchsetzen konnten. Ein Assistent der Inneren Abteilung hatte es ihm verraten.

Ich bin diesem Berliner Kollegen nie begegnet. Offenbar hatte man ihn schon nach einigen Tagen mit Schimpf und Schande wieder weggeschickt, da er in meiner Arbeit nichts Fehlerhaftes finden konnte und meine

Arbeit und bisherigen Leistungen gelobt haben soll. Anfang 1980, als in Rundfunk und TV Berichte über die Festnahme des Amerikanischen Botschaftspersonals in Teheran berichtet wurde, benutzte man dieses Ereignis um mich zu diskriminieren.

Ich kam in einem Alter nach Europa, in dem Disziplin, Ehrlichkeit und Fleiss in der universitären Umwelt sich noch prägend auswirken und mir ermöglichten, viel von meinen Lehrern Nissen, Allgöwer, Willenegger (Schweiz), Vollmar, Maasen (Deutschland), De Bakey (USA), Gelin (Schweden), Goligher und Collis (England) zu lernen. Die feinen Herren von Waldshut beauftragten ihre Mittelsmänner mich als Ayatollah mit Turban an der Krankenhausmauer mit der Aufschrift „Ayatollah go home" zu skizzieren. Es gab allerdings immer eine Gegenreaktion. Einen Tag danach war in der Nacht von irgend jemandem aus der Bevölkerung aus dem Parkschild des Gynäkologen einige Buchstaben entfernt worden, sodass zu lesen blieb „Chefarzt Dr. Nie...da."

Ich hatte als einziger einen Parkplatz im Hinterhaus. Eines Abends hatte man mein Auto beschädigt, so dass ich nicht fahren konnte. Die Kriminalpolizei wollte, dass ich eine Anzeige gegen Unbekannt erstatte, was ich ablehnte, um nicht noch mehr Aufmerksamkeit auf meine Person zu ziehen.

Eines Abends als wir noch nicht umgezogen waren, kamen meine Frau und mein Sohn nach Waldshut und wir gingen zusammen in ein Restaurant in der Stadt zum Essen. Plötzlich stand ein Gast auf und wandte sich zu mir und sagte mit lauter nicht zu überhörender Stimme: „Herr Professor, Sie haben hier zwar einige Feinde, aber es gibt auch viele Freunde in dieser Stadt und ich bin einer davon. Machen Sie so weiter, die Mafia wird nicht gewinnen." Wir waren einigermassen verblüfft und erschrocken und uns wurde klar, dass all diese Provokationen von langer Hand vorbereitet waren und zwar bevor ich in Waldshut angefangen hatte. Im Operationssaal merkte ich seit einigen Tagen, dass der Chefarzt der Anästhesie fehlte. Immer, wenn ich nach ihm fragte, hiess es, er musste nach München. Das wiederholte sich ein paarmal. Wie ich später erfuhr, war er mit zwei Kollegen, dem Neurologen und dem Kinderarzt im Auftrag der Chefärzte nach München zu einem berühmten Staranwalt Deutschlands gefahren, um von ihm beraten zu werden, wie man mich los werden könnte. Sie hatten offensichtlich allerhand Unterlagen mitgenommen, um meine Unfähigkeit zu dokumentieren. Einen Tag vor seiner Abreise nach Ostasien erhielt der OB einen Brief, der von sieben Waldshuter Ärzten unterschrieben war.

```
Chefarzt          Dr.J.Hölzle  Anaesthesie-Abtlg.
Chefarzt          Dr.J.Niewalda Gynäkolog.-Abtlg.
Chefarzt          Prof.Dr.K.Sickinger Innere Abtlg.
Belegarzt         Dr.W.Frank Augen-Abteilung
Belegarzt         Dr.H.G.Mathé HNO-Abteilung
Konsiliararzt     Dr.H.Boxler    Neurologie
Konsiliararzt     Dr.K.H.Pfister Pädiatrie


                       Waldshut, den 24. April 1980

                                    E  5. 5. 80

An die
Mitglieder des Stiftungsrates
des Spitalfonds Waldshut
und Herrn Oberbürgermeister Diesen

7890 Waldshut-Tiengen 1


Sehr verehrte Damen, sehr geehrte Herren!


Als an verantwortlicher Stelle tätige Ärzte im Waldshuter
Krankenhaus fühlen wir uns verpflichtet, Sie auf die der-
zeitige Situation im Hause aufmerksam zu machen.

Mit dem Wechsel in der Leitung der chirurgischen Abteilung
sind mittlerweile Verhältnisse eingetreten, welche die
Funktionsfähigkeit des Krankenhauses und damit die Versor-
gung der Bevölkerung gefährden.

Während der vergangenen vier Monate wurde von allen im
Hause tätigen Ärzten eine kollegiale Zusammenarbeit mit
dem neuen chirurgischen Chefarzt gesucht. Unsere Bemühungen
und Vorschläge fanden jedoch bei Herrn Professor Dr.Nadjafi
keine Resonanz. Er hat sich im Gegenteil mehrfach in un-
qualifizierter Weise über das Spital, seine Leitung, die
Ärzte und das gesamte Personal abfällig, auch vor Patienten,
geäussert.

Damit wurde das Ansehen des Hauses nachhaltig geschädigt
und das Vertrauen der Bevölkerung in die im Krankenhaus
angebotene Versorgung erheblich gestört.

Seine organisatorischen Maßnahmen haben zu chaotischen Zu-
ständen in großen Teilen des Hauses geführt. Wenn Pflege-
personal und nachgeordneten Ärzten nur noch die Kündigung
bleibt,
```

scheinen darüber hinaus Zweifel auch an den mensch-
lichen Führungsqualitäten berechtigt.

Nach sorgfältiger Abwägung aller Gegebenheiten halten wir
einen Wechsel in der Leitung der chirurgischen Abteilung für unumgänglich.

Eine rasche Entscheidung ist wegen der ablaufenden
Probezeit erforderlich.

Mit vorzüglicher Hochachtung

(Dr. Hölzle)

(Dr. Niewalda)

(Prof.Dr. Sickinger)

(Dr. Frank)

(Dr. Mathé)

(Dr. Boxler)

(Dr. Pfister)

Noch am gleichen Abend hatte er deshalb eine Eilsitzung einberufen: die Mitglieder des Stiftungsrates des Krankenhauses, alle sieben „Helden von Waldshut", die den Brief unterschrieben hatten, der Verwalter des Krankenhauses und ich. Den Augenarzt und den Kinderarzt habe ich zum ersten mal dort gesehen.

Der OB fragte zunächst, wie es denn zu diesem Brief gekommen sei. Ihm wurde erklärt, dass man den Staranwalt von München einschalten wollte, um mich loszuwerden. Dieser hätte aber abgelehnt und etwa Folgendes gesagt haben: „Das, was Sie mir hier geliefert haben, zeigt im Gegenteil die Fähigkeiten dieses Mannes, dass er operieren und organisieren kann. Er hat in besten Universitäten der Schweiz, Deutschlands, Englands und Amerikas gearbeitet und Sie sollten stolz sein, ihn in Ihrer Provinzstadt zu haben. Lassen Sie den Mann arbeiten. Sie werden keinen ehrenhaften Anwalt finden, der Ihnen bei dieser Angelegenheit helfen würde, vielleicht ein arbeitsloser Anwalt ohne Gewissen."

Der Neurologe berichtete dann vor dem Stiftungsrat, er habe einem Freund von der Abfuhr in München erzählt, der einen arbeitslosen Anwalt in Karlsruhe kannte, der für Geld sogar seine Mutter verkaufen würde. Man hätte diesen Anwalt angeheuert. Er hatte versichert, dass man mit einem einzigen Brief mich loswürde. Die Herren wären skeptisch gewesen, doch er hätte dann erklärt, dass man mit einem entsprechenden Brief Unruhe in der Bevölkerung schüren könne, da niemand sich in einem Krankenhaus operieren liesse, wenn man erführe, dass der Chirurg und der Anästhesist gegen einander arbeiteten. Nadjafi sei allein, sie seien mehrere Ärzte, man würde ihn fallen lassen.

Dann fing vor allem der Kinderarzt an, massive Vorwürfe gegen mich zu erheben. Ich fragte den OB, wer dieser Herr sei. Daraufhin der OB: „Herr Dr., Sie müssen sich vorstellen, denn offensichtlich hat Nadjafi sie noch nie gesehen." Ich fragte diesen Arzt, wann er zuletzt im Krankenhaus gewesen sei. Keine Antwort. Ich fragte ihn, wie er auf die Idee komme, ohne beteiligt zu sein, mich zu beschimpfen und mich so herabzusetzen. Ohne sich zu schämen, sagte der Kinderarzt, dass er sich hier auf seine Parteifreunde verlassen könne. Der OB reagierte ganz ärgerlich und warf ihm Verantwortungslosigkeit vor. Der OB versuchte klarzustellen, dass einige Missverständnisse im Raum stünden, die durch Gespräche bereinigt werden könnten. Heute habe ein erstes Gespräch stattgefunden und es sollte bald eine weitere Besprechung geben. Man solle durch Hand heben schwören, dass diese Angelegenheit vorläufig nur unter den hier Anwesenden bleibe.

Alle haben dies mit Hand heben bestätigt! Dabei hatten diese Feiglinge schon vor Beginn dieser Sitzung die Kopie des Briefes an drei Tageszeitungen in der Stadt und im Kreis zur Veröffentlichung geschickt. Als wir gegen 24 Uhr aus der Sitzung kamen, lagen die Zeitungen für den nächsten Tag mit diesem Brief und Kommentaren bereits in jedem Restaurant.

Am nächsten Morgen rief der OB vor seinem Abflug nach Thailand meine Frau an und teilte ihr mit, dass der Brief bereits in den Zeitungen publiziert sei. Er bat sie, keinerlei Reaktionen zu zeigen und abzuwarten, bis sich alles wieder beruhigt habe. Und wir sollten auf keinen Fall Interviews gewähren. Wir haben uns daran gehalten. Der OB hatte immer noch nicht begriffen, dass die „glorreichen Sieben" bis zum Ende kämpfen wollten. Sie hatten sich vorgenommen, mich bis zum April wieder aus dem Amt zu jagen und das vor allem bevor die Probezeit von sechs Monaten vorbei war. Der OB befand sich in einem Dilemma. Diese Herren hatten die Schwäche des Oberbürgermeisters längst ausgenutzt, bei so einer Situation vierzehn Tage ausser Landes zu sein.

Es war einmalig, dass drei Krankenhausärzte, vier Konsiliar- und Belegärzte (von denen drei in den letzten sieben Monaten nicht einmal im Krankenhaus gesehen wurden) mit einem Brief einen gewählten Chefarzt zu Fall bringen konnten. Diese Ärzte hatten ihre vertragliche Vereinbarung mit dem Krankenhaus, dem Ruf der Klinik nicht zu schaden, nicht eingehalten. Dazu hatten sie unter Eid gelogen. Dies hätte dem OB ermöglicht, alle Chefarzt- und Belegarztstellen, einschliesslich meiner Position, neu auszuschreiben.

Eine Patientengruppe hatte geplant, in der Stadt meinetwegen zu einer Demonstration aufzurufen, die nach seiner Rückkehr stattfinden sollte. Dem OB wurde das mitgeteilt, da man glaubte, dass er mich im Waldshuter Krankenhaus behalten wollte. Er hat aber dieser Gruppe die Demonstration ausgeredet mit der Behauptung, dass mir das eher schaden würde.

Ein weiterer Fehler vom OB bestand darin, dass er angekündigt hatte, wer Ereignisse der Klinik nach aussen trage, würde in Zukunft fristlos entlassen. Damit hat er diese Herren eher geschützt, denen Kunstfehler unterliefen und die Dokumente fälschten. Nach meinem Weggang haben dann aber Missstände im Krankenhaus doch den Weg in die Presse gefunden.

Nachdem der OB erfolglos über meinen Freund Senior Baitsch versucht hatte, mich zu überreden, meinen Rücktritt einzureichen, berief er wieder eine Stiftungsratssitzung ein. Er wollte mich unbedingt vor Ablauf der Probezeit loswerden, damit die Stadt Waldshut mir keine Entschädigung zahlen musste. Noch vor dieser Entscheidung wagten sowohl der HNO-Kollege als auch der Internist, mir zu sagen, sie bedauerten das alles und wüssten nicht, wie ihre Unterschrift auf diesen Brief gekommen sei! Wie peinlich!

Bei dieser Sitzung wurde ich mit einer Mehrheit von sechs gegen fünf abgesetzt, nachdem sich der OB der Stimme enthalten hatte. Man hat mich allerdings gebeten, bis zur Wahl eines neuen Chefarztes im Amt zu bleiben. Ich war daher noch weitere drei Monate bis August 1980 tätig. Nachdem sie ihr Ziel erreicht hatten, wurde die Zusammenarbeit sogar deutlich besser. Ob ihnen je klar wurde, wie perfide und unkollegial sie sich verhalten hatten? Ich arbeitete nach wie vor fleissig und gewissenhaft weiter. Die inzwischen von mir vorgeschlagenen und gewählten leitenden Ärzte für die Chirurgie sagten unter diesen Umständen natürlich ab. Die Schwestern und Pfleger aus Glasgow, Schottland gingen wieder zurück.

Eigenartigerweise kündigte die Op.-Oberschwester, die mir so viel Schwierigkeiten bereitet hatte und verliess das Haus. Ich hatte nun nur noch eine Schwester und eine Helferin, die notgedrungen nun auch instrumentieren musste. Eigenartigerweise hat auch die Oberin gekündigt und das Haus verlassen.

Noch im Juli, ein paar Wochen vor Beendigung meiner Tätigkeit in Waldshut, wurde an einem Feiertag ein älterer Mann (Regierungsrat a. D.) notfallmässig eingeliefert. Erfreulicherweise hatte mein Mitarbeiter aus Luxemburg Dienst. Der Patient hatte einen gespannten Bauch und einen instabilen Kreislauf. Ich stellte die Diagnose eines geplatzten Bauchaortenaneurysmas. Der Patient war an einem Bein am Oberschenkel und am anderen am Unterschenkel amputiert (Kriegsverletzungen). Mit gut sitzenden Prothesen fuhr er sogar Motorrad.

Mein Mitarbeiter, Dr. Wagner, der den Patienten nicht aus den Augen liess, war von mir orientiert, dass er im Falle eines Herzstillstandes sofort mit der Herzmassage beginnen und den Patienten in den Op.-Saal transportieren müsse. Und genau das passierte einige Minuten später während der Op.-Vorbereitung. Der Patient machte bei kaum messbarem Blutdruck einen Herzstillstand. Die Anästhesisten wurden gerufen. Während wir das Herz extern massierten wurde der Patient intubiert und in den Operationssaal gebracht. Da die Instrumentierschwester vor Angst zitterte, musste ich sie erst beruhigen. Oben wurde massiert und unten eröffnete ich den Bauchraum. Die Diagnose stimmte. Als ich die Aorta und die Beckenschlagader abklemmte, kam die Herzaktion unter Massage in Gang. Während ich versuchte, das Leben des Patienten zu retten, protestierte ständig der Anästhesiechef, der Patient sei tot, ich operiere eine Leiche.

Das geplatzte Bauchaortenaneurysma wurde nach dem Inlay-Verfahren mit einer Y-Prothese korrigiert. Der Patient kam mit stabilem Kreislauf auf die Intensivstation.

Dr. Wagner und ich haben die ganze Nacht den Patienten überwacht. Der Kollege von der Anästhesie, der auf der Intensivstation Dienst hatte, hatte uns erzählt, dass der Chefanästhesist ihm befohlen hatte, im Falle einer Instabilität nichts zu unternehmen. Deshalb blieben wir im Hause und schauten ständig nach dem Patienten. Der Chefanästhesist hatte nämlich auf der Intensivstation den Patienten, der klinisch tot schien, sofort extubiert. Der liebe Gott hat aber mir und auch dem Patienten geholfen und er war am nächsten Tag so stabil, als hätte er nur eine Blinddarmoperation gehabt. Gleich am zweiten Tag wollte man ihn auf die Abteilung verlegen, was ich nicht erlaubte. Fünf Tage nach diesem dramatischen Eingriff bei einem 68-jährigen Risikopatienten habe ich Herrn Dr. Baitsch aus der Hochrhein-Klinik Bad Säckingen gebeten, den Patienten auf seine Abteilung verlegen zu dürfen, was mir im Interesse des Patienten sicherer erschien. Nur eine Woche war er dort stationär und konnte dann ohne Komplikationen nach Hause entlassen werden.

Irgend jemand hatte diese Geschichte an die Presse gegeben. Prompt kam ein Gegenartikel aus einer Abteilung des Hauses mit der Aussage, dass ich als Chefchirurg gar nicht anwesend gewesen sei. Der Chefanästhesist hätte die lebensrettenden Eingriffe vorgenommen. Erst danach sei ich gekommen und hätte die Operation zu Ende geführt. Ist das nicht wunderbar, dass im Krankenhaus Waldshut der Anästhesiechefarzt einen klinisch toten Patienten bei geplatztem Aneurysma der Bauchschlagader (Aorta) unter Herzmassage so eine Operation beginnen kann? Tatsache ist, dass in solchen Extremsituationen nur Teamarbeit zum Erfolg führen kann. Dass wir Chirurgen die Hilfe von Anästhesisten benötigen, ist ja selbstverständlich. Im gleichen Monat Juli rief mich der Chef der Inneren auf seine Abteilung und wünschte, dass ich einen 16-jährigen moribunden Knaben operiere. Der Junge hatte eine ausgedehnte entzündliche Darmerkrankung mit Abszessbildung. Der Chefarzt der Inneren hatte sich wieder mal chirurgisch betätigt und den armen Jungen mehrfach im Unterbauch punktiert und auch geschnitten um zu drainieren. Der Patient machte eine diffuse Bauchfellentzündung mit Schüttelfrost und hohem Fieber, die auf Antibiotika nicht ansprach. Der Chefarzt konservierte erbarmungslos den Jungen in diesem Zustand auf seiner Abteilung und niemand durfte über diesen Fall sprechen. Als die Situation hoffnungslos wurde, wollte er einen Mittäter haben. Ich riet ihm, den Jungen sofort mit dem Hubschrauber nach Freiburg in die Uniklinik zu verlegen und den Kollegen die Vorgeschichte wahrheitsgemäss zu berichten. Er hat wieder gezögert und den Jungen nicht gleich verlegt. Als ich in der gleichen Nacht davon erfuhr, dass keine Verlegung stattgefunden hatte, rief ich den Vater des Kindes an und versuchte ihm klarzumachen, dass er unbedingt darauf bestehen müsse, dass sein Kind verlegt würde, da er in diesem Hause keine Überlebenschance hätte. Erst am nächsten Morgen wurde der Junge auf Verlangen der Eltern nach Freiburg verlegt. Die Kollegen in der Freiburger Klinik waren entsetzt über den Zustand des Knaben und dass man keine genauen Angaben über die Vorgeschichte erhalten hatte. Leider ist der Junge dort noch am gleichen Tage an septischem Schock gestorben.

Dass man diesem Chefarzt einst den Titel „Professor" geschenkt hatte, wundert mich noch heute. Der Verwalter des Krankenhauses, der zwar über alle Vorkommnisse im Krankenhaus orientiert war, schwieg.

Unbedingt muss ich noch eine letzte Geschichte aus meiner fantastischen Waldshuter Zeit hier los werden. Der liebe Gott hilft, wenn es nötig ist. Etwa zehn Tage vor Ende meiner Tätigkeit noch im Juli wurde an einem Sonntag ein Autounfall gemeldet. Zwei junge Mädchen im Alter von achtzehn und neunzehn Jahren wurden eingeliefert. Die Lenkerin des Autos war gegen einen Baum gefahren und hatte eine Gehirnerschütterung und kleinere oberflächliche Wunden davongetragen. Die Beifahrerin war polytraumatisiert in einem lebensbedrohlichem Zustand. Sie war schlecht ansprechbar. Rippenserienfrakturen, Becken- und Schlüsselbeinfrakturen, ein brettharter Bauch, dazu noch instabiler Kreislauf waren die Befunde. Was in diesem Bauch los war, konnte nur vermutet werden. Einen Radiologen gab es in diesem Haus mit 350 Betten nicht und auch keine CT-Möglichkeiten im Ort.

Die junge Dame war Arzthelferin bei zwei jungen Kinderärzten in Tiengen. Einer der Kinderärzte und der Vater der Patientin waren mitgekommen. Ich habe die Situation den beiden erklärt und empfohlen, die junge Dame mit dem Hubschrauber nach Basel, Zürich oder Freiburg zu verlegen. Ich erzählte, dass ich nur noch eine Woche in Waldshut tätig sei und da die Mafia jeden Tag versuche, mir Fehler nachzuweisen, sei es sicherer sie in einer Uniklinik behandeln zu lassen. Bei dem Hin und Her und der Frage, ob sie den Transport überleben würde, sagte ich zu dem Kinderarzt: „Wenn trotz Bluttransfusion der Kreislauf versagt oder sogar Herzstillstand eintritt, ist es eine Notsituation und ich bin dann verpflichtet, alles zu versuchen um ihr Leben zu retten."

Während wir nicht weit vom Krankenbett diskutieren, sagten der Assistent und die Schwester, dass der Blutdruck nicht mehr messbar sei und keine Ausscheidung mehr stattfinde. Sie erlitt einen Herzstillstand.

Es geschah alles in Gegenwart ihres Chefs, des Kinderarztes und des Vaters der Patientin. Wir haben nicht mehr diskutiert und begannen mit der Herzmassage und fuhren die Patientin in den Op.-Saal. Der Anästhesist intubierte sie, es wurde viel Volumen verabreicht. Der Kinderarzt fragte, ob er assistieren dürfe. Das war mir sehr recht. Als ich den Bauch eröffnete, sah ich, dass die Verletzungen viel ausgedehnter waren, als ich zunächst angenommen hatte. Durch das Zwerchfell konnte ich von unten das Herz direkt massieren. Die Einzelheiten des Vorgehens erspare ich Ihnen jetzt. Die rechte Niere war total abgerissen und hing nur noch am Harnleiter.

Die Leber war mehrfach gerissen und gequetscht. Die Pfortader (die grosse Vene der Leber) war ebenfalls gerissen, ein grosser Teil von Dünn- und Dickdarm waren ganz eigenartig abgerissen, ähnlich wie man einen Strumpf in einen anderen einstülpt und noch viele andere Verletzungen. An welcher Stelle sollte ich anfangen zu reparieren? Nachdem die Herzmassage erfolgreich war und die blutenden Gefässe abgeklemmt waren, fing ich an, wieder unter Protest vom Anästhesiechef die Reparaturarbeiten vorzunehmen. Der Anästhesist, der nun doch bei Bedarf eine Kompresse vor seinen Mund hielt, schrie regelmässig: „Herr Professor, Sie operieren eine Leiche, hören Sie endlich auf. Der Kinderarzt fragte ganz höflich, ob ich nicht aufgeben möchte, da der Anästhesist behaupte, das Mädchen sei schon tot. Daraufhin erwiderte ich, er solle ihn nicht beachten, denn wenn es nach ihm gegangen wäre, wären alle Waldshuter, die ich operiert hätte, auf dem Friedhof gelandet.

So lange das Herz schlüge, würde ich für das Leben dieser jungen Frau kämpfen. Und so machte ich meine erste autologe Nierentransplantation in Waldshut und verpflanzte die Niere in das Becken der Patientin. Die schwere Leberverletzung und die Lebervene wurde repariert, der Zwerchfelldefekt versorgt, die abgerissenen Darmteile und sonstige ungewöhnliche Veränderungen wieder in Ordnung gebracht. Der Kinderarzt und Dr. Wagner halfen ganz tüchtig mit. Nach fast fünf Stunden waren wir fertig. Es musste noch eine Thoraxblutung drainiert werden und dann konnte die Patientin mit einem stabilem Kreislauf auf die Intensivstation. Auch hier half der liebe Gott, da am nächsten Morgen als Internisten und Anästhesisten auf der Intensivstation Visite machten, war es kaum zu glauben, dass die junge Dame völlig wach und vergnügt im Bett lag als wäre nichts Besonderes geschehen. Ich selbst konnte es kaum glauben, als ich gemeinsam mit Dr. Wagner die junge Dame begrüsste. Die Nierenfunktion war einwandfrei, und wir konnten uns freuen als die junge Dame uns anlächelte und sich bedankte. Da mir nur noch ein paar Tage im Hause verblieben, fürchtete ich, dass im Falle von Komplikationen ihr in diesem Hause nicht die notwendige Hilfe zuteil würde, weshalb ich mit Genehmigung ihres Vaters meinen Lehrer Prof. Allgöwer in der Universitätsklinik Basel anrief und ihm die Sachlage schilderte. Er hat ohne lange nachzudenken, zugesagt, die Patientin zu übernehmen. Vier Tage später lag sie in der Klinik in Basel und die Kollegen waren überrascht, dass es der Patientin nach den schweren Verletzungen so gut ging und alle geschädigten Organe auch im CT gut funktionierten. Der Vater erzählte mir, dass Allgöwer ihm gesagt hätte, dass seine Tochter bei diesen Verletzungen in der Uniklinik gestorben wäre. Es wären so viele Spezialisten gekommen und bis alle ihre Meinung geäussert hätten, wäre sie tot gewesen. Nun hätten sie einen Mann in Waldshut, der so eine fantastische Ausbildung habe, dass er allein alles reparieren könne und ausgerechnet so einen Mann schicke man weg. Er habe Prof. Allgöwer versichert, dass die Bevölkerung sehr unglücklich sei über diese ungerechtfertigte Entscheidung.

Die Patientin war etwa eine Woche in Basel und wurde ohne Komplikationen nach Hause entlassen. Im gleichen Jahr wurde sie Faschingskönigin und ein Jahr darauf heiratete sie. Sie haben eine hübsche Tochter und leben in Waldshut. Wir sind weiterhin in Kontakt. Die Tochter studiert inzwischen. Diese gelungene Rettung einer schwerst Verletzten war mein Abschiedsgeschenk an das Krankenhaus und an die Waldshuter.

Inzwischen stammen meine besten Freunde aus dem Kreise Waldshut. So wie ich wieder in der Schweiz tätig wurde, kamen viele Patienten zu mir nach Liestal zur Operation. Die Privatabteilung wurde aus Spass „Schwarzwaldklinik" genannt. Auch heute noch werde ich von Patienten aus dem Kreis Waldshut konsultiert. Das ist meine Rehabilitation und dafür bin ich dankbar.

Vor etwa zwei Jahren erschien ein Artikel in der Zeitung des Südkuriers Waldshut mit einem Interview des damaligen Oberbürgermeisters. Gefragt, ob er auch Massnahmen seiner Amtszeit im Nachhinein bedaure, erwiderte er, dass die ungerechtfertigte Entlassung eines Chirurgischen Chefarztes ihn noch heute schmerze. Immerhin hat der heute als Anwalt tätige damalige Oberbürgermeister jetzt so viel Mut bewiesen, dies kund zu tun. Auch dafür bin ich dankbar.

Und da fällt mir eine kleine Parabel ein, die von einer sehr bekannten iranischen Dichterin (Parvin Etesami) stammt und auch auf mich passt:

## KRANKENHAUS-SPITALFOND WALDSHUT-TIENGEN
### STIFTUNG DES ÖFFENTLICHEN RECHTS
KAISERSTRASSE 93  7890 WALDSHUT-TIENGEN 1

- Der Vorsitzende -

KRANKENHAUS-SPITALFOND Postfach 283 7890 WALDSHUT-TIENGEN 1

Herrn
Professor
Dr.med. S. N a d j a f i

7890 Waldshut-Tiengen 1

| | |
|---|---|
| BEREICH | : |
| TELEFON: 07751/85-1 | |
| DURCHWAHL 85 ............. | |
| IHR ZEICHEN | : |
| IHRE NACHRICHT | : |
| UNSER ZEICHEN | |
| TAG | 9.Juli 1980 |

Sehr geehrter Herr Professor Nadjafi,

es ist mir ein aufrichtiges Anliegen, Ihnen nochmals zu
sagen, wie sehr ich es bedauere, daß Sie unser Krankenhaus verlassen.

Bereits in kurzer Zeit haben Sie der von Ihnen geleiteten
chirurgischen Abteilung einen hervorragenden Ruf ver-
schafft, der letztlich dem ganzen Krankenhaus zugute kam.
Während bei einem Chefarztwechsel in aller Regel für eine
Übergangszeit mit einem Rückgang der Patienten gerechnet
werden muß, ist die Zahl der Patienten der chirurgischen
Abteilung unter Ihrer Leitung sogar größer geworden - ein
deutliches Zeichen nicht nur für den hervorragenden Ruf
sondern auch für das übergroße Vertrauen, das Sie bei den
Patienten gewonnen haben. Wie mir darüber hinaus Mitarbei
ter Ihrer Abteilung und des Krankenhauses bestätigen, haben
Sie nicht nur erheblich mehr schwierige Operationen hervorragend bewältigt sondern auch ganz vorzügliche Ausbildungs-
arbeit geleistet.

So werden Sie sicher verstehen, daß ich Sie vor ein paar
Monaten, als Sie wegen mangelnder Kollegialität und persönlicher Widerstände aus anderen Abteilungen bereits unser Haus verlassen wollten, gebeten habe, zu bleiben. Ich
bin auch heute noch der Überzeugung, daß Ihr Ausscheiden für
unser Krankenhaus einen schweren Rückschlag bedeutet.

So bleibt mir nur, Ihnen für alles, was Sie im Krankenhaus und für unsere Bevölkerung geleistet haben, nochmals herzlich zu danken. Ich tue dies auch im Namen vieler dankbarer Patienten, die sich an mich gewandt haben. Ich möchte hinzufügen, daß mich Ihre bei allen gegen
Sie gerichteten ungerechtfertigten Angriffe stets ruhige
und korrekte Haltung außerordentlich beeindruckt hat.
In die Zukunft begleiten Sie meine besten Wünsche.

Mit freundlichen Grüßen

Dresen
Oberbürgermeister

Eines Tages bekam der Schäferhund von einem Wolf den Auftrag, ihm unverzüglich Lämmer zu schicken, da er bald Gäste zu bewirten habe. Er müsse wissen, dass die Zähne des Wolfs scharf und gefährlich seien und sein Herz voller Wut und dunkel wie die Nacht. Der Schäferhund schickte dem Wolf zur Antwort, dass er ein Dieb sei, er, der Hund, aber das Vertrauen des Schäfers geniesse, weil er ehrlich und korrekt arbeite und deshalb nie arbeitslos geworden sei. Wenn der Schäfer ihn nicht mehr brauche, dann brauche man ihn als Wachhund bei einer Karawane.

Ich befand mich in ähnlicher Situation. Als unermüdlicher Arbeiter und aus Liebe zu meinem Fach Chirurgie blieb ich überall einsetzbar.

# 28

# Interregnum – Glasgow

Nun war ich arbeitslos. Ich wollte auf keinen Fall meine klinischen Lehrer, die noch im Amt waren, mit meinen Sorgen belästigen. Ich bekam einen Anruf aus Glasgow. Meine Chirurgenkollegen haben mir dringend geraten für ein paar Wochen oder Monate nach Glasgow zu kommen, damit ich nicht in Depression verfalle. Ausserdem gab es ein Angebot nach Richmond, Virginia zu gehen und bis zum Examen in Amerika als Assistent dort in der Chirurgie zu arbeiten. Über meinen engsten Freund Prof. Gary Ghahremani, Chef der Klinik für Radiologie am Evanstone Hospital der Northwestern University, Chicago, erfuhr Prof. Nyhus von meinem Schicksal. Auch er offerierte mir als ehemaliger Nissen-Schüler eine Stelle in seiner Klinik an der Universität Illinois, Chicago. Ich war tatsächlich nicht gerade in bester Verfassung und beschloss daher zunächst nach Glasgow zu fliegen.

Wir zogen nach Riehen, eine Gemeinde von Basel, wo wir auch heute noch wohnen. Die Fremdenpolizei in Liestal, wo man uns kannte, haben uns wieder akzeptiert und keine Schwierigkeiten gemacht, wofür ich dankbar bin. Die Äusserung des Chefs der Fremdenpolizei gab mir etwas

Mut als er sagte: „Wir sind froh, dass sie wieder zurück sind. Die Waldshuter wollten Schweizer Qualitätsarbeit aber ohne Infrastruktur. Die haben ihre beste Chance verpasst, Sie dort festzuhalten. Machen Sie sich keine Sorge um einen Arbeitsplatz." Das war natürlich sehr beruhigend. Um das zu verstehen, muss man wohl Ausländer sein.

Für meine Familie war es gut, dass ich zunächst nach Schottland ging. Sie hatte genügend gelitten und einen depressiven Ehemann und Vater zu Hause sitzen sehen, ist nicht angenehm. Prof. Nissen, der in dieser Zeit gesundheitlich nicht in bester Verfassung war, wollte ich auf keinen Fall mit meinem Problem belästigen.

In den sechs Wochen in Glasgow ging es mir nicht immer so gut. Nachts kamen mir alle jene Gemeinheiten in Erinnerung, die ich in Waldshut erleben musste, was zu entsprechenden Schlafstörungen führte. An manchen Tagen schaute ich durch das Fenster nach draussen und zählte die Minuten bis zur Morgendämmerung. Am Eingang der gegenüber liegenden Klinik beobachtete ich die aufkommende Aktivität als Zeichen, dass der Tagesdienst langsam losgeht. Darüber war ich froh, denn in der Klinik und im Operationssaal war ich beschäftigt und meine Freunde kümmerten sich um mich.

# 29

# Besuch bei Professor Nissen

Prof. Rossetti hörte über Rundfunk von meinem Schicksal. Ich bekam eine Nachricht von ihm, dass Prof. Nissen mich unbedingt sehen möchte. Der Kanton Baselland und er böten mir eine Position im Kantonsspital Liestal an. Ich solle wieder zurückkommen.

Den Plan, nach Amerika zu gehen, gab ich auf. Nach meiner Rückkehr besuchte ich mit meiner Frau Prof. Nissen in seinem Haus in Riehen. Es war ein sehr erfreuliches Wiedersehen mit dem Meister der Chirurgie und unsere Unterhaltung bleibt für mich unvergesslich.

Er lag im Bett, zugedeckt bis zu den Schultern. Er fragte mich, wieso ich ihn über die Ereignisse in Waldshut nicht orientiert habe. Er hätte über die Deutsche Gesellschaft für Chirurgie intervenieren können. Dann sagte er, dass Mario Rossetti mich brauche und der Kanton Baselland das begrüsse. Anschliessend haben wir uns über alle möglichen Themen unterhalten. Rudolf Nissen war so, wie man ihn von früher her kannte. Er erzählte wieder ein paar kleine Anekdoten aus Erlebtem. Es war lustig, wir lachten und hatten richtig Spass. Meine Frau und Frau Nissen haben sich inzwischen im Wohnzimmer auch sehr gut unterhalten. Ich war mehr als eine Stunde bei ihm und hatte den Eindruck, dass er in guter Verfassung war. Als ich Rossetti meinen Eindruck wiedergab, war dieser nicht ganz so optimistisch, da er ihn häufiger besuchte.

Prof. Dr. med. Dr⁰ᵃ.h.c. RUDOLF NISSEN
em. Vorsteher der Chirurgischen Univ.-Klinik Basel

CH-4125 Riehen,
Hohenstrasse 46
Tel.(061) 49 20 28    29. Oktober 1980

Herrn
Professor ᴰr. med. A. Nadjafi
Grenzacherweg 76
4125 R i e h e n

Lieber Herr Nadjafi,

Ich habe damals mit viel Bedauern von den Unannehmlichkeiten erfahren, die Sie in Ihrer neuen Stellung erleiden mussten. Es ist bedauerlich, dass Sie, als die Krise anfing, mir keine Mitteilung gemacht haben; vielleicht hätte ich etwas tun können. Aber, ich bin sehr froh, dass Herr Rossetti sich für Ihre weitere Entwicklung interessiert.

Nun habe ich noch eine Bitte. Sie haben an der Basler Klinik über die Resektion von Knochensarkomen eine Arbeit geschrieben. Können Sie mir einen Sonderabdruck zuschicken?

Mit den besten Grüssen
Ihr

Aus Nissens Memoiren erfährt man, dass sein Vater, der auch Chirurg war, über die gerade erfolgte Habilitierung seines Sohnes nicht glücklich war. Er nannte es den Beginn neuer Enttäuschungen. Vielleicht sei er aber doch ein Glückspilz und würde Ordinarius, dann aber könne er nur wünschen, dass es in Basel sei. Prof. Nissen erzählte mir bei diesem Besuch, dass er in der tat in Basel sehr glücklich gewesen ist.

Etwa vier Monate nach unserer Begegnung im September 1980 starb Rudolf Nissen am 22. Januar 1981 in seinem Haus in Riehen bei Basel.

Am 29. Oktober 1980 schrieb er mir noch nebenstehenden Brief und bat um einen Sonderdruck einer Arbeit von mir.

# 30

# Chirurgische Klinik Kantonsspital Liestal

Am 1. Oktober 1980, dass heisst zwei Monate nach meinem Rausschmiss aus Waldshut konnte ich im Kantonsspital Liestal beginnen. Hier war ich so zu sagen zu Hause. Ich hatte meine besten Freunde in dieser Klinik: Mario Rossetti, Konrad Hell auf der Chirurgie, Johannes Müller und Assad Tabatabai auf der Orthopädie, Bernhard Leibundgut auf der Urologie und Rolf Keller und Peter Peick auf der Anästhesie, die gemeinsam mit dem Verwaltungsdirektor, Herrn Rotzetter, der meine Frau und mich aus früherer Tätigkeit im Kantonsspital Liestal kannte, mir entgegenkamen, damit ich das Waldshuter Geschehen schnell vergesse und gute Arbeitsbedingungen vorfinde. Es war sehr angenehm, mit den Schwestern Klara, Käthi und Lieselotte sowie einigen Operations- und Anästhesiepflegern, die mich noch aus der Zeit unter Willenegger kannten, wieder zu arbeiten, sodass ich mich bald wieder ganz zu Hause fühlte. Mit Ruth Minder, der kompetenten Leiterin der Notfallstation, entwickelte sich eine effiziente Zusammenarbeit. Eine grosse Hilfe war mir Anita Höpfner, Sekretärin von Prof. Rossetti. Wir kannten uns aus dem Bürgerspital Basel.

Die Arbeitsatmosphäre mit Mario Rossetti und Konrad Hell war sehr erfreulich. Wie Recht hatte der Neurologe Schliep in Waldshut, der mich beschimpft hatte, was ich in Waldshut zu suchen hätte! Ich gehöre an eine Universität, hatte er betont. In Liestal bekam ich gewissermassen meine Universität, wo ich neben meiner vielseitigen Tätigkeit die Blockstudenten der Universität Basel betreute, in der Schwester-Pfleger-Schule unterrichtete, Staatsexamenskandidaten prüfte und auch meiner Lehrtätigkeit an der Universität Ulm nachging.

Kantonsspital Liestal, Baselland

Über fünf Jahre lang habe ich gemeinsam mit Prof. Weibel, Chefarzt der Chirurgie im Bruderholzspital und zuständiger Leiter der Gefässchirurgie an der Universitätsklinik Basel, die gefässchirurgische Versorgung in der Region auch über die Grenze hinaus sichergestellt. Inzwischen sind einige Kollegen zu Gefässchirurgen ausgebildet.

Ziemlich viele Patienten kamen aus dem Kreis Waldshut zu mir. Nicht nur die Chirurgische Abteilung, sondern auch insgesamt hatte die Klinik vor allem durch Privatpatienten aus dem Kreis Waldshut finanziell profitiert. Die Zusammenarbeit mit Rossetti war erfreulich unkompliziert.

Jedes Mal, wenn Patienten aus dem Kreis Waldshut über unerfreuliche Entwicklungen in ihrem Krankenhaus berichteten oder mir Zeitungsabschnitte über neue Untaten der glorreichen Ärzte zuschickten, schmerzte die alte Wunde noch. Andererseits hielten mich die Ereignisse in unserer Klinik pausenlos beschäftigt. Nachdem die Bevölkerung des Kreises Waldshut erfahren hat, dass ich im Kantonsspital Liestal tätig bin, bekam ich bis Ende meiner Tätigkeit und darüber hinaus, Patienten aus dem Kreis Waldshut zur operativen Behandlung. Diese Menschen waren bemüht, mir nach soviel Unbill mit originellen und aussergewöhnlichen Geschenken ihre Anerkennung und Dankbarkeit zum Ausdruck zu bringen. Ein ganz besonderes Geschenk war eine mehrwöchige Reise nach Brasilien. Mit der Vorstellung, dass ein Reiseveranstalter Propaganda für eine Brasilienreise machte, hatte ich die Broschüre ungesehen in den Papierkorb geworfen. Meiner Frau fiel das schöne Bild mit einer Frau am Strand sofort auf und sie entdeckte einen Briefumschlag mit einer Einladung für eine organisierte mehrwöchige Reise durch Brasilien. Der Sohn dieser Familie, ein in Deutschland sehr bekannter Mann in der Medienpolitik, der unter anderem auch ein Mitglied der Jury für die Wahl der Miss Germany war, hatte im Auftrag seiner Familie diese Reise zusammengestellt und uns damit unbeschreiblich verwöhnt. Ich hatte einige Zeit zuvor seinen Vater und später auch seine Mutter wegen komplizierter Erkrankungen operiert.

Wir flogen mit unserem Gastgeber in Begleitung von Miss Germany Nummer 1, 2 und 3 sowie einem Fernsehteam nach Recife. Unser Gastgeber stellte uns dem Kapitän und der Crew vor. In Recife, wo wir vor der Rundreise fast eine Woche in einem Erstklasshotel betreut wurden, lernten wir unsere lokale Reiseleiterin, eine junge hübsche Schweizerin kennen. Das Fernsehteam flog nach fünf Tagen zu Aufnahmen nach Rio und wir starteten mit einer kleinen Gruppen von Reisenden aus Deutschland und der Schweiz die Rundreise durch Brasilien. Es wurde eine unvergessliche Reise, die bestens organisiert war. Am Ende kamen wir in Rio an und waren an der Copacabana im bestem Hotel untergebracht.

In der letzten Woche besuchte ich in Rio die Klinik Pitanguy. Die Begegnung mit Prof. Pitanguy, dem berühmtesten Plastikchirurgen der

Welt, war ein unvergessliches Erlebnis. Er war sehr liebenswürdig, charmant, sehr zuvorkommend und ein brillanter Chirurg. Pitanguy war auch ein Kunstliebhaber und Maler. Für Karikaturen hatte er besonderes Interesse. Am ersten Tag meines Besuches zu seiner Klinik, verlangte der Taxifahrer doppelt soviel als ich die Adresse der Klinik angab. Wer zu Pitanguy wollte, musste ja viel Geld haben! Das nächste Mal gab ich eine in der Nähe der Klinik liegende Strasse an und tatsächlich betrugen dann die Fahrtkosten nur noch die Hälfte.

Zurück in der Schweiz, war die unerwartete Kündigung meines Freundes Konrad Hell eine sehr bedauerliche Begebenheit. Er war ein ausgezeichneter Chirurg und ein hervorragender Pädagoge. Er hätte längst eine grössere Chirurgische Klinik leiten sollen, aber ohne Unterstützung der „Machthaber" in diesem Fach war es kaum möglich. Obwohl Rossetti von seinen Fähigkeiten überzeugt war, verhalf er ihm nicht zur Professur und auch nicht zu einer Zusage des Kantons für eine entsprechende leitende Position, geschweige denn ihn zum Nachfolger von Rossetti zu erklären. Er war fünf Jahre jünger als ich und wäre in jeder Beziehung für diese Position geeignet gewesen. Mit 46 Jahren wechselte er in die Industrie. Dort erhielt er innerhalb kurzer Zeit die Professur.

Es war damals eine ungünstige Zeit für Chirurgen, da viele Chefarztstellen in der Schweiz für längere Zeit blockiert waren. Heute ist Hell überzeugt, dass er rechtzeitig die richtige Entscheidung getroffen hatte. Seine Position wurde in Liestal nicht ersetzt und ich musste seine Aufgaben zusätzlich übernehmen. Inzwischen wurde Herr Rotzetter, der Verwaltungschef, pensioniert und Herr Hans Bieder wurde Chef der Klinikverwaltung.

Da es zu dieser Zeit gesetzlich vorgeschrieben war, dass für eine selbstständige Tätigkeit und leitende Position in der Schweiz, die Schweizer Staatsangehörigkeit und ein Helvetisches Staatsexamen Voraussetzung war, machte ich mich daran, diese Bedingungen zu erfüllen. Ich und meine Familie bekamen die Schweizer Staatsangehörigkeit und wurden Bürger von Liestal. Ich meldete mich für das vorgeschriebene medizinische Staatsexamen an und lernte oft bis drei Uhr morgens für verschiedene Fächer, die nicht mein Fachgebiet waren. Es war eine harte Zeit, neben der

Arbeit am Tage und häufigen Nacht- und Wochenenddiensten noch für das Staatsexamen zu lernen.

Es gab einen Beauftragten der Universität, ein Kinderarzt, der alles organisierte und überwachte, ein strenger Mann, der kaum ein Lächeln zustande brachte. Unfreundlich war er nicht, aber benahm sich wie ein strenger Lehrer. Er hatte den Professoren mitgeteilt, sie sollten mich wie jeden Examenskandidaten behandeln. Dass ich als Professor selbst seit Jahren in Basel Staatsexamenskandidaten die Prüfung abnähme, rechtfertige keine Sonderbehandlung. Irgendwie eigenartig war es schon. Wir waren zu Dritt in einer Gruppe, die Ehefrau eines Ordinarius in Basel und ein amerikanischer Kollege, der in Basel Medizin studiert hatte und seit Jahren eine Allgemeinpraxis in Basel führte.

Die Chirurgen wollten mich nicht prüfen und gingen in dieser Zeit nach Berlin auf einen Kongress. Der Prüfungsbeauftragte wollte auf keinen Fall den Termin verschieben und liess mich daher vom Chef der Kinderchirurgie der Kinderklinik prüfen. Am eigenartigsten war die Prüfung in der Radiologie. Ich hatte drei Monate lang fast täglich eine Stunde mit dem Radiologen unserer Klinik, der ein Freund aus Basler Zeit war, intensiv gearbeitet. Er war der Meinung, dass ich nun unschlagbar sei. Der Professor für Radiologie, der mich aus der Basler Zeit gut kannte und kurz vor der Pensionierung stand, begrüsste mich sehr nett und erklärte, dass er diese Vorschrift, erfahrene Ärzte nochmal zu prüfen, für Unsinn halte. Dann änderte sich ganz plötzlich sein Verhalten und er stellte mir in Gegenwart eines zweiten Prüfers und des Prüfungsbeauftragten seine Frage in der Radiologie: „Erzählen Sie über Uranschichten des Engadins und vergleichen Sie diese mit der radioaktiven Strahlung von Hamburg" Ich dachte bei ihm stimmt etwas nicht. Später habe ich erfahren, dass das ein Thema in einer seiner Vorlesungen gewesen sei. Da ich seine Vorlesungen ja nicht besucht hatte, konnte ich das auch nicht beantworten.

Gerettet hat mich der zweite Prüfer, der mir Röntgenbilder vom Magen mit Geschwüren vorlegte und dazu einige Fragen stellte. Insgesamt war durch das Verhalten des Prüfungsbeauftragten alles spastisch und sehr ernst, einfach stressig. Ich dachte mir, wenn ich die Söhne und Töchter dieser Kollegen im Examen so streng prüfen und solch ungewöhnliche Fragen stellen würde, könnte keiner der Jungs und Mädchen diese Prüfung bestehen.

In der Chirurgischen Klinik Basel ging es nun um die Nachfolge von Prof. Allgöwer. Die Regierung wünschte einen Allgöwer-Schüler aus der Reihe seiner Mitarbeiter. Zwei Junge Chirurgen kamen in die engere Wahl. Thomas Rüedi, Chefarzt der Chirurgie am Kantonsspital Chur und Felix Harder, damaliger Stellvertreter von Allgöwer, der schliesslich das Rennen machte.

Ein trauriges Ereignis war der plötzliche Tod unseres Freundes Johannes Müller, der als sehr starker Raucher einem Bronchialkarzinom erlag. Für uns Kollegen und Freunde und für den ganzen Kanton war der Verlust des jungen begabten Chirurgen und Traumatologen ein Schock.

Bis zur Wahl eines Orthopäden wurde die Abteilung von meinem Freund Dr. Tabatabai, ein Schüler von Prof. Erwin Morscher, geleitet. Ich übernahm die Betreuung und Behandlung von etwa 25 septischen Knochenfällen und operierte mit ihm vor allem die komplizierten Beckenfrakturen. Liestal hatte schon unter Prof. Willenegger als Zentrum für septische Knochenchirurgie den besten Ruf und Patienten aus ganz Europa kamen zur Behandlung nach Liestal. Ein Schüler von ihm, Dr. Gerold Lusser betreute speziell auch die septischen Knochenpatienten. Gewählt wurde Peter Ochsner, ein junger habilitierter Orthopäde aus der Klinik Balgrist in Zürich. Wir hatten beschlossen, ihm neben der Orthopädie auch die Traumatologie zu überlassen, damit er zur Facharztausbildung anerkannt würde. Ochsner setzte die Tradition Willeneggers fort und etablierte eine ausserordentlich effiziente Klinik. Operativ und wissenschaftlich war die Abteilung auf höchstem Niveau und absolut konkurrenzfähig gegenüber der Universitätsklinik.

Die Abteilung Urologie in Liestal bekam das Ordinariat der Universitätsklinik Basel zugesprochen und Bernhard Leibundgut wurde zum Professor ernannt. Auch die medizinische Klinik bekam universitäre Würde. Dafür musste sich der Kanton Baselland an den Kosten der Universität Basel beteiligen. Die Zusammenarbeit zwischen den einzelnen grossen Kliniken der Region war jedoch vorbildlich. Zwei grosse Kantonsspitäler im Kanton Baselland, Universitätsklinik und das grosse sehr effiziente St. Claraspital in Basel arbeiten erfolgreich in der Region ohne sich in irgend einer Weise zu stören. Zudem gibt es noch für niedergelassene operativ tätige Ärzte die Privatspitäler Bethesda, Merian Iselin und Birshof. Das Einzugsgebiet ist recht gross und das Krankengut, vor allem aus der deutschen Grenzregion, verteilt sich nach geografischer Lage der Kliniken und deren bekannter Spezialisierung ziemlich gerecht.

Das St. Claraspital galt allerdings schon immer als Konkurrenzklinik zur Uniklinik Basel. Die einmalige friedliche Koexistenz und beispiellose Zusammenarbeit ist offensichtlich deshalb möglich, weil, abgesehen vom grosszügigem kollegialen Verhalten der Chefärzte, die Hauptakteure der Kliniken aus gleicher Schule stammen und freundschaftliche Beziehungen unterhalten. Diese Tradition hat sich bis heute bewährt.

Durch Invasion von vor allem deutschen Kollegen in die Schweiz sind solche bewährte Strukturen etwas gefährdet. Die Politiker haben hier versäumt, dafür zu sorgen, dass entsprechend dem Bedarf des Landes ausreichend Mediziner und medizinische Fachkräfte ausgebildet wurden. Man wollte offensichtlich Geld sparen, denn ein Studium mit anschliessender Spezialisierung war und ist kostspielig. Während die Schweiz durch die Zulassung von Ärzten vorwiegend aus Deutschland Geld sparen kann, erleiden die Nachbarländer einen Mangel an Fachleuten.

Deutschland sollte die finanziellen Bedingungen für Ärzte und für medizinisches Personal den Gegebenheiten in den Nachbarländern anpassen, dann würden abgesehen von Ausnahmesituationen, deutsche Ärzte ihr Heimatland nicht verlassen, wenn sie bei sich zu Hause gleiche Arbeitsbedingungen vorfinden würden. Nachdem durch den EWR-Vertrag Zeugnisse anerkannt werden und für eine selbstständige Tätigkeit kein Helvetisches Staatsexamen und Schweizer Staatsangehörigkeit verlangt wird, wechseln deutsche Kollegen sehr gerne in die Schweiz. Obwohl ich sehr viel arbeitete und manchmal über mehrere Monate ununterbrochen auch noch Notfalldienst leistete, war es mir eine Freude wieder im Kantonsspital Liestal zu arbeiten.

Die Zusammenarbeit mit den Urologen Prof. Leibundgut und Dr. Barone, sowie mit dem Chef der Gynäkologie, Prof. Gaudenz und dem

Chefarzt der Orthopädie Prof. Ochsner war äusserst angenehm und erfreulich. Gemeinsam führten wir erfolgreich komplizierteste Eingriffe durch. Auch die Zusammenarbeit mit dem Personal im Operationssaal und innerhalb der ganzen Klinik war immer bei gegenseitigem Respekt unter gleichberechtigten Mitarbeitern herzlich und kameradschaftlich. Hervorragend war auch die Zusammenarbeit mit Prof. Klaus Gyr, Chefarzt der Medizinischen Klinik und seinem Stellvertreter Dr. Remy Meier, heute Professor, den ich schon als jungen Assistenten kennen und schätzen gelernt hatte.

Eine der besonderen Ereignisse meiner mehr als insgesamt achtzehnjährigen Tätigkeit im Kantonsspital Liestal war die Aufnahme und Behandlung einer Anzahl von Senfgasverletzten aus dem Irak-Iran Krieg.

Die Iranische Botschaft in Bern hatte mich angefragt, ob wir auch im Kantonsspital Liestal Senfgasverletzte zur Behandlung aufnehmen könnten. Sowohl Prof. Rossetti als auch der Sanitätsdirektor Regierungsrat Spitteler sicherten mir jede mögliche Unterstützung zu. Es war eine schwere und traurige Mission. In drei verschiedenen Perioden kam jeweils ein Flugzeug voller Schwerverletzter nach Basel, von denen viele keine Überlebenschance hatten. Es war sehr klug, dass keine Selektion vorgenommen wurde und damit jeder zumindest die Chance bekommen hatte, adäquat behandelt und betreut zu werden. Leider waren viele dieser Männer so schwer verletzt, dass sie nicht einmal den Flug nach Europa überstanden hatten. Ähnlich war auch die Situation in den anderen Ländern, die diese humanitäre Aufgabe übernommen hatten, wie Deutschland und Spanien.

Es war auch sehr belastend für meine Mitarbeiter, wenn sie die auf dem Boden des Jumbo-Jets liegenden Kriegsverletzten untersuchen und die bereits Toten von den noch Lebenden trennen mussten. Die Sitze im Flugzeug waren entfernt worden, damit die Verletzten liegend und mit Infusionen transportiert werden konnten.

In unserer Klinik haben wir einen Teil einer Abteilung für diese Verletzten frei gemacht. Beatmungsfälle wurden auf der Intensivstation überwacht. Einige Patienten, die in stabilerem Zustand waren, wurden von Prof. Serge Krupp, Chef der Plastischen Chirurgie an der Universitätsklinik Lausanne, übernommen.

Die Verletzten kamen aus allen Schichten der Gesellschaft Irans. Die Mehrzahl der Vergifteten waren 18 bis 25 Jahre alt. Der älteste Patient in unserer Gruppe war 51. Es war in der Tat ein Skandal, dass Saddam Hussein von der damaligen amerikanischen Regierung ermutigt und unterstützt worden war, in den Iran einzumarschieren. Der Sinn dieser Invasion war uns allen unverständlich. Die Chance eines Landes mit siebzehn Millionen Einwohnern gegenüber einem bestens ausgerüsteten siebzig Millionen Nachbarland Iran einen Krieg zu gewinnen, war von vornherein zum Scheitern verurteilt. Aus Verzweiflung haben die Iraker die bereits seit 1925 verbotene Chemiewaffe Senfgas (Schwefellost) eingesetzt. Das als Nervengift bekannte Senfgas verursacht neben schweren Hautschäden auch eine zentrale Atemlähmung, Knochenmarksschädigungen mit Depression von Leukozyten, Thrombozyten und Erythrozyten, Stoffwechselprobleme, Magen-Darm- und Augenschädigungen. Die grosse Zahl der Opfer und die Zerstörung einiger schöner Städte durch den Krieg war unbeschreiblich.

Die Betreuung der Verletzten, die bei uns in der Klinik lagen, war nicht nur medizinisch anspruchsvoll sondern auch psychologisch recht kompliziert. Kommunikationsprobleme (für die Übersetzung war meine Anwesenheit erforderlich), das Verhalten dieser Patienten gegenüber weiblichem Pflegepersonal, andererseits die unbegründete Angst des Personals hinsichtlich Ansteckungsgefahr und einige andere Probleme, erforderten meine ständige Anwesenheit.

Ich hatte eine „nonstop-allround" Tätigkeit wenn ich spätnachmittags aus dem Operationssaal auf die Abteilung kam. Ich war behandelnder Arzt, Übersetzer, Psychologe, Pfleger, denn Aufgaben wie Duschen und gelegentlich auch Füttern der Kranken mit schweren Augenverletzungen, kamen hinzu.

Die Patienten warteten geduldig bis ich für jeden Einzelnen Zeit hatte. Sie liessen sich lieber vom Professor und Landsmann pflegen als von unserem Personal. Mein Einsatz bei der Betreuung dieser Menschen hat sicher zur schnellen Genesung und Stabilisierung dieser Patienten beigetragen.

Die Kriegsverletzten wurden regelmässig vom Botschafter und seinen Mitarbeitern besucht und mit heimatlichen kulinarischen Spezialitäten verwöhnt. Mein gesamtes Team hat sich medizinisch und pflegerisch hervorragend für diese Patienten eingesetzt, damit diese einigermassen gesund wieder in ihre Heimat zurückkehren konnten.

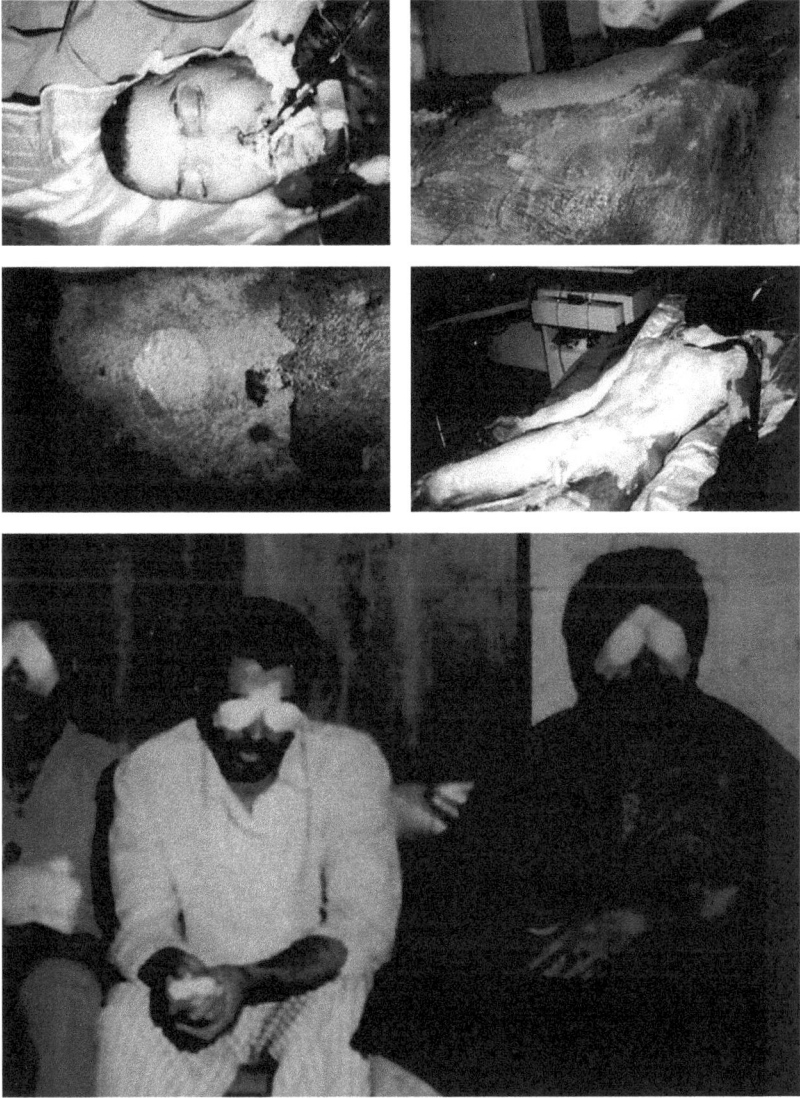

Senfgasverletzte des Iran-Irak Krieges im Kantonsspital Liestal

Gott sei Dank dafür, dass dieser fürchterliche und unsinnige Krieg gestoppt wurde, wenn dies auch bedauerlicherweise erst nach Abschiessen eines Iranischen Passagierflugzeugs durch die Amerikanische Navy im Persischen Golf zustande kam.

Ein besonderer Dank für die grosszügige Hilfe gebührt dem Kanton Baselland, der Verwaltung des Kantonsspitals und dem Klinikpersonal für ihren ausgezeichneten Einsatz.

1996 organisierten Prof. Mario Rossetti und Prof. Felix Harder in Basel ein Symposium aus Anlass des 100. Geburtstags von Rudolf Nissen. Viele namhafte Chirurgenpersönlichkeiten aus dem In- und Ausland waren gekommen und leisteten Beiträge, darunter auch einige Mitarbeiter Nissens aus der Türkei. Der Hauptredner war Prof. Rüdiger Siewert, Direktor der Klinik Rechts der Isar aus München. Siewert pflegte seit seiner Oberarztzeit an der Universitätsklinik Göttingen intensiven Kontakt mit Prof. Nissen und Prof. Rossetti, später auch mit Prof. Allgöwer. Mein Beitrag zum Symposium war eine Zeichnung à la Picasso zur Problematik der Hiatushernien (Zwerchfellbrüche) und ihre chirurgische Behandlung durch von Nissen beschriebenen Methoden. Die Referenten und viele Gäste bekamen als Präsent ein T-Shirt mit dem Aufdruck dieser Zeichnung.

Auf Vorschlag von Prof. Tom Demeester von der University of Southern California, Los Angeles wurde dieses Bild als Titelbild des Buches verwendet: „Rudolf Nissen and the World Revolution of Fundoplication" (Johann Ambrosius Barth Verlag, Heidelberg und Leipzig, sowie MP, Inc., St. Louis, Missouri 1998), herausgegeben von Frau Prof. Liebermann-Meffert, Basel und Prof. Hubertus J. Stein, Klinik Rechts der Isar, München. Besonders hervorzuheben ist noch die medizinische Unterstützung der Liestaler Klinik zur Ausbildung von Ärzten für eine Orthopädie-Traumatologie für das Land Tanzania durch Prof. Ochsner und Frau Uma Gloor mit Unterstützung des Regierungschefs und des Sanitätsdirektors des Kantons Baselland, Herrn Spitteler.

Die schönen Jahre meiner Tätigkeit waren ganz plötzlich vorbei. Prof. Rossetti sollte in absehbarer Zeit pensioniert werden. Die Suche nach einem geeigneten Nachfolger begann. Ich habe mich aus Altersgründen nicht beworben. Nachfolger von Rossetti wurde Prof. Willy-Werner Rittmann. Wir kannten uns seit der Zeit unter Allgöwer. In dem Jahr vor dem Wechsel nahm ich noch eine Einladung befreundeter Kollegen wahr und verbrachte drei Monate als Gastprofessor im St. Paul's Hospital in Vancouver, Kanada.

T-Shirt und Bucheinband: Refluxkrankheit und Paraösophagale Hernie und Korrektur nach Nissen-Rossetti (vom Autor gemalt, für das Symposium zum 100. Geburtstag von Prof. Nissen, Basel 1996)

Nach insgesamt zwanzigjähriger Tätigkeit im Kantonsspital Liestal hatte ich das Pensionsalter erreicht. Der neue, sehr aktive und sympathische Verwaltungsdirektor, Herr Heinz Schneider, wünschte, dass ich etwas länger bliebe. Ich bedankte mich für das Vertrauen, wollte mich aber verändern.

Als praktizierender Chirurg war ich anschliessend in der Ergolz-Klinik, einer Privatklinik in Liestal tätig. Als Konsiliarchirurg operiere und assistiere sowie instruiere ich junge Kollegen bei Bedarf in Privatkliniken der Region.

Nach wie vor werde ich von Patienten, vor allem auch aus dem Kreis Waldshut-Tiengen, angesprochen, bei der Abklärung und Behandlung ihrer Beschwerden mitzuwirken. Es bereitet mir eine grosse Freude mich um diese Menschen zu kümmern und meine Erfahrungen einzubringen. Ein neuer Abschnitt meines Lebens begann.

# 31

# Politische Veränderungen im Iran

1959 heiratete der Shah eine 21-jährige Studentin, Farah Diba, die in Paris Architektur studierte. Sie bekamen vier Kinder. Ein Thronfolger war nun da, aber der Thron schon längst in Gefahr.

Im Rahmen einer Landreform wurden die Ländereien, die Reza Shah einst den Bauern, und religiösen Führern weggenommen hatte, den Bauern zurückgegeben. Sie mussten aber innerhalb von 25 Jahren dafür einen festgelegten Preis an eine Bank einzahlen. Das Geld ging direkt an den Shah. Andererseits wäre ohne diesen direkten Einfluss vom Shah bei der Landverteilung noch viel mehr Missbrauch getrieben worden.

Ich persönlich bin auch ein Geschädigter der Beamten. Ich hatte von meinem Grossvater am Kaspischen Meer in der Landwirtschaftsregion, in der bester und teuerster Reis geerntet wurde, eine grössere Landparzelle geerbt. In dieser Zeit war ich bereits in Europa. Wegen meiner Abwesenheit wurde das Land irgend jemandem zugesprochen. Bis die Familie davon erfuhr, war das Land längst vergeben. Es ist unverständlich, warum man eine Landparzelle, die nicht Eigentum der Pahlavi Familie war, einfach jemandem anderen zusprach. Das war natürlich nicht persönlicher Fehler des Shah, aber seiner Beamten. Von unserer Seite wurde nichts unternommen, da man von vornherein nicht mit einer Korrektur dieses Vorgehens rechnete. Die Familie hatte allerdings auch nicht realisiert, dass Land in dieser Region eines Tages viel Wert sein würde. Damals versuchte beinahe jeder, der ein Amt inne hatte, so viel Geld wie möglich ins Ausland zu transferieren.

In den folgenden Jahren nahmen die politischen Aktivitäten des Ayatollah Khomeini im Ausland zu. Ungerechtigkeit, Menschenrechtsverletzungen und Repressalien der iranischen Machthaber veranlassten die Regierung der USA, dem Shah nahezulegen, Amini, früherer iranischer Botschafter in Washington, der mehrmals Ministerposten im Iran inne gehabt hatte und bei der Bevölkerung sehr beliebt war, zum Ministerpräsidenten zu ernennen. Amini versuchte auch mit religiösen Führern zu sprechen um auch deren Wünsche zu berücksichtigen. Er begann vielerlei Reformen durchzuführen. Seine Aktivität und sein Tempo zur Erneuerung erinnerte den Shah an Mossadegh. Er setzte ihn kurzerhand ab und ernannte seinen Vertrauten Alam zum Ministerpräsidenten. Alles destabilisierte wieder. Demonstrationen fanden wieder statt. Als ein General den Shah um Genehmigung bat, auf Demonstranten zu schiessen bis wieder Ruhe eingekehrt sei, lehnte der Shah ab, da er Blutvergiessen unbedingt vermeiden wollte. Dieser General kam nach der Revolution in Paris bei einem Attentat ums Leben.

Der Shah wechselte dauernd den Regierungschef. Keiner war in der Lage, für Stabilität zu sorgen. In dieser Zeit beschloss Khomeini, in Frankreich um politisches Asyl zu bitten. Er rechnete damit, dass die Tage der Pahlavi-Dynastie gezählt seien. Präsident Giscard d'Estaing konsultierte den Shah und wollte seine Meinung dazu wissen. Der Shah hatte nichts dagegen unter der Vorstellung, dass man Khomeini in Paris besser unter Kontrolle halten könne. In Paris stand Khomeini im Mittelpunkt des Interesses. In Presse, Rundfunk, Fernsehen gab es jeden Tag Interviews und Kommentare, die weltweit Aufsehen erregten.

Im Iran kam es schliesslich zum Volksaufstand. Schapur Bachtiar wurde zum Ministerpräsidenten ernannt. Die Amerikaner, speziell

Jimmy Carter verweigerte dem Shah Unterstützung. Er musste sein Land verlassen. Nun musste der Shah ins Exil. Der Shah war seit langem krank. Er litt an einer chronischen lympho-plasmoproliferativen Erkrankung (Morbus Waldenström), einer Krebserkrankung und war seit langem unter Behandlung bei zwei französischen Spezialisten. Es sollte nicht bekannt werden, dass es sich um eine Krebskrankheit handelte. Farah Diba wurde in Paris von den behandelnden Ärzten, Professor Jean Bernard und seinem Mitarbeiter Dr. George Flandrin, orientiert. Diese hatten beim Shah 1974 in Teheran die Diagnose gestellt. Wahrscheinlich war aber schon einige Jahre früher klar, dass der Shah an einer Blutkrankheit litt. Schlussendlich haben die Amerikaner den Shah fallen gelassen. Jimmy Carter hat ihn dann unter Druck gesetzt, ins Exil zu gehen. Er war der Meinung, dass Bachtiar Demokratie einführen und Reformen durchführen wird. Dazu kam es aber nicht. Die Islamische Revolution brach aus. Ayatollah Khomeini kam mit Mitarbeitern nach Teheran zurück und übernahm die Führung des Landes.

Rückkehr des Imam Khomeini aus dem Exil aus Nadjaf via Paris          ©Keystone CH

Da sehr viel über den Shah und den Iran sowie über Iman Khomeini geschrieben worden ist, will ich hier längst Bekanntes nicht weiter ausbreiten.

# 32

# Reise in den Iran

Endlich hatte ich Zeit mal wieder in den Iran zu reisen. Inzwischen bestand die Islamische Republik seit mehr als 25 Jahren. Meine Frau begleitete mich.

Im Flughafen Teheran ist die Ankunftshalle sehr einfach gestaltet. Die luxuriöse Innenarchitektur, die man vor allem von den Emiraten kennt, fehlt hier vollständig. An den Wänden findet man Portraits des inzwischen verstorbenen Revolutionsführers Khomeini und seines Nachfolgers Khamenei. In jeder Ecke stehen bärtige Männer herum, deren Aufgabe für die ankommenden Reisenden, die sich hier nur sehr kurz aufhalten, unklar bleibt. Kontrolle des Passes und Befragungen wurden streng aber zügig vorgenommen. Eine Etage höher nahm man sein Gepäck wieder in Besitz. Gepäckträger mit Wagen sind in grosser Zahl vorhanden. An den Zollkontrollposten stehen in mehreren Reihen die Ankömmlinge, meist mit viel Gepäck. In kurzen Abständen landeten einige Flüge aus dem In- und Ausland. Unser Gepäckträger platzierte sich in einer Reihe, in der zwei junge Damen in vorgeschriebener islamischer Kleidung und speziellem

Kopftuch tätig waren. Da ich sehr viel Geschenke, Medikamente für das Rote-Kreuz-Hospital, einen medizinischen Atlas und auch den Netter-Atlas in mehreren Bänden mit mir führte – Bücher sind schwer und auch platzraubend – waren die vielen Taschen und Koffer auffällig. Der Gepäckträger meinte, die Damen seien sehr freundlich und verständnisvoll, ich solle mir keine Sorgen machen. Per Zufall traf ich auf einen Freund, der in Basel Soziologie studiert hatte, inzwischen wieder im Iran lebte und gerade von einer Dienstreise zurückgekehrt war. Er kritisierte, dass ich mich mit soviel Sachen belaste ohne zu wissen, ob die Empfänger das auch zu schätzen wüssten. Eine Hermes Krawatte z. B. sei als Mitbringsel unnötig, da Krawatten als Luxussymbol im Lande verpönt seien und ausser einigen Ärzten niemand im Lande Krawatten trüge. Ich war jedenfalls froh, dass er da war. Er platzierte sich in einer Parallelreihe und wir sahen, dass einige Koffer vom Zoll geöffnet und nicht immer ohne längere Diskussionen durchgelassen wurden.

Als unser Gepäckträger mit unserem Gepäck dran war, wollte eine der beiden Damen wissen, wem so viel Gepäck gehöre? Da sprang ganz plötzlich mein Freund von der Parallelreihe auf unsere Seite und stellte mich den zwei freundlichen Damen vor: „Herr Professor Nadjafi, einer der besten Chirurgen in der Schweiz, der nach Jahrzehnten zum ersten Mal wieder nach Hause kommt. „Die beiden Damen begrüssten mich mit einer Verbeugung und sagten: „Willkommen zu Hause, es ist uns eine Ehre.“

Ich hatte noch einige grosse Gemälde für meine Familie im Gepäck. (Malen ist ein Hobby von mir). Da fragte eine der zwei Damen ganz diskret, ob ich sicher keine nackten Frauen in der Sammlung mitführe, da ich sonst weiter vorne beim Ausgang Ärger bekäme. Ich versicherte, dass ich die Nackten in Europa gelassen und nur Landschaften mitgebracht hätte. Da lachte sie und verabschiedete uns besonders zuvorkommend.

Der Preis des Gepäckträgers stieg um ein Vielfaches, als er gehört hatte, welch „berühmter Professor“ ich sei. Als wir durch waren, wurde ich von einem jungen Mann angesprochen, der aus einem Büro herauskam. Er hätte gehört, dass ich Medikamente für das Rote Kreuz mitgebracht hätte. Sie würden als Vertreter dieser Institution die Medikamente entgegen nehmen.

Obwohl mein Freund dagegen war, vertraute ich dem jungen Mann und händigte ihm die Medikamente aus. Mein Freund, der im Iran lebte und die Verhältnisse im Lande gut kannte, meinte jedoch, dass sie diese Medikamente sicher auf dem freien Markt verkaufen würden. Es hat mich nicht interessiert, darüber nachzudenken, denn bei uns wissen wir auch nicht wirklich, wo die Gelder hinfliessen, die wir spenden. Kleider, die wir spendeten, landeten in Afrika zum Verkauf auf dem Markt, andere Spenden in der Tasche einiger Initiatoren. Wenn dem auch in diesem Fall so wäre, dann hätte ich ein paar junge Männer für ein paar Tage glücklich gemacht.

Iraner nennen es „Nusche Djan", dass heisst „zum Wohle!" Als wir zum Ausgang kamen – es war inzwischen fast Mitternacht – wartete eine riesige Menschenmenge, Frauen, Kinder, junge und alte Männer rechts und links des Ausgangskorridors. Ich konnte mir nicht vorstellen, dass sie alle ihre Angehörigen abholen wollten. Ich hatte Mühe, meine Schwester und Nichte Nilu in dieser Menschenmasse zu erspähen. Als ich sie schliesslich fand, fragte ich nach den üblichen Umarmungen zur Begrüssung, ob etwas besonderes los sei, dass zu dieser späten Stunde sich so viel Menschen hier versammelt hätten. Da lachte meine Schwester und erzählte, dass nur wenige dieser Menschen Verwandte abholen wollten. Die meisten kämen hierher, weil dies eine Art Abwechslung und Vergnügen für diese Menschen bedeute. Sie hätten kaum eine andere Möglichkeit als hierher zu kommen oder sich mit gewissen Einschränkungen in einem Restaurant zu verabreden. An Feiertagen sei hier besonders viel los.

Wenn der neue Flughafen für Teheran bald fertig gestellt sei, würde kaum jemand zum Spass dort hinfahren, da der Flughafen weit ausserhalb der Stadt gebaut würde. Hier würden dann nur noch Inlandflüge abgefertigt.

Der Parkplatz draussen war voll von Autos, die nach Entrichtung einer Parkgebühr dort parkieren durften. Der Gepäckträger begleitete uns zum Auto. Die übliche Summe, die meine Schwester ihm bezahlte, stellte den Gepäckträger nicht zufrieden. Er wandte sich an mich und sagte: „Herr Professor, dafür kann ich nicht einmal irgendwo zwei Tassen Tee trinken gehen." Er müsse eine Familie ernähren. Ich gab ihm eine Summe, die das 10-fache des üblichen Preises betrug und sah mit Vergnügen wie er sich freute. Er versuchte mir die Hände zu küssen, was ich verhinderte, ihm aber alles Gute wünschte.

Auf der Strasse vom Flughafen nach Hause war trotz der späten Stunde ziemlich viel Verkehr. Da meinte meine Nichte, ich sollte erst mal den Verkehr am Tage beobachten! Man wäre von einem Ort zum anderen innerhalb der Stadt und Umgebung mehrere Stunden unterwegs. Meine Schwester fahre deshalb seit ein paar Jahren am Tage nicht mehr Auto. Zwei Tage später verabredete ich mich mit einem Chirurgenfreund, der Chef einer Privatklinik in Teheran war. Ich brachte ihm den Netter-Atlas als Geschenk mit. Eine Stunde vorher bestieg ich ein Taxi. Man kann sich nicht vorstellen, welch Verkehrschaos wir vorfanden. Auf zwei oder drei Fahrbahnen fuhren Autos zum Teil in sechser Kolonnen völlig durcheinander. Busse, Lastwagen, PKWs, Motorräder, alle fuhren undiszipliniert und ohne jede Ordnung und versuchten irgendwie weiter zu kommen. Mein Taxifahrer versuchte im Schritttempo kleinere Distanzen zu überwinden. In einer Einbahnstrasse kamen uns manchmal auch Autos entgegen. Wir kamen einfach nicht weiter. Nach mehr als zwei Stunden hatten wir nicht einmal die Hälfte des Weges zurückgelegt. Ich musste meinen Plan aufgeben. Mit fast gleichen Schwierigkeiten versuchten wir über Seitenstrassen zum Haus meiner Schwester zurückzufahren. Der Tag war, ohne etwas erreicht zu haben, vorbei und die Kosten des Taxis entsprechend hoch.

Erstaunt hat mich die Geschicklichkeit vor allem der Frauen beim Lenken des Autos. Ich hätte keinen Mut gehabt, mich in so einer Stadt an das Steuer eines Autos zu setzen. Da jeder, der schlau war und Unfälle nicht scheute, weiter kam, passierten erstaunlich wenig Unfälle. Da man ohnehin nicht schnell fahren konnte, gab es bei Kollisionen lediglich Blechschäden.

Die Stadt Teheran hatte ihren früheren Charme und ihre Schönheit verloren. So wie das Autofahren, waren viele andere Dinge in der Hauptstadt nicht geregelt. Auch gab es offensichtlich keine festen Bestimmungen für die Errichtung neuer Gebäude und Wohnhäuser. Es wurde so viel „drauf los" gebaut, dass die einst schönen Boulevards und Strassen im Wohngebiet nicht mehr existierten. Man merkte auch, dass das Land einen Krieg durchgemacht hatte.

Durch die hohe Einwohnerzahl von mehr als fünfzehn Millionen war die Hauptstadt mit vielen früher etwas entfernter liegenden Ortschaften in der Umgebung zusammengewachsen. In der Stadt, in der ich als Schüler mit dem Fahrrad jede Ecke der Stadt problemlos erreichen konnte, verlor ich nun fast vollständig die Orientierung. Abgesehen von der Umbenennung der Strassen war die früher übersichtliche Ordnung der einzelnen Quartiere völlig verloren gegangen. Luxuseinkaufsstrassen und Strassen, die ähnliche Treffpunktfunktionen wie damals die Istanbul-Naderi-Strasse und Lalehzar hatten, gab es nicht mehr. Nun versteht man, warum die Menschen zum Flughafen fahren, um etwas Abwechslung zu haben.

Zwischendurch, unter der Präsidentschaft von Hashemi Rafsandjani hatte Teheran einen Bürgermeister, der sich berufen fühlte, die Stadt zu verändern. Er sorgte für Grünflächen in der Stadt und liess viele Bäume anpflanzen. Viele Gebäude wurden für wenig Geld zwangsenteignet, um Strassen zu verlängern oder zu erweitern. Dem Verkehrschaos versuchte man mit Spezialbussen zu begegnen. Allerdings wurde trotz grosser Ausgaben dieses Problem nicht gelöst. Spektakuläre Erfolge blieben aus. Über diesen Bürgermeister wurde viel geschrieben, Positives aber auch Negatives. Durch die hohe Einwohnerzahl und Gebäudedichte, sowie hohe Anzahl von Autos (in mancher Familie gab es, ähnlich wie in Europa, drei bis vier Autos) waren alle diesbezüglichen Bemühungen nur einen Tropfen auf den heissen Stein.

Durch die schlechte Luft wegen der hohen Abgasproduktion kam es zu einer Zunahme von Krankheiten und Kranken, die Besorgniserregend war. Dörfer ausserhalb der Stadt, die wegen guter Luft früher als Erholungsgebiete genutzt wurden, gibt es heute nicht mehr, da sie inzwischen dem Stadtgebiet einverleibt waren.

Da alles Wichtige in Teheran stattfindet und Teheran auch Zentrum von Export-Import war und sich zunehmend Grossfirmen etablierten, strömen immer mehr Menschen aus dem ganzen Land in die Hauptstadt. Miete und Kauf von Immobilien haben inzwischen astronomische Höhen erreicht. In sogenannten besseren Quartieren in Teheran sind Mieten so hoch, dass ein Durchschnittsverdiener nicht in der Lage ist, ohne zusätzliche Unterstützung der Grossfamilie eine adäquate Wohnung für seine Familie zu finanzieren. Korruption ist wie früher ein Bestandteil des Daseins geworden. Ein Hauptproblem in diesem Land ist die Missachtung von Grundregeln der Hygiene. Dies ist eine Verpflichtung des Individuums und nicht immer Schuld der Machthaber. Die jeweiligen Regierungen sollten allerdings Rahmenbedingungen schaffen, die Beachtung und Kontrolle von Hygienemassnahmen ermöglichen. Ich hatte den Eindruck, dass nicht realisiert wird, dass Wurzeln vieler Krankheiten bei Kindern und auch Erwachsenen durch Missachtung täglicher Hygiene zu suchen ist.

In Teheran und anderen Städten des Landes gibt es so viele Privatkliniken und so viele niedergelassene Ärzte und dennoch sind Arzttermine um Mitternacht oder in frühen Morgenstunden in Teheran keine Seltenheit. Während in den ersten Jahrzehnten der Revolution im Iran Ärztemangel herrschte, gibt es inzwischen einen solchen Überschuss an Ärzten, dass viele arbeitslos oder lediglich sich durch Nachtdienst in den Kliniken durchschlagen können. Da Fachärzte und vor allem operativ tätige Ärzte relativ viel verdienen, sind viele Iranische Ärzte, die in Amerika ausgebildet und dort tätig waren, in den Iran zurückgekehrt. Darunter sind eine ganze Reihe von pensionierten Ärzten, die Aktionäre dieser Kliniken sind und für ein paar Monate im Jahr im Iran arbeiten. Zum Glück gibt es auch einige, die für wenig Geld Patienten behandeln oder sogar umsonst arbeiten.

Der frühere Staatspräsident Rafsandjani fragte mich einmal bei einem Besuch, was ich von Iranischen Ärzten hinsichtlich ihres Wissens und ihres Verhaltens gegenüber Patienten hielte. Ich antwortete, dass speziell in Teheran und einigen Grossstädten sehr gut ausgebildete Ärzte tätig seien, aber leider einige kein Erbarmen mit den Patienten kennen. Ich meinte, dass Ärzte bei dem anspruchsvollen Arbeitsalltag genügend verdienen sollten, um sich und ihren Familien ein angenehmes Leben zu ermöglichen. Dies müsste aber in einem vergleichbaren Verhältnis zu Qualität und Arbeitseinsatz anderer Berufe stehen.

Ungewöhnlich, zumindest für einen, der in einem europäischen Land lebt und arbeitet, ist die lasche Handhabung der Steuergesetze. Offensichtlich gibt es Etliche, die mit dem Finanzbeamten ihre Steuer aushandeln wie in einem Bazar. Viele Firmen haben nicht einmal ein Schild an der Geschäftsadresse. Wenn Beamten des Finanzamtes erscheinen, werden die Büros als Privatwohnung deklariert. Das weiss man, aber es wird offensichtlich geduldet.

Mich erstaunt, dass der Staat trotzdem in der Lage ist, Gehälter und Renten der Angestellten im ganzen Land zu zahlen. Gewiss gibt es erhebliche Einnahmen vom Öl- und Gasexport. Das Land ist riesig und inzwischen leben über siebzig Millionen Menschen dort. Für Ausbau und Renovierung von Strassen, Schulen, Universitäten scheint es nicht zu reichen. Mit Enttäuschung musste ich feststellen, dass nach so vielen Jahren seit der Revolution nicht einmal eine Autobahn bis zum Kaspischen Meer gebaut wurde. Für die Menschen in Teheran wäre die Region am Kaspischen Meer mit 160 bis 180 Kilometer Entfernung eines der besten und nahegelegensten Erholungsgebiete. Die jetzigen Vebindungswege dorthin sind zum Teil katastrophal und gelegentlich auch mit Lebensgefahr verbunden. Im Winter sind die Verbindungswege zeitweise nicht befahrbar und daher gesperrt.

Die schöne Eisenbahnverbindung nach Norden und zum Meer wird heute weitgehend nur für Warentransport und Truppenverschiebungen benutzt. Jedesmal, wenn ich den Wunsch äusserte, die Bahn nach Shahi (Ghajemshahr) zu nehmen, was ich als Schüler so oft getan hatte und viele Erinnerungen damit verbunden sind, rieten mir Verwandte und Bekannte dringend ab. Offenbar ist die Bahn in einem maroden Zustand und wegen fehlender Sauberkeit für den Passagiertransport ungeeignet.

Bei einem Besuch in einer der besten Privatkliniken Teherans, wo unter anderem Herz-, Wirbelsäule- und neurochirurgische Eingriffe vorgenommen werden, sassen etwa vierzig Personen (Besucher und Patienten) auf der Treppe vor dem Eingang der Klinik. Vom Eingang bis zum Lift und zu den einzelnen Einheiten gab es mehrere Überwacher, die auf einem Stuhl sassen oder daneben standen. Ich fand es gut, dass diese Männer, wenn sie auch keine besonderen Aufgaben zu erfüllen hatten, zumindest einen Job hatten. Vergnügt sahen sie dennoch nicht aus, kein freundliches Lächeln!

Wahrscheinlich ist auch ein Hospitalbesuch eine andere Art Abwechslung in einem eintönigen Dasein. In einer Privatklinik in Babol standen unzählige Menschen vor der Eingangstür des Operationssaales und versuchten mit viel Geschrei Gehör zu finden, ob eine noch laufende Operation ohne Komplikationen fortgesetzt werde. Die Gänge waren voll von Besuchern. Im frisch bezogenen Bett einer Patientin, die noch im Operationssaal war, lag ein junger Schüler aus ihrer Familie mit Schuhen an den Füssen und schaute sich im Fernsehen ein Fussballspiel an. Die Angehörigen sassen in grosser Anzahl um zwei Betten herum, ohne sich im geringsten darum zu scheren, dass die frisch Operierte in ein durch Schuhe verunreinigtes Bett gelegt würde. Ich konnte nicht an mich halten und brachte meine Empörung entsprechend zum Ausdruck. Die Leute, die diese Institutionen führen, sind offensichtlich nicht interessiert oder nicht fähig, für die notwendige Disziplin und Sauberkeit in einem Krankenhaus zu sorgen.

Das Haus meiner Schwester hatte in der oberen Etage eine wunderschöne offene Terrasse. Es erinnerte mich sofort an unser Elternhaus mit zwei Terrassen an zwei Ecken des Hauses. Ich wollte gerne bei der Hitze dieser Jahreszeit und zur Erinnerung an meine schöne Schulzeit in Teheran mit einem Moskitonetz auf der Terrasse übernachten. Ich hoffte, am Morgen, wie damals, von den Strassenverkäufern geweckt zu werden, wenn sie frische Erdbeeren, Gurken, Tomaten und Feigen anpreisen. Da begleitete mich meine Schwester zur vierten Etage und zur Terrasse.

Als ich nach oben sah, war der Himmel weitgehend von einer schwarzen Wolkendecke verdunkelt und die Sterne schienen dadurch nur relativ matt. Ich blickte über die Dächer und Terrassen der Nachbarhäuser. Eine eigenartige Stille herrschte. Es gab nichts zu sehen, keine Menschen, keine Aktivitäten. Enttäuscht verliess ich die Terrasse und versuchte meine alten schönen Erinnerungen in mir lebendig zu erhalten.

Als ich in einem Laden an der Strassenecke einige Seiten eines Buches kopierte, bemerkte der für die Fotokopie zuständige junge Mann, der sich das Foto anschaute, wie schön doch früher die von Bäumen gesäumten Strassen waren, während heute so viele Autos dort ständen und die Luft verpesteten. In meiner Schulzeit hatte Teheran bei einer Einwohnerzahl um 2,5 Millionen nicht so viele Hochhäuser. Diese neuen Hochhäuser sind ohne entsprechende Baubewilligungen nach Lust und Laune der Erbauer hochgezogen worden.

Obwohl pompös, verbessern sie nicht gerade das Stadtbild. Ich halte Wolkenkratzer, egal wo sie stehen, für eine Fehlentwicklung der Baukunst. Wenn man die Insel Kisch im Südiran mit der gegenüber liegenden Insel Dubai vergleicht, so hat Kisch ihre natürliche Schönheit bewahren können. Leider wird auf der Insel Kisch nicht ausreichend investiert.

Eine der schönsten Strassen Teherans (Pahlavi-Avenue), Anfang der fünfziger Jahre, im Hintergrund der Erholungsort Shemiran

Entwicklung und Ausbau solcher Erholungsgebiete ist eine unbedingte Notwendigkeit für die Bevölkerung der Grossstädte zur Regeneration von der verschmutzten Umgebung, in der sie leben müssen. Ich hatte das Gefühl, dass die frühere Fröhlichkeit völlig verschwunden war. Nur eine kleine Gruppe von Exiliranern, die aus Europa und den USA (hier vor allem aus Kalifornien) in den Iran kommen, um ihre inzwischen um mehr als das Hundertfache an Wert gestiegenen Immobilien zu verkaufen, waren vergnügt.

Nun war es an der Zeit, zum Verwandtenbesuch nach Norden zum Kaspischen Meer aufzubrechen. Voll bepackt mit Geschenken wurde ich früh am Morgen von einem befreundeten Chauffeur mit einer Limousine abgeholt. Es dauerte recht lange bis wir wegen des horrenden Verkehrs aus der Stadt heraus kamen und die Hauptstrasse nach Norden erreicht hatten. Am schlimmsten war die Wartezeit vor der Tankstelle. Fast eine Stunde standen wir in der Autokolonne. Schon recht ungewöhnlich, dass in einem Land mit so grosser Ölproduktion das Benzin für den Eigenbedarf seiner Bewohner rationiert werden muss. Erstaunt musste ich feststellen, dass ausserhalb Teherans inzwischen das früher freie Gelände rechts und links der Strasse fast vollständig zugebaut worden war mit Fabriken, Hospitälern, Wohn- und Apartmenthäusern.

Als wir die schneebedeckten Gipfel des Damavand Gebirges sehen konnten, erinnerte ich mich wie in meiner Schulzeit unsere Familie die heissesten Sommermonate in Damavand, einem Kur- und Erholungsort, verbracht hatten. Schon am Anfang dieser Strecke musste man sich entscheiden, die weniger gebirgige aber längere Strecke über Firuzkuh oder die kürzere gebirgigere, aber etwas gefährlichere Autostrasse über das Harazgebirge zu wählen. Im Gespräch stellte es sich heraus, dass mein Autolenker und Begleiter sogar ein entfernter Verwandter von mir war. Er versicherte mir, dass er sehr vorsichtig fahre und die kritischen Teilstrecken sehr gut kenne. Da wir über zwei Stunden Zeit zum Tanken und aus der Stadt heraus zu kommen, verloren hatten, war ich einverstanden. Ausserdem war ich neugierig, was in all diesen Jahren an Erneuerungen und Verbesserungen hinzu gekommen war.

Viele Lastwagen und Busse waren unterwegs. Die zahlreichen Tunnel auf dieser Strecke waren in gleich schlechtem Zustand wie früher. Sie waren schlecht beleuchtet und die Dächer teilweise beschädigt. Wenn man in den Tunnel hineinfuhr, konnte man froh sein, auf der anderen Seite heil herausgekommen zu sein. Die zum grössten Teil asphaltierte Strasse war streckenweise so schmal, dass kilometerlang kein Auto von der Gegenfahrbahn vorbeikonnte. Es gab immer wieder schwere Unfälle, vor allem wenn Busse und Lastwagen forciert zu überholen versuchten. Für 180 Kilometer nach Babol waren wir über sechs Stunden unterwegs. Trotz mancher Aufregung war es eine schöne Fahrt durch eine interessante Landschaft. Man sah unterwegs viele noch im Bau befindliche Gebäude, Geschäfts- und Wohnhäuser, sowie zahlreiche Industrieanlagen. Nordiran und die Region am Kaspischen Meer war das grösste Landwirtschaftsgebiet Irans.

Die Restaurants unterwegs, vor allem aber deren Toilettenanlagen befanden sich durchwegs in keinem erfreulichen Zustand. Selbst die sogenannten Gebetshäuser, die jedes Restaurant zu unterhalten hatte, waren in keinem besseren Zustand. Die Bodentoiletten, aus der Zeit französischer Kolonialzeit übernommen, ob nun in Privathäusern oder in Restaurants und öffentlichen Gebäuden, sind im allgemeinen nicht einladend und es brauchte grösste Überwindung diese zu betreten. Ich muss zugeben, dass bei Einladungen der Waschraum tatsächlich meine Hauptsorge war.

Nun war ich nach vielen Jahren wieder in der Region, wo ich geboren war und einen Teil meiner Schulzeit verbracht hatte. Die Stadt Babol und das Randgebiet hatte inzwischen mehr als eine halbe Million Einwohner. Das Verkehrsaufkommen war ähnlich wie in Teheran. Die Strassen voll von Fahrzeugen und in den Hauptstrassen dicht an dicht parkierte Autos. Es war alles hektisch. Die Menschen waren ähnlich wie in Teheran im Stress und hatten wenig Zeit für einander. Die Mehrzahl der Menschen war gezwungen, zwei oder sogar drei Jobs nachzugehen, damit sie ihre Familie ernähren konnten. Das ist allerdings nur in Teheran und den Grossstädten praktizierbar.

Unser Elternhaus, das längere Jahre unbewohnt, unter Denkmalschutz stand und nach längerem Kampf für eine nur geringe Entschädigung vom Staat übernommen worden war (es waren insgesamt vier Häuser, für die es zusammen nur ein Eigentumsdokument gab), war noch im gleichen renovationsbedürftigen Zustand. Lediglich die Dächer waren repariert. Dem Staat fehlte es an Geld.

Teil des Familienbesitzes in Babol, gebaut unter der Kadjar-Dynastie, unter Denkmalschutz

Die bereits beschriebene Palaststrasse war total verändert und mit der Umgebung zu einem Tagesmarkt gemacht worden. Der frühere Palast mit schönem Garten war mit zusätzlichen Gebäuden zu Universität und Verwaltung umfunktioniert. Die verantwortlichen Behörden der Stadt haben ausgesprochen schlampig gearbeitet. Sie stellten alte Gebäude unter Denkmalschutz, vernachlässigten aber den Erhalt von schönen funktionell intakten Gebäuden. Diese Vernachlässigungen sind nicht immer Schuld der Zentralregierung. Die Regierung dieser Region müsste finanzielle Rahmenbedingungen schaffen, die es den lokalen Behörden ermöglicht, entsprechend zu handeln.

In den nächsten Tagen fuhr ich nach Babolsar. Sowohl in Babol als auch in Babolsar waren die Mauern rechts und links der Strassen mit Bildern von im Golfkrieg gefallenen jungen Männern und einigen Bildern von noch lebenden Ayatollahs bedeckt. Babolsar hatte seine frühere Schönheit und seinen Charme weitgehend verloren. Viele hohe Apartmenthäuser waren gebaut. Die früher zwei grössten und elegantesten Hotels der Stadt und am Strand waren etwas verkommen.

Das Strandgebiet, das in den heissen Sommermonaten vor allem von Menschen der Hauptstadt mit ihren Kindern zur Erholung besucht wurde, war hinsichtlich Infrastruktur und Sauberkeit in einem bedauerlichen Zustand. Mit einigen Freunden, die in Babolsar wohnten, fuhren wir einen Teil der Küste mit einem Geländewagen entlang in Richtung meines Geburtsortes Feridunkenar. Ein paar Kilometer vor diesem Ort wurde ein Hafen gebaut vor allem wegen der wirtschaftlichen Beziehungen mit Kasachstan. Der Hafen war nach einigen Jahren Bauzeit immer noch nicht einsatzfähig. Zeitweise war der Weiterbau aus ungeklärten Gründen ausgesetzt. In dieser Zeit wurde viel Material, das grösstenteils frei gelagert war, entwendet worden. Man war gezwungen, Wachposten anzustellen und das Gelände soweit wie möglich mit einem Zaun abzuschirmen. Feridunkenar hatte sich total verändert. Alles was einst schön und romantisch war, verschwand und musste sogenannten Modernisierungen Platz machen. Es wurde planlos durcheinander gebaut. Geschäftshäuser, Läden, Passagen, Bächlein mit schmutzigem übel riechenden Wasser und unebene Bürgersteige kamen dazu. Die Einwohnerzahl nahm rapide zu. Man sah keine Pferde von Bauern sondern nur Autos und Taxis. Zu Fuss gehen, auch bei kleinen Distanzen war nicht mehr üblich. Das Abwasser floss in den Fluss und so ins Meer. Der Strand war in einem noch bedauerlicheren Zustand als Jahre vorher. Obwohl es eine organisierte Müllabfuhr gab, begrub man nach wie vor seinen Abfall im Sand. Eine Gartenanlage und ein Spielplatz für Kinder waren in keinem guten Zustand. Was ist nur aus diesem kleinen einfachen und romantischen Ort geworden! Eine Ortschaft, die ich als Schüler und Student mit Monaco und Monte Carlo verglichen hatte!

Die Mutter eines Sohnes, der in Lausanne, Schweiz studierte, hatte einmal gesagt, sie würde nicht einmal einen Meter dieses Ortes mit dem ganzen Seeufer von Lausanne tauschen.

Was machen nur die lokalen Behörden? Welche Aufgaben hat ein Bürgermeister in einer Stadt? Wer ist für die Stadtplanung zuständig? Es ist zu einfach, alle Übel und Missstände der Zentralregierung zur Last zu legen. Bei einer Einladung begegnete ich einem Mann, der in der Stadtverwaltung tätig war. Ich brachte bewusst meine Beanstandungen zur Sprache. Das Gespräch wurde ziemlich heftig, da es mich wütend machte, weil er fehlende Unterstützung der Zentralregierung für diese Missstände verantwortlich machte. Unhöflich und hart bezeichnete ich ihn, den Bürgermeister und seine Mitarbeiter als unfähig, einfachste Probleme der kleinen Stadt zu bewältigen. Vor Ort seien sie und ihre Kollegen zuständig, alles, was ohne Geld oder mit wenig Geld zu machen sei, auch zu bewerkstelligen. Dazu gehören die Sauberhaltung des Strandgebietes, der Bau vom mehreren Wasch- und Toilettenräumen in bestimmten Abständen voneinander, Sauberhaltung des Bächleins vor den Geschäften, usw.

Ich sähe in der Stadt vor jedem Geschäft gesunde und kräftige Männer im Pensionsalter. Sie sitzen entweder in den Teehäusern oder vor den Geschäften bei Freunden, trinken Tee und spielen mit dem Rosenkranz. Diese noch rüstigen Männer könnten freiwillig viele Aufgaben übernehmen. Zum Beispiel, die Überwachung des Strandgebietes in den Sommerferien. Man kann Schüler und Studenten gegen geringe Entlöhnung in der Ferienzeit als Sozialhelfer in ihren Heimatorten beschäftigen. Als Beispiel könnten sie die gefährlichen Tunnel nach Teheran weiss anstreichen und Beleuchtung anbringen. Gleich wer im Lande regiere, jeder sollte auf seinem Posten bestrebt sein, Korrekturen vorzunehmen, damit die Menschen besser, gesünder und bequemer leben können.

Offenbar sind im Iran mehrere Millionen junger Menschen nach Abschluss der Schule arbeitslos. Potential wäre also vorhanden. Man müsste sie nur beschäftigen, um sie vor Hoffnungslosigkeit und Depression zu bewahren. Frustrierte und depressive Menschen in einem Lande nutzen niemanden.

Zurück in Teheran besuchten wir das Teppich- und Kunstmuseum. Die Sammlungen sind sehenswürdig und stehen deshalb auf dem Programm für Touristen. Da zu der Zeit kulturell in dieser Stadt nichts geboten wurde, luden mich Freunde ein, eine Bergwanderung mitzumachen. Vor allem am Freitag, dem Feiertag, ist Bergwandern angesagt. Ich machte einmal mit. Auf staubigen, steinigen, unebenen Wegen sah man zahlreiche Frauen und Männer, nicht nur junge, die den Berg besteigen wollten, in der Hoffnung, frische Luft zu atmen. Für mich ungewohnt, fand ich das ziemlich mühsam, herauf und wieder hinunter zu laufen in einer kahlen, baumlosen Bergregion. Nach zwei Stunden kehrten wir langsam zum Ausgangspunkt zurück. Ein Cousin, der alles organisiert hatte, lud uns unterwegs in ein einfaches aber romantisches Restaurant ein, wo man im Freien das Mittagessen einnahm. Es gab typische landesübliche Speisen: speziell zubereiteten Reis und Kebab, Filetfleisch vom Hammel und Schaf, Lammfleisch, Reis mit Hühnerbrust, „Sabsighorme", ein Ragout mit frischen Kräutern und Auberginen. Es schmeckte fantastisch, so dass man relativ schnell die Strapazen des Wanderns vergessen konnte. Es war nach vier Uhr nachmittags als wir den Aussenbezirk Teherans wieder erreichten. Hier hatten wir die Möglichkeit mit dem Taxi oder mit Bussen nach Hause zu fahren. Mehr als eine Stunde standen wir da ohne Erfolg. Busse kamen selten, hielten aber nicht an, Taxis waren alle voll. Wir beschlossen zu laufen und unterwegs zu versuchen, ein Taxi zu bekommen. Schliesslich liefen wir fast zweieinhalb Stunden bis zum Zielort. Meine Schuhe landeten danach im Müll. Trotz inzwischen teilweise fertig gestellter Metro in der Stadt, hat der Verkehr nicht abgenommen.

Eine Reise zu Kulturstädten wie Isfahan (Partnerstadt von Freiburg im Breisgau) wird gerne unternommen. Auch Schiraz mit Persepolis, die alten Städte Yazd und Hamadan sind sehenswert. Es bestehen nach wie vor gewisse Vorschriften von Seiten der Regierung, die ein Tourist wohl oder übel akzeptieren muss. Diejenigen Länder, die Sanktionen gegen Iran durchgesetzt haben, realisieren nicht, dass die Bevölkerung, vor allem junge arbeitslose Menschen grosse Nachteile erfahren. Es ist erstaunlich, wieviele Universitäten im Iran eingerichtet wurden. In jeder Kleinstadt gibt es eine Universität, aber die meisten Studenten sind nach Abschluss erst mal arbeitslos. Aus diesem Grunde studieren sie weiter, sofern die Eltern ein weiteres Studium finanzieren können. Noch nie studierten so viele Frauen in diesem Land.

Bei so viel Diplomierten und zum Doktor Promovierten, die ohne Beziehung keine Arbeit finden, nimmt dann Unzufriedenheit, Frustration und Depression unter den Jugendlichen zu. Wenn es so weiter geht, dürften soziale Konflikte im Lande kaum ausbleiben. Niemand hat ein brauchbares Rezept, diese Masse von jungen Menschen, nach der Revolution geboren, in Arbeit und Brot zu bringen. Die Opposition, die im Ausland lebt, kann mit ihren Parolen die Situation nicht ändern. Statt in ihren Privat-TV-Sendern Beschimpfungen und Beleidigungen auszustrahlen und eigene Erfolge zu präsentieren, sollte man dieser verzweifelten Jugend Mut zusprechen. Ich habe nie gesehen, dass in den verschiedenen iranischen Privat-Fernsehstationen in Kalifornien je über Iraner berichtet wurde, die kein Glück in Kalifornien hatten und dort im Elend lebten. Solche Landsleute gibt es natürlich auch in Amerika und Kanada.

Aus Verzweiflung versuchen einige junge Leute den Iran zu verlassen, mit der Hoffnung in einem anderen Land, wenn sie Asyl erhalten, ein besseres Leben zu führen. Wenn ein junger Mensch das Glück hat, wie mein Neffe und der Sohn eines Freundes, denen ich mit meiner Hilfe und über Beziehungen in Deutschland und der Schweiz eine Ausbildung ermöglichte, mit einer neuen Fremdsprache und neu erworbenen Kenntnissen in den Iran zurückkehrten, fanden sie geeignete Arbeit und konnten sich entwickeln. Diese Hilfe wird von einigen meiner Landsleute in ähnlicher Weise praktiziert. Nun war es wieder so weit, nach ein paar Wochen Gastspiel, den Koffer zu packen, um sich von Heimat und Familie zu verabschieden. Man stellt allerdings fest, dass man als Exil-Iraner fremd im eigenen Heimatland geworden ist und auch so wahrgenommen wird.

# 33

# Wieder zu Hause

Sie fahren wieder „nach Hause". Nun sind sie wieder da, wo Sie seit über fünfzig Jahren leben, arbeiten und am täglichen Geschehen des Landes teilnehmen. Sind sie nun da wirklich zu Hause? Obwohl Sie sich zwar hier zu Hause fühlen, bleiben Sie aber im Grunde ein ewiger Fremder.

Bei jeder neuen Begegnung wird man gefragt, woher man komme, selbst nach fünf Jahrzehnten. Man erkennt Sie als Fremder, da Sie einen Akzent haben und obwohl zur indogermanischen Rasse gehörend, doch ein wenig anders aussehen. Ihr Name klingt ungewöhnlich und fremd. Auch einige, die Sie kennen, versuchen nicht einmal ihren Namen richtig auszusprechen. Wegen des fremden Namens, lehnt man sie auch für eine leitende Position ab, auch wenn sie die Qualifikation dafür besitzen.

Am empfindlichsten reagiere ich wenn man mir sagt: „Bei Ihnen daheim wird es sicher anders gemacht!" Mit einer Entschuldigung sage ich dann, dass ich seit 55 Jahren hier lebe. Ich liebe dieses Land wegen seiner echten Demokratie, wegen seiner sozial-demokratischen Staatsführung und wegen des hohen Prozentsatzes an Mittelstand.

Einmalig ist die staatlich gesicherte Alters- und Hinterbliebenen-Versicherung (AHV), in die alle Arbeitenden einzahlen, ob reich oder weniger reich, entsprechend ihrer Einkünfte einzahlen und alle dann den gleichen Satz als Rente erhalten. Dieser Gerechtigkeitssinn und die humane Einstellung der Schweizer beeindrucken mich sehr. Die kantonale Selbstverwaltung und die Regierungsform mit sieben Bundesräten, die jeweils in Rotation neben einem Ministerium das Land als Bundesratspräsident repräsentieren, ist in der Tat eine demokratische Staatsführung.

Ich hatte so sehr gehofft, dass die Iraner nach der Revolution vor dreissig Jahren diese Staatsführung, vielleicht etwas modifiziert, übernähmen. Aber im Iran wurde leider die Religion staatsbestimmend, mit all den problematischen Folgen. Als politisch interessierter Mensch verfolge ich aufmerksam, was sich auf der politischen Bühne in der Schweiz und auch in Deutschland tut. Mit Bedauern muss ich feststellen, dass vor allem in Deutschland das Interesse der Bevölkerung an der Politik abnimmt. Obwohl die Menschen genau wissen, dass viele Versprechungen nach der Wahl nicht gehalten werden, wird an der Urne trotzdem falsch entschieden.

Vorbilder, die auch brillante Redner waren, die bei der deutschen Bundestagsdebatte geistreiche Reden hielten, gibt es leider nicht mehr. Manche Politiker haben Erfolg, wenn sie gegen Andersdenkende und Parteien nicht mit Argumenten sondern mit unsachgemässen Beschimpfungen vorgehen. Hierbei spielen leider Presse und Journalisten eine entscheidende Rolle. Gut ausgebildete kritische Journalisten gibt es nur wenige. Wenn man sieht, welch banale Fragen in einer Pressekonferenz der Regierung gestellt werden, gewinnt man den Eindruck, dass bewusst keine kritischen Fragen gestellt werden. Etwas differenzierter sind die Journalisten, die im Presse-Club am Sonntagmittag um zwölf Uhr von ARD und ZDF debattieren. Ich verpasse diese politische Diskussion seit Beginn der Sendungen höchst selten. Der kritischen Jugend von heute fehlen leider ehrliche und intelligente Vorbilder. Etwas differenzierter geht es in der Schweiz zu, obwohl auch hier versäumt wurde, rechtzeitig Nachwuchsfördernde Massnahmen einzuleiten.

Die ständigen Kostensteigerungen im Gesundheitswesen bleiben weltweit ein ungelöstes Problem. Vielleicht ist es eine Illusion anzunehmen, dass das Gesundheitswesen parteipolitisch neutral behandelt werden sollte. Der Gesundheitsminister sollte eine parteiunabhängige, erfahrene Fachperson sein, die mit der Problematik bestens vertraut ist. Ein gesundes Volk ist die beste Investition eines Landes und dies ist mit Sicherheit nicht billig zu erreichen. Das Budget des Gesundheitsressorts sollte das der Verteidigung weit übersteigen.

Damit so ein Ziel erreicht werden kann, ist der Staat verpflichtet, dafür zu sorgen, dass Ärzte und Pflegepersonal leistungsgerecht bezahlt werden und zufrieden sind. Deren Zufriedenheit kommt Patienten und deren Angehörigen zu Gute. Ob man eine Einheitskasse mit Zusatzversicherung für Reiche etabliert oder den persönlichen Beitrag abschafft und das Gesundheitswesen über Steuern abhängig vom Einkommen finanziert – ich befürworte letzteres – ist noch zu diskutieren. Mit besserer finanzieller Ausstattung des Gesundheitswesens könnte man Patienten rechtzeitig und auch vorbeugend behandeln, was im Endeffekt günstiger wäre, da prophylaktische Massnahmen billiger sind als Heilungskosten.

Wenn ich erfahre, dass die Abgeordneten im Deutschen Bundestag, unabhängig vom Parteibuch, bis zu dreizehn Mitarbeiter für sich arbeiten lassen oder Milliarden für die Misswirtschaft in anderen Ländern locker gemacht werden und dies alles offenbar vom Steuerzahler finanziert wird, kann man nicht verstehen, dass für das Gesundheitswesen nicht ausreichend Geld zur Verfügung steht.

# Nachwort

Ermutigungen von Kollegen, Patienten und Freunden, mehrere Jahrzehnte des Erlebten niederzuschreiben, führte zu den vorliegenden Memoiren.

Integration und Assimilation sind Verpflichtung jedes erwachsenen Individuums. Selbstvertrauen, Fleiss und vor allem Wissen, aber auch liebenswürdiges Verhalten gegenüber Mitmenschen sind beste Voraussetzung als gleichberechtigter Mitbürger akzeptiert zu werden.

Nun, nach so vielen Jahren in Europa, bin ich weitgehend ein Europäer geworden. Politisch nicht gebunden, unterstütze ich Personen und Projekte unterschiedlicher Parteien, wenn sie Belange aller Bürger human und sozial vertreten. Mit meinem Geburtsland ist die Beziehung durch Wegzug vieler Familienmitglieder ins Ausland weitgehend reduziert. Das Leben in zwei Staaten, Deutschland und der Schweiz, haben mich geprägt.

Nach wie vor verfolge ich alle politischen, wirtschaftlichen und kulturellen Veränderungen in beiden Ländern. Grösste Sympathie empfinde ich allerdings für das Modell der Staatsführung der Schweiz, in dem die gewählten Vertreter des Volkes im Bundesrat Richtlinien für den Staat beschliessen und durch das Parlament und je nach dem auch vom Volke in Volksabstimmungen legitimieren lassen.

Die häufig gestellte Frage, für welches der genannten Länder mein Herz schlage, zitiere ich gerne die Schwedische Königin Silvia, die in Deutschland geboren, in Brasilien aufgewachsen und in Schweden durch Heirat als Königin beheimatet ist: „Das Herz ist brasilianisch, der Kopf deutsch und schwedisch die Seele."

In meinem Falle ist das Herz iranisch, Kopf und Seele deutsch und schweizerisch. Zu meiner Schande muss ich gestehen, dass ich, obwohl ich Schweizerdeutsch perfekt verstehe, es mir nicht gelungen ist, es einigermassen akzentfrei zu sprechen. Ich hatte allerdings nie den Eindruck, dass meine Gesprächspartner sich durch mein Deutsch gestört fühlten. Grosse Freude empfinde ich, wenn ich frühere Mitarbeiterinnen und Mitarbeiter, sowie befreundete Kollegen in leitender Position in Kliniken oder als erfolgreich operativ tätige Ärzte unterschiedlicher Fachdisziplinen erleben darf.

Ein Teil des St. Claraspitals Basel

Als besonderes Ereignis muss ich die jährliche Veranstaltung des Chirurgischen Departments, den „Tag der Ehemaligen" erwähnen. Diese vor mehr als vierzig Jahren von Prof. Martin Allgöwer ins Leben gerufene Begegnung ehemaliger Kollegen wurde von seinem Nachfolger Prof. Felix Harder weiter gepflegt. Diese Tradition wird nun vom jetzigen Vorsteher des Departments für Chirurgie, Prof. Daniel Örtlin, kombiniert mit einem „Wissenschaftstag" fortgesetzt. Es ist immer eine grosse Freude, alte Kameraden wieder zu treffen und neue jüngere Kollegen kennenzulernen.

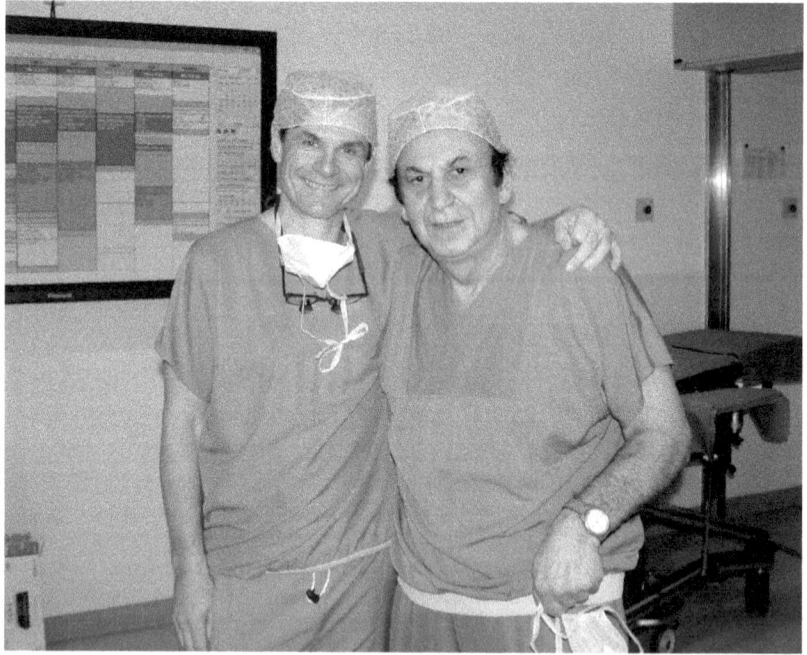

Autor mit Prof. Markus von Flüe, Februar 2011          Foto: Oscar Cantoro

Freude empfinde ich auch, jüngeren Kollegen in Privatkliniken der Region bei Bedarf assistieren zu dürfen. Mit Zustimmung des Chefarztes Prof. Markus von Flüe, einem brillanten Chirurgen mit ausgeprägter fachlicher und sozialer Kompetenz, hospitiere ich seit fast vier Jahren mehrmals in der Woche in den Operationssälen des St. Claraspitals in Basel und bleibe somit auch up-to-date. Von der effizienten und kameradschaftlichen Zusammenarbeit mit der Medizin unter Chefarzt Prof. Christian Ludwig wie auch mit anderen Abteilungen profitieren vor allem die Patienten. Ich bin dem gesamten Team der Chirurgen und Anästhesisten, einschliesslich dem Personal der Op.-Einheit sehr dankbar, dass sie mich so freundlich aufgenommen haben und meine Wissbegierde immer kameradschaftlich dulden.

Freud und Leid, Glück und Pech, Erfolg und Niederlage charakterisieren das Dasein jedes Individuums. Ich denke, dass im Endeffekt das Positive in meinem Leben überwiegt. Dafür danke ich allen, denen ich in diesem Leben begegnen durfte und die mir als Lehrmeister, Kollege, Freund und Ratgeber beistanden.

# Bibliographie

Saiied Dajalaoddin Madani:
Die historisch politische Geschichte der Gegenwart Irans
Band I, Iranische Zeitrechnung 1376, Qom/Iran (1982), Persisch

Akbar Hashemi Rafsandjani:
Die Zeit der Verteidigung
Nashre Maarefe Enghelab, 1376, Teheran (1997), Persisch

Parvin Etesami:
Gedichtband 1314
Iman-Verlag, Teheran (1935), Persisch

Rudolf Nissen:
Helle Blätter – dunkle Blätter
Deutsche Verlags-Anstalt GmbH, Stuttgart, 1969 und 1973

Bürgerspital Basel (Herausgeber)
700 Jahre Bürgerspital Basel 1265-1965
Kommissionsverlag Helbing + Lichtenhahn Basel, 1965

Dorothea Liebermann-Meffert, Hubertus J. Stein:
Rudolf Nissen and the World Revolution of Fundoplication
Johann Ambrosius Barth Verlag, Heidelberg, Leipzig, 1999
gemeinsam mit Quality Medical Publishing Inc., St. Louis, 1999

Gesammelte Dokumente aus publizierten Artikeln in Tageszeitungen der
Jahre 1980 und später, aus dem Kreis Waldshut-Tiengen:
Alb-Bote, Südkurier, Badische Zeitung und Hochrhein Aktuell

William Shawcross:
The Shah's Last Ride
Simon and Schuster, New York, 1988


C. T. Dotter, M. P. Judkins:
Transluminal Treatment of Arteriosclerotic Obstruction:
Description of a New Technic and a Preliminary Report of its Application
Circulation 30: 654-670, 1964


Andreas R. Grüntzig, Ake Senning, Walter E. Siegenthaler:
Nonoperative Dilatation of Coronary-Artery Stenosis
New England Journal of Medicine 301: 61-68 (July 12), 1979


Bernard Meier, Doelf Bachmann, Thomas F. Lüscher:
25 Years of Coronary Angioplasty: Almost a Fairy Tale
The Lancet Vol. 361, Feb. 8, 2003


Bernard Meier:
Zum 10. Todestag von Andreas R. Grüntzig (1939-1985)
Schweizerische Ärztezeitung, Band 76, Heft 48/1995


Autor unbekannt
Pahlavi-Dynastie, Reza Shah, Pahlavi der Erste
Ministerium für Information und Publikation 1346 (Nov. 1967)

# Inhaltsverzeichnis

Lightning Source UK Ltd.
Milton Keynes UK
UKHW02f2152200818

327530UK00012B/386/P